LA ROSE BLANCHE

Du même auteur
aux éditions J'ai lu

La Compagnie noire :
1 - La Compagnie noire, *J'ai lu* n° 7371
2 - Le château noir, *J'ai lu* n° 7591

Pour Nancy, parce que et c'est tout.

1

LA PLAINE DE LA PEUR

L'air calme du désert avait la limpidité d'une lentille. Les cavaliers paraissaient figés dans le temps, ils se déplaçaient sans se rapprocher. Nous les avons comptés à tour de rôle. Je n'arrivais pas à trouver deux fois le même chiffre.

Un souffle a tourbillonné dans le corail, agité les feuilles du Vieil Arbre Ancêtre. Elles ont tinté les unes contre les autres pour participer au chant carillonnant du vent. Au nord, la lueur d'un éclair transmuant a profilé l'horizon comme le choc lointain de dieux en guerre.

Du sable a crissé sous une semelle. Je me suis retourné. Silence était planté bouche bée devant un menhir parlant. Il venait d'apparaître depuis quelques secondes à peine et lui avait fichu la trouille. Sournois, ces cailloux. Ils adorent les blagues.

« Il y a des étrangers dans la plaine », a-t-il dit.

J'ai sursauté. Il a ricané. Les menhirs ont un rire des plus sardoniques, à la limite du conte à dormir debout. Je me suis glissé dans son ombre en grognant.

« Ça cogne dehors, a-t-il dit, avant d'ajouter : C'est Qu'un-Œil et Gobelin, de retour de Tanneur. »

Il avait raison et moi tort. J'avais manqué de recul. La patrouille était restée en mission un mois de plus que prévu. Nous étions inquiets. Dernièrement, les troupes de la Dame étaient devenues plus actives aux frontières de la plaine de la Peur.

Le bloc de roche a gloussé à nouveau.

Il me surplombait du haut de ses presque quatre mètres. Celui-là était de taille moyenne. Ceux qui atteignent les cinq mètres bougent rarement.

Les cavaliers venaient vers nous, pourtant ils ne paraissaient toujours pas plus proches. Usant pour les nerfs. Les temps sont plus que durs pour la Compagnie. Nous ne pouvons nous permettre aucune perte. La disparition d'un de nos hommes serait celle d'un ami de longue date. J'ai compté de nouveau. Le compte m'a eu l'air bon, cette fois. Mais une monture cheminait sans cavalier... J'ai frissonné malgré la chaleur.

Ils descendaient une piste vers un ruisseau, à trois cents mètres d'où nous les observions, cachés derrière un grand récif. Les arbres marcheurs, le long du cours d'eau, se sont agités bien que la brise ait faibli.

Les cavaliers pressaient leurs montures. Les bêtes étaient fourbues. Elles traînaient la patte, se sachant pourtant presque au but. Dans le ruisseau. Éclaboussures. J'ai grimacé un sourire et tapoté le dos de Silence. Ils étaient tous là. Tous. Pas un ne manquait.

Silence s'est départi de sa froideur naturelle et m'a retourné un sourire. Elmo s'est débusqué du corail pour s'avancer à la rencontre de nos frères. Otto, Silence et moi nous sommes dépêchés sur ses talons.

Derrière nous, le grand disque du soleil matinal bouillait, rouge sang.

Les hommes ont mis pied à terre, un sourire aux lèvres. Mais ils avaient piètre allure. Qu'un-Œil et Gobelin plus encore que les autres. Ils revenaient dans un périmètre où leurs talents de sorciers ne servaient plus à rien. À cette proximité de Chérie, ils redevenaient aussi ordinaires que le reste d'entre nous.

J'ai jeté un coup d'œil en arrière. Chérie émergeait à l'entrée du tunnel comme un fantôme dans l'ombre, toute blanche.

Les gars se sont étreints, puis les vieilles habitudes ont repris le dessus. Tout le monde a fait comme si c'était un jour ordinaire. « Ça a été rude ? » ai-je demandé à Qu'un-Œil. J'ai regardé le type qui les accompagnait. Son visage m'était inconnu.

« Oui. » Le petit homme noir desséché paraissait encore plus diminué que je ne l'avais craint de prime abord.

« Ça va ?

— J'ai ramassé une flèche. » Il s'est frotté les côtes. « Blessure musculaire. »

Derrière Qu'un-Œil, Gobelin a glapi : « Ils ont failli nous avoir. Un mois qu'ils nous traquent. Pas moyen de les semer.

— On va te descendre sous terre, ai-je dit à Qu'un-Œil.

— Pas d'infection. J'ai nettoyé la plaie.

— Quand même, je veux jeter un œil. »

Il me servait d'assistant depuis que je m'étais enrôlé comme médecin de la Compagnie. Ses pronostics sont fiables. Mais la responsabilité des questions de santé, c'est à moi qu'elle échoit en dernier ressort.

« Ils nous attendaient, Toubib. » Chérie avait disparu de la bouche du tunnel, elle s'en était retournée dans l'estomac de notre repaire souterrain. Le soleil restait sanglant à l'est, une incidence de la tempête transmuante qui passait. Quelque chose de volumineux a dérivé devant. Une baleine de vent ?

« Embuscade ? » J'ai observé à nouveau la patrouille.

« On n'était pas les cibles désignées. Ils sont sur le pied de guerre. Ils ouvraient l'œil, et le bon. »

La patrouille avait été chargée d'une double mission : d'une part contacter nos sympathisants à Tanneur pour savoir si les troupes de la Dame sortaient de leur léthargie après une longue accalmie, d'autre part lancer un coup de main contre la garnison, histoire de prouver que nous étions capables de défier un empire qui s'étendait sur la moitié du monde.

Comme nous passions devant lui, le menhir a répété : « Il y a des étrangers dans la plaine, Toubib. »

Pourquoi faut-il que ce genre de chose m'arrive à moi ? Les grosses pierres m'adressent la parole plus qu'aux autres.

Pour la deuxième fois consécutive ? Je me suis fait attentif. Car le menhir ne répète son message que s'il l'estime crucial. « Ceux qui vous pourchassaient ? » ai-je demandé à Qu'un-Œil.

Il a haussé les épaules. « Pas moyen de leur faire lâcher prise.

— Qu'est-ce qui s'est passé au juste ? » Depuis le temps que je me cachais dans la plaine, j'aurais tout aussi bien pu être enterré vivant.

Qu'un-Œil est resté impassible. « Cordeur racontera.

— Cordeur ? Le gars que vous avez ramené ? » Je connaissais le nom à défaut de l'homme. Un de nos meilleurs informateurs.

« Ouais.

— Mauvaises nouvelles, hein ?

— Ouais. »

Nous nous sommes engagés dans le tunnel qui desservait notre taupinière, notre forteresse puante, moite et moisie, aux boyaux exigus comme ceux d'un terrier. Mais, tout sordide qu'il soit, ce repaire symbolise le cœur et l'âme de la rébellion de la nouvelle Rose Blanche. Le Nouvel Espoir, comme il se murmure dans les nations sous le joug. Le Canular pour ceux qui habitent ici. On n'y est pas mieux que dans les basses-fosses infestées de rats de je ne sais quel donjon, sauf que ses résidents, eux, peuvent en sortir. À condition toutefois d'avoir envie de s'aventurer dans un monde où toutes les forces d'un empire se ligueraient contre eux.

2

LA PLAINE DE LA PEUR

Cordeur nous servait d'yeux et d'oreilles à Tanneur. Il avait des contacts partout. Son engagement contre la Dame remontait à plusieurs décennies. Il était de ceux qui avaient survécu à son courroux à Charme, où elle avait anéanti les rebelles d'antan. En grande partie grâce à la Compagnie. À cette époque, nous étions son puissant bras droit. Nous avions attiré ses ennemis dans le traquenard.

Un quart de million d'hommes avaient péri à Charme. Jamais bataille n'avait été aussi vaste, aussi terrible, ni son issue à ce point sans appel. Même la défaite sanglante du Dominateur dans la Vieille Forêt avait tué moitié moins d'hommes.

Le sort nous avait contraints à changer de camp – du coup, nous ne pouvions plus compter sur l'aide de personne dans notre combat.

La blessure de Qu'un-Œil était aussi propre qu'il le prétendait. Je l'ai laissé filer et suis retourné au trot à ma chambre. On avait fait passer le mot : Chérie voulait que la patrouille prenne du repos avant la convocation au rapport. Je tremblais par avance, anxieux d'entendre leurs nouvelles.

Un vieux bonhomme fatigué. Voilà ce que je suis. Qu'est devenue ma flamme d'antan, ma fougue, mon ambition ? J'avais des rêves, jadis, des rêves que je n'ai toujours pas oubliés. Dans mes mauvais jours, je les dépoussière et les caresse avec nostalgie, et avec un étonnement condescendant devant la naïveté de cette jeunesse qui les avait conçus.

Ma chambre croule sous les vieilleries. Mon grand projet. Quarante kilos de vieux documents subtilisés au général Murmure du temps où elle servait les rebelles et nous la Dame. Ils sont censés contenir des informations capables de briser la Dame et les Asservis. Six ans que je les détiens. Six ans que je les épluche en vain. Que d'échecs. Déprimant. Maintenant, le plus souvent, je me contente de les feuilleter, puis je reviens à ces annales.

Depuis notre fuite de Génépi, elles ne sont plus guère que mon journal personnel. Ce qui reste de la Compagnie ne fait pas de vagues. Les nouvelles qui nous parviennent de l'extérieur sont si maigres et douteuses que je me donne rarement la peine de les noter. En outre, depuis sa victoire contre son mari à Génépi, la Dame semble en stase, peut-être plus que nous encore, en proie à une inertie persistante.

Trompeuse apparence, bien sûr. La Dame joue essentiellement sur l'illusion.

« Toubib. »

J'ai relevé le nez d'une page de telleKurre ancien déjà potassée au moins cent fois. Gobelin se trouvait dans l'encadrement de la porte. Il avait l'air d'un vieux crapaud. « Ouais ?

— Il se passe quelque chose en surface. Prends ton épée. »

J'ai saisi mon arc et une cuirasse de cuir. Je suis trop vieux pour le corps à corps. Si jamais il faut se battre, j'aime autant me ranger à l'écart et canarder. Tout en suivant Gobelin, j'ai gardé le regard rivé sur mon arc. C'était un cadeau de la Dame en personne, elle me l'avait donné lors de la bataille de Charme. Souvenirs, souvenirs. Grâce à cette arme, j'avais contribué à la mort de Volesprit, l'Asservie qui avait enrôlé la Compagnie au service de la Dame. Ce temps-là me paraissait presque préhistorique.

Nous avons jailli à la lumière du jour. D'autres sortaient avec nous, s'égaillaient entre les cactus et les coraux. Le cavalier qui approchait par la piste – la seule des parages – ne pourrait pas nous voir.

C'était un cavalier solitaire sur une mule miteuse. Il allait sans arme.

« Tout ce chambard pour un vieux sur une mule ? » me suis-je exclamé. Des gars se faufilaient dans le corail et les cactus en faisant un potin de tous les diables. Impossible que le bonhomme ne nous entende pas. « Va falloir qu'on s'entraîne à sortir plus discrètement.

— Ouais. »

Surpris, j'ai fait volte-face. Elmo se tenait derrière moi, une main en visière au-dessus des yeux. Il avait l'air aussi accablé par l'âge et la fatigue que moi. Chaque jour, quelque chose me rappelle que notre jeunesse à tous est loin. Bordel, aucun de nous n'était un jeunot quand nous sommes arrivés dans le Nord, après avoir traversé la mer des Tourments. « Il nous faudrait du sang neuf, Elmo. »

Ça l'a fait ricaner.

Oui. Nous serons bien plus vieux encore avant d'en avoir fini. À supposer que nous tenions jusque-là. Parce que nous cherchons à gagner du temps. Des décennies, si possible.

Le cavalier a franchi le ruisseau et s'est arrêté. Il a levé une main. Les gars sont sortis du couvert en tenant négligemment leurs armes. Un vieil homme seul, au cœur du périmètre annulant de Chérie, ne représentait aucun danger.

Elmo, Gobelin et moi avons descendu la pente. Tout en marchant, j'ai demandé à Gobelin : « Qu'un-Œil et toi, vous vous en êtes payé une tranche quand vous étiez partis ? »

Ils se chamaillent depuis des lustres. Mais ici, où la présence de Chérie neutralise la magie, plus question de se jouer leurs tours de sorciers.

Gobelin a souri. Quand il sourit, sa bouche s'étire d'une oreille à l'autre. « Je lui ai donné l'occasion de faire un peu d'exercice. »

Nous avons rejoint le cavalier.

« Tu me raconteras plus tard. »

Gobelin a hoqueté un gloussement rappelant le borborygme d'une bouilloire. « Ouais.

— Qui es-tu ? a demandé Elmo au type sur sa mule.

— Gages. »

Il ne s'agissait pas de son nom. C'était le mot de passe pour les courriers du Grand Ouest. La dernière fois que nous l'avions entendu remontait à bien longtemps. Les messagers de l'Ouest devaient traverser des territoires entièrement soumis à la Dame pour parvenir jusqu'à la plaine de la Peur.

« Ah ouais ? a fait Elmo. Voilà autre chose ! Descends donc de ta selle. »

Le vieux bonhomme a mis pied à terre et montré patte blanche. Elmo a paru convaincu. Puis il a annoncé : « J'ai dix kilos de camelote là-dedans. » Il a tapoté une caisse derrière sa selle. « Toutes les villes ont fourni leur putain d'écot.

— Tu as fait tout le voyage toi-même ? ai-je demandé.

— Un pas après l'autre, depuis Aviron.

— Aviron ? Ça fait… »

Plus de mille six cents kilomètres. J'ignorais que nous avions du monde là-haut. Mais il y a beaucoup de choses que j'ignore à propos de l'organisation que Chérie a constituée. J'ai passé tant de temps à me crever les yeux sur ces paperasses pour y trouver ce qui n'y figure peut-être pas.

Le vieil homme m'a regardé comme s'il établissait un bilan de mon âme. « C'est toi le médecin ? Toubib ?

— Ouais. Et alors ?

— J'ai quelque chose pour toi. Personnel. » Il a ouvert sa caisse à documents. L'espace d'un moment, tout le monde s'est mis sur le qui-vive. On ne sait jamais. Mais il en a sorti un paquet enveloppé de toile cirée pour le protéger en cas d'apocalypse. « Il pleut tout le temps, là-haut », a-t-il expliqué. Et il m'a tendu le paquet.

Je l'ai soupesé. Pas bien lourd, une fois ôtée la toile cirée. « De la part de qui ? »

Le vieil homme a haussé les épaules.

« Qui te l'a confié ?

— Mon capitaine de cellule. »

Évidemment. Chérie agit avec prudence, elle a structuré son organisation de telle sorte qu'il est quasiment impossible pour la Dame d'en briser plus qu'une fraction. La gamine est un génie.

Elmo a récupéré le reste et a dit à Otto : « Emmène-le sous terre et trouve-lui une paillasse. Repose-toi, pépère. La Rose Blanche t'interrogera plus tard. »

Un après-midi palpitant s'annonçait peut-être, avec à la fois ce type et Cordeur au rapport. Exhibant le mystérieux paquet, j'ai annoncé à Elmo : « Je vais y jeter un œil. » Qui pouvait l'avoir envoyé ? Je ne connaissais personne hors de la plaine de la Peur. À moins que… Mais alors ce ne serait pas une lettre que la Dame injecterait dans le Terrier. Si ?

Frisson de trouille. De l'eau avait coulé sous les ponts, certes, mais elle avait promis de rester en contact.

Le menhir parlant – celui qui nous avait prévenus de l'arrivée du messager – restait enraciné au bord de la piste. Au moment où je passais devant lui, il a dit de nouveau : « Il y a des étrangers dans la plaine, Toubib. »

Je me suis figé. « Quoi ? D'autres encore ? »

Sa nature profonde a repris le dessus, plus moyen de l'amener à parler.

Je ne comprendrai jamais ces vieux rochers. Bon sang, je ne pige pas pourquoi ils se sont rangés à nos côtés. Ils haïssent tous les intrus, chacun pareillement. Eux et toutes les autres engeances aberrantes du coin.

Je me suis faufilé jusqu'à ma chambre, j'ai décordé mon arc et l'ai posé contre le mur de terre. Je me suis installé à mon bureau et j'ai ouvert le paquet.

Je n'ai pas reconnu l'écriture. Pas de signature à la fin. Je me suis plongé dans la lecture.

3

HISTOIRE D'ANTAN

Toubib :

La femme était repartie à râler. Bomanz se massait les tempes. La douleur l'élançait sans se résorber. Il s'est couvert les yeux. « *Saita, sayta, suta* », a-t-il murmuré avec colère, en accentuant les sifflantes comme un serpent.

Il s'est mordu la langue. User de son pouvoir à l'encontre de sa femme, ça ne se faisait pas. On endurait avec une humble dignité les conséquences de ses erreurs de jeunesse. Dur pourtant de résister à la tentation ! À la provocation, même !

Suffit, imbécile ! Concentre-toi sur cette maudite carte.

Ni Jasmine ni le mal au crâne ne lui donnaient de répit.

« Bordel ! » Il a envoyé dinguer les poids aux coins de la carte, a enroulé la fine soie autour d'une mince tige de verre. Il a glissé le tout dans la hampe évidée d'une fausse lance antique. Cette hampe était lustrée à force d'avoir été maniée. « Besand me la repérerait en moins de deux », a-t-il grommelé.

Il a serré les dents : son ulcère lui mordait les tripes. Plus il approchait du dénouement, plus le danger augmentait. Il avait les nerfs en pelote. Il avait peur de craquer devant le dernier obstacle. Sa couardise le paralyserait et il aurait vécu en vain.

Trente-sept ans, c'était une longue vie quand on l'avait passée dans l'ombre d'une hache de bourreau.

« Jasmine… a-t-il marmotté.

— Cause toujours. »

Il a repoussé la tenture devant la porte et crié vers le rez-de-chaussée : « Qu'est-ce c'est, maintenant ? »

Ce que c'était ? C'était la litanie habituelle. Un harcèlement sans rapport avec le fond de son insatisfaction. Une interruption dans son travail pour lui faire payer ce qu'elle estimait une vie ratée par sa faute.

Il aurait pu devenir un personnage important, à Aviron. Il aurait pu lui procurer une belle demeure et une armée de domestiques serviles. Il aurait pu l'habiller de soieries. Il aurait pu nourrir ses rondeurs flasques de viande à chaque repas. Au lieu de cela, il avait choisi une vie monacale, gardant secrets son nom et sa profession, il l'avait traînée dans cette retraite lugubre et hantée dans la Vieille Forêt. Tout ce qu'il lui avait offert, c'était de la crasse, des hivers glacés et les chicaneries de la Garde éternelle.

Bomanz a descendu d'un pas lourd l'étroit escalier, traître et grinçant. Il a pesté contre sa femme, craché par terre, glissé une pièce d'argent dans sa paume desséchée et l'a poussée dehors en la suppliant de cuisiner – pour une fois – un repas décent au dîner. Chicaneries ? a-t-il pensé. Parlons-en, de chicaneries, vieille bique. Je vais te dire ce que c'est que de vivre avec une perpétuelle geignarde, un vieux sac moche gonflé de rêves juvéniles et insipides…

« Arrête, Bomanz, a-t-il balbutié. Elle est la mère de ton fils. Rends-lui ce que tu lui dois. Elle ne t'a pas trahi. » À défaut d'autre chose, ils partageaient toujours l'espoir que représentait la carte sur l'étoffe de soie. L'attente était pénible pour elle qui ignorait ses progrès et savait seulement que presque quatre décennies n'avaient débouché sur aucun résultat tangible.

La clochette de la porte du magasin a tinté. Bomanz a endossé son rôle de boutiquier. Il s'est précipité vers l'entrée, petit homme chauve et grassouillet, ses mains aux veines bleues serrées devant son torse. « Takar. » Il s'est incliné légèrement. « Je ne t'attendais pas si tôt. »

Takar était un marchand d'Aviron, un ami du fils de Bomanz, Stancil. Il avait les façons directes, l'honnêteté, l'irrévérence que Bomanz se plaisait à voir comme le fantôme de son propre caractère quand il était plus jeune.

« Je ne pensais pas revenir si vite, Bo. Mais les antiquités font fureur. Ça dépasse l'entendement.

— Tu veux un nouveau lot ? Déjà ? Tu me dévalises. »

En lui-même, la rengaine silencieuse : Bomanz, il va falloir bosser pour te réapprovisionner. Du temps perdu pour la recherche.

« La Domination marche à fond, cette année. Laisse tomber ton petit traintrain, Bo. Engrange tant que tu peux. Pour un peu, l'année prochaine, le marché sera aussi mort que les Asservis.

— Ils ne le sont pas… Peut-être que je me fais trop vieux pour tout ça, Takar. Ça ne m'amuse plus de me prendre le bec avec Besand. Bordel. Il y a dix ans, je provoquais les occasions. Une bonne chamaillerie tuait l'ennui. Et puis les fouilles m'épuisent, aussi. Je suis usé. Tout ce dont j'ai envie maintenant, c'est de m'asseoir sous la véranda pour regarder la vie passer. » Tout en bavardant, Bomanz exposait ses meilleures antiquités, des épées, des pièces d'armures, des amulettes de soldats et un bouclier presque parfaitement conservé. Une boîte de pointes de flèches décorées de roses gravées. Une paire de javelots à lame large dont les fers originels avaient été montés sur des répliques de hampes.

« Je peux t'envoyer des gars. Tu leur montrerais où creuser. Je te paierais une commission. Tu n'aurais qu'à te tourner les pouces. Sacrée belle hache, Bo. TelleKure ? Des armes telleKures, j'en vendrais des cargaisons.

— UchiTelle, pour être précis. » Son ulcère l'a élancé. « Non. Pas de main-d'œuvre. » Il ne lui manquait plus que cela. Une bande de jeunes experts penchés par-dessus son épaule pendant qu'il peaufinait ses calculs de terrain.

« C'était juste une proposition.

— Désolé. Ne t'en fais pas pour moi. C'est juste que Jasmine m'a tanné toute la matinée.

— Tu as découvert quelque chose à propos des Asservis ? » a demandé Takar à voix basse.

Bomanz, rodé depuis des années à jouer la comédie, a affiché une mine horrifiée. « Les Asservis ? Tu me prends pour un fou ? Je ne m'y risquerais pas, même si je pouvais passer outre le Moniteur. »

Takar a esquissé un sourire de conspirateur. « Bien sûr. Hors de question de frauder avec la Garde éternelle. Néanmoins... quelqu'un à Aviron paierait cher pour obtenir quelque chose provenant d'un Asservi. Il vendrait son âme pour un vestige ayant appartenu à la Dame. Il en est amoureux.

— Elle était connue pour ça. » Bomanz a évité le regard du jeune homme. Que lui avait révélé Stance au juste ? Est-ce qu'il ne cherchait pas, aiguillonné par Besand, à lui tirer les vers du nez ? Plus Bomanz vieillissait, moins il goûtait le petit jeu. Ses nerfs souffraient de cette double vie. Il était tenté de tout raconter, juste pour se soulager.

Non, bon sang ! Il en avait trop bavé. Trente-sept ans. À creuser et gratter chaque instant. À dissimuler, à donner le change. Dans la pauvreté la plus abjecte. Non. Il n'abandonnerait pas. Pas maintenant. Pas si près du but.

« À ma façon, j'ai aussi un faible pour elle, a-t-il admis. Mais pas au point d'en perdre la tête. J'appellerais Besand à grands cris si jamais je trouvais quelque chose. Je m'égosillerais même tant que tu m'entendrais depuis Aviron.

— Bon. Comme tu voudras. » Takar a grimacé un sourire. « Je t'ai assez fait attendre. » Il a sorti une sacoche de cuir. « Des lettres de Stancil. »

Bomanz a pris la sacoche. « On n'a pas eu de nouvelles de lui depuis ta dernière visite.

— Je peux commencer à charger, Bo ?

— Sûr. Vas-y. » Machinalement, Bomanz a pris sa liste d'inventaire courant dans un casier. « Biffe ce que tu prends.

— La totalité cette fois, a répondu Takar avec un petit rire. Dis-moi ton prix.

— La totalité ? C'est de la camelote pour moitié !

— Je t'ai dit, la Domination fait fureur.

— Tu as vu Stance ? Comment va-t-il ? » Il avait parcouru la moitié de la première feuille. Son fils n'avait rien de bien profond à dire. Ses courriers ne racontaient que des banalités. Des lettres de corvée. Des lettres d'un fils à ses parents, qui ne franchissaient pas le fossé entre eux.

« Il tient une forme que c'en est écœurant. L'université l'ennuie. Continue à lire. Il te réserve une surprise. »

« Takar est passé », a dit Bomanz. Un vague sourire aux lèvres, il se dandinait d'un pied sur l'autre.

« Ce voleur ? s'est renfrognée Jasmine. T'as pensé à te faire payer ? » Son visage triste et flasque affichait une perpétuelle réprobation. En général, quand elle ouvrait la bouche, c'était pour abonder dans ce sens.

« Il a apporté des lettres de Stance. Là. » Il a tendu le paquet. « Stance revient à la maison, a-t-il ajouté, incapable de se contenir.

— À la maison ? Impossible. Et son poste à l'université ?

— Il prend une année sabbatique. Il viendra cet été.

— Pourquoi ?

— Pour nous voir. Aider au magasin. Pour prendre du large et finir une thèse. »

Jasmine est partie à bougonner. Elle n'a pas lu les lettres. Elle n'avait pas pardonné à son fils de partager l'intérêt de son père pour la Domination. « Ce qu'il vient faire, c'est t'aider à fouiner où tu n'es pas censé le faire, hein ? »

Bomanz a dardé des regards furtifs par les fenêtres du magasin. Son existence baignait dans une paranoïa compréhensible. « C'est l'année de la Comète. Les fantômes des Asservis se lèveront pour pleurer la fin de la Domination. »

L'été prochain marquerait le dixième retour de la Comète qui était apparue à l'heure ultime de la chute de la Domination. Les Dix qui étaient Asservis se manifesteraient avec force.

Bomanz avait assisté à un passage de l'astre, l'été de son arrivée dans la Vieille Forêt, bien avant la naissance de Stancil. Les Tumulus s'étaient peuplés de fantômes, impressionnante vision.

Son ventre s'est crispé d'excitation. Jasmine n'apprécierait sûrement pas, mais ce serait pour cet été. Le terme d'une longue quête. Il ne lui manquait plus qu'une clé. Qu'il la trouve, et il pourrait opérer le contact, commencer à tirer des bénéfices de son travail au lieu d'investir des efforts uniquement.

« Pourquoi me suis-je embarquée là-dedans ? a ricané Jasmine. Ma mère m'avait prévenue.

— C'est de Stancil qu'on parle, femme. Notre fils unique.

— Ah, Bo, ne me fais pas passer pour une cruelle mégère. Bien sûr que je l'accueillerai à bras ouverts. Tu crois que je ne l'aime pas, peut-être ?

— T'en crèverais pas de le montrer. » Bomanz a examiné son inventaire. « Ce qui reste ne vaut pas un clou. Mes vieux os me font mal rien que de penser aux fouilles qui m'attendent. »

Ses os lui faisaient mal, mais il mourait d'impatience. Reconstituer le stock fournissait un prétexte idéal pour aller fureter aux abords des Tumulus.

« Autant s'y mettre tout de suite.

— Tu essaies de me faire vider le plancher ?

— Je n'en ferais pas une maladie. »

Avec un soupir, Bomanz a promené le regard dans sa boutique. Quelques pièces d'équipement abîmées par le temps, des armes brisées, un crâne dont on ne pouvait déterminer l'origine car il lui manquait le triangle caractéristique incrusté des officiers de la Domination. Les collectionneurs ne s'intéressaient ni aux ossements de la piétaille ni à ceux des partisans de la Rose Blanche.

Curieux, a-t-il pensé. Pourquoi sont-ils tant fascinés par le mal ? La Rose Blanche s'était montrée plus héroïque que le Dominateur ou les Asservis. Or tout le monde l'avait oubliée, hormis les hommes du Moniteur. Le premier pékin venu pouvait énumérer la moitié des Asservis. Les Tumulus, où le mal était resté vivace, faisait l'objet d'une surveillance, tandis que le tombeau de la Rose Blanche était perdu.

« Pas ici ni là, grommelait Bomanz. Temps de se mettre au boulot. Ici. Ici. Pelle. Baguette divinatoire. Sacs… Peut-être que Takar avait raison. Peut-être que je devrais embaucher quelqu'un. Brosses. Pour m'aider à trimballer le matériel. Théodolite. Cartes. À ne pas oublier, celles-là. Quoi d'autre ? Rubans de concession. Bien sûr. Ce salopard de Men fu. »

Il a fourré ses affaires dans un sac et accroché des pièces d'équipement un peu partout sur lui. Il a empoigné une pelle, un râteau et son théodolite. « Jasmine. Jasmine ! Ouvre-moi cette foutue porte. »

Elle a glissé un œil entre les rideaux qui masquaient ses appartements. « T'aurais pu l'ouvrir en premier lieu, ballot ! » Elle a traversé le magasin d'un pas raide. « Un beau jour, Bo, tu finiras par t'organiser. Sans doute le lendemain de mes funérailles. »

Il s'est traîné dans la rue en ronchonnant. « Je m'organiserai le jour même de ta mort. Tu peux me croire sur parole. J'aimerais autant te voir dans la fosse avant que tu ne changes d'avis. »

4 : UN PASSÉ PROCHE

CHOUCAS

Les tumulus se trouvent au nord de Charme, dans la Vieille Forêt dont parlent tant les légendes sur la Rose Blanche. Choucas est arrivé dans la ville toute proche l'été suivant la tentative avortée du Dominateur pour s'évader de son tombeau par Génépi. Il y a trouvé les servants de la Dame avec un excellent moral. La terrible menace du Grand Tumulus n'était plus à craindre. La lie des rebelles avait été mise en déroute. L'Empire ne comptait plus d'ennemis dignes de ce nom. La Grande Comète, présage de toutes les catastrophes, ne poindrait pas avant des décennies.

Un dernier germe de résistance subsistait : une enfant qui prétendait être la réincarnation de la Rose Blanche. Mais c'était une fugitive, en cavale avec les survivants renégats de la Compagnie noire. Rien à craindre donc. Le rapport de forces était écrasant, la Dame les balaierait.

Choucas est arrivé en boitillant par la route d'Aviron, seul, sac au dos, un bâton dans son poing serré. Il s'est présenté comme un vétéran mutilé des campagnes du Forsberg menées par le Boiteux. Il voulait du travail. Et, du travail, il y en avait amplement pour qui voulait bien laisser sa fierté de côté. La Garde éternelle était grassement rétribuée. Beaucoup de ses soldats employaient des hommes de peine pour se soulager de certaines corvées.

À cette époque, un régiment était cantonné aux Tumulus. D'innombrables civils gravitaient autour de la garnison. Choucas s'est fondu dans cette masse. Quand les compagnies et les bataillons ont reçu leur ordre de transfert, il faisait partie du paysage.

Il faisait la plonge, soignait les chevaux, nettoyait les écuries, transmettait des courriers, passait le balai, épluchait des légumes, exécutait toutes les tâches qui pouvaient lui rapporter quelques fifrelins. Si ce grand gaillard au teint mat, ténébreux et discret, n'avait apparemment pas d'ami, on ne lui connaissait aucun ennemi non plus. Il se mêlait rarement aux autres.

Au bout de quelques mois, il a demandé et obtenu la permission de s'installer dans une bicoque délabrée dont personne ne voulait parce qu'elle avait jadis appartenu à un sorcier d'Aviron. En fonction de son temps libre et de ses moyens, il s'est mis à la restaurer. Et, comme le sorcier avant lui, il poursuivait la mission qui l'avait amené dans le Nord.

Dix, douze, quatorze heures par jour, Choucas s'échinait en ville, puis il revenait chez lui et recommençait à travailler. On se demandait quand il prenait du repos.

Une chose seulement portait atteinte à sa réputation : il refusait de se plier complètement à son rôle. La plupart des larbins devaient endurer leur lot de brimades. Choucas s'y refusait. Chaque fois qu'on avait cherché à le persécuter, ses yeux étaient devenus aussi glacés que l'acier en hiver. Un seul homme s'était avisé d'insister malgré ce regard. Choucas lui avait administré une impitoyable correction.

Nul ne soupçonnait sa triple vie. À l'extérieur, il était Choucas, l'homme à tout faire, rien de plus. Il donnait le change à la perfection. De retour chez lui, aux heures où il était susceptible d'être vu, il était Choucas le rénovateur, qui bâtissait une nouvelle maison à partir d'une ancienne. Juste avant l'aurore, en revanche, quand tout le monde dormait sauf la patrouille nocturne, il devenait Choucas, l'homme investi d'une mission.

Choucas le rénovateur a trouvé un trésor dans le mur de la cuisine du mage. Il l'a monté à l'étage où Choucas l'homme de l'ombre a surgi des profondeurs.

Sur le morceau de papier, on pouvait lire une douzaine de mots griffonnés d'une main tremblante. Un message codé.

Le long visage ténébreux qui ne souriait jamais s'est départi de sa glace. Ses yeux noirs ont brillé. Ses doigts se sont posés sur une lampe, l'ont allumée. Choucas s'est assis et, pendant une heure, est resté les yeux dans le vague. Puis, le sourire toujours aux lèvres, il est redescendu et sorti dans la nuit. Il a adressé un cordial salut de la main à la patrouille quand il l'a croisée.

On le connaissait maintenant. Et personne ne lui contestait le droit d'aller se balader en boitillant pour regarder la course des étoiles.

Il est revenu à la maison quand il s'est senti plus calme. Pas question de dormir. Il a étalé ses papiers et commencé à les étudier, à déchiffrer, à traduire, à rédiger un récit dans une lettre qui ne parviendrait à destination que des années plus tard.

5

LA PLAINE DE LA PEUR

Qu'un-œil est passé pour m'annoncer que Chérie s'apprêtait à interroger Cordeur et le messager. « Elle a l'air mal fichue, Toubib. Tu l'as observée ? — J'observe. Je donne mon avis. Elle n'en a cure. Qu'est-ce que tu veux que je fasse ?

— Il reste vingt ans et quelques avant le retour de la Comète. Pas la peine qu'elle se tue au travail, non ?

— Va donc le lui dire. Elle me soutient que ce bazar sera terminé bien avant que la Comète ne réapparaisse. Qu'il n'y a pas un instant à perdre. »

C'est ce qu'elle croit. Mais nous autres avons du mal à suivre, tant elle déploie d'ardeur. Nous sommes isolés dans la plaine de la Peur, coupés du reste du monde, et le combat contre la Dame perd parfois de son importance. C'est la plaine elle-même qui trop souvent nous préoccupe.

Je me suis surpris à distancer Qu'un-Œil. Cet enterrement prématuré ne lui avait pas fait de bien. Privé du recours à ses talents, il avait diminué physiquement. Il commence à faire son âge. Je l'ai attendu.

« Gobelin et toi, vous avez profité de votre aventure ? »

Il n'a pas réussi à choisir entre le rictus narquois et le renfrogné.

« C'est lui qui t'a eu, hein ? »

Leur bisbille remonte à l'aube des temps. C'est toujours Qu'un-Œil qui ouvre les hostilités. Et Gobelin qui les clôt en général.

Il a marmotté quelque chose.

« Quoi ?

— Yo ! a braillé quelqu'un. Tout le monde en surface ! Alerte ! Alerte ! »

Qu'un-Œil a craché. « Deux fois dans la journée ? Allons bon ! »

Je savais ce qu'il voulait dire. Nous n'avions pas totalisé vingt alertes depuis que nous étions ici, soit en deux ans. Et maintenant deux le même jour ! Invraisemblable.

Je me suis rué vers mon arc.

Cette fois nous sommes sortis en faisant moins de raffut. Elmo avait poussé de méchants coups de gueule en guise de mise au point.

Lumière du jour à nouveau. Comme un choc. L'entrée du tunnel était orientée à l'ouest. Nous avions le soleil dans les yeux en émergeant.

« Hé, toi, espèce d'andouille ! a braillé Elmo. Qu'est-ce que tu fiches ? » Un jeune soldat se tenait immobile à découvert, le bras tendu. J'ai levé le regard dans la direction qu'il indiquait.

« Oh, la vache ! ai-je murmuré. Oh, la putain de saleté de vacherie. »

Qu'un-Œil a vu aussi. « Asservi. »

Le point volant a pris de l'altitude, contourné notre retraite en décrivant une spirale concentrique. Tout à coup il s'est mis à tanguer.

« Ouais. Asservi. Murmure ou Trajet ?

— Ça fait chaud au cœur de revoir les vieux potes », a lancé Gobelin en nous rejoignant.

Nous n'avions pas vu d'Asservi depuis notre arrivée dans la plaine. Avant, nous les avions eu constamment sur le poil, ils nous avaient harcelés sans cesse durant les quatre années qu'avait duré notre voyage depuis Génépi.

Ce sont les satrapes de la Dame, ses doublures en matière de terreur. Autrefois, il y en avait dix. À l'époque de la Domination, la Dame et son mari avaient réduit en esclavage les plus puissants de leurs contemporains pour en faire leurs instruments : les Dix qui étaient Asservis. Les Asservis avaient été ensevelis avec leurs maîtres quand la Rose Blanche avait remporté sa victoire sur le Dominateur, voilà quatre siècles. Et ils sont revenus à la surface avec la Dame, il y a de cela deux passages de la Comète. À force de luttes intestines – car certains d'entre eux étaient restés loyaux envers le Dominateur – la plupart ont péri.

Mais la Dame s'est procuré de nouveaux esclaves : Plume, Murmure, Trajet. Plume et le dernier des anciens, le Boiteux, ont mordu la poussière à Génépi quand nous avons neutralisé la tentative de résurrection du Dominateur. Il en restait deux : Murmure et Trajet.

Le tapis volant avait tangué en frôlant la zone où l'influence annihilante de Chérie s'exerçait suffisamment pour neutraliser la force qui le maintenait en vol. L'Asservi a viré de bord, dégringolant vers l'extérieur, et s'est écarté assez loin pour reprendre complètement le contrôle de son engin. « Dommage qu'il n'ait pas chuté vers l'intérieur, ai-je commenté. Comme une caillasse.

— Ils ne sont pas idiots, a dit Gobelin. Ils cherchent juste à nous repérer, pour l'instant. » Il a secoué la tête, frissonné. Il savait quelque chose que j'ignorais. Sans doute une nouvelle apprise lors de son expédition hors de la plaine.

« Une opération se met sur pied ? ai-je demandé.

— Ouais ! Qu'est-ce que tu fiches, gueule de hareng ? a-t-il lancé à Qu'un-Œil. Regarde donc ce qui se passe. »

Le petit homme noir ignorait l'Asservi. Il scrutait des falaises creusées par les vents violents au sud.

« Notre objectif, c'est de rester vivants, a-t-il répondu avec une suffisance induisant qu'il avait de quoi river le clou de Gobelin. Et, pour cela, il vaudrait mieux éviter de se laisser distraire par un tantinet d'esbroufe.

— Qu'est-ce que tu veux dire par là ?

— Ce que je veux dire par là, c'est que, pendant que vous êtes tous à bayer aux corneilles devant ce clown, un autre en profite pour se faufiler derrière les plateaux pour déposer quelqu'un. »

Gobelin et moi nous sommes tournés vers les parois rouges. Nous n'avons rien vu.

« Trop tard, a dit Qu'un-Œil. Il est parti. Mais je pense que quelqu'un aurait intérêt à aller ramasser l'espion. »

Il m'a convaincu. « Elmo ! Amène-toi. » J'ai expliqué au sergent.

« Ils commencent à bouger, a-t-il murmuré. Juste au moment où je me prenais à espérer qu'ils nous avaient oubliés.

— Il n'y avait aucun risque, a fait Gobelin. Tu peux en être sûr. » À nouveau, j'ai eu l'impression qu'il avait quelque chose en tête.

Du regard, Elmo a ratissé le terrain entre nous et les falaises. Il le connaissait comme sa poche. Ainsi que nous tous. Un beau jour, connaître ce terrain mieux que celui qui nous pourchassera nous sauvera peut-être la mise. « O.K., a-t-il murmuré pour lui-même. Je le vois. Je prendrai quatre gars avec moi. Après avoir vu le lieutenant. »

Le lieutenant ne monte pas lors des alertes. Lui et deux autres campent devant la porte des appartements de Chérie. Si jamais l'ennemi doit parvenir jusqu'à elle, il leur sera d'abord passé sur le corps.

Le tapis volant s'est éloigné vers l'ouest. Je me suis demandé pourquoi aucune créature de la plaine ne s'en était prise à lui. Je suis retourné jusqu'au menhir qui m'avait adressé la parole. Je le lui ai demandé. Au lieu de me répondre, il a dit : « C'est le début, Toubib. Note bien ce jour.

— Ouais. D'accord. »

Alors je l'ai appelé le jour du commencement, bien que, par certains aspects, tout ait commencé des années auparavant. Ça a été le jour de la première lettre, le jour de l'Asservi, et le jour de Traqueur et du chien Saigne-Crapaud.

6

LA PLAINE DE LA PEUR

Je suis monté pour mon tour de garde. Aucun signe d'Elmo et de ses hommes. Le soleil déclinait. Le menhir avait disparu. Aucun bruit, hormis la voix du vent.

Silence s'était assis à l'ombre au cœur d'un récif de milliers de coraux que tachetaient les rayons du soleil filtrés par leurs branches tourmentées. Le corail constitue un couvert efficace. Rares sont les habitants de la plaine qui défient son poison. Ce qui met le guetteur en danger, ce sont les pièges exotiques qu'on trouve ici, plus encore que nos ennemis.

Je me suis contorsionné, baissé pour éviter les épines mortelles et j'ai rejoint Silence. Il est grand de taille, filiforme et vieillissant. Ses yeux noirs paraissaient braqués sur des rêves depuis longtemps envolés. J'ai posé mes armes. « Du neuf ? »

Il a remué la tête, à peine assez pour esquisser un signe négatif. J'ai disposé les coussins que j'avais apportés. Le corail se tordait autour de nous, des branches et des éventails grimpaient jusqu'à six mètres de haut. Nous ne pouvions pas voir grand-chose à part le gué du ruisseau, quelques menhirs inertes et les arbres marcheurs dans la pente au loin. Un arbre solitaire se dressait près du cours d'eau, racines plongées dans le courant. Comme s'il avait perçu mon regard, il s'est mis à battre en retraite lentement.

La plaine visible est aride. On y trouve la flore et la faune habituelles d'un désert – lichens, broussailles naines, ser-

Le menhir a prononcé une dernière remarque. « Il y a des étrangers dans la plaine. » Ça ne dédouanait pas les différentes créatures volantes d'avoir laissé passé l'Asservi sans réagir.

Elmo est revenu. « Le menhir prévient qu'on pourrait recevoir d'autres visiteurs. »

Elmo a haussé un sourcil. « Vous prenez les deux prochains tours de garde, Silence et toi ?

— Ouais.

— Soyez prudent. Gobelin. Qu'un-Œil. Venez ici. » Ils se sont consultés. Et puis Elmo a désigné quatre jeunots et il est parti en chasse.

pents et lézards, scorpions et araignées, chacals et petits rongeurs – mais en assez grand nombre. On les rencontre généralement quand on préférerait les éviter. Ce qui résume la plaine en général. Les véritables curiosités, c'est aussi quand elles sont le plus importunes qu'elles vous tombent sur le dos. Le lieutenant se plaît à dire qu'un candidat au suicide pourrait passer des années ici à hésiter.

Les couleurs dominantes sont les rouges et les bruns, rouille, ocre; les falaises des plateaux sont d'un grès rouge sang ou vineux, ici ou là veiné d'une inégale strie orangée. Le corail se dissémine en récifs blancs ou roses. Il n'y a pas à proprement parler de verdure. Tant les arbres marcheurs que les buissons nains arborent des frondaisons d'un gris-vert poussiéreux, où le vert n'apparaît que par touches. Les menhirs, vivants ou inertes, sont d'un étrange et morne gris-brun qui détonne par rapport aux autres pierres ordinaires de la plaine.

Une ombre immense a glissé sur les éboulis accidentés qui s'étalaient au pied des falaises. Elle couvrait plusieurs hectares, trop dense pour être celle d'un nuage. « Baleine de vent ? »

Silence a opiné du chef.

Elle croisait en altitude, quelque part entre le soleil et nous, mais je n'ai pas pu la repérer. Je n'en avais pas vu une seule en plusieurs années. La dernière fois qu'Elmo et moi avions traversé la plaine avec Murmure, sur ordre de la Dame, c'était… il y a si longtemps ? Le temps file et nous échappe, le bon surtout.

« Des eaux étranges passent sous les ponts, mon ami. Des eaux étranges. »

Il a hoché la tête pour toute réponse. Silence, quoi.

Il n'a pas prononcé un mot depuis que je le connais. Ni depuis qu'il fait partie de la Compagnie. Pourtant, selon Qu'un-Œil et mon prédécesseur annaliste, il est tout à fait capable de parler. Au fil de menus indices que j'ai relevés depuis des années, j'ai acquis l'intime conviction que dans sa jeunesse, avant de s'enrôler, il a fait la promesse solennelle de ne plus parler. Etant donné la sacro-sainte règle de la Compagnie de ne pas questionner les recrues sur leur passé, je n'ai jamais pu apprendre dans quelles circonstances.

Il m'est arrivé de le voir sur le point de dire quelque chose, poussé par la colère ou l'hilarité, mais il s'est toujours retenu au dernier instant. Pendant longtemps, les gars se sont fait un jeu de l'asticoter pour essayer de lui faire rompre son serment, mais la plupart ont cessé rapidement. Silence dispose d'une batterie de moyens pour décourager ce genre de plaisantins : faire affluer les tiques dans leurs draps, par exemple.

Les ombres s'allongeaient. Le crépuscule déployait ses teintes. Enfin Silence s'est levé, m'a enjambé et s'en est retourné au Terrier, ombre vêtue de sombre dans la nuit tombante. Un personnage vraiment singulier, ce Silence. Non seulement il ne parle pas, mais il ne colporte jamais le moindre ragot non plus. Comment voulez-vous avoir un peu d'emprise sur un type pareil ?

Et pourtant c'est l'un de mes plus vieux et meilleurs amis. Allez donc l'expliquer.

« Bien, Toubib. » La voix était aussi caverneuse que celle d'un fantôme. J'ai sursauté. Un gloussement malveillant a retenti dans le récif. Un menhir s'était approché de moi en douce. Je me suis retourné un peu. Il se tenait pile sur le passage que venait d'emprunter Silence; c'était un gros spécimen assez moche de trois mètres cinquante de haut. Un nabot par rapport à certains.

« Salut, roc. »

Maintenant qu'il s'était bien amusé à mes dépens, il m'a tout bonnement ignoré. Muet comme une pierre. Ha, ha.

Les menhirs sont nos principaux alliés dans la plaine. Ils nous servent d'interlocuteurs auprès des autres espèces douées d'intelligence. Toutefois, ils décident de nous tenir au courant quand ça leur chante.

« Comment ça se passe pour Elmo ? » ai-je demandé.

Rien.

Sont-ils d'essence magique ? Non, j'imagine. Sans quoi ils ne survivraient pas au nimbe annulant de Chérie. Que sont-ils ? Mystère. Comme pour la plupart des créatures bizarres par ici.

« Il y a des étrangers dans la plaine.

— Je sais, je sais. »

Les créatures nocturnes sont sorties. Des points luminescents ont papillonné, virevolté au-dessus de moi. La baleine de vent dont nous avions vu l'ombre un moment plus tôt s'est éloignée suffisamment vers l'est pour que je puisse voir son ventre miroitant. Elle n'allait pas tarder à descendre en déroulant ses vrilles dans son sillage pour attraper ce qui viendrait s'y prendre. Une brise s'est levée.

Des odeurs amères m'ont titillé les narines. L'air vibrait, murmurait et sifflait dans le corail. Au loin, j'entendais le carillon tintinnabulant du Vieil Arbre Ancêtre.

Il est unique. Premier ou dernier de son espèce, je ne sais pas. Haut de six mètres et large de trois, il se tient là, niché près du ruisseau, irradiant quelque chose de très intimidant, ses racines plantées au centre géographique de la plaine. Silence, Gobelin et Qu'un-Œil ont tous essayé de démêler son mystère. Ça ne les a menés nulle part. Les rares tribus humaines de la plaine le vénèrent. Elles prétendent qu'il existe depuis l'aube du monde. Il donne cette impression d'intemporalité.

La lune s'est levée. Alors que je la regardais, pleine et engourdie au ras de l'horizon, j'ai cru voir quelque chose passer devant. Asservi ? Ou bestiole de la plaine ?

Un boucan a retenti près de l'entrée du souterrain. J'ai râlé. Je n'avais pas besoin de ça. Gobelin et Qu'un-Œil. L'espace d'une demi-minute, cyniquement, j'ai regretté qu'ils soient revenus. « La ferme ! Vous me fatiguez avec vos salades. »

Gobelin a surgi au bord du corail et grimacé un sourire, me mettant au défi de bouger. Il avait l'air reposé, dispos. « Alors, Toubib, on fait la tête ? a demandé Qu'un-Œil.

— Tout juste. Qu'est-ce que vous fichez là ?

— On avait besoin d'air frais. » Il a tendu le cou et observé la barre des falaises. Bon. Ils s'inquiétaient pour Elmo.

« Il s'en sortira au poil, ai-je dit.

— Je sais, a répondu Qu'un-Œil. Je t'ai menti. C'est Chérie qui nous envoie. Elle a perçu du mouvement à la périphérie orientale de sa zone de nul.

— Ah ?

— Je n'ai pas pu savoir ce que c'était, Toubib. » D'un coup, il était sur la défensive. Chagriné. Sans Chérie, il aurait su. Il éprouvait ce que j'aurais ressenti dépouillé de mon matériel médical. Impuissant à faire ce à quoi il s'était entraîné toute sa vie.

« Qu'est-ce que tu vas faire ?

— Allumer un feu.

— Hein ? »

Le feu crépitait. Qu'un-Œil s'est montré si ambitieux qu'il a ramassé dans les parages assez de bois mort pour chauffer une légion. Les flammes ont repoussé l'obscurité au point qu'il m'a bientôt été possible de distinguer le terrain jusqu'à cinquante mètres derrière le ruisseau. Les derniers arbres marcheurs étaient partis. Ils avaient sûrement détecté la venue de Qu'un-Œil, à l'odeur.

Gobelin et lui ont traîné un arbre abattu de type ordinaire. On ne touche pas aux marcheurs, sauf pour redresser les maladroits qui trébuchent sur leurs racines. Ça n'arrive pas souvent, du reste. Ils ne se déplacent guère.

Les deux sorciers se sont pris le bec, s'accusant mutuellement de laisser l'autre porter le gros de la charge. Ils l'ont lâché. « On dégage » a dit Gobelin, et l'instant d'après ils avaient disparu. Déconcerté, j'ai scruté les ténèbres. Je n'ai rien vu ni entendu.

Je me suis senti soudain accablé de fatigue, luttant contre le sommeil. J'ai commencé à débiter l'arbre, histoire de m'occuper. Alors je me suis rendu compte qu'il se passait quelque chose d'étrange.

Je me suis figé dans mon mouvement. Depuis combien de temps ces menhirs se regroupaient-ils ? J'en ai dénombré quatorze aux franges de la lumière. Ils dessinaient des ombres longues et profondes. « Qu'est-ce qui se passe ? me suis-je écrié, un brin tendu.

— Il y a des étrangers dans la plaine. »

Limite rasoir, le refrain. Je me suis installé près du feu, dos à la flambée. J'ai jeté des branches par-dessus mon épaule pour nourrir les flammes. La lumière a gagné en intensité. J'ai dénombré dix menhirs de plus. Au bout d'un moment, j'ai fait remarquer : « Ce n'était pas vraiment une nouvelle.

— Quelqu'un vient. »

Ça, c'en était une. Et annoncée avec conviction pour la première fois qu'il m'ait été donnée d'entendre. À une, deux reprises, il m'a semblé percevoir un mouvement fugitif, mais je n'en avais pas la certitude. Rien de plus trompeur que l'éclairage d'un feu. J'ai rajouté du bois.

Un mouvement, sûr. Derrière le ruisseau. Une silhouette qui se dirigeait vers moi, lentement. D'un pas fatigué. Je me suis absorbé dans une feinte torpeur. L'homme approchait. Il portait sur l'épaule droite une selle et une couverture qu'il retenait de la main gauche. Dans la main droite il trimballait une boîte oblongue en bois, dont le vernis reflétait la clarté du feu. Elle mesurait un mètre cinquante de long sur dix centimètres par vingt. Curieux.

J'ai remarqué son chien quand ils ont franchi le gué. Un bâtard pelé, miteux, au pelage blanc sale, à part une tache ronde autour d'un œil et quelques mouchetures également noires sur ses flancs. Il boitait, rechignant à poser l'une de ses pattes antérieures sur le sol. Le feu a révélé ses yeux. Ils luisaient d'une lueur rouge brique.

L'homme, la trentaine environ, mesurait plus d'un mètre quatre-vingts. Ses mouvements dénotaient sa souplesse, malgré sa fatigue. Il était bardé de muscles. Sa chemise en loques laissait voir des bras et un torse couturés de cicatrices. Il avait une expression impénétrable. Il a dardé son regard dans le mien en approchant du feu, sans sourire ni non plus manifester d'hostilité.

J'ai frissonné légèrement. Il avait l'air coriace, mais pas assez cependant pour affronter seul la plaine de la Peur.

Premier objectif : gagner du temps. Otto était censé venir prendre ma relève très bientôt. Le feu l'alerterait. Il verrait l'étranger et retournerait réveiller tout le monde dans le souterrain.

« Salut », ai-je lancé.

Il s'est arrêté, a échangé un regard avec son bâtard. Le chien s'est avancé lentement en humant l'air, sondant la nuit alentour. Il s'est immobilisé à quelques pas de moi, s'est ébroué comme pour se sécher et s'est installé sur le ventre.

L'étranger s'est arrêté à son niveau. « Posez donc vos affaires », l'ai-je invité.

Il a balancé sa selle par terre, a déposé sa boîte et s'est assis. Ses gestes étaient raides. Il a eu du mal à plier les jambes.

« Vous avez perdu votre cheval ? »

Il a opiné du chef. « Il s'est cassé une patte. À l'ouest d'ici, à huit ou neuf kilomètres. J'ai perdu la piste. »

Il y a des pistes qui traversent la plaine. Certaines même que ses habitants s'engagent à respecter. Parfois. Selon des critères connus d'eux seuls. Il faut être désespéré ou idiot pour les emprunter en solitaire. Ce type n'avait pas l'air d'un idiot.

Le chien a émis un grognement étouffé. Le type l'a gratté entre les oreilles.

« Où est-ce que vous allez ?

— Un coin qu'on appelle Vitesse. »

C'était un nom de code, de propagande, pour désigner le Terrier. Prestigieux juste ce qu'il faut pour nos alliés qui se trouvaient au diable vauvert.

« C'est quoi, ton nom ?

— Traqueur. Lui, c'est Saigne-Crapaud le Chien.

— Heureux de vous rencontrer, Traqueur, Saigne-Crapaud. »

L'animal a grogné. « Faut l'appeler par son nom complet, a précisé Traqueur. Saigne-Crapaud le Chien. »

J'ai gardé mon sérieux, mais seulement parce que ce type était un grand costaud à l'air pas commode. « C'est où, Vitesse ? Jamais entendu parler. »

Il a levé le regard ténébreux qu'il posait jusque-là sur son corniaud et m'a souri. « Paraît que ça se trouve vers Gages. »

Deuxième fois de la journée ? C'était le jour des doublés ou quoi ? Bon sang, non. Trop invraisemblable. En outre, le type ne m'inspirait rien qui vaille. Il me rappelait trop Corbeau, notre frère d'armes de jadis. De glace et de fer. Je lui ai fait ma bouille d'ahuri. Je la réussis bien, celle-là. « Gages ? Connais pas non plus. Décidément. Ça doit se trouver à une belle trotte vers l'est. Qu'est-ce qui vous pousse là-bas, d'ailleurs ? »

Il a souri de nouveau. Son chien a haussé une paupière et m'a regardé d'un œil torve. Ils ne me croyaient pas.

« J'achemine du courrier.

— Je vois.

— Un paquet, plus exactement. Destiné à un dénommé Toubib. »

J'ai aspiré ma salive entre mes dents, puis j'ai lentement sondé du regard l'obscurité alentour. Le cercle éclairé avait rétréci mais les menhirs demeuraient aussi nombreux. Je me suis demandé où s'étaient fourrés Qu'un-Œil et Gobelin. « Ah, voilà un nom qui me dit quelque chose, ai-je répliqué. Une espèce de charlatan. » À nouveau, le chien a dardé son regard sur moi. Sarcastique cette fois, ai-je estimé.

Qu'un-Œil s'est profilé dans les ténèbres derrière Traqueur, épée au clair, prêt pour la sale besogne. Mais, bon sang, qu'il s'amenait doucement, que ce soit à l'aide de sa magie ou non.

Je l'ai trahi par un tressaillement de surprise. Traqueur et son chien se sont retournés. Tout les deux ont sursauté, interloqués de découvrir quelqu'un là. Le chien s'est levé. Son poil s'est hérissé. Et puis il est retombé au sol après s'être tortillé à reculons jusqu'à nous intégrer tous les deux dans son champ de vision.

Mais alors c'est Gobelin qui est apparu, tout aussi silencieusement. J'ai souri. Traqueur lui a lancé un regard. Ses yeux sont devenus fentes. Il paraissait songeur, comme un tricheur aux cartes découvrant que ses partenaires étaient des clients plus sérieux que prévu. Gobelin a gloussé. « Puisqu'il veut y aller, Toubib, je propose qu'on le conduise sous terre. »

La main de Traqueur s'est crispée sur la boîte qu'il avait amenée. Son chien s'est mis à gronder. Traqueur a fermé les yeux. Quand il les a rouverts, il avait recouvré le contrôle de lui-même. Le sourire lui est revenu. « Toubib, hein ? Alors j'ai trouvé Vitesse.

— Tu l'as trouvée, l'ami. »

Lentement, pour n'alarmer personne, Traqueur a retiré un paquet enveloppé de toile cirée d'une de ses fontes de selle. C'était le jumeau de celui que j'avais reçu une demi-journée plus tôt. Il me l'a tendu. Je l'ai fourré sous ma chemise. « Où te l'a-t-on confié ?

— À Aviron. » Il m'a raconté la même histoire que l'autre messager.

J'ai acquiescé. « Tu arrives de si loin, alors ?

— Oui.

— Alors il y a tout intérêt à le mener sous terre », ai-je dit à Gobelin. Il a compris où je voulais en venir. Nous allions le confronter au messager précédent. Histoire de voir si ça ferait des étincelles. Qu'un-Œil s'est fendu d'un rictus.

J'ai consulté Gobelin du regard. Il a approuvé.

Aucun de nous ne se sentait à son aise face à Traqueur. Je ne sais pas vraiment pourquoi.

« Allons-y », ai-je dit. Je me suis levé en m'aidant de mon arc.

Traqueur a guigné la tige de l'arme. Il a voulu dire quelque chose et s'est ravisé. Comme s'il l'avait reconnue. Je me suis détourné, un sourire aux lèvres. Peut-être qu'il s'imaginait aux prises avec la Dame. « Suis-moi. »

Il a obtempéré. Gobelin et Qu'un-Œil lui ont emboîté le pas sans que ni l'un ni l'autre ne l'aide à porter son barda. Son chien boitillait à son côté, tête basse. Avant de m'engager dans le souterrain, j'ai regardé vers le sud, inquiet. Quand Elmo allait-il revenir ?

Nous avons laissé Traqueur et son clébard sous bonne garde dans une cellule. Ils n'ont pas protesté. Je suis retourné à ma chambre après avoir réveillé Otto en retard. J'ai essayé de dormir, mais ce fichu paquet posé sur la table m'interpellait à grands cris.

Je n'étais pas sûr d'avoir envie de lire son contenu.

C'est lui qui a gagné.

7

LA SECONDE LETTRE

Toubib :

Bomanz a collé son œil au théodolite qu'il avait braqué sur la proue du Grand Tumulus. Il s'est reculé d'un pas, a noté l'angle, déplié une carte sommaire. Il se trouvait sur le site même où il avait déterré la hache telleKurre. « Si seulement les descriptions de Nécrome étaient moins vagues ! Mettons que le flanc de leur formation se déployait par là. Logiquement, leurs troupes s'alignaient parallèlement à l'ennemi. Donc Transformeur et les chevaliers ont dû se rentrer dans le lard un peu au-dessus. J'en mettrais la main au feu. »

Une légère élévation renflait le terrain. Bon. Les trésors enfouis seraient sans doute moins endommagés par les nappes phréatiques. Mais quelle densité de végétation, en revanche ! Chênes rabougris. Églantiers. Lierre toxique. Surtout du lierre toxique. Bomanz détestait cette plante pestilentielle. Il s'est mis à se gratter rien qu'à y songer.

« Bomanz.

— Hein ? » Il a fait volte-face en brandissant sa pelle.

« Holà ! Du calme, Bo.

— Qu'est-ce qui te prend de t'amener sournoisement comme ça ? Je ne trouve pas ça drôle, Besand. Je ne sais pas ce qui me retient de pelleter ce sourire idiot.

— Ooh ! C'est pas ton jour, on dirait ? » Besand était un vieil homme mince, de l'âge de Bomanz approximativement. Ses épaules s'affaissaient dans le prolongement de son cou tendu en avant, comme pour renifler une piste. De grosses veines bleues sillonnaient le dos de ses mains. Il avait la peau tavelée.

« Mais qu'est-ce que tu espères ? À jaillir du buisson comme un beau diable ?

— Du buisson ? Quel buisson ? Ta conscience te travaille, Bo ?

— Besand, tu essaies de me pincer depuis la saint-glinglin. Pourquoi tu n'abandonnes pas ? D'abord c'est Jasmine qui me tanne, puis Takar qui m'achète tout mon stock et me contraint à le reconstituer, et maintenant c'est toi qui viens me casser les pieds ? Fiche-moi la paix. Je ne suis pas d'humeur. »

Besand s'est tordu la bouche en un large sourire qui a révélé ses chicots cariés. « Je ne t'ai jamais pris, Bo, mais ça ne veut pas dire que t'es innocent. Ça veut juste dire que je ne t'ai jamais pris.

— Si je ne suis pas innocent, tu dois en trimballer une sacrée couche pour ne pas m'avoir pris en quarante ans. Bon sang, tu ne peux pas nous faciliter un peu la vie à tous les deux ? »

Besand s'est esclaffé. « D'ici peu tu ne m'auras plus sur le dos, va. Ils vont me coller à la retraite. »

Bomanz s'est accoudé à sa pelle, a considéré le garde. Besand exsudait une douleur sourde. « Vraiment ? Je suis désolé.

— Et pour cause. Mon remplaçant pourrait être assez malin pour te choper.

— Arrête avec ça. Tu veux savoir à quoi je m'emploie ? J'essaie de deviner par où sont descendus les chevaliers telleKures. Takar voudrait des pièces sortant de l'ordinaire. C'est le mieux que je puisse faire. Sans pour autant passer la limite et te fournir un prétexte pour me faire pendre. Passe-moi cette baguette divinatoire. »

Besand lui a tendu l'objet. « Pillage de tombe, hein ? C'est à ça que t'encourage Takar ? »

Des lames de glace ont fouaillé Bomanz. La remarque n'avait rien d'anodin. « Va-t-on continuer éternellement sur ce ton ? Est-ce qu'on ne se connaît pas depuis assez longtemps pour arrêter de jouer au chat et à la souris ?

— Ça m'amuse, Bo. » Besand l'a entraîné jusqu'au monticule embroussaillé. « Il va falloir essarter le terrain. Je n'arrive plus à fournir. Manque de main-d'œuvre et d'argent.

— Ce serait bien que tu t'en charges au plus vite. C'est justement dans ce coin que je voudrais mener mes fouilles, mais ce lierre toxique…

— Ah, ce lierre, méfie-t'en, Bo. » Besand a ricané. Chaque été, Bomanz souffrait de quantité de troubles divers dus aux plantes. « Pour ce qui est de Takar…

— Je ne traite pas avec ceux qui transigent avec la loi. Ç'a toujours été mon grand principe. Personne ne vient plus m'embêter.

— Douteux, mais admettons. »

La baguette de Bomanz a frémi. « Je vais devoir aller me flanquer dans cette saleté. En plein milieu.

— T'en es sûr ?

— Regarde comme elle tressaute. Ils ont dû les enterrer dans une grande fosse.

— Pour ce qui est de Takar…

— Qu'est-ce que tu lui veux, nom d'un chien ? Si t'as envie de le faire pendre, vas-y. Laisse-moi juste le temps de trouver quelqu'un pour gérer mon commerce aussi bien que lui.

— Je n'ai envie de pendre personne, Bo. Je voulais juste te prévenir. Une rumeur court à Aviron : paraît qu'il serait un résurrectionniste. »

Bomanz en a lâché sa baguette. Il a inspiré convulsivement quelques bouffées d'air. « Vraiment ? Un résurrectionniste ? »

Le Moniteur l'a dévisagé intensément. « Ce n'est qu'une rumeur. J'en entends de toutes sortes. Je pensais que ça pourrait t'intéresser. Y a pas plus proches que nous deux dans le coin, en définitive. »

Bomanz a accepté le rameau d'olivier. « Ouais. Honnêtement, il ne m'a jamais rien laissé entendre en ce sens. Mazette ! Ce n'est pas une mince accusation. »

Une accusation qui méritait qu'il y réfléchisse très sérieusement. « Ne parle à personne de mes découvertes. Avec ce voleur de Men fu… »

Besand a gloussé de nouveau. Son hilarité prenait des accents sépulcraux.

« Tu aimes ton boulot, pas vrai ? Je veux dire tarabuster les gens qui n'oseront pas se défendre.

— Doucement, Bo. Je pourrais te traîner en interrogatoire. » Besand a tourné les talons et s'est éloigné à grands pas.

Dans son dos, Bomanz a esquissé un sourire amer. Évidemment qu'il aimait ce boulot qui l'autorisait à jouer les tyrans. Il pouvait persécuter n'importe qui sans avoir à en répondre.

Une fois qu'elle eut vaincu puis enterré le Dominateur et ses servants dans des tombeaux bardés de la magie la plus efficace de son temps, la Rose Blanche décréta qu'une Garde éternelle serait affectée à la surveillance du site. Une phalange qui n'obéirait à personne d'autre qu'elle-même et serait chargée d'empêcher la résurrection du mal encore vivant dans les tombes. La Rose Blanche connaissait la nature humaine. Il y aurait toujours ceux qui, espérant en tirer profit, se rallieraient au Dominateur. Ceux qui vénéraient le mal et voudraient libérer leur idole.

Les résurrectionnistes sont apparus presque avant que l'herbe ait fini de recouvrir les Tumulus.

Takar, résurrectionniste ? Bomanz a réfléchi. N'avait-il pas déjà assez d'ennuis ? Besand allait camper sur ses platesbandes, maintenant.

Bomanz n'avait aucun intérêt à ramener à la vie les vieux démons. Il voulait seulement opérer le contact avec l'un d'entre eux pour faire la lumière sur plusieurs antiques mystères.

Besand était hors de vue. Il devait regagner ses quartiers d'un pas lourd. C'était le moment de s'autoriser quelques observations interdites. Il a rajusté son théodolite.

Les Tumulus n'étaient guère menaçants d'aspect, mais en piteux état. Quatre siècles d'érosion par les intempéries et la végétation avaient dégradé ce qui jadis était une merveille. De denses broussailles avaient complètement submergé les tumulus et leur aménagement paysager symbolique. La Garde éternelle n'avait plus les moyens d'assurer l'entretien nécessaire depuis longtemps. Le Moniteur Besand s'acharnait à mener contre le temps un combat d'arrière-garde.

Rien ne poussait bien sur les Tumulus. La végétation restait chétive, malingre. Pourtant elle masquait souvent les formes des tombes, des stèles et des fétiches qui claquemuraient les Asservis.

Bomanz avait passé sa vie à identifier chaque sépulture, à localiser chaque Asservi, à reconnaître le moindre menhir ou fétiche. Sa grande carte, son trésor de soie, était presque complète. Il serait bientôt en mesure de pénétrer dans le dédale. Grande était sa tentation d'essayer avant même d'être fin prêt, tant il touchait au but. Mais il n'était pas idiot. Son projet, c'était de récolter le nectar de la plus vénéneuse des plantes. Il ne devait pas commettre la moindre faute. D'un côté il y avait Besand, de l'autre la vieille et perfide calamité.

Mais en cas de succès… Ah, en cas de succès. S'il opérait son contact et soutirait les secrets… Les connaissances humaines feraient un bond gigantesque. Il deviendrait le plus puissant des mages vivants. Son renom s'étendrait à la vitesse du vent. Jasmine obtiendrait tout ce qu'elle se plaignait d'avoir sacrifié. *Si* il opérait le contact.

Et il le ferait, parbleu ! Ni la peur ni la faiblesse de l'âge ne le retiendraient maintenant. Quelques mois encore, et il posséderait la dernière clé.

Bomanz vivait depuis si longtemps dans le mensonge qu'il se mentait souvent à lui-même. Même dans ses moments de lucidité, il ne s'avouait jamais sa motivation profonde : son amour platonique pour la Dame. C'était elle qui l'intriguait depuis le tout début, elle qu'il voulait contacter, elle qui conférait à toute littérature ce caractère si fascinant. De tous les seigneurs de la Domination elle était la plus mystérieuse, la plus auréolée de mythes, la moins souillée par l'Histoire. Certains érudits lui prêtaient une beauté de tous temps incomparable et prétendaient qu'il suffisait de la voir pour tomber en esclavage. Certains disaient qu'elle avait été le véritable mobile de l'avènement de la Domination. Peu d'entre ces lettrés reconnaissaient que leurs documents n'étaient guère que des fables à l'eau de rose. La majorité n'en avait cure et continuait de les agrémenter. Bomanz, alors même qu'il était encore étudiant, n'avait cessé de s'en étonner.

De retour dans sa mansarde, il a étalé sa carte de soie. Il n'avait pas entièrement perdu sa journée. Il avait localisé une stèle qu'il n'avait jamais vue et identifié le charme qui s'y ancrait. Et il avait trouvé le site telleKure. Avec ça, il pourrait faire bouillir la marmite.

Il a contemplé sa carte comme si à force de volonté il allait pouvoir trouver les informations manquantes.

La carte comportait deux figures. En haut, une étoile à cinq branches insérée dans un cercle. Il s'agissait de la forme du Tumulus tel qu'il avait été construit. L'étoile avait été surélevée de deux mètres par rapport au niveau du sol et étayée par des dalles de calcaire. Le cercle représentait la rive interne d'une douve dont la terre extraite avait servi à bâtir les tumulus, l'étoile et un pentagone qui la coiffait. Aujourd'hui, la douve n'était plus que marécage. Les prédécesseurs de Besand s'étaient avérés incapables de lutter contre la nature.

À l'intérieur de l'étoile et reliant ses pointes rentrantes s'élevait un pentagone, lui aussi haut de deux mètres. Ses murs de soutènement s'étaient éboulés, mangés par la végétation. Au centre du pentagone, sur un axe nord-sud, se trouvait le Grand Tumulus où dormait le Dominateur.

À l'extrémité de chaque pointe de l'étoile, sur la carte, Bomanz avait inscrit les chiffres impairs de un à neuf. Avec chacun un nom : Volesprit, Transformeur, Rôde-la-Nuit, Tempête, Craque-les-Os. Il connaissait les occupants des cinq tumulus extérieurs. Les cinq pointes rentrantes étaient pareillement annotées de chiffres, en partant, à droite, de la base de la branche orientée vers le nord. Au numéro quatre se trouvait le Hurleur, au huit le Boiteux. Les tombes de trois des Dix qui étaient Asservis demeuraient non identifiées.

« Qui donc se trouve dans ce fichu sixième tumulus ? » a marmotté Bomanz. Il a frappé la table du poing. « Bon sang ! » En quatre ans, toujours pas le moindre indice. Le voile dissimulant son identité était l'ultime véritable obstacle. La suite ne serait qu'une mise en pratique technique : il faudrait neutraliser les sortilèges de protection et opérer le contact avec le Grand Tumulus sur le tertre central.

Les mages de la Rose Blanche avaient laissé nombre de livres exaltant leurs prouesses dans leur art, mais, sur l'emplacement de leurs victimes, pas un mot. Telle est la nature humaine. Besand se vantait volontiers de la taille du poisson qu'il avait pêché, de la qualité de ses appâts, mais il était bien rare qu'il montre ses prises.

Sous le schéma de l'étoile, Bomanz en avait dessiné un deuxième figurant le tertre central. C'était un rectangle orienté sur un axe nord-sud, truffé de colonnes de symboles. À côté de chaque angle figurait un menhir. Ceux-ci, dans les tumulus, se présentaient sous forme de piliers de trois mètres cinquante de haut terminés par la sculpture d'un hibou à deux têtes, l'une tournée vers l'intérieur, l'autre vers l'extérieur. Ces menhirs constituaient les bornes angulaires qui délimitaient la première barrière de sortilèges protégeant le Grand Tumulus.

Le long des flancs s'égrenaient des poteaux en enfilade ainsi que de petits cercles figurant les totems magiques de bois. La plupart, pourris, étaient tombés, leurs sortilèges avec eux. La Garde éternelle ne comptait dans ses effectifs aucun sorcier capable de les restaurer ni de les remplacer.

À l'intérieur du dessin de la tombe elle-même, des rangées de symboles se succédaient en trois rectangles de taille décroissante. L'enceinte extérieure se composait de pions, puis venaient des chevaliers et enfin des éléphants. La crypte où reposait le Dominateur était cernée d'hommes qui avaient donné leur vie pour l'enterrer. Leurs fantômes formaient un rempart entre le vieux démon et ceux qui pourraient vouloir son retour au monde. Bomanz pensait pouvoir franchir ces obstacles sans trop de difficultés. Les fantômes n'étaient là, de son point de vue, que pour décourager les pilleurs ordinaires.

À l'intérieur des trois rectangles, Bomanz avait dessiné un dragon, la queue dans la gueule. Selon la légende, un grand dragon se lovait autour de la crypte, plus vivant que le Dominateur ou la Dame, et ne dormait là que d'un œil depuis des siècles dans l'attente d'une tentative de libération du mal captif.

Bomanz n'avait rien prévu pour neutraliser le dragon, mais il n'en avait pas éprouvé le besoin non plus. Il entendait communiquer avec la crypte, non essayer de l'ouvrir.

Quelle chiennerie ! Si seulement il pouvait mettre la main sur l'amulette d'un ancien garde… Les gardes d'autrefois possédaient des amulettes qui leur permettaient de circuler dans le périmètre des Tumulus pour les entretenir. Certaines amulettes existaient encore, même si nul ne les utilisait plus. Besand en portait une. Les autres, il les avait cachées en lieu sûr.

Besand. Ce cinglé. Ce sadique.

Le Moniteur était la plus proche connaissance de Bomanz – mais son ami, jamais ! Non, jamais son ami. Triste constat sur sa vie : l'homme dont il était le plus proche ne raterait pas l'occasion de le faire torturer ou pendre.

Qu'est-ce que c'était que cette histoire de mise à la retraite ? Quelqu'un s'était donc souvenu de l'existence des Tumulus, au-delà de cette vieille forêt abandonnée ?

« Bomanz ! Tu comptes manger ? »

En ronchonnant il a remballé son plan.

Le rêve l'a visité cette nuit-là. Quelque chose comme l'appel d'une sirène. Il était jeune de nouveau, célibataire, il flânait dans la rue où il habitait. Une femme lui fait signe. Qui est-ce ? Il ne sait pas. Il s'en moque. Il l'aime. Avec un éclat de rire, il se précipite vers elle…

Ses foulées patinent dans le vide. Ses efforts ne l'approchent pas d'elle. Elle se rembrunit et commence à disparaître… « Reste ! crie-t-il. S'il te plaît ! » Mais elle s'éclipse, emportant son soleil avec elle.

Une immense nuit sans étoile se déverse dans son rêve. Il flotte dans une clairière d'une invisible forêt. Lentement, très lentement, une forme argentée s'est profilée derrière les arbres. Une grosse étoile ornée d'une traîne argentée. Il la regarde grandir jusqu'à ce que sa queue barre le ciel.

Il éprouve alors de la perplexité. De la peur aussi. « Elle vient droit vers moi ! » Il esquisse un mouvement de recul, se protège le visage du bras. La boule d'argent emplit la voûte céleste. Elle a un visage. Un visage de femme…

« Bo ! Arrête ! » Jasmine l'a secoué de nouveau…

Il s'est assis. « Hein ? Quoi ?

— Tu hurlais. Encore ce cauchemar ? »

Il sentait son cœur tambouriner, il a poussé un soupir de soulagement. Résisterait-il encore longtemps ? Il était vieux maintenant. « Toujours le même. » Qui revenait sporadiquement. « Il était plus fort, cette fois.

— Peut-être que tu devrais voir un analyste.

— M'en aller au diable pour ça ? » Il s'est fendu d'une moue dégoûtée. « Pas besoin d'analyste, de toute façon.

— Non. C'est sans doute seulement ta conscience. Qui te punit d'avoir forcé Stancil à partir d'Aviron.

— Je ne l'ai pas forcé… Rendors-toi. » À son étonnement, elle s'est retournée; pour une fois, elle n'avait pas envie de verser d'huile sur le feu.

Il a fixé l'obscurité. Le rêve avait été si clair. Presque trop précis, trop évident. Ce conseil de ne pas s'investir dans cette affaire, s'agissait-il d'un message ?

Lentement, très lentement, la sensation du début du rêve s'est restaurée. Cet appel irrépressible. Cette impression intuitive de n'être qu'à un pas d'un grand bonheur. Il s'est senti bien. Sa tension s'est dissipée. Il s'est rendormi un sourire aux lèvres.

Les gardes débroussaillaient le site de Bomanz sous sa surveillance et celle de Besand. Soudain, Bomanz a largué un crachat. « Ne brûle rien, imbécile ! Empêche-le, Besand. »

Besand a secoué la tête. Le garde qui brandissait un flambeau s'est reculé du tas de bois coupé. « Petit, ne mets pas le feu au lierre. Il dégage une fumée toxique. »

Bomanz s'est gratté. Et s'est demandé pourquoi son compagnon se montrait si raisonnable. Besand s'est fendu d'un rictus. « Ça démange rien que d'y penser, pas vrai ?

— Oui.

— Voilà autre chose qui te fiche des démangeaisons. » Il a tendu le doigt. Bomanz a aperçu son rival Men fu qui l'observait à distance. Il a grogné. « Je n'ai jamais haï personne, mais il s'en faut de peu pour lui. Il n'a ni éthique, ni scrupules, ni conscience. C'est un voleur doublé d'un menteur.

— Je le connais, Bo. Tant mieux pour toi, d'ailleurs.

— J'ai une chose à te demander, Besand. *Moniteur* Besand. Pourquoi ne t'acharnes-tu pas sur lui autant que sur moi ? Et puis qu'est-ce que tu veux dire par ce "tant mieux" ?

— Il t'a accusé d'avoir des tendances résurrectionnistes. Lui, je ne le soupçonne pas parce que je sais que la couardise est au nombre de ses vertus. Il n'a pas le cran de se mouiller dans un commerce d'objets proscrits.

— Parce qu'il en serait autrement de moi ? Cette pourriture me calomnie ? M'accuse de crimes capitaux ? Si je n'avais pas mon âge...

— Ça lui retombera sur le nez, Bo. Mais toi, tu as ce cran. Simplement, je ne t'ai jamais vraiment pris sur le fait. »

Bomanz a roulé des yeux ronds. « Et allez donc ! Les insinuations gratuites...

— Pas si gratuites que ça, mon ami. Je flaire un certain laxisme moral chez toi, une réticence à reconnaître l'existence du mal, ça pue comme un cadavre. Lâche-toi la bride et je te coincerai, Bo. Une crapule, aussi maline soit-elle, finit toujours par se trahir. »

L'espace d'un instant, Bomanz a cru que son monde s'écroulait. Puis il s'est rendu compte que Besand y allait au bluff. Un bluffeur dans l'âme, ce Moniteur. Ébranlé, il a répondu : « J'en ai ma claque de ton sadisme. Si tu me soupçonnais vraiment de quelque chose, tu m'écraserais comme une merde. Les procédures et vous autres gardes, ça fait deux. Je parie que tu me racontes des bobards sur Men fu. Tu flanquerais ta propre mère en cabane sur la dénonciation d'un pauvre type pire que lui. Tu es siphonné, Besand. Tu sais ça ? Malade. Ici. » Il s'est tapoté la tempe avec l'index. « Incapable de rien faire sans cruauté.

— Tu pousses le bouchon à nouveau, Bo. »

Bomanz a mis la pédale douce. À sa manière toute particulière, Besand avait fait preuve à son égard d'une certaine tolérance, comme s'il était nécessaire à l'équilibre psychologique du Moniteur. Besand avait besoin de connaître une personne extérieure à la Garde qu'il ne traitait pas systématiquement en victime. Quelqu'un dont l'immunité lui renvoyait une valorisation, en quelque sorte... Serais-je l'incarnation symbolique des gens qu'il a mission de défendre ? a ronchonné Bomanz. Ce serait la meilleure.

Cette histoire de mise à la retraite. Voulait-il en dire plus que je n'ai entendu ? Est-ce qu'il brouillait les pistes à cause de son départ ? Peut-être qu'il avait un certain flair pour démasquer ceux qui se jouaient de la loi. Peut-être qu'il voulait partir sur un coup d'éclat.

Qui allait le remplacer ? Un autre salopard qui, lui, ne se laisserait pas aveugler par la gaze que j'ai tendue devant les yeux de Besand. Peut-être un impétueux qui déboulerait comme un taureau dans l'arène. Et Takar, le soi-disant résurrectionniste… comment réagirait-il ?

« Qu'est-ce qu'il y a ? » a demandé Besand. Sa voix se teintait d'inquiétude.

« Mon ulcère fait des siennes. » Bomanz s'est massé les tempes, espérant que la migraine ne suivrait pas.

« Plante tes jalons. Men fu pourrait bien s'emparer de ton site en moins de deux.

— Ouais. » Bomanz a saisi une demi-douzaine de piquets dans un faisceau. Sur chacun, un fanion jaune. Il est allé les enfoncer en terre. D'après la coutume, la zone ainsi délimitée devenait sa concession.

Mais, si Men fu venait en maraude nocturne ou montait un autre sale coup du genre, Bomanz n'aurait aucun recours légal. Les concessions n'avaient qu'une valeur tacite, aucune juridique. Les chercheurs d'antiquités réglaient leurs comptes eux-mêmes.

Men fu ne cédait que devant la violence. Rien ne pouvait l'inciter à renoncer à ses agissements malhonnêtes.

« Ah, si Stancil était là, a murmuré Bomanz. Il pourrait monter la garde de nuit.

— Je vais lui remonter les bretelles. Ça le calmera toujours quelques jours. Alors il paraît que Stance revient à la maison ?

— Ouais. Pour l'été. On est ravis. Voilà quatre ans qu'on ne l'a pas vu.

— Un ami de Takar, je me trompe ? »

Bomanz a pivoté brusquement. « Va au diable ! Tu ne t'arrêtes jamais, hein ? »

Il parlait d'une voix sourde, vraiment furieuse, sans les cris, les jurons et les démonstrations emphatiques de ses habituelles semi-colères.

« D'accord, Bo, je jette l'éponge.

— T'as intérêt. Je te garantis que t'as intérêt. Je ne supporterai pas de te voir le tarabuster tout l'été. Je ne le supporterai pas, t'entends ?

— J'ai dit que je jetais l'éponge. »

8

LES TUMULUS

Choucas pouvait circuler à sa guise dans la caserne de la Garde. Des douzaines de vieilles fresques dépeignant les Tumulus décoraient les murs intérieurs du quartier général. Il les étudiait souvent tandis qu'il vaquait à ses corvées; elles lui donnaient des frissons. Sa réaction n'avait rien d'exceptionnel. La tentative du Dominateur pour s'échapper à Génépi avait ébranlé l'Empire de la Dame. Les échos sur sa cruauté avaient fait boule de neige au fil des siècles, depuis que la Rose Blanche l'avait enterré.

La paix régnait aux Tumulus. Ceux qui les surveillaient n'y détectaient rien de fâcheux. Le moral remontait. Le vieux démon avait manqué son coup.

Mais il prenait son mal en patience.

Il attendrait même une éternité si nécessaire. Il ne pouvait pas mourir. Espoir fallacieux, en vérité. La Dame aussi était immortelle. Elle s'arrangerait par tous les moyens pour l'empêcher de sortir de la tombe.

Les fresques rendaient compte du délabrement progressif. Les plus tardives dataient de peu après la résurrection de la Dame. Même à l'époque, l'ensemble avait encore de l'allure.

Parfois Choucas s'aventurait jusqu'aux faubourgs de la ville, contemplait le Grand Tumulus et secouait la tête.

Autrefois, grâce à des amulettes, les gardes pouvaient passer outre les sortilèges qui rendaient la zone mortelle et ainsi pourvoir à son entretien. Mais celles-ci avaient disparu. Les gardes en étaient maintenant réduits à surveiller et attendre.

Le temps filait. Désormais la silhouette grise, lente et boitillante de Choucas faisait partie du décor, en ville. Il parlait rarement, mais à l'occasion il émaillait le flot de fanfaronnades qui se racontaient à la Venette Bleue d'une anecdote fumeuse tirée de ses campagnes du Forsberg. Alors un feu s'allumait dans son regard. Personne ne doutait qu'il les avaient vécues, même s'il gardait de cette époque des souvenirs un peu confus.

Il n'avait pas de véritable ami. Selon des rumeurs, il jouait aux échecs de temps à autre avec le Moniteur, le colonel Doux, à qui il rendait souvent de menus services. Et, bien sûr, il y avait Casier, une nouvelle recrue, qui écoutait toujours tout ouïe ses récits et qui l'accompagnait dans ses promenades clopin-clopant. On racontait que Choucas savait lire et que Casier espérait apprendre.

Personne ne montait jamais dans les combles de la maison de Choucas. Là, au cœur de la nuit, il démêlait lentement l'écheveau embrouillé d'une histoire que le temps et la mauvaise foi avaient déformée au point qu'elle en avait perdu toute analogie avec la vérité.

Seules certaines parties étaient codées. Le gros avait été griffonné à la hâte en telleKure, la langue la plus répandue à l'époque de la Domination. Mais certains chapitres étaient rédigés en uchiTelle, un dialecte dérivé du telleKure. De temps en temps, lorsqu'il planchait sur ces passages, Choucas esquissait un sourire dur. Il était peut-être le seul homme vivant capable de reconstituer le sens de certaines phrases parfois fragmentaires. « Avantage d'une éducation classique », murmurait-il non sans un certain sarcasme. Puis il redevenait songeur, introspectif. Il sortait pour une de ses balades nocturnes dans l'espoir de se débarrasser des souvenirs qui le hantaient. Le passé d'un homme est un fantôme qui ne lâche pas prise. La mort est le seul exorciste.

Choucas se plaisait à se comparer à un artisan. Un forgeron. Un armurier façonnant une épée redoutable. Comme son prédécesseur dans cette maison, il consacrait sa vie à la recherche d'un fragment de savoir.

C'est un hiver singulier qui s'est installé. Les premières neiges sont tombées tôt, après un automne précoce et particulièrement humide. Il a neigé souvent, abondamment. Le printemps a commencé tard.

Dans les forêts au nord des Tumulus, où s'essaimaient quelques rares clans, la vie était dure. Les hommes de ces tribus sont venus chargés de fourrures à troquer contre des vivres. Une aubaine pour les négociants des fourreurs d'Aviron.

Des vieux ont prétendu que cet hiver laissait présager le pire. Mais les vieux estiment toujours le temps plus rude que par le passé. Ou plus doux. Bref, jamais pareil.

Le printemps a éclos. Ruisseaux et rivières ont charrié les eaux tumultueuses du dégel. La Grande Tragique, qui serpentait à moins de cinq kilomètres des Tumulus, a débordé de son lit sur des hectares et des hectares. Des centaines de milliers d'arbres se sont retrouvés le pied dans l'eau. L'inondation était si spectaculaire qu'une foule de citadins allait la contempler depuis le sommet d'une colline.

Pour la plupart d'entre eux, l'attrait s'est vite atténué. Mais Choucas a continué de grimper clopin-clopant sur l'observatoire tous les jours où Casier acceptait de l'accompagner. Casier nourrissait des rêves. Choucas abondait dans son sens.

« Pourquoi est-ce que la crue t'intéresse à ce point, Choucas ?

— Je ne sais pas. Peut-être parce qu'elle a quelque chose de grand à dire.

— Hein ? »

Choucas a embrassé le panorama d'un geste ample. « L'espace. Le déchaînement des éléments. Ne sommes-nous pas dérisoires en comparaison ? » Les flots brunâtres et turbulents rongeaient les collines, fouaillaient les forêts de leurs troncs à la dérive. Des bras moins agités enserraient les éminences, sondaient les bois en arrière-plan.

Casier a opiné du chef. « C'est un peu la même sensation quand je regarde les étoiles.

— Oui. Oui. Mais ça nous touche plus encore. C'est plus près de nous. Non ?

— Sans doute. » Casier paraissait vaguement inquiet. Choucas a souri. Héritage d'une jeunesse passée à la ferme.

« Repartons. Le niveau a l'air d'avoir atteint son maximum. Mais il ne faut peut-être pas s'y fier avec ces nuages lourds. »

La pluie menaçait. Si la crue s'accentuait, leur promontoire se transformerait en île.

Casier a aidé Choucas à traverser une zone bourbeuse jusqu'à la crête de la digue qui préservait la terre ferme. Un lac commençait à s'y étendre pourtant, assez peu profond pour être traversé par l'imbécile que prendrait cette lubie. Sous le ciel plombé, le Grand Tumulus ne payait guère de mine; la masse sombre de son monticule se reflétait dans l'eau. Choucas a frissonné. « Casier, il est toujours là-dessous. »

Le jeunot s'est appuyé sur sa lance, s'est intéressé à la question pour l'unique raison qu'elle importait à Choucas. Lui aurait aimé se mettre à l'abri de la bruine.

« Le Dominateur, mon gars. Et tout ce qui ne s'est pas échappé. Il attend. Lourd d'une haine grandissante pour tout ce qui vit. »

Casier a dévisagé Choucas. Son aîné était crispé. Il paraissait même très tendu.

« Si jamais il s'échappe, malheur au monde.

— Mais la Dame ne l'a-t-elle pas vaincu à Génépi ?

— Elle l'a contré. Mais pas anéanti. Ce n'est d'ailleurs peut-être pas possible… Pourtant, si. Il a sûrement un point faible. Mais, si la Rose Blanche n'a pas pu lui faire de mal…

— Cette Rose n'était pas si forte, Choucas. Elle n'a pas pu abattre les Asservis. Ni même leurs servants. Tout ce qu'elle a pu accomplir, c'est les neutraliser et les enterrer. Il a fallu que la Dame et les rebelles…

— Les rebelles ? J'en doute. C'est *elle* qui a tout fait. »

Choucas est reparti subitement en avant, traînant la patte. Il a longé le lac, le regard toujours braqué sur le Grand Tumulus.

Casier avait peur que l'intérêt de Choucas pour les Tumulus tourne à l'obsession. En tant que garde, il se devrait alors d'intervenir. Bien que la Dame ait exterminé tous les résurrectionnistes du temps de son grand-père, la sépulture ne continuait pas moins d'exercer sa lugubre fascination. Le Moniteur Doux persistait à craindre que quelqu'un cherche à raviver cette folie. Il voulait mettre en garde Choucas mais ne trouvait pas les mots pour éviter de l'offenser.

Le lac a frissonné sous le vent. Des vaguelettes ont ondulé vers eux depuis le Tumulus. Tous deux ont frémi. « Comme j'aimerais que le temps s'améliore, a marmonné Choucas. Ça te dirait, une tasse de thé ?

— Oui. »

Le temps est resté frisquet et humide. L'été s'est imposé tardivement. L'automne a suivi très vite. Quand la Grande Tragique a fini par refluer, abandonnant une plaine couverte de limon et jonchée d'épaves de grands arbres, son lit s'était dévié d'un bon demi-kilomètre vers l'ouest.

Les tribus des forêts ont continué de vendre leurs fourrures.

Baraka. Les travaux de rénovation de Choucas arrivaient à leur terme. Il retapait les toilettes. C'est en manipulant une vieille tringle à rideau qu'il a fait sa découverte. La tringle s'est cassée en deux en tombant par terre.

Il s'est agenouillé. Ses yeux se sont écarquillés. Son cœur s'est emballé. Une fine tige enroulée de soie blanche sortait... Doucement, tout doucement, il a rajusté les morceaux de la tringle et l'a montée à l'étage. Avec mille précautions, il a retiré la soie, l'a déroulée. Son estomac s'est noué.

C'était la carte des Tumulus établie par Bomanz, complétée par des remarques. Elle indiquait l'emplacement des Asservis, la puissance des charmes protecteurs, la disposition – avec commentaires – des fétiches ainsi que d'une poignée de sépultures connues de servants des Asservis qui avaient fini ensevelis à l'instar de leurs maîtres. Une carte surchargée, et comment ! La plupart du temps annotée en telleKure.

Elle recensait même des sites funéraires situés à l'extérieur des Tumulus proprement dits. La plupart des victimes du tout-venant avaient été mises en terre dans des fosses communes.

La bataille a enflammé l'imagination de Choucas. L'espace d'un moment, il a vu les troupes du Dominateur résister pied à pied, mourir jusqu'au dernier. Il a vu la horde de la Rose Blanche s'élancer, vague après vague, pour maintenir les forces de l'ombre dans le piège. En surplomb, la Grande Comète marquait le ciel au fer rouge comme un immense cimeterre flamboyant.

Il ne pouvait qu'imaginer d'ailleurs, en l'absence de chronique fiable.

Il s'est pris de pitié pour Bomanz. Pauvre idiot de petit homme, pauvre rêveur épris de vérité. Il ne méritait pas sa sombre réputation.

Choucas a étudié la carte toute la nuit, s'en est imprégné corps et âme. Cela ne l'aiderait pas beaucoup à la traduire, mais c'était une façon de lever un voile sur les Tumulus. Et, surtout, de lever un voile sur un magicien dévoué à sa tâche au point de consacrer sa vie d'adulte entière à l'étude de ces Tumulus.

L'aube a tiré Choucas de sa songerie. Il s'est mis à douter de lui-même. Risquait-il de succomber à la même passion fatale ?

9

LA PLAINE DE LA PEUR

Le lieutenant en personne est venu me réveiller. « Elmo est de retour, Toubib. Avale ton petit-déj' et file au rapport dans la salle de réunion. » L'homme était aigri et s'aigrissait encore un peu plus chaque jour. Parfois je regrette d'avoir voté pour lui après la mort du capitaine à Génépi. Mais le capitaine l'avait souhaité. Ç'avait été son dernier vœu.

« Je vais faire fissa », ai-je répondu en me levant en hâte et gardant pour moi mes bougonnements coutumiers. J'ai enfilé mes vêtements rapidement, rangé quelques papiers, et je me suis moqué de moi-même en silence. Combien de fois avais-je pu pester que je n'aurais pas voté pour le capitaine non plus ? Et pourtant, quand il avait voulu passer le relais, c'est nous qui l'en avions dissuadé.

Ma chambre n'a rien de l'antre d'un docteur. Les murs sont tapissés du sol au plafond de vieux livres. J'en ai lu la plupart, après avoir étudié la langue dans laquelle ils sont écrits. Certains, qui ont l'âge de la Compagnie elle-même, relatent de très anciens événements. D'autres sont des nobiliaires provenant de temples ou d'organismes publics mis à sac, dont les fonds ont été dispersés. Les plus rares, et les plus intéressants, rassemblent des chroniques sur l'avènement et le développement de la Domination.

Les plus rares sont ceux en telleKure. Les partisans de la Rose Blanche victorieux n'ont pas été beaux joueurs. Ils ont brûlé livres et villes, déporté femmes et enfants, profané sites antiques et lieux saints. Les petites compensations classiques d'un conflit acharné.

Résultat : il ne reste pas grand-chose pour se plonger dans les langues, les mentalités et l'histoire des vaincus. Certains des documents parmi les plus sobrement écrits que je possède me sont totalement obscurs.

J'aurais vraiment voulu que Corbeau soit encore parmi nous et non les morts. Il savait déchiffrer le telleKure avec beaucoup d'aisance. Peu de gens peuvent en dire autant, sorti du cercle des intimes de la Dame.

Gobelin a pointé sa tête à l'intérieur. « Tu viens ou non ? »

Je me suis épanché sur son épaule. Mes jérémiades habituelles. Aucun progrès. Il a rigolé. « Va en souffler un mot à l'oreille de ta copine. Peut-être qu'elle pourra t'aider.

— Dites, les mecs, quand est-ce que vous allez me lâcher avec ça ? » Il y avait quinze ans que j'avais écrit ma dernière romance à l'eau de rose à propos de la Dame. Ça datait d'avant la longue retraite qui avait mené les rebelles à leur perte devant la Tour de Charme. Pour insister, ils insistent.

« Jamais, Toubib. Jamais. Qui d'autre a passé une nuit avec elle ? Qui a eu le privilège de voler en tapis en sa compagnie ? »

Moi, j'aimerais mieux oublier. Ces souvenirs me laissent un arrière-goût de terreur, pas de romance.

Elle avait eu vent de mes travaux d'annaliste et m'avait demandé de rapporter les événements du point de vue de son camp. Plus ou moins. Elle ne m'a jamais censuré ni dicté quoi que ce soit, insistant au contraire pour que je reste factuel et m'abstienne de prendre parti. Je me souviens avoir pensé sur le coup qu'elle craignait une défaite et qu'elle voulait établir quelque part une histoire impartiale.

Gobelin a jeté un coup d'œil sur le tas de documents. « Tu trouves des pistes ?

— Je ne crois pas qu'il y en ait. Tout ce que j'ai pu traduire débouche sur un gros néant. Une quelconque liste de dépenses. Un agenda. Une liste de promotions. La lettre d'un officier à l'un de ses amis à la cour. Le tout datant d'une époque bien antérieure à celle qui m'intéresse. »

Gobelin a haussé un sourcil.

« Je vais insister. » Ces documents recelaient forcément quelque chose. Nous les avions volés à Murmure du temps où elle était encore rebelle. Ils revêtaient beaucoup d'importance pour elle. Et notre mentor d'alors, Volesprit, les pensait susceptibles de saper l'Empire.

Songeur, Gobelin a fait remarquer : « Quelquefois le tout dépasse la simple accumulation des parties qui le constituent. Peut-être que tu devrais chercher le lien entre tout ça. »

L'idée m'en était venue. Un nom ici, là, révélant l'influence d'Untel ou d'Unetelle dans sa jeunesse. Peut-être que je trouverais. La Comète ne reviendrait pas avant longtemps.

Mais j'en doutais.

Chérie n'a beau être qu'une jeunette d'environ vingt-cinq ans, l'éclat de sa jeunesse s'est terni. Le cortège des années difficiles a fait son œuvre. Elle n'a pas grand-chose de féminin. Elle n'a pas eu l'occasion de s'épanouir dans ce sens. Même après deux ans de réclusion dans la plaine, aucun d'entre nous ne pense à elle en tant que femme.

Elle est grande – un bon mètre soixante-quinze. Ses yeux d'un bleu délavé qui paraissent si souvent dans le vague savent darder des épées de glace quand elle est contrariée. Elle a les cheveux blonds, comme décolorés par le soleil. Vu qu'elle néglige de les coiffer régulièrement, ses mèches s'emmêlent comme de la filasse. Du coup, elle se les coupe plus courts que ne le voudraient les canons de l'élégance. Pour ce qui est de sa tenue également, elle va au plus pratique. Certains visiteurs la découvrant pour la première fois s'offusquent de la voir vêtue comme un homme. Mais ses évidentes compétences prennent vite le pas sur ces considérations.

Son rôle s'est imposé à elle sans qu'elle le veuille, mais elle n'a pas lutté contre et l'assume avec opiniâtreté. Elle fait montre d'une sagesse remarquable pour son âge et tout handicapée qu'elle soit. Corbeau l'a bien formée, ces quelques années qu'il a veillé sur elle.

Elle marchait de long en large quand je suis arrivé. La salle de réunion aux murs de terre, toujours enfumée, paraît pleine à craquer même quand elle est vide. Elle empeste les relents des bonshommes pas très propres qui l'occupent depuis trop longtemps. Le vieux messager d'Aviron s'y trouvait. Ainsi que Traqueur, Cordeur et plusieurs autres étrangers. Le gros de la Compagnie était présent. J'ai esquissé un salut général du doigt. Chérie est venue m'étreindre comme un frère et m'a demandé si j'avais du nouveau à annoncer.

J'ai parlé pour le groupe tout en lui traduisant par gestes. « Je suis sûr que nous n'avons pas l'intégralité des documents que nous avons trouvés dans la forêt de la Nuée. Je ne parviens pas à cerner précisément ce que je recherche, mais il n'y a pas que cela. Ceux que je détiens sont tous trop vieux. »

Chérie a les traits réguliers. Rien n'accroche l'œil dans son visage. Pourtant il en émane une force de caractère, une volonté qu'on sent inébranlable. Elle a déjà connu l'enfer. Enfant, elle en est sortie indemne. Ce n'est plus maintenant qu'elle cédera.

Elle n'était pas contente. « Nous disposerons de moins de temps que nous ne pensions », a-t-elle déclaré par gestes.

Je n'étais qu'à moitié concentré sur ce qu'elle disait. J'aurais voulu que la confrontation entre Traqueur et les autres gars de l'Ouest produise des étincelles. Viscéralement, je m'étais méfié de Traqueur. J'avais nourri l'espoir irrationnel que quelque chose viendrait conforter mon *a priori*.

Rien.

Il ne fallait pas s'en étonner. La structure cellulaire du mouvement isole nos sympathisants les uns des autres.

Chérie a ensuite voulu entendre Gobelin et Qu'un-Œil.

Gobelin s'est exprimé de sa voix la plus couinante. « Tout ce qu'on a entendu est vrai. Ils renforcent leurs garnisons. Mais Cordeur vous le dira mieux que moi. En ce qui nous concerne, la mission s'est soldée par un fiasco. Ils étaient prêts. Ils nous ont pourchassés dans toute la plaine. On a eu du bol d'en réchapper. On n'a reçu aucun soutien non plus. »

Les menhirs et leurs drôles d'amis sont de notre côté, théoriquement. Quelquefois je me le demande. Ils sont imprévisibles. Leur appui semble subordonné à des conditions qu'ils sont seuls à connaître.

Chérie s'est peu intéressée aux détails du raid manqué. Elle s'est tournée vers Cordeur. Il a déclaré : « Des armées se massent de part et d'autre de la plaine. Sous commandement d'Asservis.

— D'Asservis ? » ai-je repris. Il n'en restait que deux, à ma connaissance. Il avait l'air d'insinuer qu'il y en avait bien plus.

Un frisson m'a parcouru. Selon une vieille rumeur, la Dame ne s'était pas manifestée depuis longtemps parce qu'elle s'employait à reconstituer une nouvelle équipe d'Asservis. Je n'y avais pas cru. Notre époque manque désespérément de ces personnalités à la débordante et sinistre vitalité que le Dominateur avait en son temps mis à sa botte : les Volesprit, Pendu, Rôde-la-Nuit, Transformeur, Boiteux et consorts. Ceux-là étaient des scélérats de haute volée, presque aussi cruels, terribles et effrayants que la Dame ou le Dominateur. Il n'y a maintenant plus aucune pointure, si l'on excepte Chérie et Murmure.

« Les rumeurs sont fondées, monseigneur », a répondu timidement Cordeur.

Monseigneur. Moi. Parce que je me tenais à côté de la figure mythique. Ça m'a déplu, mais je n'ai pas pipé mot. « Vraiment ?

— Ils n'auront peut-être pas la trempe d'un Tempête ou d'un Hurleur, ces nouveaux Asservis. » Il souriait faiblement. « Monsieur Châle rapporte que les anciens Asservis étaient des démons sauvages aussi imprévisibles que la foudre mais compare les nouveaux au tonnerre apprivoisé de la bureaucratie. Si vous voyez ce que je veux dire.

— Je vois. Continuez.

— Ces nouveaux seraient au nombre de six, monseigneur. Monsieur Châle pense qu'ils sont presque prêts à entrer dans la danse. D'où le grand branle-bas autour de la plaine. Monsieur Châle pense que la Dame leur présente notre destruction comme un défi pour créer une émulation entre eux. »

Châle, notre agent le plus dévoué. L'un des rares survivants du long siège de Rouille. Sa haine ne connaît pas de borne.

Cordeur avait un drôle de regard. Un regard un poil gêné aux entournures. Un regard qui disait qu'il y avait autre chose, une sale nouvelle. « Eh bien ? l'ai-je poussé. Crache ton morceau.

— Les noms des Asservis ont été gravés sur des stèles dressées dans leurs secteurs respectifs. À Rouille, l'armée est sous la houlette d'un certain Bénéfice. Sa stèle est apparue après qu'un tapis s'est posé une nuit. Nul ne l'a encore vu. »

Ça méritait une enquête. Seuls les Asservis savent piloter un tapis. Mais aucun tapis ne peut atteindre Rouille sans survoler la plaine de la Peur. Les menhirs n'en avaient signalé aucun. « Bénéfice ? Intéressant, comme nom. Les autres.

— À Choc, la stèle porte le nom de Cloque. »

Gloussements de rire. « Je préférais quand les noms se basaient sur une caractéristique. Comme le Boiteux, Croquelune, l'Anonyme.

— Celui que nous avons à Gelée s'appelle Pas-de-Loup.

— C'est mieux. » Chérie m'a fait les gros yeux.

« À Rue, il y en a un qui s'appelle l'Instruit. Et à Coque un autre du nom de Dédain.

— Dédain. J'aime bien aussi.

— Les frontières occidentales de la plaine sont tenues par Murmure et Trajet, qui opèrent tous les deux depuis un village nommé Bave. »

Ayant depuis toujours eu le calcul dans le sang, j'ai additionné les noms et conclu : « Ça totalise cinq nouveaux et deux anciens. Où se trouve le nouveau qui manque ?

— Je ne sais pas. Celui-là est le commandant en chef. Sa stèle se trouve dans la caserne à l'extérieur de Rouille. »

Sa façon d'annoncer la nouvelle m'a écorché les nerfs. Il était tout pâle. Il s'est mis à trembler. Un soupçon s'est insinué en moi. J'ai deviné que ce qui suivrait n'allait pas me plaire. « Mais encore… ai-je grommelé quand même.

— La stèle est marqué du sceau du Boiteux. »

Bien. Dans le mille. Ça ne me plaisait pas du tout.

Sentiment d'ailleurs partagé.

« Hein ? a couiné Gobelin.

— Sainte merde ! » Ça, c'était Qu'un-Œil. Il avait murmuré le juron d'une voix douce et atone qui n'en était que plus expressive.

Je me suis assis. Sur place. À même le sol, où je me trouvais. J'ai pris ma tête entre mes mains. J'aurais voulu pleurer. « Impossible, ai-je dit. Je l'ai tué. De mes propres mains. » Mais au moment où j'énonçais ma repartie, je me suis rendu compte que je n'y croyais plus, bien que je me sois cramponné à cette conviction depuis des années. « Mais comment ?

— Les cœurs vaillants ont la peau dure », a grondé Elmo. L'ironie du ton soulignait son désarroi. Elmo ne s'exprime jamais gratuitement.

Le torchon brûlait entre le Boiteux et la Compagnie depuis notre arrivée de la mer des Tourments, car c'était alors que nous avions enrôlé Corbeau, un mystérieux citoyen d'Opale, un homme de haute condition spolié de ses titres et de sa fortune par les séides de l'Asservi. Corbeau était un dur de première, impavide devant le danger. Que les agissements dont il avait été victime aient été sanctionnés par les autres Asservis ou non, lui entendait se venger. Il avait liquidé les coupables dont certains gros bras du Boiteux. Alors notre chemin avait croisé celui de l'Asservi. Chaque fois, un incident était venu envenimer le climat entre nous...

Dans la confusion après Génépi, le Boiteux avait cru pouvoir nous régler notre compte. Je lui avais tendu une embuscade. Il avait donné dedans tête baissée. « J'aurai parié n'importe quoi que je l'avais achevé. » Je peux vous l'assurer, en cet instant, j'étais secoué comme jamais. Près de basculer dans un gouffre de panique.

« Tourne pas hystérique, Toubib, m'a fait Qu'un-Œil. On lui a toujours survécu jusqu'à aujourd'hui.

— C'est l'un des anciens, pauvre cruche ! Un des véritables Asservis. De l'époque où il s'agissait de vrais sorciers. Et jamais jusqu'à maintenant on ne lui a lâché la bride contre nous. Sans parler des forces qui sont à sa disposition. » Huit Asservis et cinq armées à l'assaut de la plaine de la Peur. Nous nous étions rarement retrouvés à plus de soixante-dix dans notre antre.

De terribles visions se bousculaient dans mon esprit. Ces Asservis étaient peut-être de seconde zone, mais ils étaient nombreux. Ils ravageraient la plaine quand ils passeraient à l'attaque. Murmure et le Boiteux avaient déjà mené des campagnes par ici. Ils n'ignoraient rien des dangers du terrain. À vrai dire, Murmure avait combattu ici en tant que rebelle et en tant qu'Asservie. Elle avait remporté la plupart des grandes batailles de la guerre de l'Est.

Je me suis remis à raisonner, mais ça n'a en rien contribué à adoucir les perspectives d'avenir. Quand je réfléchissais, j'arrivais à l'implacable conclusion que Murmure connaissait cette plaine trop bien. Qu'elle y avait peut-être même des alliés.

Chérie m'a touché l'épaule. Ça m'a rasséréné plus qu'aucune parole amicale. Sa confiance est contagieuse. « Maintenant, on sait », a-t-elle déclaré par gestes avec un sourire.

Quand même, nous avions au-dessus de la tête comme une masse prête à s'abattre. La longue attente de la Comète ne rimait plus à rien. Il allait falloir survivre, et tout de suite. Histoire de paraître optimiste, j'ai dit : « Quelque part dans mes papelards figure le véritable nom du Boiteux. »

Ça m'a rappelé mon problème. « Chérie, le document précis que je veux n'est pas avec les autres. »

Elle a haussé un sourcil. Du fait de sa mutité, elle a l'un des visages les plus expressifs qu'il m'ait été donné de voir.

« Il va falloir qu'on en parle posément. Quand tu auras le temps. Revoir exactement ce qui a pu arriver à ces papiers pendant que Corbeau les détenait. Ils étaient au complet quand je les ai confiés à Volesprit. *Idem* quand je les lui ai repris. Je suis sûr que Corbeau s'est emparé de la totalité. Qu'est-ce qui s'est passé ensuite ?

— Ce soir, a-t-elle indiqué par signes. Je prendrai un moment. » Elle avait l'air soudain distraite. Parce que j'avais évoqué Corbeau ? Il avait beaucoup compté pour elle, mais tout cela ne s'était-il pas maintenant émoussé ? À moins que certains aspects de leur histoire me soient inconnus. Ce qui était dans l'ordre du possible. Au fond, je ne savais pas grand-chose de l'évolution de leur relation durant les années qui avaient suivi la désertion de Corbeau. Sa mort l'affectait certainement encore. Parce qu'elle avait été tellement aberrante. Je veux dire, après avoir survécu à tant de coups du sort, se noyer dans des bains publics !

Le lieutenant rapportait qu'elle criait dans son sommeil certaines nuits. Il ne savait pas ce qui la tourmentait mais supposait qu'il pouvait s'agir de Corbeau. Je l'avais questionnée sur cette période qu'ils avaient vécue ensemble, mais elle avait refusé de s'en ouvrir. Elle m'avait seulement communiqué une impression toute subjective de tristesse mêlée de profonde désillusion.

Elle a jugulé son trouble et s'est retournée vers Traqueur et son chien. En retrait, les hommes capturés par Elmo derrière les falaises étaient au supplice. Leur tour approchait. Ils connaissaient la Compagnie noire de réputation.

Mais ils n'ont pas eu le temps de comparaître. Pas plus d'ailleurs que Traqueur et Saigne-Crapaud le Chien. Car un braillement poussé par la Garde, en surface, a annoncé une nouvelle alerte.

Ça devenait lassant.

Dans des éclaboussures, le cavalier a traversé le ruisseau au moment où j'entrais dans le corail. Sa monture a trébuché. Elle était couverte d'écume. Elle ne galoperait jamais plus comme avant. Voir cet animal à ce point harassé m'a fendu le cœur. Mais c'était son cavalier qui en était responsable.

Deux Asservis sont apparus juste en limite du nul. L'un d'eux a expédié un trait violacé. Il s'est volatilisé bien avant de nous atteindre. Qu'un-Œil a caqueté en brandissant son majeur. « Ha, ha, depuis le temps que ça me démangeait.

— Oh, merveille de merveille » a couiné Gobelin, le regard braqué dans la direction opposée. Un certain nombre de mantes, de gros spécimens bleu-noir, s'élevaient des falaises roses, profitant des courants ascendants. Au nombre d'une douzaine, à vue de nez car elles étaient difficiles à compter, elles manœuvraient en sorte de ne pas priver leurs voisines du courant. Il s'agissait de géantes de leur espèce. Leurs ailes se déployaient sur au moins trente mètres. Dès qu'elles ont atteint une altitude suffisante, elles ont piqué sur les Asservis par paires.

Le cavalier s'est arrêté et a vidé les étriers. Il avait une flèche plantée dans le dos. Avant de perdre conscience, il a eu le temps de geindre : « Gages ! »

La première paire de mantes, dans un vol d'une grâce majestueuse qui paraissait très lent – apparence trompeuse car elles filaient en réalité dix fois plus vite qu'un homme en pleine course –, a frôlé l'Asservi le plus proche en plongeant dans le nul de Chérie. Chacune d'elles a largué un éclair flamboyant. Contrairement à la magie des Asservis, ces éclairs n'étaient pas neutralisés dans le périmètre.

L'un d'eux a fait mouche. Brève lueur; l'Asservi et son tapis ont tangué. De la fumée a moutonné. Le tapis a chuté en vrille. Nous avons poussé une clameur sauvage.

L'Asservi a repris le contrôle de son engin, maladroitement, puis de l'altitude et s'est éloigné cahin-caha.

Je me suis agenouillé près du messager. Il était à peine sorti de l'enfance. Il vivait encore. Il pouvait s'en sortir si je me mettais au boulot. « Un peu d'aide par ici, Qu'un-Œil. »

Des paires de mantes, tout en se réfugiant dans le périmètre de sécurité, ont craché leur feu sur le second Asservi. Celui-ci a esquivé sans peine et n'a pas essayé de riposter. « C'est Murmure, a estimé Elmo.

— Ouais », ai-je convenu. Elle avait du métier.

Qu'un-Œil a maugréé : « Tu veux soigner ce môme, oui ou non, Toubib ?

— Voilà, voilà. » Je détestais rater le spectacle. C'était la première fois je voyais autant de mantes ensemble, qui plus est pour nous épauler. Je voulais voir la suite.

« Bien, a dit Elmo qui était allé calmer le cheval du gamin et fouillait ses fontes, encore une lettre pour notre cher annaliste. » Il a sorti un nouveau paquet enveloppé dans de la toile cirée. Interloqué, je l'ai fourré sous mon bras avant d'aider Qu'un-Œil à porter le messager dans le Terrier.

10

L'HISTOIRE DE BOMANZ

Toubib :

Jasmine a poussé un cri à faire vibrer portes et fenêtres. « Bomanz ! Descends ! Descends tout de suite, tu m'entends ? »

Bomanz a poussé un soupir. Pas moyen d'avoir cinq minutes à soi. Bon Dieu, mais pourquoi s'était-il marié ? Pourquoi les gens se mariaient-ils ? Le reste de leur vie, ils le passaient à satisfaire les désirs de l'autre plutôt que les leurs.

« Bomanz !

— J'arrive, bordel ! Satanée bonne femme, incapable de se moucher sans que je lui tienne la main », a-t-il ajouté à voix basse. Il bougonnait sans cesse dans sa barbe. Ça lui servait de soupape pour maintenir la paix. Il faisait des compromis. Toujours des compromis.

Il est descendu lourdement vers le rez-de-chaussée, pestant à chacun de ses pas. Il se moquait de lui-même au passage : c'est quand tout t'énerve que tu te rends compte que tu deviens vieux.

« Qu'est-ce que tu veux ? Où es-tu ?

— Dans le magasin. » Elle avait un drôle de ton.

Une excitation contenue, a-t-il estimé. Il est entré dans l'échoppe d'un pas traînant.

« Surprise ! »

Son monde a pris vie. Sa mauvaise humeur s'est envolée. « Stance ! »

Il s'est précipité vers son fils. Et s'est senti écrasé par deux bras puissants.

« Déjà là ? On ne t'attendait pas avant la semaine prochaine.

— Je suis parti plus tôt. T'as pris de la bedaine, 'pa. » Stancil a rouvert ses bras pour engloutir Jasmine dans une étreinte triangulaire.

« C'est la cuisine de ta mère. Fini les vaches maigres. On mange régulièrement. Takar a... » Il a senti planer un bref malaise. « Mais comment vas-tu ? Recule un peu. Laisse-moi t'admirer. Tu étais encore un gamin quand tu es parti. »

Et Jasmine d'ajouter : « Regarde comme il est beau ! Comme il est grand et en bonne forme ! Et ces somptueux vêtements. » Inquiétude affectée. « Tu n'as pas trempé dans une affaire louche, au moins ?

— Mère ! Que veux-tu que trafique un jeune professeur ? » Il a croisé le regard de son père et souri d'un air qui signifiait : « Sacrée 'man, toujours la même. »

Stancil dépassait son père d'une dizaine de centimètres, il avait environ vingt-cinq ans et une allure d'athlète en dépit de sa profession. Un air d'aventurier plus que de futur mandarin, a pensé Bomanz. Bien sûr, les temps changeaient. Ses propres études à l'université remontaient à des lustres. Peut-être les critères avaient-ils évolué ?

Il s'est souvenu des fous rires, des frasques, des nuits blanches de débats terriblement sérieux, et un lutin plein de nostalgie a resurgi en son for intérieur. Qu'était devenu ce jeune Bomanz alerte et curieux ? Un censeur silencieux l'avait enterré dans une tombe tout au fond de lui-même tandis qu'un gnome aux traits empâtés, chauve et ventripotent, s'était graduellement substitué à lui... Il ne lui restait que ses souvenirs, et de jeunesse celle de son enfant...

« Allez, viens. Parle-nous de tes études. » Secoue-toi, vieux chnoque, songeait Bomanz, cesse tes jérémiades. « Quatre ans que nous n'avons en tout et pour tout que tes lettres sur ton linge sale et tes discussions au Dauphin Échoué. Échoué, tu m'étonnes qu'il le soit, à Aviron ! Avant de mourir, j'aimerais tant voir la mer. » Vieux fou, va ! Rêve à voix haute, c'est bien tout ce dont tu es encore capable. Est-ce qu'ils riraient si tu leur avouais que ton étincelle de jeunesse brille encore au fond de toi ?

« Il divague, a expliqué Jasmine.

— Dis que je suis sénile tant que tu y es, a reparti Bomanz.

— 'pa, 'man. Ne commencez pas. Je viens d'arriver. »

Bomanz a inspiré profondément. « Il a raison. Paix. Trêve. Armistice. C'est toi l'arbitre, Stance. On est deux vieilles rosses de guerre avec des œillères.

— Stance m'a promis une surprise avant que tu descendes, a dit Jasmine.

— Laquelle ? a demandé Bomanz.

— Je suis fiancé. Je vais me marier. »

Pas croyable ! C'est pourtant mon fils. Mon bébé. Je lui changeais ses couches la semaine dernière encore… Maudit temps assassin, je sens ton haleine glacée. J'entend tinter tes sabots ferrés… « Grmf. Jeune andouille. Pardon. Parle-nous d'elle puisqu'il vaut mieux que je tienne ma langue sur le reste.

— C'est ce que je ferais si je pouvais en placer une.

— Bomanz, tais-toi un peu. Parle-nous d'elle, Stance.

— Vous la connaissez sans doute déjà. Il s'agit de Gloire, la sœur de Takar. »

L'estomac de Bomanz a chuté au niveau de ses talons. La sœur de Takar. Takar, suspecté d'être un résurrectionniste.

« Qu'est-ce qui se passe, 'pa ?

— La sœur de Takar, hein ? Qu'est-ce que tu sais au juste de leur famille ?

— Où est le problème ?

— Je n'ai pas dit qu'il y en avait un. Je t'ai demandé ce que tu savais d'eux.

— Suffisamment pour avoir envie d'épouser Gloire. Pour considérer Takar comme mon meilleur ami.

— Assez pour savoir s'ils sont résurrectionnistes ? »

Un silence palpable s'est établi dans l'échoppe. Bomanz observait son fils. Stancil lui rendait son regard. Tous les deux ont commencé à répondre puis se sont ravisés. La tension cisaillait l'atmosphère.

« 'pa…

— C'est ce que pense Besand. Les gardes ont Takar à l'œil. Et moi aussi, à présent. La Comète ne va pas tarder à revenir, Stance. Pour son dixième passage. Besand craint un grand complot résurrectionniste. Il est aux aguets. Ce lien avec Takar ne va pas arranger les choses. »

Stancil a aspiré sa salive entre ses dents. Il a soupiré. « Peut-être que je n'aurais pas dû revenir à la maison. Ça ne m'avancera à rien de jouer à cache-cache avec Besand et de me quereller avec toi.

— Non, Stance, est intervenue Jasmine. Ton père n'ouvrira pas les hostilités. Bo, tu ne cherchais pas de noise. Et tu ne vas pas commencer.

— Hum. » Mon fils fiancé à une résurrectionniste ?

Il s'est détourné, a pris une profonde inspiration, s'est admonesté en silence. Il avait tiré des conclusions trop hâtives. En se fiant aux élucubrations d'un Besand. « Fils, je suis désolé. Je l'ai constamment sur le dos. » Il a jeté un regard à Jasmine. Besand n'était pas le seul à le persécuter.

« Merci, 'pa. Comment avancent tes recherches ? »

Jasmine a bougonné entre ses dents. « Cette conversation tourne en rond, a déclaré Bomanz. Tout le monde pose des questions et personne n'y répond.

— Donne-moi de l'argent, Bo, a dit Jasmine.

— Pour quoi faire ?

— Dès que vous deux serez repartis dans vos messes basses, il n'y aura plus moyen de vous dire un mot. Autant que j'aille faire des courses. »

Bomanz a attendu. Elle s'est abstenue de déballer sa batterie de remarques acerbes sur la condition de la femme. Il a haussé les épaules et glissé quelques pièces dans sa paume. « On monte, Stance.

— Elle a mûri, a commenté Stancil comme ils entraient dans la mansarde.

— Je n'avais pas remarqué.

— Toi aussi, d'ailleurs. Mais la maison n'a pas changé. »

Bomanz a allumé la lampe. « Toujours le foutoir », a-t-il admis. Il a saisi sa lance creuse. « Il va falloir que j'en bricole une nouvelle. Celle-ci se patine d'usure. » Il a étalé sa carte sur la petite table.

« Ça n'a guère progressé, 'pa.

— Faudrait se débarrasser de Besand. » Il tapotait le sixième tumulus. « Ici. Il n'y a plus que lui à me faire obstacle.

— Il n'y a pas d'autre itinéraire envisageable ? Tu ne pourrais pas avoir les deux du haut ? Ou même un seul ? Ça te laisserait cinquante pour cent de chances de deviner les deux autres.

— Je ne devine pas. On ne joue pas aux cartes. Il n'y a pas de deuxième donne si tu commets une bourde avec ta première main. »

Stancil a pris une chaise pour examiner la carte. Il s'est mis à tambouriner du bout des doigts sur le plateau de la table. Bomanz bouillait.

Une semaine s'est écoulée. La famille s'est installée dans un nouveau rythme de vie, en partie pour faire face à la surveillance accrue de Besand.

Bomanz nettoyait une arme trouvée sur le site telleKure. Une mine, ce site. Une vraie mine. Une fosse commune pleine d'armes et d'armures presque parfaitement conservées. Stancil est entré dans le magasin. Bomanz a levé les yeux. « Pas trop éprouvante, ta nuit ?

— Pas trop. Il est sur le point d'abandonner. Il n'est venu qu'une fois.

— Besand ou Men fu ?

— Men fu. Besand est passé une demi-douzaine de fois. »

Le père et le fils se relayaient. Men fu servait de prétexte. En réalité, Bomanz espérait lasser Besand avant le retour de la Comète. En vain.

« Ta mère t'a préparé ton petit-déjeuner. » Bomanz s'est mis à empaqueter ses affaires.

« Attends, 'pa. Je vais venir avec toi.

— Tu as besoin de repos.

— Ça ira. Je me sens une envie de creuser.

— D'accord. » Quelque chose turlupinait le garçon. Peut-être qu'il était prêt à parler.

Parler n'était pas leur fort. Leur relation d'avant l'université s'était bornée à une confrontation dont Stance assumait systématiquement la position défensive... Il avait mûri pendant ces quatre ans, mais le gamin restait vivace en lui. Il n'était pas prêt à traiter avec son père d'égal à égal. Quant à Bomanz, il n'avait pas vieilli suffisamment pour considérer Stancil autrement que comme son petit garçon. Ces étapes ne se franchissent d'ailleurs parfois jamais. Et, un beau jour, le fils se retrouve à regarder son propre fils en se demandant ce qui s'est passé.

Bomanz s'est remis à nettoyer une masse d'armes maculée de terre. En se raillant lui-même. Analyser les relations, ça ne te ressemble pas, vieille tourte.

« Hé, 'pa ! » Stancil l'appelait depuis la cuisine. « J'allais oublier : j'ai aperçu la Comète hier soir. »

Bomanz a senti une mâchoire lui mordre les tripes. La Comète ! Non, impossible. Pas déjà. Il n'était pas prêt.

« Manque pas de culot, le salopard ! » a craché Bomanz. Ils se sont tapis dans la broussaille, lui et Stancil, et ont observé Men fu qui déterrait des objets dans leur concession. « Mériterait que je lui pète une jambe.

— Attends un peu. Je vais passer par-derrière pour lui couper la retraite.

— Bah, ça ne vaut pas le coup, a grogné Bomanz.

— J'estime que si, 'pa. Question de justice.

— Bon. »

Men fu a pointé sa sale bobine hors du trou et jeté un regard à la ronde; il tournait la tête par saccades comme un pigeon nerveux. Bomanz s'est approché en catimini.

Il est arrivé assez près pour entendre le voleur qui marmottait dans sa barbe.

« Oh. Superbe. Superbe. Une pure merveille. Un joyau. Bien trop beau pour ce vieux singe bedonnant. Tout le temps à cirer les pompes de Besand. Lopette, va.

— Eh ben, justement le voilà, le vieux singe bedonnant. »

Laissant choir sac et outils, Bomanz a empoigné fermement sa pelle.

Men fu s'est dressé dans son trou, les bras chargés. Ses yeux se sont écarquillés. Sa bouche s'est tordue silencieusement.

Bomanz a brandi son outil.

« Attends, Bo. Ne va pas... »

Bomanz a frappé. Men fu a sauté de biais, encaissé le coup dans la hanche, poussé un braillement, lâché son fardeau, brassé l'air et replongé au fond du trou. Il s'est précipité à quatre pattes pour sortir par l'autre accès de la fosse en couinant comme un cochon qu'on égorge. Bomanz s'est arqué derrière lui et lui a donné un second grand coup sur le postérieur. Men fu s'est mis à cavaler. Bomanz s'est élancé sur ses talons, pelle en l'air. « Reviens, voleur ! a-t-il crié. Fils de pute ! Défends-toi en homme ! »

Il a envoyé une dernière fois sa pelle à la volée. Il a manqué sa cible. Emporté par son élan, il a perdu l'équilibre, s'est rétabli pour continuer la chasse sans sa pelle vengeresse.

Stancil a surgi en travers du chemin de Men fu. Le voleur a rentré la tête dans les épaules et réussi à passer en force.

Bomanz a percuté Stancil de plein fouet. Père et fils ont boulé dans un méli-mélo de bras et de jambes.

« Nom d'un chien ! Il nous a échappé », a haleté Bomanz. Il s'est étendu sur le dos. Stancil a éclaté de rire. « Qu'est-ce qui te fait marrer ?

— La tête qu'il tirait. »

Bomanz a gloussé. « On ne peut pas dire que tu m'aies été d'un grand secours. » Tous les deux sont partis à s'esclaffer. Puis Bomanz a hoqueté : « Faut que je retrouve ma pelle. »

Stancil a aidé son père à se relever. « 'pa, si t'avais pu te voir…

— Heureusement que non, j'étais déjà au bord de l'apoplexie. » Il s'est remis à glousser.

« Ça va, 'pa ?

— Ouais. Pas facile de reprendre haleine et de rigoler en même temps. Oh, oh, misère. Si je m'assois, je ne bouge plus.

— Retournons creuser. Histoire de ne pas te refroidir. Tu as largué ta pelle dans ce coin-ci, non ?

— La voilà. »

La crise de rire a repris Bomanz par intermittence tout au long de la matinée. À chaque fois qu'il se rappelait la galopade éperdue de Men fu, il ne se contenait plus.

« 'pa ? » Stancil creusait à l'autre bout du trou. « Viens voir par ici. Voilà peut-être pourquoi il ne t'a pas entendu venir. »

Bomanz s'est approché en boitillant, a regardé Stancil qui dépoussiérait à l'aide d'une brosse un plastron parfaitement conservé. Il luisait, noir comme de l'ébène lustré. Un renflement ornemental en argent repoussé décorait son centre. « Hm. » Bomanz a pointé la tête hors du trou. « Personne dans le coin. Cette figure mi-homme, mi-bête. C'est Transformeur.

— C'est lui qui menait les TelleKures.

— Il ne devrait pas être enterré ici, pourtant.

— C'est son armure, 'pa.

— Je le vois bien, crénom. » Il jetait des regards alentour comme une drôle de marmotte. Toujours personne en vue. « Assieds-toi là-haut et veille au grain. Je vais le déterrer.

— C'est toi qui vas t'asseoir, 'pa.

— Tu viens de passer une nuit blanche.

— Je suis aussi beaucoup plus jeune que toi.

— Je me sens encore gaillard, merci.

— De quelle couleur est le ciel, 'pa ?

— Bleu, en voilà une question…

— Alléluia. Enfin d'accord sur un point. Tu es le bonhomme le plus acariâtre…

— Stancil !

— Désolé, 'pa. On va se relayer. Décidons à pile ou face qui va commencer. »

Bomanz a perdu. Il s'est adossé à son paquetage. « Il va falloir élargir le trou. Si on continue de creuser trop en profondeur, il se comblera à la première pluie.

— Ouais. Ça risque de donner trop de boue. Une rigole de drainage ne serait pas malvenue. Hé, 'pa, il n'y a personne là-dedans. Pourtant on dirait que voilà le reste de l'armure. » Stancil venait d'extraire un gantelet et de dégager en partie une jambière.

« Ouais. Ça me fait mal au cœur de devoir donner ça aux autorités.

— Aux autorités ? Pourquoi ? Takar pourrait en tirer une fortune.

— Peut-être. Mais suppose que l'ami Men fu l'ait reconnue ? Ma main au feu qu'il en parlerait à Besand. Vaut mieux qu'on reste dans ses petits papiers. On n'a pas besoin de cette armure.

— Sans compter que c'est peut-être lui qui l'a mise là.

— Quoi ?

— Elle ne devrait pas se trouver ici, pas vrai ? En plus, elle est vide. Et la terre est trop meuble. »

Bomanz a grommelé. Besand était bien capable de leur tendre un traquenard de ce genre. « Laisse tout en l'état. Je vais le chercher. »

« Salopard de mes deux, a murmuré Stancil dès que le Moniteur a eu tourné le dos. Je parie qu'il a monté le coup.

— Jurer n'avance à rien. On est coincés. » Bomanz s'est rassis contre son sac.

« Qu'est-ce que tu envisages de faire ?

— De flemmarder un peu. Je n'ai plus envie de creuser. » Il était perclus de douleurs. La matinée avait été bien remplie.

« On devrait récupérer ce qu'on peut avant que le temps ne se gâte.

— Vas-y.

— 'pa… » À la réflexion, Stancil a décidé de ne pas s'y mettre. « Pourquoi est-ce que vous n'arrêtez pas de vous prendre le bec, 'man et toi ? »

Bomanz a laissé son esprit vagabonder. La vérité restait insaisissable. Stancil ne pourrait pas se souvenir des années heureuses. « Je crois que c'est parce que les gens changent et que nous refusons de l'accepter. » Il ne trouvait pas de meilleurs mots. « Tu commences une histoire avec une fille, elle est magique, énigmatique et merveilleuse, comme disent les chansonnettes. Et puis on apprend à se connaître. L'euphorie se dissipe. On s'installe dans le confort. Qui finit par s'user aussi. Elle prend des rondeurs, des rides, des cheveux gris, et tu te sens floué. Tu te rappelles l'extralucide, la timide que tu avais rencontrée, à qui tu avais conté fleurette jusqu'à ce que son père te menace de te flanquer son pied au cul. Tu en veux à cette étrangère. Alors tu commences à lui chercher des poux. J'imagine que c'est la même chose pour ta mère. À l'intérieur, j'ai toujours vingt ans, Stance. C'est seulement quand je me retrouve devant un miroir ou quand mon corps ne répond pas comme je le veux que je prends conscience d'être un vieux bonhomme. Je ne vois pas la bedaine ni les varices, ni les cheveux gris clairsemés. Elle, il faut bien qu'elle s'en accommode.

»Chaque fois que je m'arrête devant un miroir, je n'en reviens pas. Je me demande qui s'est emparé de mon enveloppe physique. Un vieux bouc repoussant, à ce que je peux en juger. De ceux que je raillais ouvertement quand j'avais vingt ans. Il me fait peur, Stance. Il a l'air à l'article de la mort. Je suis prisonnier de lui, et je ne me sens pas prêt à passer l'arme à gauche. »

Stancil s'est assis. Son père ne parlait jamais de ses états d'âme.

« N'y a-t-il pas moyen que ça se passe autrement ? »

Peut-être, mais ce n'était pourtant jamais le cas… « Tu penses à Gloire, Stance ? Je ne sais pas. On n'échappe pas à la vieillesse. On ne peut empêcher une relation d'évoluer.

— Peut-être que ce n'est pas aussi inéluctable. Si on réussissait à…

— Garde tes espoirs pour toi, Stance. J'en nourris de vains depuis trente ans. » Son ulcère lui a mordillé les tripes. « Qui sait si ce n'est pas Besand qui est dans le vrai ? Pour de mauvaises raisons.

— 'pa ! Qu'est-ce que tu racontes ? Tu as consacré ta vie entière à tout ça.

— Ce que je raconte, Stance, c'est que j'ai peur. C'est une chose que de poursuivre un rêve. Et c'en est une autre que de le rattraper. On n'obtient jamais ce qu'on espérait. J'ai le pressentiment que je cours au désastre. Le rêve était mort-né. »

Une série d'expressions se sont succédé sur le visage de Stancil. « Mais tu vas bien être obligé de…

— Je ne suis obligé à rien du tout, à part tenir mon rôle de Bomanz l'antiquaire. Ta mère et moi n'avons plus guère de ronds. Ce site devrait nous fournir assez pour nous mettre à l'abri.

— Si tu poursuivais, tu gagnerais plusieurs années et plein de…

— J'ai peur, Stance. Quel que soit mon choix. C'est ce qui arrive quand on vieillit. Le changement effraie.

— 'pa...

— Je parle de la mort des rêves, fiston. De la fin des grandes aspirations échevelées qui te poussent de l'avant. Les rêves impossibles. Les joyeuses prétentions de ce genre sont mortes. En ce qui me concerne. Tout ce que je vois, c'est un chicot carié dans un sourire de tueur. »

Stancil s'est hissé lestement hors du trou. Il a arraché un brin d'herbe et s'est mis à le mâchonner en contemplant le ciel. « 'pa, comment te sentais-tu avant d'épouser 'man ?

— Godiche. »

Stancil a rigolé. « D'accord, et au moment où tu es allé demander sa main à son père ? En y allant ?

— Je me voyais bien parti pour me vider la vessie sur les pieds. Tu n'as pas connu ton grand-père. M'est avis qu'il a dû inspirer pas mal d'histoires d'ogre.

— Tu éprouvais le même genre de sensation qu'aujourd'hui ?

— Un peu, oui. Mais c'était malgré tout différent. J'étais plus jeune et une récompense me motivait.

— Et que sais-tu de ce que tu peux gagner maintenant ? Est-ce que tu ne joues pas plus gros ?

— C'est valable dans les deux sens. Que je gagne ou que je perde.

— Tu sais quoi ? Tu nous fais ce qu'on appelle vulgairement un coup de déprime. C'est tout. D'ici deux jours, tu rongeras ton frein à nouveau. »

Ce soir-là, après que Stancil fut sorti, Bomanz a dit à Jasmine : « Notre gars est un sage. Nous avons parlé aujourd'hui. Vraiment, et pour la première fois. Il m'a étonné.

— Pourquoi ? C'est ton fils, non ? »

Le rêve est revenu le hanter, plus brutal et véhément que jamais. Il a réveillé Bomanz deux fois dans la même nuit. Il n'a plus cherché à se rendormir. Il est allé s'asseoir sous le porche d'entrée de la maison, à la clarté de la lune. La nuit était claire. Il distinguait les masses des bâtisses le long de la rue sale.

Tu parles d'un trou, a-t-il songé en se remémorant le faste d'Aviron. La Garde, nous autres antiquaires et quelques tondus qui gagnent leur maigre pitance en nous vendant de quoi vivre, à nous et aux pèlerins. Lesquels se faisaient rares, d'ailleurs, en dépit du retour à la mode de la Domination. Les Tumulus avaient si mauvaise réputation que plus personne ne voulait ne serait-ce qu'y jeter un coup d'œil.

Il a entendu des pas. Une ombre s'est approchée.

« Bo ?

— Besand ?

— Hmm. » Le Moniteur a pris place sur la marche en dessous de lui. « Qu'est-ce que tu fabriques ?

— Je ne trouvais pas le sommeil. Je me demandais ce qui avait pu gangrener les Tumulus au point que même les résurrectionnistes qui se respectent n'y viennent plus. Et toi ? Tu n'en es pas réduit à assurer toi-même les rondes de nuit, quand même ?

— Pas moyen de dormir non plus. Saleté de Comète. »

Bomanz a fouillé le ciel du regard.

« Tu ne l'apercevras pas d'ici. Faudrait contourner la maison. Tu as raison. Tout le monde nous oublie. Nous comme les monstruosités sous terre là-bas. Je ne sais pas ce qui est le pire. Négligence ou bêtise aveugle.

— Hmm ? » Quelque chose démangeait le Moniteur.

« Bo, ils ne me remplacent pas parce que je suis trop vieux ou incompétent, quoique je sois certainement un peu des deux. Ils me transfèrent pour que le neveu d'un ponte écope du poste. Mutation disciplinaire pour une tête brûlée. Ça fait mal, Bo. Ça fait très mal. Ils ont oublié ce qui se terre ici. De leur point de vue, j'ai fichu ma vie en l'air pour un boulot à la portée du premier abruti venu.

— Un monde de fous.

— Les fous vont à la mort.

— Hein ?

— Ils me rient au nez quand je parle de la Comète ou d'une possible action des résurrectionnistes cet été. Ils n'arrivent pas à se figurer que j'y crois. Ils refusent de considérer qu'il y a quelque chose au fond de ces Tumulus. Quelque chose de vivant.

— Amène-les ici. Entraîne-les pour une balade dans les Tumulus après la tombée de la nuit.

— J'ai essayé. Ils m'ont conseillé d'arrêter de geindre si je voulais toucher ma pension.

— Tu as fait ce que tu as pu, alors. Ce sera leur responsabilité.

— J'ai prêté serment, Bo. Je l'avais pris au sérieux à l'époque, et je continue. Ce boulot est tout ce que j'ai. Toi, tu as Jasmine et Stance. Moi, j'aurais aussi bien pu rentrer dans les ordres. Et maintenant ils me bazardent pour un jeune… » Il a émis d'étranges sons.

Des sanglots ? s'est demandé Bomanz. Le Moniteur ? Qui avait un cœur de silex et autant de bonté qu'un requin ? Il a pris Besand par le coude. « Allons jeter un coup d'œil à la Comète. Je ne l'ai pas encore vue. »

Besand a recouvré le contrôle de lui-même. « Pas encore, toi ? J'ai du mal à le croire.

— Et pourquoi donc ? Je me suis couché tôt. C'est Stancil qui a bossé cette nuit.

— Peu importe. C'est mon côté contradicteur qui reprend le dessus. On aurait dû s'associer et faire carrière comme avocats, tous les deux. On a un penchant pour la controverse.

— T'as peut-être raison. J'ai passé pas mal de temps à me demander ce que j'étais venu faire ici, dernièrement.

— Et qu'est-ce que tu es venu faire au juste ?

— Fortune. J'allais étudier les anciens documents, découvrir quelques riches tombes, revenir à Aviron et racheter l'entreprise de voiturage de mon oncle. » Négligemment, Bomanz s'est demandé jusqu'à quel point Besand gobait ces balivernes sur son passé. Au fil du temps et à moins qu'il n'y réfléchisse dur, lui-même en était venu à croire à certaines de ses pseudo-anecdotes.

« Et qu'est-ce qui s'est passé ?

— La flemme. Fainéantise des plus classiques. Je me suis trouvé confronté à la grande différence qu'il y a entre un rêve et ce qu'implique sa concrétisation. Le plus confortable, c'était de déterrer juste ce dont j'avais besoin pour vivre, sans me fouler. » Bomanz affichait une mine dépitée. Ce qu'il avançait là frôlait la vérité. Ses recherches lui fournissaient en réalité une excuse pour ne pas se battre. Tout prosaïquement, il n'avait pas le dynamisme de Takar.

« Tu n'as pas eu la vie trop dure. Un ou deux hivers un peu rudes quand Stancil était gamin. Mais tout le monde en a souffert. En s'aidant un peu les uns les autres, on a tous survécu. La voilà. » Besand désignait le ciel au-dessus des Tumulus.

Bomanz en a eu le souffle coupé. Elle ressemblait en tous points à celle de ses rêves. « Spectaculaire, pas vrai ?

— Attends seulement qu'elle approche encore. Elle emplira la moitié du ciel.

— Elle est bien belle.

— Fantastique, je dirais. Mais aussi de mauvais augure. Sale présage. Les anciens ont écrit qu'elle réapparaîtrait jusqu'à la libération du Dominateur.

— J'ai baigné presque toute ma vie dans ce genre de croyances, Besand, et pourtant, même moi, j'ai du mal à y ajouter foi. Attends ! Les Tumulus me collent vraiment la chair de poule. Mais, quand même, je trouve dur à avaler que ces créatures puissent resurgir après quatre siècles passés sous terre.

— Bo, peut-être que tu es sincère. Si c'est le cas, suis mon conseil. Quand je partirai, pars aussi. Emporte ton barda telleKurre et retourne à Aviron.

— Je croirais entendre Stance.

— Je pense ce que je dis. Une pauvre andouille de jeunot incrédule va prendre ma relève, l'enfer va se déchaîner ici. Littéralement. Fiche le camp tant que tu le peux.

— Tu pourrais avoir raison. Repartir, j'y pensais de toute façon. Mais qu'est-ce que je deviendrais ? Aviron, j'y serais comme un étranger. Vu ce qu'en dit Stance, je m'y perdrais. Mince ! mon chez-moi, c'est ici. Je ne m'en étais jamais vraiment rendu compte. Ce bled est mon chez-moi.

— Je te comprends. »

Bomanz a levé les yeux vers la grande lame argentée. Le moment fatidique approchait…

« Qu'est-ce qui se passe dehors ? Qui est là ? » La voix provenait de derrière la porte. « Débarrassez le plancher, compris ? Sinon j'appelle la Garde.

— C'est moi, Jasmine. »

Le Moniteur a éclaté de rire. « Et le Moniteur, madame. La Garde est déjà là.

— Bo, qu'est-ce que tu fiches ?

— On causait. On regardait les étoiles.

— Je vous laisse, a déclaré Besand. À demain. »

Au ton de sa voix, Bomanz a compris qu'il aurait droit le lendemain au harcèlement habituel.

« Prends garde à toi. »

Il s'est rassis sur sa marche humide de rosée et s'est laissé bercer par la nuit fraîche. Des oiseaux solitaires commençaient à gazouiller dans la Vieille Forêt. Un criquet plein d'allant s'est mis à striduler. Ses cheveux clairsemés frémissaient imperceptiblement dans l'air moite. Jasmine s'est approchée et assise près de lui. « Je n'arrivais pas à dormir, lui a-t-il dit.

— Moi non plus.

— Va falloir s'y remettre. » Il a jeté un coup d'œil à la Comète, la sensation de déjà-vu lui a inspiré un frisson. « Tu te souviens de l'été où nous sommes arrivés ? Quand on était restés si tard à contempler la Comète ? C'était par une nuit comme celle-ci. »

Elle a pris sa main et glissé ses doigts entre les siens. « Tu lis mes pensées. C'était l'anniversaire de notre premier mois ensemble. Deux gosses frivoles, nous étions à l'époque.

— Et encore aujourd'hui, au fond de nous. »

11

LES TUMULUS

Choucas démêlait l'écheveau rapidement, maintenant. Quand il se concentrait sur le sujet. Mais, de plus en plus, cette vieille carte de soie le distrayait. Ces noms étranges. En telleKure, ils ne sonnaient pas comme en langage moderne. Volesprit. Tempête. Croquelune. Le Pendu. Ils paraissaient bien plus puissants dans la langue ancienne.

Mais ils étaient morts. Seuls subsistaient la Dame et le monstre par qui tout avait commencé, là-bas, dans son sépulcre.

Souvent, il se collait à sa lucarne et regardait vers les Tumulus. Le démon enterré. Qui appelait, peut-être. Encadré par ses sous-fifres que les légendes avaient oubliés et que peu de mages avaient identifiés. Bomanz ne s'était intéressé qu'à la Dame.

Tous ces fétiches. Un dragon. Et les héros morts de la Rose Blanche, dont les fantômes à jamais s'attacheraient à monter la garde. Tout cela paraissait bien plus spectaculaire que les conflits d'aujourd'hui.

Choucas s'est mis à rire. Le passé semblait toujours plus intéressant que le présent. Pourtant les contemporains du premier grand affrontement avaient dû trouver cette guerre effroyablement longue. Seule la bataille finale avait laissé des traces, inspiré des récits. Quelques jours seulement sur plusieurs décennies.

Il travaillait moins, maintenant qu'il possédait une maisonnette salubre pour vivre et quelques économies. Il pouvait prendre du temps pour vadrouiller, de nuit surtout.

Casier est arrivé un beau matin où Choucas n'était pas encore bien réveillé. Il a ouvert au jeune homme. « Thé ?

— Pourquoi pas ?

— Tu es nerveux. Qu'est-ce qu'il y a ?

— Le colonel Doux veut te voir.

— Pour une partie d'échecs encore ou pour du travail ?

— Ni l'un ni l'autre. Tes promenades nocturnes l'inquiètent. Je lui ai dit que je t'accompagnais et que tu te contentais de regarder les étoiles, voilà tout. Je crois qu'il devient parano. »

Choucas s'est fendu d'un sourire de façade. « Il fait son boulot, c'est tout. Je dois avoir l'air de mener une vie un peu bizarre, j'imagine. Un peu à côté de la plaque. À moitié perdu dans mes pensées. Est-ce que j'ai des réactions séniles parfois ? Tiens. Sucre ?

— Volontiers. » Le sucre était une gâterie. La Garde ne pouvait s'en procurer.

« Il y a urgence ? Je n'ai pas encore mangé.

— Il ne l'a pas formulé comme ça.

— Bien. » Un répit pour se préparer. L'imbécile. Il aurait dû se douter que ses allées et venues attireraient l'attention. La Garde était paranoïaque par essence.

Choucas a préparé un plat de gruau et de lard qu'il a partagé avec Casier. Les gardes étaient grassement rétribués mais non nourris de même. À cause du mauvais temps persistant, la route d'Aviron était devenue quasi impraticable. Les ravitailleurs se donnaient tout le mal possible pour passer, mais souvent devaient déclarer forfait.

« Bien, allons voir l'homme, a dit Choucas, avant d'ajouter : C'était la dernière tranche de bacon. Le colonel ferait bien de songer à monter une ferme dans le coin, au cas où.

— Il en a été question. » Choucas s'était lié avec Casier entre autres raisons parce qu'il servait au quartier général.

Le colonel Doux adorait jouer aux échecs et bavarder, mais il ne révélait rien de ses plans.

« Et... ?

— Manque de terrain. Manque de fourrage.

— Des cochons. Des glands leur suffiraient.

— Faudrait les garder. Sans quoi ce sont les tribus qui feraient main basse dessus.

— J'imagine. »

Le colonel l'a introduit dans son bureau personnel. Choucas a eu le front d'oser une boutade. « Vous ne bossez jamais ? Mon colonel ?

— On a la situation bien en main. Quatre siècles de surveillance sans anicroche, alors ça roule. J'ai néanmoins un problème, Choucas. »

Choucas a grimacé. « Mon colonel ?

— Les apparences, Choucas. Ce monde fonctionne sur des apparences. Et toi, tu n'as pas l'allure qu'il faut.

— Mon colonel ?

— Nous avons reçu une visite le mois dernier. De Charme.

— Je l'ignorais.

— Comme tout le monde. À part moi. Ce qu'on pourrait appeler une inspection surprise prolongée. Il s'en produit de temps à autre. »

Doux a pris place derrière son bureau, a repoussé l'échiquier sur lequel ils s'étaient si souvent affrontés. Il a sorti d'un bac posé près de son genou droit une longue feuille d'un papier méridional. Choucas a eu le temps d'entrevoir une écriture en pattes de mouche.

« Asservi ? Mon colonel ? »

Quand Choucas se fendait d'un « mon colonel », c'était toujours avec un temps de retard. Cette manie avait le don de perturber Doux. « Oui. Avec carte blanche de la Dame. Il n'en a pas abusé. Mais il m'a laissé quelques recommandations. Et glissé quelques allusions concernant les individus dont l'attitude ne devait pas être tolérée. Ton nom figurait en haut de la liste. Qu'est-ce que tu fous à te balader la nuit dans les parages ?

— Je réfléchis. Je ne peux pas dormir. Séquelle de guerre. J'en ai tant vu… Les guérilleros. L'angoisse de m'endormir de crainte de me faire surprendre. Et, si le sommeil me gagne quand même, alors mes rêves sont de sang. Des maisons, des champs en feu. Des animaux, des enfants qui hurlent. C'était ça le pire. Les cris des mômes. Je les entends encore, ces cris. » Il en rajoutait très peu. Chaque fois qu'il se couchait, il devait surmonter ces pleurs d'enfants.

Il racontait la vérité, en gros, mais l'habillait d'un mensonge très imaginatif. Les cris des gosses. Les fantômes qui le hantaient, lui, c'étaient les siens, son innocente progéniture qu'il avait abandonnée dans un moment de désarroi, par peur de s'engager.

« Je sais, a répondu Doux. Je sais. À Rouille, ils ont massacré leurs propres gamins plutôt que de les laisser tomber entre nos mains. Les plus endurcis du régiment ont pleuré quand ils ont vu les mères précipiter leurs enfants du haut des remparts avant de se jeter elles-mêmes dans le vide. Je ne me suis jamais marié. Je n'ai pas d'enfant. Mais je comprends ce que tu veux dire. Tu en as eu, toi ?

— Un fils », a répondu Choucas d'une voix sourde et fatiguée, réprimant des tremblements de douleur. « Et une fille. Des jumeaux, c'étaient. Loin d'ici, il y a longtemps.

— Que sont-ils devenus ?

— Je ne sais pas. J'espère qu'ils sont toujours vivants. Ils doivent avoir l'âge de Casier, à peu près. »

Doux a haussé un sourcil mais n'a pas fait de commentaire. « Et leur mère ? »

Le regard de Choucas est devenu de fer. Incandescent. Deux fers rouges. « Morte.

— Désolé. »

Choucas s'est abstenu de répondre. Son expression suggérait qu'il ne l'était pas lui-même.

« Tu comprends ce que je te dis, Choucas ? a repris Doux. Un des Asservis t'a en ligne de mire. Ça sent mauvais.

— J'ai pigé. Lequel était-ce ?

— Je ne peux pas te dire. Savoir où se trouve tel ou tel Asservi pourrait intéresser les rebelles.

— Quels rebelles ? a ricané Choucas. On les a balayés à Charme.

— Peut-être. Mais il y a la Rose Blanche.

— Je les croyais sur le point de lui régler son compte ?

— Ouais. S'il faut se fier à ce qui se dit... D'ici la fin du mois, elle croulera sous les chaînes... J'entends ce refrain depuis la première fois où on m'a parlé d'elle. Elle est leste. Un peu trop, peut-être. » Le sourire de Doux s'est évanoui. « Au moins, je ne serai plus dans les parages quand la Comète reviendra. Eau-de-vie ?

— Ma foi...

— Échecs ? À moins que tu aies du travail ?

— Rien d'urgent. Va pour une partie. »

Entre deux tours de jeu, Doux a déclaré : « Souviens-toi de ce que je t'ai dit, hein ? L'Asservi a prétendu qu'il repartait. Mais rien n'est sûr. Il pourrait bien être aux aguets, tapi derrière un buisson.

— Je ferai plus attention à ce que je fais. »

Il valait mieux. Attirer l'attention d'un Asservi était bien la dernière chose dont il avait besoin. Il était trop engagé pour tout gâcher maintenant.

12

LA PLAINE DE LA PEUR

C'était mon tour de garde. J'avais le ventre noué, comme lesté de plomb. Toute la journée, des points avaient sillonné le ciel à haute altitude. Deux volaient pour l'heure, en patrouille. La présence continuelle des Asservis n'augurait rien de bon.

Plus près, deux paires de mantes planaient dans l'air de l'après-midi. Elles grimpaient dans les courants ascendants, puis redescendaient en tournoyant, harcelant les Asservis, tentant de les attirer dans le périmètre fatidique. Elles haïssaient les intrus. D'autant que ces intrus les auraient massacrées sans la présence de Chérie – elle aussi une étrangère pourtant.

Les arbres marcheurs se déplaçaient le long du ruisseau. Les menhirs inertes brillaient, eux si ternes d'habitude. Des changements survenaient dans la plaine. Aucun étranger ne pouvait vraiment en comprendre la signification.

Une ombre immense s'est étirée dans le désert. Tout là-haut, bravant les Asservis, une baleine de vent voguait en solitaire. De temps à autre, un bourdonnement très grave, à peine perceptible, émanait de ces hauteurs. Je n'en avais jamais entendu produire un son. Elles ne s'exprimaient qu'en colère.

La brise a gémi dans le corail. Le Vieil Arbre Ancêtre a chanté en contrepoint de la baleine.

Un menhir s'est mis à parler derrière moi. « Vos ennemis arrivent bientôt. » J'ai frissonné. Tout cela avait les relents d'un cauchemar que j'avais fait récemment. Je ne me souvenais pas de son dénouement, mais il m'avait empli d'effroi.

Je refuse de me laisser déstabiliser par ces pierres sournoises. Enfin, pas trop.

Que sont-elles ? D'où viennent-elles ? En quoi diffèrent-elles des roches normales ? Et à ce propos, plus généralement, pourquoi la plaine est-elle si grotesquement différente ? Si belliqueuse ? Seule notre coalition contre un ennemi commun explique qu'on tolère notre présence ici. Que la Dame perde la partie et je ne donne pas cher de notre belle entente.

« Bientôt... dans quel ordre d'idée ?

— Quand ils seront prêts.

— Bravo, vieille pierre. Époustouflant de clarté. »

Mon sarcasme, s'il n'a pas été relevé, n'est pas passé pour autant inaperçu. Les menhirs ont leur propre sens de l'ironie et du quolibet.

« Cinq armées, a dit la voix. Elles n'attendront pas longtemps. »

J'ai montré le ciel. « Les Asservis circulent à leur guise. Sans coup férir.

— Ils n'ont pas attaqué. » Exact, mais un peu maigre comme excuse. Des alliés devraient réagir comme tels. Qui plus est, les baleines de vent et les mantes considèrent dans l'ensemble une simple intrusion dans la plaine comme une provocation suffisante. L'idée m'est venue que les Asservis les avaient peut-être achetées.

« Ce n'est pas le cas. » Le menhir avait bougé. Son ombre me couvrait maintenant les orteils. J'ai fini par le regarder. Celui-ci mesurait à peine trois mètres. Un avorton.

Il avait lu dans mes pensées. Peste !

Il a continué de me raconter ce que je savais déjà. « Il n'est pas toujours possible de traiter en position de force. Prenez garde. Un appel a été lancé auprès des Gents pour réexaminer votre droit de séjour dans la plaine. »

Allons bon. Ce bellâtre bavard servait d'émissaire. Les autochtones avaient peur. Certains pensaient pouvoir se préserver en nous boutant dehors.

« Oui. »

Les « Gents » : le terme ne désigne pas à proprement parler un organe décisionnel entre les différentes espèces, mais je ne vois pas comment le qualifier autrement.

S'il faut en croire les menhirs – et ils ne mentent que par omission ou faux-fuyant –, la plaine de la Peur compte plus de quarante espèces douées d'intelligence. Parmi celles que je connais : les menhirs, les arbres marcheurs, les baleines de vent et les mantes, quelques poignées d'humains (des primitifs ou des ermites), deux espèces de lézards, des oiseaux de la famille du busard, des chauve-souris géantes blanches et une bestiole extrêmement rare qui ressemble à un chameau centaure assemblé à l'envers, c'est-à-dire dont le tronc humanoïde se trouve à l'arrière. La créature court vers ce qu'on aurait tendance à prendre pour son postérieur.

Sans nul doute j'en ai croisé bien d'autres sans les remarquer.

Selon Gobelin, de tout petits singes de pierre vivent au cœur des grands récifs de corail. Il prétend qu'ils ont l'allure de Qu'un-Œil en miniature. Mais on ne peut plus faire confiance à Gobelin sitôt qu'il s'agit de Qu'un-Œil.

« Je suis chargé de te délivrer une mise en garde, a poursuivi le menhir. Il y a des étrangers dans la plaine. »

J'ai posé des questions. Comme il n'y répondait pas, j'ai fini par m'énerver. Il a débarrassé le plancher. « Fichue caillasse… »

Traqueur et son corniaud se tenaient dans la bouche du tunnel, ils observaient les Asservis.

Chérie l'avait soumis à un interrogatoire tatillon, m'a-t-on dit. Je n'y avais pas assisté. Elle s'était déclarée satisfaite.

Je me suis pris le bec avec Elmo. Elmo aimait bien Traqueur. « Il me rappelle Corbeau, disait-il. Quelques centaines de Corbeau ne seraient pas de trop dans nos rangs.

— Moi aussi, il me rappelle Corbeau. Et c'est justement. » Mais à quoi bon se disputer ? On ne peut pas apprécier tout le monde. Chérie le pense réglo. Elmo aussi. Le lieutenant l'accepte. Pourquoi pas moi ? Fichtre, s'il est issu du même moule que Corbeau, la Dame n'a qu'à bien se tenir.

L'occasion de le tester viendra bien assez tôt. Chérie a une idée en tête. Une opération préventive, à mon avis. Peut-être dans le secteur de Rouille.

Rouille. Où se dresse la stèle du Boiteux.

Le Boiteux. Revenu d'entre les morts. J'avais tout fait sauf brûler son corps. J'aurais dû, je suppose. Bordel.

Quelque part, je me demande avec effroi s'il est bien le seul. Est-ce que les autres auraient survécu à une mort apparemment indiscutable ? Attendaient-ils leur heure en tapinois pour surprendre tout le monde ?

Une ombre s'est étendue sur mes pieds. Ça m'a tiré de ma songerie. Traqueur se tenait près de moi. « Tu as l'air démoralisé », a-t-il dit. Le tact n'était pas son fort, manifestement.

J'ai regardé les patrouilleurs, prodromes du combat. « Je suis un vieux soldat fatigué qui ne sait plus trop où il en est, ai-je répondu. Tu n'étais pas encore né que je me battais déjà. Il serait temps que je voie des résultats. »

Il a souri. Un mince sourire qu'il réprimait presque. Ça m'a mis mal à l'aise. Ce gars-là avait le don de me mettre mal à l'aise quoi qu'il fasse. Jusqu'à son satané clébard, qui passait pourtant son temps à dormir, me mettait mal à l'aise. Vu ce qu'il pionçait, c'était à se demander comment il avait pu couvrir le trajet depuis Aviron. Que d'efforts ! Cet animal restait amorphe même quand on lui servait sa pâtée.

« Aie confiance, Toubib, a dit Traqueur. Elle tombera. » Il s'exprimait avec une absolue conviction. « Elle n'a pas les reins assez solides pour soumettre le monde. »

De nouveau, il m'a déstabilisé. Qu'il ait raison ou non, sa façon d'exprimer son opinion était dérangeante.

« On va leur régler leur compte. » Il désignait les Asservis. « Ce ne sont pas des vrais comme ceux de jadis. »

Saigne-Crapaud le Chien a éternué sur une botte de son maître. Traqueur a baissé les yeux. J'ai pensé qu'il allait lui flanquer son pied dans le train. Au lieu de quoi il s'est penché et lui a gratté l'oreille.

« Saigne-Crapaud le Chien. D'où vient ce nom ?

— Oh, c'est une vieille blague. Qui remonte à une période où nous étions tous les deux bien plus jeunes. Il s'est toqué de ce nom-là et il y tient, encore maintenant. »

Traqueur a paru un peu absent. Il avait le regard vide, braqué sur le lointain, même s'il continuait de suivre en apparence le vol des Asservis. Bizarre.

Au moins, il reconnaissait avoir eu une jeunesse. Ça trahissait un soupçon de vulnérabilité. C'est le côté sans faille de personnages comme Traqueur ou Corbeau qui me colle des frissons.

13

LA PLAINE DE LA PEUR

« Hé, Toubib ! » Le lieutenant était sorti. « Quoi ? — Fais-toi remplacer par Traqueur. » Mon tour de garde touchait à son terme, à quelques minutes près. « Chérie te demande. »

J'ai consulté Traqueur du regard. Il a haussé les épaules. « Vas-y. » Il s'est posté face à l'ouest. Parole, on aurait dit qu'il venait d'allumer sa vigilance. Comme si d'un coup il était devenu l'ultime sentinelle.

Même Saigne-Crapaud le Chien a ouvert un œil et l'a rejoint pour monter le guet.

Je lui ai caressé le crâne du bout des doigts en partant, dans un geste que je voulais amical. Il a grondé. « Continue comme ça », ai-je murmuré en rejoignant le lieutenant.

Il avait l'air gêné. En général, il est plutôt impassible, le lascar.

« Qu'est-ce qu'il y a ?

— Elle ne veut pas démordre d'une lubie. »

Aïe.

« À quel propos ?

— Rouille.

— Ah ouais ? Génial ! Racontez-moi tout ça vite fait. Je croyais que ce n'était qu'une idée en l'air. J'imagine que vous avez argumenté pour l'en dissuader ? »

On aurait tendance à croire qu'un homme peut s'habituer à puer au bout de quelques années. Mais, tandis que nous descendions dans notre antre, j'ai froncé le nez, pincé les narines malgré moi. Impossible d'entasser trop de monde dans un puits sans ventilation. On n'a même pas le minimum.

« J'ai essayé. Elle m'a répondu : "Chargez la carriole; si la mule est aveugle, c'est mon problème."

— Elle a raison la plupart du temps.

— C'est une stratège de génie. Mais, punaise, ça ne veut pas dire qu'elle peut concrétiser tous les plans farfelus qu'elle cogite dans ses rêves. Certains de ses rêves sont des cauchemars. Bon sang, Toubib. Il y a le Boiteux, là-bas. »

Nous avons mis le sujet sur le tapis dès notre arrivée à la salle de conférence. Silence et moi sommes montés au créneau parce que nous avions ses faveurs. Rarement ai-je assisté à une telle unanimité au sein des frères. Même Gobelin et Qu'un-Œil parlaient d'une seule voix, or ces deux-là sont capables de se battre pour savoir s'il fait jour ou nuit quand le soleil est au zénith.

Chérie tournait en rond comme un fauve en cage. Elle avait des doutes. Et ces doutes la harcelaient.

« Deux Asservis à Rouille, ai-je insisté. C'est ce qu'a dit Cordeur. L'un d'eux est notre plus ancien et pire ennemi.

— Qu'on les batte et c'est tout leur plan de campagne qui s'en trouve anéanti.

— Qu'on les batte ? Ma fille, c'est du Boiteux que tu parles. Il me semble avoir démontré par le passé qu'il était invincible.

— Non. Tu as démontré qu'il pouvait survivre si on n'employait pas les grands moyens. Tu aurais dû le brûler. »

Ben voyons. Ou le réduire en miettes pour nourrir les poissons, ou le balancer dans une cuve d'acide ou un bain de chaux vive. Mais, pour ce genre de traitement, il faut du temps. Or nous avions la Dame en personne aux fesses. Bienheureux que nous nous en soyons tirés.

« Supposons que nous arrivions là-bas sans nous faire repérer – ce qui me paraît impossible – et que nous les prenions complètement par surprise, de combien de temps disposerions-nous avant que tous les Asservis nous tombent sur le râble ? » Mes mains parlaient par signes énergiques, j'étais plus en rogne qu'effrayé. Je n'ai jamais rien refusé à Chérie. Mais, en cet instant, j'étais prêt à m'y résoudre.

Ses yeux ont jeté des éclairs. Pour la première fois, je la voyais lutter pour se maîtriser. « Si vous n'acceptez pas mes ordres, vous n'avez rien à faire ici, a-t-elle répondu par signes. Je ne suis pas la Dame. Je ne sacrifie pas mes pions pour des objectifs dérisoires. Je vous accorde que l'opération comporte beaucoup de risques. Mais largement moins que vous le prétendez. Et son impact potentiel dépasse amplement ce que vous supposez.

— J'aimerais en être convaincu.

— Je ne peux pas en dire plus. En cas de capture, vous ne devez pas savoir. »

Comme de bien entendu. « Cela seulement suffirait à mettre les Asservis sur une piste. » Peut-être que j'avais plus peur que je ne voulais bien l'admettre. Ou peut-être était-ce juste le contraire, un cas sans précédent.

« Non », a-t-elle rétorqué par signe. Elle a failli ajouter quelque chose mais s'est retenue.

Silence m'a posé la main sur l'épaule. Il abandonnait la partie. Le lieutenant s'est joint à lui. « Tu dépasses la mesure, Toubib.

— Si tu refuses d'obéir, Toubib, va-t'en », a répété Chérie.

Elle le pensait. Vraiment ! J'en suis resté comme deux ronds de flan.

« C'est bon ! » Je suis sorti en tapant du pied. J'ai regagné ma chambre, compulsé mes sempiternelles vieilles paperasses, bien évidemment sans découvrir le moindre élément nouveau.

On m'a fichu la paix un moment. Et puis Elmo s'est pointé. Sans crier gare. Levant les yeux, je l'ai trouvé appuyé contre le cadre de la porte. En cet instant, ma prestation commençait à m'inspirer quelque honte. « Ouais ?

— Courrier », a-t-il annoncé en me lançant un autre de ces paquets de toile cirée.

Je l'ai attrapé au vol. Elmo est reparti sans m'expliquer d'où il le sortait. Je l'ai posé sur mon bureau et me suis interrogé. Qui ? Je ne connaissais personne à Aviron.

Y avait-il une ruse là-dessous ?

La Dame est patiente et rusée. Je ne pouvais écarter la possibilité qu'elle ourdisse une manœuvre en m'utilisant.

J'ai bien dû y réfléchir une heure avant d'ouvrir le paquet à contrecœur.

14

L'HISTOIRE DE BOMANZ

Toubib :

Bomanz et Takar se tenaient dans un recoin de l'échoppe. « Qu'est-ce que tu en penses ? a demandé Bomanz. Tu en tirerais un bon prix ? »

Takar a examiné le fleuron de la nouvelle collection de pièces telleKures de Bomanz, un squelette encore équipé de son armure complète.

« Merveilleux, Bo. Comment t'y es-tu pris ?

— J'ai attaché les articulations. Tu as vu le joyau frontal ? Je ne suis pas un expert en héraldique telleKure, mais est-ce qu'un rubis ne pourrait pas être l'attribut de quelqu'un d'important ?

— Un roi. Il doit s'agir du crâne du roi Fauché.

— Et de ses ossements. De son armure.

— Tu es riche, Bo. Je me contenterai d'une commission sur cette transaction. En guise de cadeau de mariage pour la famille. Tu m'as pris au mot quand je t'ai demandé de venir me voir avec quelque chose de sérieux.

— Le Moniteur a confisqué le meilleur. On avait l'armure de Transformeur. »

Takar avait embauché de l'aide pour le transport, une paire de voituriers, de gros malabars. Ils s'affairaient à déménager les antiquités jusqu'aux charrettes dehors. Leur va-et-vient rendait Bomanz nerveux.

« Vraiment ? Mazette ! Je donnerais mon bras droit pour la récupérer. »

Bomanz a levé les mains dans un geste désolé. « Que pouvais-je faire ? Besand ne me laisse qu'une marge de manœuvre très restreinte. Et, de toute façon, tu connais ma ligne de conduite. Je commets déjà une entorse parce que tu es le frère de ma future belle-fille.

— Comment cela ? »

Un pied dans le plat, a pensé Bomanz. Autant mettre les deux. « Besand a entendu dire que tu étais un résurrectionniste. Il nous mène la vie dure, à Stance et moi.

— La vache ! Je suis désolé, Bo. Résurrectionniste ! J'ai ouvert ma grande gueule une fois, il y a des années; j'avais déclaré que même le Dominateur aurait été un bienfait à Aviron comparé à notre pantin de maire. Pas malin comme remarque ! Ils ont la rancune tenace. Non content d'avoir poussé mon père prématurément dans la tombe, il faut maintenant qu'ils me tourmentent, moi et mes amis. »

Bomanz se demandait sincèrement à quoi Takar faisait allusion. Il s'est promis de se renseigner auprès de Stance. Mais la réponse l'a rassuré, et c'était tout ce qu'il souhaitait dans le fond.

« Takar, garde tout le bénéfice sur ce lot. Pour Stance et Gloire. Ce sera mon cadeau de mariage. Ont-ils fixé une date ?

— Aucune arrêtée. Après son congé et sa thèse. Vers l'hiver, je suppose. Tu penses venir ?

— J'envisage de me réinstaller à Aviron. Je n'ai plus assez d'énergie pour me farcir un nouveau Moniteur. »

Takar a gloussé. « L'engouement pour les antiquités de la Domination risque de s'essouffler après l'été, de toute façon. Je verrai si je peux te trouver un logement. Si tu bosses comme pour ce roi, tu n'auras pas de mal à gagner ta croûte.

— Tu crois vraiment ? Je pensais m'occuper de son cheval aussi. » D'un coup, Bomanz s'enorgueillissait de sa propre habileté.

« Son cheval ? Vraiment ? Ils l'ont mis en terre avec son cheval ?

— Armure et tout. Je ne sais pas qui a enterré les TelleKures, mais ils n'ont pas été dépouillés. On a récolté toute une caisse de pièces de monnaie, de bijoux et d'écussons.

— De la monnaie de la Domination ? Fabuleux ! Elle a presque entièrement été refondue. Une pièce de la Domination en bon état peut rapporter cinquante fois la valeur de son métal.

— Laisse-le roi Machin ici. Je vais lui reconstituer son cheval. Tu le prendras le prochain coup.

— Je ne tarderai pas, d'ailleurs. Je vais décharger et revenir aussi sec. Où est Stance, au fait ? Je voulais le saluer. » Takar agitait une sacoche de cuir.

« Gloire ?

— Gloire. Elle devrait écrire des romans. Elle va me ruiner en papier.

— Il est sur le site. On y va. Jasmine ! J'emmène Takar au site. »

Tout en marchant, Bomanz n'a cessé de lancer des coups d'œil par-dessus son épaule. La Comète brillait au point qu'on pouvait maintenant vaguement la distinguer de jour. « Ça va donner un sacré spectacle quand elle atteindra son apogée, a-t-il prédit.

— Je le crois aussi. » Le sourire de Takar lui a fait froid dans le dos. Je m'imagine, s'est-il dit intérieurement.

Stancil a ouvert la porte du magasin en la poussant du dos. Il a déposé à l'intérieur une brassée d'armes. « On se fait piller, 'pa. Presque tout le fourbi ordinaire la nuit dernière. »

Bomanz a tordu un fil de cuivre, l'a enroulé autour du châssis qui soutenait le squelette du cheval. « Laisse Men fu prendre le relais. De toute façon, il n'y a quasiment plus de place ici. »

Presque impossible de se frayer un passage dans l'échoppe. Bomanz pourrait se dispenser de fouilles pendant des années si tel était son désir.

« Ça prend tournure », a commenté Stance en s'attardant un peu devant le cheval avant de retourner décharger la charrette de location. « Il faudra que tu me montres comment installer le roi en selle pour que je puisse procéder au montage une fois là-bas.

— Je le ferai peut-être moi-même.

— Je croyais que tu t'étais décidé à rester ici.

— Peut-être. Je ne sais pas. Quand est-ce qu'on s'attelle à cette thèse ?

— J'y travaille. Je prends des notes. Quand je me serai organisé, je te la rédigerai comme ça. » Il a claqué des doigts. « Ne t'inquiète pas, j'ai tout le temps. » Il est ressorti à nouveau.

Jasmine a apporté du thé. « J'ai cru entendre la voix de Stance.

— L'est dehors », a répondu Bomanz avec un balancement de tête.

Elle a cherché un espace libre pour poser la théière et les tasses. « Va falloir que tu ranges ce foutoir.

— C'est ce que je n'arrête pas de me dire. »

Stancil est revenu. « On a assez de bric-à-brac pour composer une armure. À condition que personne n'essaye de la porter.

— Du thé ? a demandé sa mère.

— Volontiers. 'pa, je suis passé près de la caserne. Le nouveau Moniteur est arrivé.

— Déjà ?

— Tu vas l'adorer. Il s'est amené en carrosse avec trois chariots de parures pour sa maîtresse. Et un bataillon de domestiques.

— Quoi ? Ha ! Il va faire une attaque quand Besand lui montrera ses quartiers. » La cellule du Moniteur s'apparentait plus à celle d'un moine qu'au logement de l'homme le plus important de la province.

« C'est tout ce qu'il mérite.

— Tu le connais ?

— De réputation. Les gens polis le surnomment le Chacal. Si j'avais su que ce serait lui… Qu'aurais-je pu faire ? Rien. Il a de la chance que sa famille l'ait envoyé ici. Il aurait fini par se faire liquider s'il était resté en ville.

— Pas bien populaire, on dirait ?

— Tu comprendras si tu restes. Viens avec nous, 'pa.

— J'ai une tâche à finir, Stance.

— Combien de temps est-ce que ça va te prendre ?

— Deux jours. Ou l'éternité. Tu sais. Il faut que je retrouve ce nom.

— 'pa, on pourrait essayer maintenant. Profiter de la confusion.

— Pas d'à-peu-près, Stance. Tout doit être mûrement réfléchi. Je ne veux prendre aucun risque avec les Dix. »

Stance a voulu objecter mais s'est contenté d'avaler une gorgée de thé. Il est retourné à la carriole. Puis en est revenu en faisant remarquer : « Takar devrait être de retour à présent. Peut-être qu'il va ramener plus de deux charrettes.

— Peut-être qu'il va nous ramener mieux que des charrettes, tu veux dire ? a rigolé Bomanz. Peut-être qu'il va nous ramener sa sœur ?

— J'y pensais effectivement.

— Comment espères-tu pouvoir rédiger une thèse ?

On trouve toujours un moment. »

Bomanz a recouvert le joyau frontal du cheval du défunt roi d'un tissu sombre. « Ça va suffire pour l'instant, le canasson. On retourne au site.

— Paye-toi donc le détour pour te rendre compte de l'agitation, a suggéré Stancil.

— Je n'ai pas envie de rater ça. »

Besand est venu au site cet après-midi-là. Il a surpris Bomanz en pleine sieste. « Qu'est-ce que c'est que ça ? a-t-il demandé. On roupille au boulot ? »

Bomanz s'est assis. « Tu me connais. C'était histoire de sortir de la maison. J'ai entendu dire que ton bonhomme était arrivé. »

Besand a craché par terre. « M'en parle pas.

— Dur ?

— Pire que je le craignais. Tu peux me croire, Bo. Aujourd'hui sonne le glas d'une époque. Ces imbéciles vont s'en repentir.

— Tu as des projets ?

— Aller à la pêche. À la pêche, crénom. Aussi loin d'ici que possible. Je vais prendre une journée pour le mettre au parfum, et puis en route pour le Sud.

— J'avais toujours pensé prendre ma retraite dans une des Cités Précieuses. Je n'ai jamais vu la mer. Alors ton départ est imminent, hein ?

— Épargne-moi cet air enjoué. Toi et tes amis résurrectionnistes avez gagné, mais je m'arrangerai pour vérifier que vous ne m'avez pas battu sur mon propre terrain.

— On ne s'est guère affrontés dernièrement. Ce n'est pas une raison pour te sentir obligé de rattraper le temps perdu.

— Ouais, ouais. Ça m'a échappé. Désolé. C'est la frustration, j'en suis malade; tout menace de sombrer.

— Ça ne peut pas être grave à ce point ?

— Si. J'ai mes sources, Bo. Je ne suis pas un illuminé solitaire. Nombre de lettrés d'Aviron partagent mes craintes. Ils disent que les résurrectionnistes vont tenter quelque chose. Tu verras. À moins que tu ne fiches le camp.

— Sans doute ce que je vais faire. Stancil connaît le type. Mais je ne peux pas partir avant d'en avoir fini avec ce site. »

Besand l'a observé, les paupières mi-closes. « Bo, tu ferais mieux de plier bagage avant mon départ. Eh ben, on dirait que l'enfer a vomi, par ici. »

Bomanz n'était pas un travailleur propre. Dans un rayon d'une trentaine de mètres autour de son excavation, des ossements jonchaient le sol ainsi que de vieux débris d'équipement et des détritus de toutes sortes. Un triste spectacle. Bomanz n'en avait cure.

« À quoi bon se casser la tête ? La végétation aura tout recouvert dans un an. Et puis inutile que Men fu se fatigue plus que nécessaire.

— Quel cœur d'or, Bo.

— Je fais des efforts.

— À plus tard.

— Bien. »

Bomanz a essayé de comprendre en quoi il avait pu commettre une erreur, ce que Besand était venu chercher et n'avait pas trouvé. Il a haussé les épaules, s'est vautré dans l'herbe à nouveau et a refermé les yeux.

La femme lui a fait signe. Jamais le rêve n'avait été si clair. Et jamais à ce point synonyme de succès. Il s'est avancé vers elle, lui a pris la main, et elle l'a entraîné sur un sentier bordé d'arbres, frais et verdoyant. De fins rais de soleil perçaient le feuillage. Des arabesques de poussière dorée flottaient dans la lumière. Elle s'est mise à parler, mais il n'a pu comprendre ses paroles. Il s'en moquait. Il était heureux.

L'or est devenu argent. L'argent a pris la forme d'une grande lame émoussée tailladant un ciel nocturne, éclipsant les étoiles les plus pâles. La Comète est descendue, descendue… Un immense visage féminin s'est déployé devant lui. Qui hurlait. Hurlait avec colère. Mais lui ne pouvait entendre…

La Comète s'est estompée. Une pleine lune s'est levée dans le ciel constellé de diamants. Une très grande ombre a masqué les étoiles, obscurci la Voie lactée. Une tête, s'est dit Bomanz. Une tête de ténèbres. Celle d'un loup qui mordait la lune… L'instant d'après, elle avait disparu. Il retrouvait la femme, tous les deux déambulaient sur ce sentier forestier, foulaient les taches de soleil. Elle lui promettait quelque chose…

Il s'est réveillé. Jasmine le secouait. « Bo ! Tu rêves encore. Réveille-toi.

— Ça va, a-t-il balbutié. Ce n'était pas si horrible.

— Il faut que tu cesses de manger tant d'oignons. À ton âge, avec ton ulcère, en plus… »

Bomanz s'est assis, s'est tapoté la panse. L'ulcère l'avait laissé en paix ces derniers temps. Peut-être que le reste le monopolisait trop. Il a pivoté, posé les pieds par terre et plongé du regard dans l'obscurité.

« Qu'est-ce que tu fais ?

— J'avais envie d'aller voir Stance.

— Tu as besoin de repos.

— Bah ! À mon âge ? Le repos, ce n'est pas pour les vieux. C'est un luxe. Je n'ai plus de temps à perdre. » Il a tâtonné à la recherche de ses bottes.

Jasmine a grogné une de ses remarques. Il a fait la sourde oreille. Il avait élevé cet exercice au rang d'art. « Prends garde là-bas, a-t-elle ajouté.

— Hein ?

— Sois prudent. Ne te crois pas tout permis parce que Besand n'est plus là.

— Il n'est parti que ce matin.

— Oui, mais… »

Bomanz est sorti en pestant dans sa barbe contre ces vieilles bonnes femmes superstitieuses que le moindre changement affolait.

Il s'en est allé au petit bonheur par un chemin détourné, s'arrêtant de temps en temps pour contempler la Comète. Elle était spectaculaire. Une ample traîne de gloire. Il s'est demandé s'il devait tirer un message de son rêve. Une ombre dévorant la lune.

Pas assez substantiel, a-t-il conclu.

Aux abords des faubourgs, il a entendu des voix. Il a molli son pas. D'habitude, il n'y avait pas un chat dehors à cette heure-là.

Les voix émanaient d'une vieille bicoque délabrée. Une bougie palpitait à l'intérieur. Des pèlerins, a-t-il supposé. Il s'est collé l'œil à une fissure du mur mais n'a pu entrevoir qu'un homme de dos. Ces épaules tombantes lui ont rappelé quelqu'un... Besand ? Non, bien sûr. Trop larges. Plutôt celles d'un des gorilles de Takar...

Il n'a pas reconnu les voix étouffées qui parlaient en sourdine. L'une d'elles rappelait beaucoup celle de Men fu, toujours geignarde. Les paroles, en revanche, restaient audibles.

« Écoute, on a fait tout le possible pour le faire décamper. Tu enlèves à un type son boulot, sa maison : il devrait finir par comprendre qu'on ne veut plus de lui. Mais rien à faire, il s'accroche.

— Alors il est temps d'employer les grands moyens, a répondu une seconde voix.

— Ça va trop loin », a objecté la première.

Marmottements dédaigneux. « Espèce de jaune. Je m'en chargerai. Où est-il ?

— Niché dans la vieille écurie. Le grenier. Il s'y est monté une paillasse, comme un vieux chien dans son refuge. »

Un grincement : quelqu'un se levait. Bruits de pas. Bomanz a rentré son ventre et s'est reculé à pas de souris dans une zone d'ombre. Une imposante silhouette a traversé la rue. La clarté de la Comète s'est reflétée sur une lame dégainée.

Bomanz a filé un peu plus loin encore, toujours à l'ombre, et s'est arrêté pour réfléchir.

Qu'est-ce qu'il fallait comprendre ? Un meurtre certainement. Mais qui ? Pourquoi ? Qui donc s'était installé dans cette écurie abandonnée ? Les pèlerins et voyageurs de passage investissaient toujours les abris de fortune... Qui étaient ces hommes ?

De possibles réponses lui sont venues à l'esprit. Il les a écartées. Trop pessimistes. Quand il a eu recouvré le contrôle de ses nerfs, il s'est hâté jusqu'au site.

La lanterne de Stancil brûlait sur place, mais de son fils nulle trace. « Stance ? » Pas de réponse. « Stancil, où es-tu ? » Toujours rien. La panique le gagnant, il a crié : « Stancil !

— C'est toi, 'pa ?

— Où es-tu ?

— Parti chier un coup. »

Bomanz a soupiré et s'est assis. Son fils a reparu un instant plus tard, essuyant son front poisseux de sueur. Pourquoi ? La nuit était fraîche.

« Stance, est-ce que Besand a changé d'avis ? Je l'ai vu partir ce matin. Il y a quelques instants, j'ai surpris une conversation : des individus qui s'apprêtaient à tuer quelqu'un. Quelqu'un qui avait tout l'air d'être lui.

— Un meurtre ? Qui étaient ces types ?

— Je n'en sais rien. L'un d'eux était peut-être Men fu. Ils étaient trois ou quatre. Est-ce qu'il est revenu ?

— Pas que je sache. Tu n'aurais pas rêvé tout ça, dis-moi ? Qu'est-ce que tu fabriques dehors au beau milieu de la nuit ?

— Le cauchemar une fois de plus. Pas moyen de me rendormir. Je ne fabule pas. Ces types voulaient tuer quelqu'un parce qu'il ne se décidait pas à partir.

— Ça n'a pas de sens, 'pa.

— M'en fiche… » Bomanz a fait volte-face. Il venait d'entendre de nouveau le bruit bizarre. Une silhouette vacillante s'est approchée de la lumière. Elle a encore avancé de trois pas et s'est effondrée.

« Besand ! C'est Besand. Qu'est-ce que je t'avais dit ? »

Une taillade sanglante barrait le torse du Moniteur déchu. « Ça va, a-t-il haleté. Ça va aller. Juste sonné. La blessure n'est pas aussi mauvaise qu'elle paraît.

— Qu'est-ce qui s'est passé ?

— On a essayé de m'assassiner. J'avais bien dit que l'enfer allait se déchaîner. Qu'il fallait s'attendre à tout. Ils sont marron pour cette fois, pourtant. C'est leur tueur qui est resté sur le carreau.

— Je croyais que tu étais parti.

— J'ai changé d'avis. Pas pu m'en aller. J'ai prêté serment, Bo. Ils m'ont retiré mon boulot mais pas ma conscience. Il faut que je les arrête. »

Bomanz a croisé le regard de son fils. Stancil a secoué la tête. « 'pa, regarde son poignet. »

Bomanz a jeté un coup d'œil. « Je ne remarque rien.

— Justement. Son amulette a disparu.

— Il l'a rendue en partant. Pas vrai ?

— Non, a répondu Besand. Je l'ai perdue dans le feu de la bagarre. Je n'ai pas pu la retrouver dans le noir. » Il a émis un drôle de bruit.

« 'pa, il est salement blessé. Il vaudrait mieux que j'aille à la caserne.

— Stance, a gémi Besand. *Il* ne doit pas savoir. Préviens plutôt le caporal Rauque.

— Bien. » Stancil s'est éloigné en hâte.

La lumière de la Comète peuplait la nuit de fantômes. Les Tumulus donnaient l'impression de se tordre et de ramper. Des formes fugitives flottaient entre les buissons. Bomanz a frissonné et tenté de se convaincre que c'était son imagination qui lui jouait des tours.

L'aube approchait. Besand, le choc passé, sirotait un breuvage que Jasmine leur avait fait parvenir. Le caporal Rauque est venu leur donner les résultats de son enquête. « On n'a rien pu trouver, m'sieur. Ni corps ni amulette. Pas même de traces de lutte. Comme si rien ne s'était produit.

— Je peux t'assurer que je n'ai pas essayé de me tuer tout seul, pourtant. »

Bomanz s'est fait songeur. S'il n'avait pas entendu les propos des conspirateurs, il aurait douté de Besand. L'homme était capable de mettre en scène un meurtre pour obtenir du soutien.

« Je vous crois, m'sieur. Je ne fais qu'énoncer mes constats.

— Ils ont grillé leur meilleure occasion. On est prévenus, maintenant. Ouvrez l'œil.

— N'oublie pas qui commande désormais, est intervenu Bomanz. Ne mets personne en porte-à-faux avec le nouveau chef.

— Cette tête de pioche. Fais ce que tu peux, Rauque. Mais sans prendre de risque.

— Bien m'sieur. » Rauque a pris congé.

« 'pa, tu devrais rentrer à la maison, a conseillé Stancil. T'as une sale mine. »

Bomanz s'est levé. « Ça va mieux, maintenant ?

— Ça ira, a répondu Besand. Ne t'inquiète pas pour moi. Le soleil s'est levé. Ces lascars ne sont pas du genre à tenter quoi que ce soit au grand jour. »

À ta place, je n'en mettrais pas ma main au feu, a pensé Bomanz. Pas si ce sont des partisans fanatiques de la Domination. Ils amèneront les ténèbres en plein midi.

Une fois Besand hors de portée de voix, Stancil a murmuré : « J'ai réfléchi la nuit dernière, 'pa. Avant le début de cette affaire. À propos de notre problème de nom. Et soudain ça m'est revenu : il y a une vieille pierre à Aviron. Haute, gravée de runes et d'idéogrammes. On l'a toujours connue là. Nul ne sait ni ce qu'elle est ni d'où elle sort. D'ailleurs personne ne s'en soucie vraiment.

— Alors ?

— Laisse-moi te montrer ce qui est gravé dessus. » Stancil a saisi un petit bout de bois, repoussé quelques brindilles par terre et commencé à tracer. « Il y a une grossière étoile en haut. Puis quelques lignes de runes que personne n'a pu déchiffrer. Impossible de m'en souvenir. Et puis des dessins. » Il les a esquissés rapidement.

« C'est un peu sommaire.

— Les originaux le sont aussi. Mais regarde. Là, un personnage en bâtons avec une jambe cassée. Ici, une espèce de tortillon. Là, un homme en surimpression d'un animal. Là, un personnage avec un éclair. Tu vois ? Le Boiteux, Rôde-la-Nuit, Transformeur, Tempête.

— Peut-être. Et peut-être que tu extrapoles. »

Stancil continuait de dessiner. « Bien. Voilà comment ils sont disposés sur la pierre. Les quatre que je viens d'énumérer. Même configuration que sur ta carte. Maintenant, regarde ici. Tes emplacements vides. Il pourrait s'agir des Asservis dont les tombes n'ont pas été identifiées. » Il a gravé un simple cercle, un personnage en bâtons à la tête dressée et une tête d'animal à la bouche toute ronde.

« Les emplacements concordent, a admis Bomanz.

— Alors ?

— Alors quoi ?

— 'pa, tu le fais exprès ou quoi ? Le rond, c'est un zéro probablement. Peut-être le signe pour désigner celui qu'on appelle Sans-Visage ou l'Anonyme. Et ici, le Pendu. Et là, Chien-de-Lune ou Croquelune.

— Je le vois bien, Stance. Même si je ne suis pas sûr d'en avoir envie. » Il a raconté à Stance le rêve où il avait vu une grande tête de loup mordre l'astre.

« Tu vois ? Même ton inconscient s'efforce de te le dire. Vérifie l'évidence. Assure-toi que tout coïncide.

— Je ne me donnerai pas cette peine.

— Pourquoi ?

— Parce que je connais tout par cœur. Ça concorde.

— Alors qu'est-ce qu'il y a ?

— Je ne suis pas sûr d'avoir envie de continuer.

— 'pa... 'pa, si tu laisses tomber, c'est moi qui le ferai. Je suis sérieux. Je ne te laisserai pas flanquer trente-sept années en l'air. Qu'est-ce qui a changé, au juste ? Tu as sacrifié un avenir en or pour venir ici. Tu ne peux quand même pas tirer un trait là-dessus.

— Je me suis habitué à cette vie. Ça m'est égal.

— 'pa... j'ai rencontré des gens qui t'avaient connu à l'époque. Tous sont convaincus que tu aurais pu devenir un mage de grand renom. Ils se demandent ce qui t'est arrivé. Ils savent que tu détenais un grand secret et que tu as tout plaqué pour en tirer quelque chose. Ils te croient mort à l'heure actuelle, parce que quiconque avec un talent comme le tien aurait dû faire parler de lui. Et, en ce moment, j'en viens à me demander s'ils n'ont pas raison. »

Bomanz a soupiré. Stancil ne comprendrait jamais. Pas sans vieillir dans l'ombre menaçante d'une potence.

« Je suis sérieux, 'pa. Je vais prendre les choses en main.

— Non, pas question. Tu ne disposes ni des données ni des compétences. C'est moi qui m'en chargerai. Il faut croire que c'était écrit.

— Allons-y !

— Pas bille en tête. Il ne s'agit pas d'une petite sauterie. Ce sera dangereux. J'ai besoin de repos d'abord, et de temps pour me préparer intérieurement. Il faut que je fourbisse mon matériel et que j'organise l'opération.

— 'pa...

— Stancil, qui est l'expert ? Qui va s'y coller ?

— Ben, c'est toi...

— Alors ferme-la et plus un mot. Au plus tôt, on peut fixer la première tentative à la nuit prochaine. À condition que je me sente encore en confiance avec ces noms. »

Stancil paraissait impatient et contrarié.

« Pourquoi es-tu si pressé ? Qu'est-ce que ça va t'apporter ?

— C'est que... je crois que Takar va revenir avec Gloire. J'aurais aimé que tout soit terminé à son arrivée. »

Bomanz a haussé un sourcil désespéré. « On rentre à la maison. Je n'en peux plus. » Il a lancé un regard derrière lui vers Besand qui contemplait les Tumulus, raide et crâne.

« Eloigne-le de moi.

— M'étonnerait qu'il ait envie de traîner dans le coin d'ici quelque temps. »

Un peu plus tard, Bomanz a murmuré : « Je me demande quand même qui étaient ces types. Des résurrectionnistes tout de même, en fin de compte ?

— Les résurrectionnistes sont un mythe que les gars comme Besand alimentent pour garder leur boulot », a répondu son fils.

Bomanz s'est souvenu de certains de ses collègues quand il était étudiant. « N'en sois pas si sûr. »

Une fois de retour à la maison, Stance est monté en traînant les pieds jusqu'à l'étage pour étudier la carte. Bomanz a avalé un repas léger. Avant de se coucher, il a dit à Jasmine : « Garde Stance à l'œil. Je le trouve un peu bizarre.

— Bizarre ? Comment cela ?

— Je ne sais pas. Drôle, c'est tout. Un peu trop entreprenant vis-à-vis des Tumulus. Cache bien mon matériel. Il serait fichu d'essayer d'ouvrir la voie lui-même.

— Il ne le ferait pas.

— J'espère bien que non. Mais surveille-le quand même. »

15

LES TUMULUS

Casier a appris que Choucas était enfin de retour. Il s'est précipité chez son vieil ami. Choucas l'a accueilli avec une accolade. « Comment tu vas, mon gars ?

— On pensait que tu étais parti pour de bon. » Choucas s'était absenté pendant plus de huit mois.

« J'ai essayé de revenir plus tôt. Bon sang, c'est qu'il n'y a quasiment plus de route.

— Je sais. Le colonel a demandé aux Asservis d'acheminer le ravitaillement par les airs.

— Je suis au courant. Les administrateurs militaires à Aviron se sont remué le train quand ils ont reçu la requête. Ils ont affecté tout un régiment à la construction d'une nouvelle route. Il en reste les deux tiers à terminer. J'ai emprunté le tronçon achevé pour revenir ici. »

Casier a pris une mine sérieuse. « C'était vraiment ta fille ?

— Non », a répondu Choucas. En partant, il avait prétendu aller voir une femme qui était peut-être sa fille. Après avoir fait courir le bruit qu'il avait confié ses économies à un homme chargé de retrouver ses enfants et de les ramener à Aviron.

« Tu as l'air déçu. »

Il l'était. Ses recherches n'avaient pas abouti selon ses espoirs. Trop de documents manquaient. « Comment était l'hiver, Casier ?

— Mauvais.

— Pareil là-bas. Je me suis fait du mouron pour vous tous.

— Les tribus nous ont causé des ennuis. C'est ce qui a été le pire. On peut toujours se cloîtrer au chaud et rajouter une bûche dans le feu. Mais pas moyen de manger si des maraudeurs piquent nos provisions.

— C'est bien ce que j'avais craint.

— On a fait garder ta maison. Ils n'hésitaient pas à investir certaines bicoques abandonnées.

— Merci. » Choucas a plissé les yeux. Sa maison avait donc été visitée ? En détail ? Un fouineur zélé aurait pu découvrir de quoi le faire pendre. Il a jeté un coup d'œil vers la fenêtre. « La pluie menace.

— La pluie menace tout le temps. Quand ce n'est pas la neige. Il en est tombé près de trois mètres l'hiver dernier. Les gens s'inquiètent. Le temps se détraque ou quoi ?

— Les vieux prétendent qu'il en est toujours ainsi après la Grande Comète. Les quelques hivers qui suivent sont rigoureux. On n'avait jamais connu un froid pareil à Aviron. Et beaucoup de neige pourtant.

— Il n'a pas fait très froid ici. Par contre la couche de neige était telle qu'on ne pouvait plus sortir. De quoi tourner dingo, presque. Tous les Tumulus nivelés comme un lac gelé. On reconnaissait à grand-peine l'emplacement du Grand Tumulus.

— Hmm ? Il serait temps que je redéballe mes affaires, maintenant. Si tu permets ? Et puis que j'annonce mon retour à la cantonade. Je suis fauché. Il va falloir que je retrouve du boulot.

— T'en trouveras, Choucas. »

Choucas s'est posté devant une fenêtre tandis que Casier retournait au trot vers les quartiers de la Garde, empruntant un chemin surélevé bâti pendant son absence. Le bourbier en contrebas expliquait cet aménagement. Le bourbier et le souci du colonel Doux d'occuper ses hommes. Quand Casier a eu disparu, il est monté au second étage.

Rien n'avait bougé. Bien. Il a jeté un coup d'œil par la lucarne vers les Tumulus.

En quelques années, ils avaient subi de profondes altérations. D'ici quelques autres, le site ne serait plus qu'à peine identifiable.

Il a grommelé, scruté plus attentivement. Puis il a retiré la carte de soie de sa cachette, l'a étudiée, a reporté de nouveau son attention sur les Tumulus. Un moment plus tard, il a farfouillé dans sa chemise pour en sortir des papiers maculés de sueur qu'il avait subtilisés à l'université d'Aviron et qu'il portait sur lui depuis. Il les a dépliés sur la table.

En fin d'après-midi, il s'est levé, a enfilé un manteau, saisi la canne dont il ne se séparait plus, et il est sorti. Il s'est éloigné en boitillant dans les flaques, la boue et le crachin jusqu'à un promontoire qui dominait la rivière, la Grande Tragique.

Elle débordait, comme toujours. Son lit s'était encore décalé. Au bout d'un moment, il a poussé un juron, cogné un grand coup sur un chêne avec sa canne et rebroussé chemin.

La grisaille grignotait le jour, à cette heure. La nuit allait tomber avant qu'il ait regagné ses pénates.

« Méchantes complications, a-t-il marmotté. Je n'avais pas compté avec ça. Comment vais-je bien pouvoir faire ? »

Courir le grand risque. Il aurait pourtant souhaité l'éviter absolument, et c'était au fond pour cette raison seule qu'il avait décidé de passer l'hiver à Aviron.

Pour la première fois depuis des années, il s'est demandé si le jeu en valait la chandelle.

Quelque itinéraire qu'il choisisse, il ferait nuit avant qu'il soit rentré chez lui.

16

LA PLAINE DE LA PEUR

Prendre la mouche et planter là Chérie, c'était prendre le risque de rater des choses. Elmo, Qu'un-Œil, Gobelin, Otto, ces gars-là adorent me faire marcher. Il ne fallait pas que je compte sur eux pour obtenir le moindre tuyau. Ils se sont arrangés pour mettre les autres dans le coup. Même Traqueur, qui semblait m'avoir à la bonne et avec qui je discutais plus qu'avec tous les autres réunis, ne me lâchait pas la moindre allusion. Si fait que, le jour venu, j'ai brillé par ma royale ignorance.

J'avais préparé mon paquetage de campagne habituel. Nous avons des habitudes d'infanterie lourde, bien que nous nous déplacions montés la plupart du temps, maintenant. Nous sommes tous trop vieux pour trimballer nos quarante kilos de barda. J'ai traîné le mien jusqu'à la caverne qui sert d'écurie et où règne une puanteur abominable – pour m'y rendre compte qu'aucun des chevaux n'était sellé. Enfin, à l'exception d'un seul. Celui de Chérie.

Le garçon d'écurie m'a adressé un grand sourire quand je lui ai demandé ce qui se passait. « Remontez donc, m'sieur, m'a-t-il dit.

— Ouais ? Ah, les pourris ! Ils me font tourner en bourrique. Je les aurai au virage. Ils feraient bien de se rappeler qui rédige les annales, ici. » J'ai pesté, juré tout au long de la remontée jusqu'à la bouche du tunnel. Elle était peuplée d'ombres dans la faible clarté précédant le lever de la lune. C'est là que j'ai retrouvé le reste de la troupe, tous fin prêts, équipés légèrement. Chaque homme portait ses armes et un sac de vivres séchés.

« Qu'est-ce que tu fabriques, Toubib ? m'a demandé Qu'un-Œil en réprimant une envie de rire. On dirait que tu as pris toutes tes affaires. Tu joues la tortue ? Tu promènes ta maison sur ton dos ?

— On ne déménage pas, gars, a rajouté Elmo. On part simplement pour un raid.

— Vous êtes une bande de sadiques, vous saviez ça ? » Je me suis avancé dans la clarté blafarde. Il ne restait à la lune qu'une demi-heure avant son coucher, et des Asservis volaient dans la nuit. Ces fils de pute étaient déterminés à maintenir une surveillance rapprochée. Une nouvelle horde de menhirs s'était rassemblée. Ils formaient comme un cimetière dans le désert tant ils étaient nombreux. Une forêt d'arbres marcheurs les accompagnait.

En outre, malgré l'absence de brise, j'entendais le Vieil Arbre Ancêtre tintinnabuler. Aucun doute, il y avait anguille sous roche. Un menhir aurait pu éclairer ma lanterne. Mais ces pierres ne pipent mot en présence de leurs congénères. Et plus encore de l'Arbre Ancêtre. La plupart d'entre elles refusent de reconnaître son existence.

« Tu aurais intérêt à alléger ton barda, Toubib », m'a recommandé le lieutenant. Lui non plus n'en a pas dit davantage.

« Vous venez aussi ? ai-je demandé, surpris.

— Ouais. Active-toi. On n'a pas beaucoup de temps. Armes et trousse médicale de campagne. Ça devrait suffire. Grouille. »

J'ai croisé Chérie en redescendant. Elle m'a souri. Tout ronchon que j'étais, j'ai souri en retour. Je ne parviens pas à la bouder longtemps. Quand je l'ai connue, elle était haute comme trois pommes. À l'époque, Corbeau venait de la sauver des sbires du Boiteux, pendant les campagnes du Forsberg. Je n'arrive pas à faire abstraction de la gamine qu'elle était quand je vois la femme. Ça me rend tout mièvre et sentimental.

Ils me prétendent affligé d'une incurable propension au romantisme. À bien y regarder, je leur donnerais presque raison. Toutes ces histoires puériles que j'ai pu écrire à propos de la Dame…

La lune atteignait la frange du monde quand j'ai débouché de nouveau en surface. Une rumeur d'excitation courait dans la troupe. Chérie, montée sur sa jument d'un blanc éclatant, caracolait ici et là, gesticulait pour ceux qui comprenaient le langage des signes. Au-dessus, les points luminescents caractéristiques de tentacules des baleines de vent dérivaient à des altitudes des plus basses – selon les critères communément admis. Quoi qu'il soit parfois arrivé, à en croire certaines histoires horribles, que des baleines mourant de faim aient survolé la plaine en rase-mottes, laissant traîner leurs tentacules et arrachant sans distinction plantes et animaux sur leur passage.

« Hé ! ai-je lancé. Faites gaffe ! Ce gros tas nous descend dessus. » Une ombre immense masquait des centaines d'étoiles. Et grandissait. Des mantes pullulaient autour. Des grosses, des petites, des moyennes – plus que je n'en avais jamais vu.

Ma mise en garde a déclenché l'hilarité. Je me suis renfrogné aussitôt. Je suis allé chicaner les hommes au sujet des trousses de survie que je leur demande d'emporter en mission. Ça m'a radouci l'humeur. Tous avaient la leur.

La baleine de vent a continué de descendre.

La lune a disparu. Au même instant, les menhirs ont commencé à se déplacer. Un moment plus tard, ils se sont mis à luire de leur face orientée vers nous et opposée aux Asservis.

Chérie a longé le chemin qu'ils éclairaient. Dans son dos, les menhirs s'éteignaient. Je les soupçonnais de gagner alors l'extrémité de la rangée.

Je n'ai pas eu le temps de vérifier. Elmo et le lieutenant nous ont mis en rang nous aussi. Au-dessus, la nuit retentissait de petits cris et de battements d'ailes : les mantes se chamaillaient, à l'étroit pour voler.

La baleine de vent s'est immobilisée grosso modo à l'aplomb du ruisseau.

Mon Dieu, qu'elle était grande ! Grande comme je n'avais pas idée… Partant du corail, elle enjambait le ruisseau et s'étirait jusqu'à deux cents mètres derrière. Quatre, cinq cents mètres de long au total. Pour soixante-dix à cent de large.

Un menhir a prononcé quelques mots. Je n'ai pas compris ce qu'il disait. Mais les hommes se sont mis en marche.

La minute d'après, mes pires craintes se confirmaient. Ils grimpaient sur les flancs de la créature, jusque sur son dos où les mantes se nichent généralement.

La bête avait son odeur. Une odeur forte, à nulle autre comparable. Un puissant effluve, pourrait-on dire. Pas franchement désagréable mais suffocant. Au toucher, elle était étrange aussi; ni velue, ni écailleuse, ni cornée. Pas vraiment visqueuse mais plutôt spongieuse et glissante, comme un intestin gonflé à découvert. Elle offrait de nombreuses prises. Nos mains et nos bottes ne la gênaient pas.

Le menhir grommelait et grondait comme un vieux sergent-chef, tant pour donner des ordres que pour nous traduire les récriminations de la baleine de vent. Ça m'a induit à penser que la baleine possédait un naturel plutôt bougon. Pas plus que moi elle n'appréciait la manœuvre. Je ne peux pas lui jeter la pierre.

Tout au sommet se trouvaient d'autres menhirs, tous en équilibre précaire. Quand je suis parvenu là-haut, l'un d'eux m'a demandé d'aller voir un de ses congénères. Lequel m'a signifié de m'asseoir à une soixantaine de mètres. Les derniers hommes ont embarqué quelques instants plus tard.

Les menhirs ont disparu.

J'ai commencé à me sentir tout bizarre. De prime abord, j'ai cru que c'était parce que la baleine prenait de l'altitude. Lors de mes vols avec la Dame, Murmure ou Volesprit, mon estomac se rebellait constamment. Mais mon malaise était d'une autre nature cette fois. J'ai mis du temps à me rendre compte qu'il était dû à une absence.

Le nul de Chérie s'estompait. Il m'accompagnait depuis si longtemps qu'il était devenu partie intégrante de moi-même…

Qu'est-ce qui se passait ?

Nous grimpions. Je sentais la caresse du vent. Les étoiles gravitaient lentement. Et puis soudain tout le nord s'est éclairé.

Les mantes attaquaient les Asservis. Par paquets désordonnés. Cet assaut m'a surpris, car tous les Asservis devaient avoir senti leur présence. Et les mantes évitaient ce genre de confrontation…

Oh, misère, ai-je songé. Elles les rabattent vers nous…

J'ai grimacé un sourire. Non, pas vers nous. Vers Chérie et son nul, dans un secteur inattendu.

Et, tandis que cette pensée s'imposait à moi j'ai vu des éclairs de magie impuissante, j'ai vu un tapis décrocher, s'abattre en tournoyant vers le sol. Des nuées de mantes se sont jetées dessus.

Peut-être que Chérie n'était pas si inconsciente que je l'avais pensé. Peut-être que ces Asservis pouvaient recevoir une déculottée. Toujours un avantage de pris, au cas ou la suite tournerait mal.

Mais à quoi allions-nous servir ? Les éclairs illuminaient mes compagnons. Entre autres Traqueur et Saigne-Crapaud le Chien, les plus proches de moi. Traqueur paraissait indifférent. Mais Saigne-Crapaud le Chien était excité comme jamais je ne l'avais vu. Il s'était dressé sur son séant pour mieux profiter du spectacle. Lui que j'avais toujours connu vautré sur le ventre, sauf à l'heure de sa pâtée.

Il tirait la langue, haletait. S'il avait été humain, j'aurais même avancé qu'il souriait.

Le second Asservi a tenté d'impressionner les mantes par ses pouvoirs. Il était submergé par le nombre. Et, en contrebas, Chérie se déplaçait. Soudain, il a pénétré dans le nul. Chute libre. L'essaim de mantes a suivi.

Tous les deux pouvaient survivre au choc de l'atterrissage. Mais ils allaient alors se retrouver à pied en plein cœur de la plaine de la Peur, qui, ce soir, venait d'entrer dans la bataille. Leurs chances d'en sortir *pedibus* paraissaient fort réduites.

La baleine de vent voguait bien à six cents mètres, elle prenait de la vitesse, cap au nord-est. Quelle distance nous séparait de la frontière de la plaine, au plus près de Rouille ? Trois cents kilomètres ? Parfait. Nous pourrions y parvenir avant l'aube. Mais comment couvrir les ultimes quarante-cinq kilomètres au-delà de la plaine ?

Traqueur a entonné un chant. D'une voix douce au début. Il s'agissait d'une vieille chanson que les soldats des contrées nordiques se transmettaient depuis des générations. C'était un chant funèbre, un chant d'adieu en l'honneur de ceux qui vont mourir. Je l'avais entendu dans le Forsberg où il était connu des deux camps. Une voix l'a repris. Puis une autre, et une autre encore. Quinze hommes au moins la connaissaient, ou peut-être quarante, allez savoir.

La baleine de vent filait vers le nord. Loin, bien loin en dessous, la plaine de la Peur défilait, totalement invisible.

J'ai commencé à transpirer en dépit de l'air froid d'altitude.

17

ROUILLE

J'avais d'abord supposé que nous trouverions le Boiteux dans son fief à l'arrivée. La manœuvre de Chérie avait éradiqué cette possibilité. J'aurais dû me souvenir que les Asservis peuvent se contacter même à grande distance, par l'esprit. Le Boiteux et Bénéfice sont passés à proximité tandis que nous volions vers le nord.

« Baissez-vous ! a glapi Gobelin alors que nous arrivions à soixante-quinze kilomètres des limites de la plaine de la Peur. Asservis ! Personne ne bouge ! »

Comme toujours, ce vieux Toubib s'est senti l'âme d'une exception à la règle. À cause des annales, bien entendu. J'ai rampé jusqu'au bord de notre monstrueuse monture et j'ai scruté la nuit. Bien au-dessous, deux ombres fonçaient sur nos traces, mais dans le sens inverse. Dès qu'elles se sont éloignées, j'ai essuyé une bordée d'injures de la part d'Elmo, du lieutenant, de Gobelin, de Qu'un-Œil et de tous ceux qui avaient envie d'ajouter leur voix au concert. Je me suis réinstallé près de Traqueur. Il s'est contenté de m'adresser un sourire accompagné d'un haussement d'épaules.

Plus nous approchions du moment d'entrer en action, plus il s'animait.

Ma seconde présomption erronée, c'était que la baleine nous déposerait en bordure de la plaine de la Peur. Je me suis relevé comme nous en arrivions à proximité, ignorant les remarques acerbes proférées à mon égard. Mais la baleine de vent ne perdait pas d'altitude. Elle a continué sa route pendant de longues minutes sans la modifier. Bredouillant quelques sottises, j'ai regagné ma place près de Traqueur.

Il avait ouvert sa jusqu'alors bien mystérieuse boîte. Elle contenait un petit arsenal. Il a vérifié ses armes. Un couteau à longue lame n'a pas eu l'heur de lui plaire. Il s'est mis à l'aiguiser sur une pierre.

Combien de fois avais-je vu Corbeau agir de même durant sa brève année au sein de la Compagnie ?

La baleine a brusquement entamé sa descente. Elmo et le lieutenant sont passés parmi nous pour nous dire de nous préparer à débarquer en hâte.

« Tu ne me lâches pas d'une semelle, Toubib, a dit Elmo. Toi non plus, Traqueur. Qu'un-Œil, tu sens quelque chose en bas ?

— Que dalle. Gobelin a déjà balancé son sortilège soporifique. Toutes leurs sentinelles seront en train de pioncer quand on touchera terre.

— À moins que non et qu'elles donnent l'alarme », ai-je ronchonné. Vérole, ce que je pouvais avoir mauvais esprit.

Aucun problème. Nous avons atterri. Les hommes se sont déversés par un flanc. Ils se sont égaillés comme si la manœuvre avait été répétée. Ç'avait peut-être été partiellement le cas pendant que je boudais dans mon coin.

J'ai bien été obligé de me résoudre à obéir aux ordres d'Elmo.

Au début, le raid m'a rappelé un autre coup de main dans une caserne, que nous avions mené voilà bien longtemps, au sud de la mer des Tourments, avant que la Dame nous ait recrutés dans ses rangs. Nous avions massacré les cohortes urbaines de Béryl, une des Cités Précieuses : nos sorciers avaient plongé l'ennemi dans un profond sommeil et nous avions passé tout le monde au fil de l'épée.

Du boulot qui me répugne, je vous garantis. La plupart d'entre eux n'étaient que des gosses qui s'étaient enrôlés par besoin de donner un sens à leur vie. Mais il s'agissait d'ennemis, et l'opération avait eu un sacré retentissement. Bien plus d'impact à mon avis que celui que Chérie pourrait obtenir, ou qu'elle espérait susciter.

Le ciel a commencé à pâlir. Pas un homme du régiment n'en a réchappé, à part quelques absents qui avaient fait le mur pour la nuit, peut-être. Dans la grande cour de la caserne, située bien à l'écart de Rouille, Elmo et le lieutenant ont commencé à brailler des ordres. Plus vite, plus vite. Abattre plus de besogne. Telle escouade pour démolir la stèle de l'Asservi. Telle autre pour piller le quartier général du régiment. Telle autre encore pour localiser le bureau du Boiteux et récupérer ses documents. Plus vite, plus vite.

Il fallait avoir plié bagage avant le retour des Asservis. Chérie ne ferait pas diversion éternellement.

Quelqu'un a commis une boulette. Évidemment. Ça ne manque jamais. Le gaffeur en question a mis le feu trop tôt à un baraquement. De la fumée s'est élevée.

Non loin, à Rouille, comme nous n'avons pas tardé à l'apprendre, était cantonné un autre régiment. Quelques minutes plus tard, des escadrons montés radinaient ventre à terre. Et là, deuxième boulette. Les portails n'étaient pas verrouillés. Sans crier gare, les cavaliers ont surgi parmi nous.

Vociférations. Chocs d'armes. Sifflements de flèches. Hennissements de chevaux. Les soldats de la Dame ont battu en retraite en abandonnant la moitié de leur effectif sur le terrain.

Maintenant, Elmo et le lieutenant avaient vraiment le feu aux fesses. Ces fuyards allaient rameuter du renfort.

Alors que nous finissions de disperser les impériaux, la baleine de vent a décollé. En tout et pour tout, une douzaine d'hommes ont réussi à grimper dessus. Elle s'est élevée juste assez pour survoler les toits et s'est éloignée vers le sud. La clarté n'était pas encore suffisante pour la trahir.

Vous imaginez le charivari de cris et de jurons. Même Saigne-Crapaud le Chien a trouvé l'énergie de grogner. Le moral dans les chaussettes, j'ai laissé tomber mon cul sur une rambarde et, assis là, j'ai secoué la tête. Quelques hommes ont décoché des flèches contre le monstre. Il ne les a pas senties.

Traqueur s'est appuyé à la rambarde près de moi. « J'aurais jamais cru qu'un truc aussi gros puisse réagir comme une poule mouillée, ai-je bougonné. Je veux dire, une baleine de vent pourrait raser une ville.

« Ne prête pas d'intentions à une créature que tu ne comprends pas. Perce plutôt sa façon de raisonner.

— Quoi ?

— Pas de raisonner à proprement parler. Mais je ne vois pas de mot mieux approprié. » Il me donnait l'impression d'un gamin de quatre ans cherchant à se dépatouiller d'un concept difficile. « Elle se trouvait hors de son territoire connu. Au-delà d'une frontière que ses ennemis la croient incapable de franchir. Elle fuit de peur d'être vue et qu'un secret s'évente alors. Elle n'a jamais eu affaire à des hommes. Comment veux-tu qu'elle se souvienne d'eux en un moment aussi désespéré ? »

Il avait raison, certainement. Mais en cet instant, plus que sa théorie, c'était sa personnalité qui m'intéressait. Je serais probablement parvenu aux mêmes conclusions que lui une fois remis du choc. Il les avait cependant exprimées comme s'il s'était agi du fruit d'une intense et très subtile réflexion.

Je me suis posé des questions sur ce qu'il avait dans la tête. Etait-il un peu benêt ? Ses faux airs de Corbeau résultaient-ils d'une personnalité fruste et non forte ?

Le lieutenant, campé au milieu de la cour, mains sur les hanches, a regardé la baleine nous abandonner dans les griffes de l'ennemi. Puis au bout d'une minute il a tonné : « Officiers, rassemblement ! » Nous nous sommes massés autour de lui. « On l'a dans l'os. À mon avis, c'est sans espoir. Cette sale baudruche entrera en contact avec les menhirs à son retour. Et ce sont eux qui décideront si nous valons le coup d'être sauvés. Alors il ne nous reste plus qu'à essayer de résister jusqu'au crépuscule. Et espérer. »

Qu'un-Œil a émit un bruit trivial. « Autant ordonner le sauve-qui-peut.

— Ah ouais ? Avec les impériaux au train ? À quelle distance sommes-nous de nos arrières ? Tu crois qu'on a une chance d'y revenir avec le Boiteux et ses copains sur le dos ?

— Ils nous tomberont sur le dos ici aussi.

— Peut-être. Mais peut-être que nos alliés s'arrangeront pour faire durer la diversion. Au moins, ici, ils sauront où nous retrouver... Elmo, inspecte les remparts. Vois si on peut contenir un assaut. Gobelin, Silence, éteignez les feux. Les autres, épluchez-moi les documents des Asservis. Elmo ! Poste des sentinelles. Qu'un-Œil, tu vas réfléchir au moyen d'obtenir de l'aide de Rouille. Toubib, aide-le. Tu sais qui est où. Allez, exécution. »

Un type solide, le lieutenant. Il gardait son calme quand, comme nous tous, il crevait d'envie de trépigner en poussant des hurlements.

Nous n'avions pas le moindre espoir, vraiment. Ça sentait la fin des haricots. Même si nous parvenions à refouler les troupes sortant de la ville, resteraient Bénéfice et le Boiteux. Gobelin, Qu'un-Œil et Silence ne feraient pas le poids contre eux. Le lieutenant le savait aussi. Il ne les a même pas consultés pour monter un piège.

Nous n'avons pas pu contrôler les incendies. Il a fallu que les baraquements se consument complètement. Tandis que je soignais deux blessés, les autres consolidaient les fortifications de la caserne pour la rendre aussi facile à défendre que possible par trente hommes. Une fois mes tâches médicales finies, je suis allé fourrer mon nez dans les documents du Boiteux. Je n'y ai rien découvert d'intéressant sur le coup.

« Une centaine d'hommes sortent de Rouille ! a crié quelqu'un.

— Faites en sorte que tout ait l'air abandonné ! » a aboyé le lieutenant.

Les hommes se sont dispersés.

J'ai haussé la tête par-dessus le rempart pour jeter un bref coup d'œil vers les halliers qui s'étendaient au nord. Qu'un-Œil s'y trouvait; il se frayait un passage vers la ville, avec l'espoir d'y contacter des amis de Cordeur.

Bien qu'à trois reprises laminée par de longs sièges et occupée pendant des années, Rouille était demeurée un foyer d'opposition farouche à la Dame.

Les impériaux se sont montrés prudents. Ils ont envoyé des éclaireurs autour des remparts. Puis quelques hommes pour amener nos tireurs à se démasquer. Ce n'est qu'au terme d'une demi-heure de manœuvres circonspectes qu'ils se sont engouffrés par le portail à moitié ouvert.

Le lieutenant en a laissé entrer une quinzaine avant d'abaisser la herse. Ils ont été cueillis par une averse de flèches. Aussitôt, nous sommes montés sur le chemin de ronde pour canarder ceux qui fourmillaient à l'extérieur. Une douzaine sont restés sur le carreau. Les autres ont battu en retraite hors de portée de tir. Là ils ont tourné en rond, pleins de hargne, essayant de décider de la conduite à tenir.

Traqueur était resté près de moi tout ce temps. Je ne l'avais vu décocher que quatre flèches. Chacune avait fait mouche. Ce type ne brillait peut-être pas par son intelligence, mais il savait manier un arc.

« S'ils ont de la jugeote, ils vont poster un cordon de gardes et attendre le Boiteux, lui ai-je dit. Inutile de s'offrir aux coups quand il ne fera qu'une bouchée de nous. »

Traqueur a grommelé. Saigne-Crapaud le Chien a ouvert un œil, grondé sourdement. Plus loin sur le chemin de ronde, Gobelin et Silence discutaient, accroupis côte à côte, haussant la tête alternativement au-dessus du rempart. J'en ai conclu qu'ils mijotaient un coup.

Traqueur s'est relevé, a grommelé de nouveau. J'ai risqué un œil moi aussi. D'autres impériaux sortaient de Rouille. Par centaines.

Calme plat pendant une heure. Rien à signaler à part les concentrations de troupes. Ils nous ont encerclés.

Gobelin et Silence ont déchaîné leur magie. Elle a pris la forme d'une nuée de papillons de nuit. Je ne comprenais pas d'où les bestioles sortaient. En tout cas, elles se rassemblaient autour des deux sorciers. Quand elles ont eu atteint le millier, elles se sont éloignées en voletant.

Pendant un moment, beaucoup de cris ont retenti à l'extérieur. Une fois le silence revenu, j'ai filé au trot jusqu'à Gobelin qui tirait une mine sombre et je lui ai demandé : « Qu'est-ce qui s'est passé ?

— Il y en a un en face qui a une touche de talent, a-t-il couiné. Presque aussi bon que nous.

— On est dans de sales draps ?

— De sales draps ? Nous ? On vient de les battre à plate couture, Toubib. Ils sont en déroute. Seulement ils ne sont pas encore au courant.

— Hmm, je voulais dire…

— Il ne répliquera pas. Il ne veut pas se démasquer. On est deux et lui est seul. »

Les impériaux ont entrepris de monter des pièces d'artillerie. La caserne n'avait pas été bâtie pour résister à un bombardement.

Un certain temps s'est écoulé. Le soleil s'élevait. Nous regardions le ciel. Quand donc allait y apparaître notre funeste destin, sous forme d'un tapis volant ?

Convaincu que les impériaux n'attaqueraient pas tout de suite, le lieutenant nous a fait amasser le butin dans la cour pour être à même de l'embarquer rapidement sur une baleine de vent. Qu'il y croie ou non, il ne démordait pas que nous serions évacués après le coucher du soleil.

Il refusait d'envisager que les Asservis puissent arriver les premiers.

Il maintenait le moral.

Le premier projectile s'est abattu vers une heure de l'après-midi. La boule de feu est tombée à une douzaine de pas du rempart. Une autre est passée en arc de cercle au-dessus et s'est disloquée dans la cour, crépitante et crachouillante.

« Ils vont essayer de nous cramer », ai-je soufflé à Traqueur. Un troisième projectile a fusé. Il brûlait joyeusement mais a fini son vol comme le précédent.

Traqueur s'était relevé et, imité par Saigne-Crapaud le Chien, debout sur ses pattes postérieures, il a regardé pardessus le rempart. Au bout d'un moment, il s'est rassis, a ouvert son étui de bois et en a retiré une demi-douzaine de flèches excessivement longues. Il s'est relevé à nouveau, a observé les engins, une flèche encochée.

C'était une longue distance, mais encore à portée de tir, même pour un arc comme le mien. Sauf que j'aurais pu expédier des flèches toute la journée sans qu'une seule approche seulement la cible.

Traqueur s'est plongé dans un état de concentration qui confinait à la transe. Il a haussé son arc, l'a bandé, pointe de flèche jusqu'au bois, puis a lâché la corde.

Un cri est monté dans la pente. Les artilleurs se sont rassemblés autour d'un des leurs.

Traqueur a continué de décocher ses traits, à gestes souples et rapides. Il pouvait en envoyer quatre de rang avant que la première parvienne à sa cible. Chaque flèche touchait son homme. Puis il s'est assis en murmurant : « Voilà, terminé.

— Qu'est-ce que tu dis ?

— Je suis à court de bonnes flèches.

— Peut-être que ce sera suffisant pour les décourager. »

Ça l'a été. L'espace d'un moment. Le temps qu'ils reculent un peu et dressent des mantelets en protection. Et puis les projectiles ont recommencé à tomber. L'un d'eux a percuté un bâtiment. C'était un feu grégeois.

Le lieutenant arpentait sans trêve le chemin de ronde. Je me suis joint à sa silencieuse prière pour que les impériaux ne s'emballent pas et ne lancent pas l'assaut. Nous n'étions pas en mesure de les contenir.

18

SIÈGE

Le soleil se couchait. Nous étions toujours vivants. Aucun tapis d'Asservi n'avait surgi des cieux de la plaine. Nous commencions à croire en notre chance.

Quelque chose a cogné contre le portail; un grand coup sourd, comme un marteau de malheur. Qu'un-Œil a rugi : « Laissez-moi rentrer, bordel ! »

Quelqu'un a dévalé l'escalier et ouvert. Il nous a rejoints sur le rempart. « Alors ? a demandé Gobelin.

— Je ne sais rien. Trop d'impériaux. Pas assez de rebelles. Ils voulaient délibérer.

— Comment es-tu passé ? ai-je demandé.

— À pied », a-t-il rétorqué sèchement. Puis, sur un ton moins agressif : « Secret professionnel, Toubib. »

Sorcellerie. Évidemment.

Le lieutenant s'est interrompu pour venir écouter le rapport de Qu'un-Œil, puis a repris ses incessantes allées et venues. Je regardais les impériaux. À certains indices, j'ai senti qu'ils bouillaient.

Qu'un-Œil a confirmé mes soupçons d'une façon flagrante : lui, Gobelin et Silence se sont mis à comploter.

Je ne sais pas au juste ce qu'ils ont fait. Pas de papillons cette fois, mais le résultat a été sensiblement le même. Une clameur terrifiée, qui s'est vite éteinte. Sauf qu'à présent ils disposaient d'un acolyte supplémentaire pour exploiter l'avantage. Celui-là s'est attaché à repérer l'impérial qui avait neutralisé le sortilège.

Un type a détalé vers la ville, en flammes. Gobelin et Qu'un-Œil ont poussé un rugissement de triomphe. À peine deux minutes plus tard, un engin de guerre prenait feu. Puis un second. J'ai observé minutieusement nos sorciers.

Silence restait concentré sur son affaire. Mais Gobelin et Qu'un-Œil se déchaînaient, s'en donnant visiblement à cœur joie. Je craignais qu'ils n'en fassent trop et que les impériaux n'attaquent dans l'espoir de les déborder.

Ils ont donné l'assaut, mais plus tard que je n'aurais cru. Ils ont attendu la nuit. Et alors ont fait preuve d'une prudence outrancière par rapport à la situation.

Pendant ce temps, la fumée commençait à s'élever derrière les remparts en ruine de Rouille. La mission de Qu'un-Œil avait réussi. Ça chauffait, là-bas. Une partie des impériaux se sont retirés en hâte pour régler le problème.

Comme des étoiles apparaissaient dans le ciel, j'ai dit à Traqueur : « J'imagine qu'on ne va pas tarder à savoir si le lieutenant avait raison. »

Il paraissait perplexe.

Des trompettes impériales ont vagi des ordres. Des compagnies se sont avancées vers le rempart. Lui et moi avons empoigné notre arc, fouillant la nuit en quête de cibles qui, en dépit d'un peu de lune, restaient difficilement discernables. Du but en blanc, il m'a demandé : « Comment est-elle, Toubib ?

— Quoi, qui ? ai-je laissé échapper.

— La Dame. On prétend que tu l'as rencontrée.

— Ouais. Il y a bien longtemps.

— Alors ? Comment est-elle ? » Il a tiré. Un cri a répondu au claquement vibrant de sa corde. Il paraissait parfaitement calme. Inconscient du fait qu'il allait peut-être mourir quelques minutes plus tard. Ça me perturbait.

« À peu près comme tu t'imagines », ai-je répondu. Que dire ? Je ne gardais plus des moments passés avec elle que de vagues lambeaux de souvenirs. « Dure et belle. »

Ma réponse n'a pas paru le satisfaire. Elle ne satisfaisait d'ailleurs jamais personne, mais c'était la meilleure que j'avais trouvée.

« À quoi ressemblait-elle ?

— Je ne sais pas, Traqueur. Je crevais de trouille. Et elle modifiait mes perceptions. J'ai vu une jeune et belle femme. Mais on peut en voir n'importe où. »

Sa corde a claqué, un autre cri est monté. Il a haussé les épaules. « Je me posais la question, c'est tout. » Il s'est mis à tirer à une cadence plus rapide. Les impériaux arrivaient, maintenant.

Parole, il ne manquait jamais son coup. Je décochais une flèche chaque fois que j'entrevoyais une silhouette, mais... lui avait des yeux de chat. Tout ce que j'apercevais, c'était des ombres parmi d'autres.

Gobelin, Qu'un-Œil et Silence faisaient de leur mieux. Leur sorcellerie parsemaient le terrain de brèves lueurs et de cris. Mais cela s'est avéré insuffisant. Des échelles ont cogné contre le faîtage. La plupart ont culbuté aussitôt. Mais quelques hommes ont réussi à monter. Une douzaine d'autres les ont bientôt rejoints. J'ai expédié des flèches du plus vite que j'ai pu, presque à l'aveuglette, puis j'ai dégainé mon épée.

Les autres en ont fait autant.

Le lieutenant a braillé : « Elle est là. »

J'ai lancé un coup d'œil vers les étoiles. Oui. Une vaste forme avait surgi dans le ciel. Elle se stabilisait. Le lieutenant avait vu juste.

Restait à grimper dessus.

Certains des plus jeunes ont battu en retraite vers la cour. Les invectives du lieutenant n'ont pas suffi à les retenir. Pas plus que les rugissements ni les menaces d'Elmo. Le lieutenant a ordonné le repli général.

Gobelin et Qu'un-Œil ont lancé quelque chose de méchant. L'espace d'un moment, j'ai cru qu'ils venaient d'invoquer un mauvais génie. Ç'avait l'air assez monstrueux. Et ça a coupé les impériaux dans leur élan. Mais, comme l'essentiel de leurs tours, ce n'était qu'illusion et non substance. L'ennemi l'a eu vite compris.

Néanmoins, nous venions de prendre une longueur d'avance. Nos hommes ont atteint la cour avant que les impériaux se ressaisissent. Nos assaillants ont poussé une clameur, persuadés de nous tenir à leur merci.

Je suis arrivé près de la baleine pile comme elle se posait. Silence m'a saisi le bras à l'instant où je m'apprêtais à grimper sur son dos. Il a désigné les documents que nous avions raflés. « Oh, bordel ! On n'a pas le temps. »

Quelques hommes me sont passés devant durant mon moment d'indécision. Et puis j'ai lancé mon épée et mon arc au sommet, et commencé à passer des liasses à Silence, qui a trouvé quelqu'un pour faire la chaîne jusqu'en haut.

Une poignée d'impériaux nous ont chargés. Je me suis précipité sur une épée abandonnée, me suis rendu compte que je n'arriverais pas à m'en emparer à temps. « Oh merde ! Pas maintenant, pas ici ! »

Traqueur s'est interposé. On aurait dit qu'il maniait une épée de légende. En un clin d'œil, il a tué trois des assaillants. Il en a blessé deux autres avant que les impériaux comprennent qu'ils affrontaient un adversaire hors du commun. Il est passé à l'attaque en dépit du rapport de forces qui jouait contre lui. Jamais je n'ai vu d'épée maniée avec tant de dextérité, de style, d'économie et d'élégance. L'arme était comme partie intégrante de l'homme, un prolongement de sa pensée. Rien n'y résistait. En cet instant, j'aurais pu croire à toutes les fables sur les épées enchantées.

Silence m'a flanqué son pied dans le dos et m'a dit par signes : « Arrête de bâiller, active ! » Je lui ai passé les deux dernières liasses et me suis lancé dans l'escalade du monstre.

Les adversaires de Traqueur recevaient des renforts. Il a reculé. Du sommet de la baleine, quelqu'un s'est mis à tirer des flèches. J'ai pensé malgré tout qu'il ne s'en sortirait pas.

J'ai envoyé un coup de pied à un soldat qui s'était glissé derrière lui. Un autre a pris sa place, s'est précipité sur moi…

Saigne-Crapaud le Chien a jailli de nulle part. Il a planté ses crocs dans la gorge de mon agresseur. Le type a émis un borborygme comme s'il avait été mordu par un cobra. Il n'a résisté que quelques secondes.

Saigne-Crapaud le Chien a dégringolé. Je me suis hissé de presque un mètre, tout en continuant de protéger de mon mieux les arrières de Traqueur. Il a levé un bras. J'ai saisi sa main et tiré.

Les impériaux poussaient des cris terribles, des hurlements. L'obscurité empêchait de voir pourquoi. J'ai supposé que Gobelin, Qu'un-Œil et Silence s'efforçaient de justifier leur solde.

Traqueur m'a dépassé en trombe, s'est cramponné fermement, m'a offert son aide. Je suis monté encore un peu et j'ai regardé vers le bas.

J'avais cinq mètres de vide sous les pieds. La baleine de vent s'élevait rapidement. Les impériaux regardaient son envol bouche bée. Non sans mal, je me suis hissé jusqu'en haut.

J'ai de nouveau plongé du regard tandis que quelqu'un me halait en sûreté. Nous surplombions les feux de Rouille. De plusieurs centaines de mètres. Nous prenions de l'altitude à toute allure. Pas étonnant que j'aie eu froid aux mains.

En revanche, les frissons qui parcouraient mon corps allongé n'étaient pas dus à la fraîcheur de l'atmosphère.

Une fois remis de mes émotions, j'ai demandé : « Des blessés ? Où est ma trousse ? »

Une question me taraudait : où étaient les Asservis ? Comment avions-nous pu tenir la journée sans une visite de notre cher ennemi le Boiteux ?

J'ai observé plus de choses au retour qu'à l'aller. J'ai perçu de la vie sous moi, comme un ronflement, un bourdonnement émanant du monstre. J'ai remarqué des mantes encore juvéniles pointant la tête hors des nids blottis au creux des forêts d'appendices dont le dos de la baleine était partiellement recouvert. Et j'ai vu la plaine sous un jour différent, éclairée par la lune.

C'était un autre paysage, dénudé et cristallin par endroits, luminescent ailleurs, semé de points étincelants ou rougeoyants. À l'ouest s'étalaient comme des flaques de lave. Au-delà, les éclairs et volutes d'une tempête transmuante embrasaient l'horizon. J'ai supposé que nous étions en train de couper son sillage. Plus tard, plus loin dans plaine, le désert paraissait plus banal.

Notre coursier n'était pas la baleine trouillarde. Plus petite, celle-ci dégageait un effluve moins puissant. Elle était aussi plus vive, marquait moins d'hésitation dans ses trajectoires.

À une trentaine de kilomètres de notre repaire, Gobelin a couiné : « Asservis ! » Tout le monde s'est jeté à plat ventre. La baleine a pris de l'altitude. J'ai risqué un coup d'œil pardessus son flanc.

Des Asservis, effectivement, mais qui ne s'intéressaient pas à nous. Ça bardait sec au-dessous, ça fulgurait, ça tonnait. Des zones de désert brûlaient. J'ai vu de longues ombres rampantes d'arbres marcheurs en mouvement, des silhouettes de mantes filant dans la lumière. Les Asservis allaient à pied, hormis un unique rescapé en tapis qui bataillait contre les mantes. Celui-là n'était pas le Boiteux. J'aurais reconnu ses guenilles brunes même à cette distance.

Murmure certainement. S'efforçant d'escorter les autres hors du territoire ennemi. Magnifique. De quoi les occuper encore quelques jours.

La baleine de vent a entamé sa descente. (J'ai regretté, à l'égard des annales, que la scène ne se soit pas déroulée de jour; j'aurais pu alors y noter plus de détails.) Elle s'est posée peu après. À terre, un menhir a crié : « Débarquez. Vite. »

Le débarquement a été plus laborieux que l'embarquement. Les éclopés remarquaient maintenant seulement leurs blessures. Tout le monde se sentait raide, moulu. Et Traqueur ne bougeait pas d'un poil.

Cataleptique, il était. Rien ne l'atteignait. Il restait assis là, les yeux perdus dans le vague. « Bordel ! a rugi Elmo. Mais qu'est-ce qu'il glande ?

— Je ne sais pas. Il a peut-être été touché. » Son cas me déconcertait. D'autant plus lorsque j'ai eu approché une lanterne pour l'examiner. Physiquement, il n'avait rien. Il s'en était tiré sans une égratignure.

Chérie s'est amenée. Par signes elle m'a dit : « Tu avais raison, Toubib. Je suis désolée. Je pensais que ce serait un raid si hardi qu'il enflammerait les imaginations. » À Elmo elle a demandé : « Quelles sont les pertes ?

— Quatre hommes. Je ne sais pas s'ils ont été tués ou juste laissés sur place. » Il avait l'air honteux. La Compagnie noire n'abandonne pas ses frères d'armes.

« Saigne-Crapaud le Chien, a murmuré Traqueur. On est repartis sans Saigne-Crapaud le Chien. »

Qu'un-Œil s'est permis une remarque caustique à propos de l'animal. Traqueur s'est levé en colère. Il n'avait sauvé que son épée. Son bel étui et son arsenal étaient restés à Rouille avec son bâtard.

« Suffit, maintenant ! a grondé le lieutenant. Pas de ça ! Qu'un-Œil, tu descends. Toubib, garde ce type à l'œil. Demande à Chérie si les gars qui s'étaient fait la belle hier sont bien rentrés. »

Elmo et moi sommes allés aux nouvelles.

Sa réponse n'a pas été bien rassurante. La grande baleine froussarde les avaient largués à cent cinquante kilomètres au nord, selon les menhirs. Au moins, elle s'était posée avant de se délester d'eux.

Ils rentraient à pied. Les menhirs avaient promis de les protéger contre la malveillance naturelle de la plaine.

Nous sommes redescendus au fond de notre trou dans un climat électrique. Il n'y a rien comme un échec pour faire naître les querelles.

L'échec, bien entendu, peut n'être que relatif. Nous avions causé des dégâts considérables. Les répercussions s'en feraient sentir longtemps. Les Asservis devaient être drôlement secoués. Le vol d'autant de documents les contraindrait à chambouler tous leurs plans de campagne. Néanmoins, le bilan restait mitigé. Maintenant, les Asservis savaient les baleines de vent capables d'opérer hors de leur territoire traditionnel. Maintenant, ils savaient que nous disposions de moyens jusque-là insoupçonnés.

Quand on bluffe, il faut attendre la fin du tour de jeu pour abattre toutes ses cartes.

J'ai tourné en rond quelque temps, mis la main sur les papiers volés et les ai emportés dans ma chambre. Je ne me sentais pas d'humeur à participer à l'autopsie du raid en salle de conférence. Je m'y serais montré désagréable – quand bien même tout le monde aurait été de mon avis.

J'ai rangé mes armes, allumé une lampe, saisi une liasse de documents, me suis tourné vers mon bureau. Et, là, j'ai découvert un autre de ces paquets emballés de toile cirée qui me parvenaient de l'ouest.

19

L'HISTOIRE DE BOMANZ

Toubib :

Bomanz se promenait dans son rêve en compagnie d'une femme dont il ne parvenait pas à comprendre les propos. Les verts chemins de promesse passaient devant des chiens croqueurs de lune, des pendus et des sentinelles sans visage. Par des trouées dans le feuillage, il apercevait une comète qui embrasait le ciel.

Il dormait mal. Le rêve le réveillait invariablement chaque fois qu'il s'assoupissait. Sans qu'il sache pourquoi, il lui était impossible de plonger dans un sommeil profond. Comparé à certains autres, ce cauchemar n'était pas trop violent.

En gros, la symbolique en était claire, mais il refusait d'y prêter attention.

La nuit était tombée quand Jasmine lui a apporté du thé et lui a demandé : « Tu vas rester cloîtré ici toute la semaine ?

— Possible.

— Tu penses dormir, cette nuit ?

— Je m'endormirai sans doute tard. Je descendrai travailler à l'échoppe. Que fait Stance ?

— Il a dormi un peu, est allé au site et en a ramené un chargement. Après quoi il a bricolé au magasin, mangé un morceau, puis il est reparti quand on est venu rapporter que Men fu rôdait de nouveau.

— Et Besand ?

— On ne parle que de lui en ville. Le nouveau Moniteur est furieux parce qu'il n'est pas parti. Mais il dit qu'il refuse clair et net. Les gardes le traitent de vieille baderne. Ils refusent de lui obéir. Il devient de plus en plus cinglé.

— Peut-être qu'il en tirera une leçon. Merci pour le thé. Il y a quelque chose à manger ?

— Des restes de poulet. Va te servir toi-même. Moi, je vais me coucher. »

Bougonnant, Bomanz a avalé froides ses ailes de poulet graisseuses et les a fait passer à coups de bière tiède. Il a repensé à son rêve. Son ulcère lui a pincé l'estomac. Sa tête a commencé à l'élancer. « Allez, au boulot », a-t-il murmuré en remontant d'un pas lourd à l'étage.

Il a passé plusieurs heures à récapituler les rituels qu'il mettrait en œuvre pour quitter son corps et esquiver les périls des Tumulus... Le dragon poserait-il problème ? Pour ce qu'il en savait, l'animal était censé veiller contre des intrusions physiques. « Ça devrait marcher, a-t-il conclu finalement. À condition que ce sixième tumulus contienne bel et bien Chien-de-Lune. » Il a soupiré et s'est radossé à son fauteuil en fermant les paupières.

Le rêve a repris. Au beau milieu, il s'est retrouvé face à deux yeux verts et ophidiens. Des yeux pénétrants, cruels et moqueurs. Il s'est réveillé en sursaut.

« 'pa, tu es là ?

— Ouais. Monte. »

Stancil a pénétré dans la chambre. Il avait une mine affreuse.

« Qu'est-ce qui s'est passé ?

— Dans les Tumulus... Des fantômes qui marchent.

— Ça arrive à l'approche de la Comète. Je n'aurais pas cru qu'ils se manifesteraient si tôt. Ça risque de donner de l'agitation, cette fois. Pas de quoi être tourneboulé.

— Ce n'est pas ça. Ce que tu dis, je m'y attendais. Je me suis contrôlé. Non. C'est Besand et Men fu.

— Quoi ?

— Men fu a tenté d'entrer dans les Tumulus avec l'amulette de Besand.

— J'en étais sûr ! Le sale… Continue.

— Il était au site. Avec l'amulette. Il crevait de trouille. Il m'a vu arriver et a filé dans la pente. Quand il s'est retrouvé près de l'emplacement des anciennes douves, Besand a surgi de nulle part en beuglant, une épée au poing. Men fu a détalé. Besand l'a poursuivi. Il faisait assez clair, mais je les ai perdus de vue quand ils ont tourné derrière le tumulus du Hurleur. Besand a dû le rattraper. Je les ai entendus crier et rouler dans les broussailles. Et puis ils se sont mis à hurler. »

Stancil s'est interrompu. Bomanz a patienté.

« Je ne sais pas comment te le décrire, 'pa. Je n'ai jamais entendu de bruits comparables. Tous les fantômes s'ameutaient au sommet du tumulus du Hurleur. Ça a duré tout un moment. Et puis les hurlements ont commencé à se rapprocher. »

Stancil, a pensé Bomanz, semblait salement ébranlé. Déboussolé comme peut l'être un homme devant la perte de ses repères les plus enracinés. Bizarre.

« Continue.

— C'était Besand. Il avait l'amulette au poing, mais il peinait pour franchir la douve. Il l'a lâchée. Les fantômes se sont précipités sur lui. Il est mort, 'pa. Tous les gardes étaient sortis… Ils n'ont pu que regarder la scène, impuissants. Le Moniteur a refusé de leur donner des amulettes pour aller le secourir. »

Bomanz a croisé les doigts sur la table et contemplé ses mains. « Ça nous fait deux morts. Trois en comptant celui de la nuit dernière. Combien y en aura-t-il demain soir ? Est-ce que je vais devoir affronter un peloton de nouveaux fantômes ?

— Tu t'es décidé pour demain soir ?

— Eh oui. Besand mort, il n'y a plus aucune raison d'atermoyer, pas vrai ?

— 'pa… Peut-être que tu ne devrais pas. Peut-être que le savoir enfoui là-bas devrait le rester.

— Allons bon. Voilà que mon fils me serine mes propres doutes ?

— 'pa, c'est pas le moment de se chamailler. Peut-être que j'ai un peu trop insisté. Et que j'ai eu tort. Tu en connais plus long sur les Tumulus que moi. »

Bomanz a observé son fils. Il a répondu crânement, quoiqu'il n'en menât pas large au fond :

« Je ne renoncerai pas. Il n'est plus temps de douter mais de passer à l'action. Voici la liste. Vois s'il ne reste pas un champ d'investigation que j'aurais oublié.

— 'pa…

— On ne revient pas là-dessus, fiston. » Il lui avait fallu toute la soirée pour se débarrasser de la défroque de personnage falot qui lui collait à la peau et y substituer le mage si longtemps et habilement camouflé. Mais désormais il n'était plus le même.

Bomanz s'est rendu dans un coin où s'entassaient quelques objets d'apparence anodine. Il se tenait plus droit que d'habitude. Ses gestes étaient plus précis, plus vifs. Il a empilé des choses sur la table. « Quand tu retourneras à Aviron, tu pourras annoncer à mes anciens collègues ce qu'il est advenu de moi. » Sa bouche s'étirait en un mince sourire. Il s'en rappelait quelques-uns que cela ferait certainement frémir aujourd'hui encore, sachant qu'il avait étudié dans l'ombre de la Dame. Il n'avait jamais oublié, jamais pardonné. Et eux le sauraient bien.

La pâleur de Stancil s'était dissipée. Maintenant il était perplexe. Cette facette du père ne s'était jamais dévoilée depuis la naissance du fils. Il ne la lui connaissait pas. « Tu veux vraiment aller là-bas, 'pa ?

— Tu m'as fourni les indications essentielles. Besand est mort. Men fu également. Les gardes ne vont pas s'exciter.

— Je pensais qu'il était ton ami.

— Besand ? Besand n'avait pas d'ami. Il avait une mission... Pourquoi tu me regardes comme ça ?

— Comme... un homme avec une mission ?

— Possible. Quelque chose m'a retenu ici. Descends donc ce matériel. On s'installera dans le magasin.

— Où veux-tu que je le dépose ?

— Aucune importance. Besand seul était capable de faire la différence entre ces objets et les vulgaires rebuts. »

Stancil est sorti. Plus tard, ayant achevé une série d'exercices mentaux, Bomanz s'est demandé où le garçon était passé. Stance n'était pas revenu. Il a haussé les épaules et s'est replongé dans son travail. Il a souri. Il était prêt. Tout allait être simple.

Une belle pagaïe régnait en ville. Un garde venait de tenter d'assassiner le nouveau Moniteur. Ce dernier, terrorisé, s'était claquemuré dans ses quartiers. De folles rumeurs circulaient.

Bomanz a traversé le tumulte avec une hautaine indifférence, au point qu'il a ébahi tous ceux qui le connaissaient depuis des années. Il s'est acheminé jusqu'aux abords des Tumulus et a toisé son adversaire de si longue date. Besand reposait où il était tombé. Les mouches grouillaient. Bomanz a jeté une poignée de terre sur le corps. Les insectes se sont envolés. Il a opiné du chef, songeur. L'amulette de Besand avait à nouveau disparu.

Bomanz a reconnu non loin le caporal Rauque. « Si vous ne pouvez pas sortir Besand de là, recouvrez-le au moins de terre. Il y a un beau tas de déblais à côté de ma fosse.

— Bien, m'sieur », a répondu Rauque, qui s'est étonné à retardement de sa propre docilité.

Bomanz a longé le périmètre des Tumulus. Le soleil, voilé par la queue de la Comète, brillait un peu bizarrement. Les couleurs s'en trouvaient un tantinet modifiées. Mais nul fantôme ne rôdait pour l'heure. Il n'a trouvé aucune raison d'ajourner sa tentative de prise de contact. Il est revenu en ville.

Des charrettes étaient garées devant l'échoppe. Des voituriers s'activaient à les charger. La voix stridente de Jasmine retentissait à l'intérieur, elle admonestait quelqu'un qui venait de prendre quelque chose qu'il n'aurait pas dû. « Va au diable, Takar, a grincé Bomanz. Pourquoi aujourd'hui ? Tu aurais pu attendre que tout soit fini. » Une inquiétude l'a fugitivement étreint. Il ne pourrait pas compter sur Stance si le garçon était sollicité. Il s'est engouffré dans le magasin.

« C'est magnifique ! a déclaré Takar à propos du cheval. Tout à fait extraordinaire. Tu es un génie, Bo.

— Et toi une vraie plaie. Qu'est-ce qui se passe ici ? Qui sont tous ces gens ?

— Des gars que j'ai embauchés. Mon frère Clete. Ma sœur Gloire. La Gloire de Stance. Et notre petite sœur Mouche. Ainsi surnommée parce qu'elle passait son temps à nous espionner.

— Enchanté, tout le monde. Où est Stance ?

— Je l'ai envoyé faire des courses pour le dîner, a répondu Jasmine. Avec tout ce peuple, je vais me mettre aux fourneaux de bonne heure. »

Bomanz a poussé un soupir. Il avait bien besoin de cela, en cette nuit fatidique. La maison pleine d'invités. « Toi, remets ça où tu l'as pris. Toi, Mouche – c'est ça ? –, tu ne touches à rien.

— Mais qu'est-ce que tu as, Bo ? » a demandé Takar.

Bomanz a haussé un sourcil, croisé le regard de son interlocuteur et s'est abstenu de répondre. « Où est l'autre voiturier, le grand baraqué ?

— Plus avec moi, a répondu Takar, soudain sombre.

— Tu m'étonnes. Je serai à l'étage en cas de problème. »

Il a traversé le magasin d'un pas lourd, gravi l'escalier, pris place sur sa chaise, s'est efforcé de dormir. Ses rêves étaient ténus. Il lui a semblé pouvoir entendre enfin, mais il n'a pas pu se rappeler quoi…

Stancil est entré dans la pièce du haut. Bomanz lui a demandé : « Qu'est-ce qu'on décide ? Cette foule remet nos plans en question.

— De combien de temps as-tu besoin, 'pa ?

— Si tout fonctionne bien, ça pourrait m'occuper toutes les nuits pendant des semaines. » La question lui a réchauffé le cœur. Stance avait retrouvé son allant.

« On ne peut guère les flanquer à la porte.

— Ni partir ailleurs non plus. » Les gardes étaient sur le qui-vive.

« 'pa, est-ce que ça risque d'être bruyant ? Est-ce qu'on pourrait tenter le coup ici, en douce ?

— Pas d'autre solution, j'imagine. On va être à l'étroit. Va chercher le matériel dans le magasin. Je vais faire un peu de place. »

Les épaules de Bomanz se sont affaissées sitôt que Stance a eu quitté la pièce. Une certaine nervosité le gagnait. Non à cause de ce qu'il allait affronter, mais plutôt à l'égard de sa propre prévoyance. Il se répétait sans cesse qu'il avait oublié quelque chose. Pourtant, il avait passé au crible quatre décennies de notes sans détecter la moindre imperfection dans son approche. Le premier apprenti venu suffisamment instruit serait capable de suivre sa procédure. Il a craché dans un coin de la pièce. « Poltronnerie d'antiquaire, a-t-il murmuré. Classique trouille de l'inconnu. »

Stancil est revenu. « 'man les a lancés dans une partie de jet.

— Je me demandais ce qu'avait Mouche à s'exciter comme ça. Tu as tout ?

— Oui.

— Bon. Descends et fais le guet. Je te rejoins dès que j'aurai tout préparé. On s'y mettra dès que tout le monde sera au lit.

— Bien.

— Stance, tu te sens prêt ?

— Ça va, 'pa. J'ai juste flanché un peu la nuit dernière. C'est pas tous les jours que je vois quelqu'un se faire tuer par des fantômes.

— Autant t'y habituer. Ce sont des choses qui arrivent. »

Stancil a pâli.

« Toi, tu es allé traîner tes guêtres en catimini du côté du Campus noir, pas vrai ? »

Le Campus noir constituait la face cachée de l'université; les sorciers y apprenaient leur métier. Officiellement, il n'existait pas. Légalement, il était interdit. Mais il existait. Bomanz en était un diplômé émérite.

Stancil a brièvement opiné du chef.

« Je m'en doutais », a murmuré Bomanz qui s'est demandé : Jusqu'à quel point as-tu trempé dans cette noirceur, fiston ?

Il a poursuivi ses préparatifs et, quand il a eu tout vérifié à trois reprises, il s'est rendu compte que cette prudence tournait au prétexte pour ne pas descendre se mêler aux autres. « C'est bien de toi, ça ! » s'est-il murmuré à lui même.

Dernier regard circulaire. Cartes dépliées. Bougies. Bol de mercure. Dague d'argent. Herbes. Encensoir... Cette crainte continuait de lui trotter dans la tête. « Bon sang, mais qu'est-ce que je pourrais avoir oublié ? »

Le jet se jouait en général à quatre, sur un damier. Chaque joueur occupait un côté du plateau, quatre fois plus grand qu'un damier classique. Un élément de hasard intervenait par un lancer de dé préalable a chaque mouvement. Si le joueur tirait un six, il avait droit à une combinaison de six déplacements de pièces. Les règles s'apparentaient à celles des dames, sauf qu'il était possible de renoncer à une prise.

Mouche a pris Bomanz à partie quand il est entré dans la pièce.

« Ils se liguent tous contre moi ! » Elle jouait face à Jasmine. Gloire et Takar l'encadraient. Bomanz a regardé quelques tours de jeu. Takar et son autre sœur étaient de mèche. Tactiques d'élimination traditionnelles.

Par un influx, Bomanz a contrôlé la course du dé quand le tour de Mouche est venu. Elle a obtenu un six, poussé un petit cri, lancé ses pions à l'assaut tous azimuts. Bomanz s'est demandé s'il avait eu autant d'enthousiasme et d'optimisme dans sa jeunesse. Il a observé la fillette. Quel âge ? Quatorze ans ?

Il a bloqué le dé de Takar sur un as, laissé Jasmine et Gloire obtenir ce que le hasard déciderait, puis gratifié Mouche d'un nouveau six et son frère d'un nouvel as. Au bout de trois tours, Takar a ronchonné : « Ça commence à m'énerver. » Le rapport de forces avait basculé. Gloire menaçait de l'abandonner pour s'allier à sa sœur contre Jasmine.

Jasmine a dardé sur lui un regard en coin quand Mouche a décroché encore un six. Il a cligné de l'œil et laissé le sort décider du jet de Takar. Deux. « Je vais remonter la pente, maintenant », a-t-il grommelé.

Bomanz a traîné un peu dans la cuisine, s'est servi une chope de bière. Quand il est revenu près des joueurs, Mouche frôlait de nouveau la catastrophe. Elle assurait si peu ses arrières qu'il lui fallait maintenant obtenir un quatre ou mieux pour rester en lice.

Takar, quant à lui, développait un jeu d'une prudence fastidieuse, avançant graduellement, essayant d'occuper les zones névralgiques pour ses adversaires. Un type dans mon genre, a songé Bomanz. D'abord il s'assure de ne pas perdre, ensuite il voit ce qu'il peut mettre en œuvre pour gagner.

Takar a tiré un six et envoyé un de ses pions dans une escapade extravagante au cours de laquelle il a soufflé six pièces à Gloire, son alliée de la première heure.

Perfide à l'occasion, a pensé Bomanz. À garder en mémoire. « Où est Clete ? a-t-il demandé à Stancil.

— Il a préféré rester avec les voituriers. Il craignait que trop de monde à la maison ne te dérange.

— Je vois. »

Jasmine a gagné cette partie-là et Takar la suivante, après quoi le négociant d'antiquités a déclaré : « J'en ai ma dose. Prends ma place, Bo. À demain matin, tout le monde.

— Je m'arrête aussi, a annoncé Gloire. Un petit tour, ça te dirait, Stance ? »

Stance a interpellé son père du regard. Bomanz a hoché la tête. « Ne vous éloignez pas trop. Les gardes ne sont pas commodes en ce moment.

— D'accord », a répondu Stance. Son empressement à la suivre a fait sourire son père. Il y avait bien longtemps, il aurait agi pareillement avec Jasmine.

« Une fille charmante, a fait remarquer sa femme. Stance a de la chance.

— Merci, a dit Takar. Nous pensons qu'elle a de la chance, elle aussi. »

Mouche a fait la grimace. Bomanz s'est fendu d'un sourire désabusé. Quelqu'un avait le béguin pour Stancil. « Une partie à trois ? a-t-il proposé. En se relayant pour jouer le rôle du mort jusqu'à ce que quelqu'un soit éliminé. »

Il a laissé le hasard déterminer les lancers de dé de chaque joueur, mais a favorisé le camp du mort à coups de cinq et de six. Mouche, vite éliminée, a pris la place du mort. Jasmine paraissait amusée. L'enfant poussait des exclamations de joie chaque fois qu'elle remportait un succès. « Gloire, j'ai gagné ! a-t-elle déclaré toute guillerette quand sa sœur et Stancil sont revenus. Je les ai battus. »

Stancil a regarde le plateau puis son père. « 'pa

— On s'est défendus comme on a pu. Elle a eu la main heureuse. »

Stancil a souri d'un air entendu.

« Ça suffit, la Mouche. C'est l'heure d'aller au lit. On n'est pas à la ville. On se couche tôt, ici.

— Haan… » Bougonnant, la fillette a obtempéré. Bomanz a soupiré. La sociabilité le fatiguait.

Son pouls s'est accéléré quand il a anticipé le travail qui l'attendait cette nuit.

Stancil a relu pour la troisième fois ses instructions manuscrites. « Pigé ? a demandé Bomanz.

— Il me semble.

— Le minutage importe peu, du moment que tu interviens plutôt avec du retard que de l'avance. S'il s'agissait de conjurer je ne sais quel fichu démon, je te ferais plancher sur les formules une bonne semaine.

— Les formules ? » Stancil devrait se contenter de surveiller les bougies et d'observer. Il n'aiderait son père qu'en cas de problème.

Bomanz avait passé les deux heures précédentes à neutraliser les sortilèges jalonnant le passage qu'il comptait emprunter. La découverte du nom de Chien-de-Lune était tombée à point nommé.

« La voie est ouverte ? a demandé Stancil.

— Toute grande. Elle m'aspire presque. Je t'autoriserai à t'y engager plus tard dans la semaine. »

Bomanz a inspiré profondément, expiré. Il a promené le regard sur la pièce. Il éprouvait toujours cette irritante sensation d'avoir oublié quelque chose. Il n'avait pas la moindre idée de ce dont il pouvait s'agir. « Allez ! »

Il s'est calé sur sa chaise, a fermé les yeux. *« Dummi*, a-t-il psalmodié. *Um muji dummi. Haikon. Dummi. Um muji dummi. »*

Stancil a saupoudré d'herbes un tout petit brasero. Une fumée âcre a rempli la pièce. Bomanz s'est détendu, a laissé la léthargie le gagner. Il a réussi une rapide scission, s'est élevé, a flotté un peu sous les chevrons tout en observant Stancil. Le garçon paraissait confiant.

Bo a vérifié ses connexions avec son corps. Bonnes. Excellentes ! Il pouvait entendre à la fois par ses oreilles physiques et immatérielles. Il a testé un peu mieux cette double perception en se laissant glisser dans l'escalier. Tous les bruits provoqués par Stancil lui parvenaient clairement.

Il s'est arrêté un instant dans le magasin, a observé Gloire et Mouche, envieux de leur insouciante jeunesse.

Dehors, la Comète éclairait la nuit. Bomanz sentait sa puissance se déverser sur la terre. Elle serait bien plus spectaculaire encore quand le monde entrerait dans sa traîne.

Tout à coup, il a senti *sa* présence; elle l'appelait, pressante. Il a contrôlé de nouveau ses connexions corporelles. Oui. Il était toujours en transe. Il ne rêvait pas. Il s'est senti vaguement mal à l'aise.

Elle l'a conduit jusqu'aux Tumulus en suivant la voie qu'il avait ouverte. Il a chancelé devant le terrible pouvoir qui s'y trouvait enfoui, au-delà des champs de force émanant des stèles et des fétiches. Devant ses yeux immatériels, les sentinelles prenaient des allures de monstres hideux et sanguinaires retenus par de courtes chaînes.

Les fantômes régnaient dans les Tumulus. Ils rôdaient non loin de Bomanz, essayaient de rompre ses protections magiques. Le pouvoir de la Comète et la force des sortilèges de garde se mêlaient en un tonnerre qui pénétrait tout son être. Quelle puissance savaient exploiter les anciens ! a songé Bomanz. Et dire que cette puissance avait perduré à travers les âges !

Ils se sont approchés des soldats morts que Bomanz avait symbolisés par des pions sur sa carte. Il a cru percevoir un bruit de pas derrière lui… Il s'est retourné, n'a rien décelé et s'est rendu compte que c'était Stancil qu'il entendait, à la maison.

Le fantôme d'un chevalier l'a défié. Il diffusait une haine aussi intemporelle et implacable que des rouleaux battant une grève froide et blême. Bomanz s'est esquivé.

De grands yeux verts ont plongé dans les siens. Un regard pénétrant, très vieux, impitoyable, arrogant, railleur et méprisant. Le dragon a découvert ses dents avec un sourire mauvais.

Nous y voilà, s'est dit Bomanz. Ce que j'avais oublié... Mais non. Le dragon n'a pu l'atteindre. Il a senti l'irritation du monstre, sa conviction qu'il aurait constitué un morceau de choix s'il avait été de chair. Il s'est hâté de suivre la femme.

Aucun doute. Il s'agissait de la Dame. Elle avait essayé de l'atteindre, elle aussi. La prudence s'imposait. Elle cherchait sans doute autre chose qu'une accolade reconnaissante.

Ils sont entrés dans la crypte. Massive, spacieuse, elle était encombrée de tous les objets ayant appartenu au Dominateur durant sa vie. À l'évidence, cette vie n'avait pas été spartiate.

Il a suivi la femme derrière un amoncellement de meubles, et là s'est rendu compte qu'elle avait disparu. « Où ?... »

Il les a découverts. Côte à côte, chacun sur une dalle. Enchaînés. Auréolés d'un suaire de puissance crépitante. Aucun des deux ne respirait, et pourtant aucun ne présentait le teint livide de la mort. Ils paraissaient suspendus, arrêtés dans le temps.

Les légendes n'exagéraient qu'à peine. L'impact de la Dame, même en pareille situation, demeurait phénoménal. « Bo, tu as un grand fils. »

Une partie de lui-même aurait voulu se dresser sur ses pattes arrière et mugir comme un adolescent en rut.

De nouveau, il a entendu des pas. Fichu Stancil. Il ne pouvait pas garder un peu le silence ? Il faisait du potin pour trois.

La femme a ouvert les yeux. Ses lèvres se sont étirées en un sourire éclatant. Bomanz a oublié Stancil.

Bienvenue, a susurré une voix dans son esprit. *Nous avons attendu longtemps, n'est-ce pas ?*

Drôle d'entrée en matière, s'est-il dit simplement.

Je t'ai observé. Oui, je vois tout dans cet implacable dénuement. J'ai essayé de t'aider. Les barrières étaient trop nombreuses et trop hautes. Maudite Rose Blanche. Elle n'était pas bête.

Bomanz a jeté un coup d'œil au Dominateur. Grand, de bien belle allure, l'empereur guerrier demeurait figé. Bomanz a envié sa perfection physique.

Il dort d'un sommeil plus profond.

La remarque ne se teintait-elle pas de moquerie ? Il ne parvenait pas à lire son visage. Elle exerçait une fascination trop forte sur lui. Il a soupçonné que bien des hommes y avaient sans doute succombé et qu'effectivement elle avait sans doute été le moteur véritable de la Domination.

Tu vois juste. Et la prochaine fois…

« Prochaine fois ? »

Un gloussement l'a enveloppé comme le chant tintinnabulant d'une douce brise.

Tu es venu pour apprendre, ô mage. Comment rétribueras-tu ton professeur ?

L'instant pour lequel il avait vécu se présentait enfin. Son triomphe s'offrait à lui. Restait encore une étape…

Tu as montré de l'habileté. Tu as montré tant de prudence, pris tant de temps, même ce Moniteur te regardait de haut. Je t'applaudis, mage.

L'étape délicate. Plier la créature à sa volonté.

Le rire a tinté une seconde fois. *Tu ne veux pas négocier ? Tu veux me contraindre ?*

« Au besoin. »

Ne me donneras-tu donc rien ?

« Je ne peux te donner ce que tu désires. »

Gloussement de nouveau. Carillon argentin. *Tu ne peux me contraindre.*

Bomanz a haussé des épaules imaginaires. Elle avait tort. Il disposait d'un moyen de pression. Un heureux hasard le lui avait fourni dans sa jeunesse, il avait aussitôt compris le parti qu'il pouvait en tirer et s'était engagé sur le long cheminement qui l'avait conduit jusqu'à cet instant.

Il avait jadis trouvé un monogramme. Il était parvenu à le déchiffrer, et il avait ainsi découvert le patronyme de la Dame, un nom assez courant dans les chroniques d'avant la

Domination. Certains indices désignaient l'une des filles de la famille en question comme la Dame. Quelques investigations historiques lui avaient permis de déterminer le reste.

Ainsi, il avait résolu une énigme sur laquelle des milliers de chercheurs s'étaient cassé les dents durant des centaines d'années.

Connaître son nom véritable lui donnait le pouvoir de réduire la Dame à sa merci. En magie, le nom véritable équivaut à ce qu'il désigne…

J'en aurais trépigné de dépit. Mon correspondant concluait son récit à deux doigts de la révélation après laquelle je courais depuis tant d'années. Salopard.

Cette fois, le texte comportait un post-scriptum, un petit quelque chose en plus de l'histoire. L'épistolier avait griffonné comme des empreintes de pattes de poule. Qu'elles aient pour vocation de délivrer un message, je n'en doutais pas. Mais pas moyen de comprendre lequel.

Comme toujours, ni signature ni sceau.

20

LES TUMULUS

La pluie tombait sans interruption. Sous forme de crachin, bien souvent. Ce jour-là, particulièrement clément, le crachin s'était mué en bruine très fine. Néanmoins, pas un moment sans eau. Choucas est sorti quand même, en dépit des douleurs à la jambe dont il se plaignait si souvent.

« Si ce climat ne te convient pas, pourquoi est-ce que tu restes ici ? lui a demandé Casier. Puisque tu penses que tes enfants vivent à Opale, pourquoi tu ne pars pas à leur recherche toi-même ? Au moins tu échapperais à ce temps pourri. »

Délicate question. Choucas s'est efforcé d'y trouver une réponse convaincante. Il ne connaissait pour l'instant personne pour s'occuper de lui là-bas, hormis quelques ennemis qui ne demanderaient sûrement que cela.

Il n'y avait rien que Choucas rechignait à faire. Dans une autre vie, quand il était un autre homme, intrépide, il avait même défié les âmes damnées du mal. Rien ne l'avait jamais intimidé, ni combats, ni sorcellerie, ni mort. Seules les relations humaines, l'amour, pouvaient le terrifier.

« L'habitude, je suppose, a-t-il conclu avant d'ajouter d'une voix faible : Peut-être que je pourrais vivre à Aviron. Pas sûr. Je ne suis pas sociable, Casier. Je n'aime guère les gens. Je ne supporterais pas les Cités Précieuses. Je t'ai dit que j'y avais séjourné, dans le temps ? »

Casier avait entendu l'histoire bien des fois. Il soupçonnait Choucas d'y avoir plus que séjourné. Pour tout dire, il le croyait originaire d'une de ces cités. « Ouais. Au début de la grande offensive rebelle dans le Forsberg. Tu m'as raconté que tu avais vu la grande tour en te rendant là-bas.

— Ah oui, je t'ai déjà raconté. J'ai des trous de mémoire. Peuh ! les villes... Je ne les aime pas, mon gars. Trop de monde. Déjà, je trouve parfois qu'ici c'est trop peuplé ! Ou, disons, je trouvais quand je suis arrivé. Maintenant, ça va à peu près. À peu près. Un peu trop de tintouin à mon goût, à cause de l'autre endormi, là-bas. » Il a pointé le menton dans la direction du Grand Tumulus. « Mais sinon ça va. Deux ou trois gars comme toi avec qui je peux causer. Personne ne me casse les pieds. »

Casier a opiné du chef. Il pensait comprendre et pourtant ne saisissait pas bien. Il avait rencontré d'autres vieux vétérans. Tous avaient un petit grain, plus ou moins. « Hé, Choucas. Tu n'as jamais croisé la Compagnie noire en ce temps-là ? »

Choucas s'est glacé, a dardé sur le jeune soldat un regard qui l'a fait rougir. « Heu... Qu'est-ce qui se passe, Choucas ? J'ai dit un truc que je n'aurais pas dû ? »

Choucas s'est remis à marcher, à une allure que son boitillement ne parvenait pas à ralentir. « C'est bizarre. À croire que tu lisais mes pensées. Oui. J'ai croisé ces gars-là. Des mauvais. Très mauvais.

— Mon père m'en a parlé. Il s'est trouvé avec eux pendant la longue retraite vers Charme. Seigneurie, le Pays du Vent, la Marche de la Déchirure, tous ces combats. À sa démobilisation, après la bataille de Charme, il est rentré à la maison. Il nous a raconté des histoires terribles sur leur compte.

— Je n'ai pas vécu tout cela. Je me suis retrouvé en rade à Roseraie quand Transformeur et le Boiteux ont pris une brossée. Sous les ordres de qui servait ton père ? Tu ne m'as jamais beaucoup parlé de lui.

— Rôde-la-Nuit. Je n'en parle guère parce qu'on ne s'est jamais bien entendus. »

Choucas a souri. « Les fils s'entendent rarement avec leur père. Je t'en parle en connaissance de cause.

— Le tien, que faisait-il ?

— Il était fermier. En quelque sorte. Mais j'aimerais autant éviter le sujet.

— Pourquoi est-ce qu'on est sortis par ce temps, Choucas ? »

Pour vérifier les données de Bomanz. Mais pas question de donner cette réponse au gamin. Et aucun prétexte ne lui est venu à l'esprit.

« Pour se balader sous la pluie.

— Choucas…

— Casier, tu ne peux pas t'arrêter de causer cinq minutes, hein, s'il te plaît ?

— Bien. »

Choucas a contourné en claudiquant tout le périmètre des Tumulus, à distance respectable pour ne pas attirer l'attention. Il n'emmenait jamais rien lors de ses sorties. Aux yeux du colonel Doux, ç'aurait été suspect. Mais il consultait mentalement la carte du magicien. Dans son esprit, elle était inscrite en lettres de feu, et ses symboles sibyllins en telleKure ancien luisaient d'un éclat vif et menaçant. Etudiant les ruines des Tumulus, il n'a identifié qu'un tiers des référents de la carte. Le temps et les intempéries avaient fait disparaître le reste.

Choucas n'avait pas les nerfs fragiles. Mais il avait peur, maintenant. Vers la fin de leur promenade, il a dit :

« Casier, j'ai une faveur à te demander. Peut-être même une double faveur.

— Monsieur ?

— Monsieur ? Allons, appelle-moi Choucas.

— Tu avais l'air si sérieux.

— Parce qu'il s'agit de quelque chose de sérieux.

— Alors je t'écoute.

— On peut se fier à ta discrétion ?

— Si nécessaire.

— J'aimerais que tu me promettes de garder bouche cousue.

— Je ne comprends pas.

— Casier, j'ai des choses à te dire. Au cas où il m'arriverait malheur.

— Choucas !

— Je ne suis plus tout jeune. Et j'ai un tas d'ennuis. Un passé difficile. Je sens qu'il me rattrape. Je ne *crois pas* que mon heure soit proche. Mais sait-on jamais ? En pareil cas, il est une chose que je n'aimerais pas emporter dans la tombe.

— D'accord, Choucas.

— Si je t'annonce une nouvelle un peu dérangeante, sauras-tu la garder pour toi ? Même si tu considères que ce n'est pas la meilleure chose à faire ? Est-ce que tu veux m'aider ?

— Tu rends la chose difficile, à ne rien dévoiler.

— Je sais. Ce n'est pas correct. Le seul autre type en qui j'ai confiance, c'est le colonel Doux. Or sa position lui interdirait de me faire une telle promesse.

— Ce n'est pas illégal ?

— Pas à proprement parler.

— Je suppose…

— Ne suppose rien, Casier.

— Bon. Tu as ma parole.

— Parfait. Merci. Ma reconnaissance t'est acquise, n'en doute jamais. Deux choses. La première : s'il m'arrive malheur, monte dans la mansarde chez moi. Si tu y trouves un paquet enveloppé dans une toile cirée, arrange-toi pour le transmettre à un forgeron du nom de Sable, à Aviron. »

Casier a paru franchement perplexe, dérouté.

« Puis, après avoir réglé cette question – et après seulement –, tu iras dire au colonel que les morts-vivants se réveillent. »

Casier s'est arrêté de marcher.

« Casier. » Dans la voix de Choucas perçait une inflexion intraitable que le jeune homme ne lui avait jamais connue.

« Oui. D'accord.

— C'est tout.

— Choucas…

— Pas de question maintenant. Dans quelques semaines peut-être, je t'expliquerai tout. D'accord ?

— D'accord.

— Désormais, plus un mot. Souviens-toi bien. Le paquet à Sable le forgeron. Puis le message au colonel. D'ailleurs, je vais te dire, si possible, je laisserai une lettre au colonel aussi. »

Casier a esquissé un vague hochement de tête.

Choucas a inspiré profondément. Vingt ans qu'il n'avait plus tenté le moindre sortilège divinatoire. Et jamais alors il ne s'était risqué à rien d'une telle ampleur. À cette époque, quand il était un autre homme, un gamin, la sorcellerie se pratiquait en dilettante, une distraction de gosses riches préférant jouer les mages plutôt que poursuivre des études sérieuses.

Tout était prêt. Les ustensiles de sorcellerie nécessaires à l'opération reposaient sur la table, dans la mansarde de la maison qu'avait édifiée Bomanz. Il suivait les pas de l'ancien, et c'était bien ainsi.

Il a effleuré le paquet enveloppé de toile cirée qu'il avait laissé pour Casier ainsi que le mystérieux courrier pour Doux, et il a prié pour que ni l'un ni l'autre n'échouent entre les mains du jeune homme. Pourtant, si ses craintes s'avéraient fondées, mieux valait courir le risque de se dévoiler à l'ennemi plutôt que de laisser le monde se faire surprendre.

Il ne restait plus qu'à s'y mettre. Il a avalé une demi-tasse de thé froid, s'est installé sur son siège. Il a fermé les yeux, entonné un chant qu'on lui avait enseigné alors qu'il n'avait pas encore l'âge de Casier. Sa méthode différait de celle employée par Bomanz mais aboutirait même résultat.

D'abord, son corps a refusé de se détendre et n'a cessé de le distraire. Mais bientôt une profonde léthargie l'a gagné. Son esprit s'est échappé des milliers de connexions qui l'ancraient à sa chair.

Une partie de lui-même lui répétait qu'il était fou de se lancer dans cette tentative sans posséder l'art d'un maître. Mais il n'avait pas le temps de s'entraîner pour parvenir au niveau qu'un Bomanz aurait estimé indispensable. Il avait appris ce qu'il avait pu pendant son absence de la Vieille Forêt.

Il s'était libéré de son corps, mais d'invisibles attaches sauraient l'y ramener. Si la chance ne l'abandonnait pas. Il s'est éloigné avec précaution. Il se conformait strictement aux règles qui régissent le déplacement des corps. Il a emprunté l'escalier, la porte, la chaussée bâtie par la Garde. Continuer de prétendre être de chair l'aiderait à ne pas oublier son corps véritable.

Le monde paraissait différent. Chaque objet possédait sa propre aura. Il a éprouvé quelque peine à se concentrer sur son grand objectif.

Il s'est rendu aux abords des Tumulus. Il a frissonné à l'approche des vieux sortilèges vibrants qui claustraient le Dominateur et plusieurs de ses séides. Quel pouvoir ils recelaient ! Prudemment, il a contourné le périmètre jusqu'à ce qu'il trouve la brèche ouverte par Bomanz, qui n'avait pas été complètement refermée.

Il s'est engagé dedans.

Tous les esprits enchaînés dans les Tumulus, des plus insignifiants aux plus terribles, l'ont aussitôt repéré. Il y en avait bien plus qu'il ne s'y était attendu. Bien plus que ne l'indiquait la carte. Ces symboles figurant des soldats autour du Grand Tumulus…

Il ne s'agissait nullement de statues. C'étaient des hommes, des soldats de la Rose Blanche que l'on avait astreints à tout jamais à dresser un rempart immatériel entre le monde et le monstre prêt à le dompter. Par quelle coercition les avait-on soumis ? Maintenant ils étaient dévoués à leur cause.

La voie sinueuse contournait les antiques sépulcres des anciens Asservis, cercle extérieur, cercle intérieur. Une fois passé le cercle intérieur, il a découvert la véritable apparence de plusieurs monstres subalternes, servants de la Domination. La voie s'étirait comme une traîne de pâle brume argentée. Derrière lui la nuée se densifiait, renforcée par son passage.

Devant, des sortilèges plus forts. Et tous les hommes ensevelis quand ils avaient déferlé pour submerger le Dominateur. Au-delà, une peur plus puissante encore. La créature figurée sous les traits d'un dragon sur la carte de Bomanz se lovait autour de la crypte, au cœur du Grand Tumulus.

Des esprits lui criaient dans les oreilles en telleKure, en uchiTelle, en des dialectes qu'il ne connaissait pas mais qui, pour certains, lui rappelaient des langues encore en usage. Tous unanimement le maudissaient. Il les a ignorés, tous unanimement. Une créature reposait dans une chambre sous la plus grande tombe. Il fallait qu'il voie si elle dormait d'un sommeil aussi turbulent qu'il le craignait.

Le dragon. Oh ! par tous les dieux chimériques, ce dragon était réel. Tangible, vivant, de chair, et voilà qu'il humait son odeur et posait ses yeux sur lui. Le sillon de brume contournait ses crocs, s'insinuait par l'interstice entre sa queue et sa mâchoire. L'animal a dressé une barrière de volonté presque palpable. Mais Choucas a tenu bon, il est passé malgré tout.

Plus de gardiens. Juste la crypte. Et l'homme diabolique qui s'y trouvait était réduit à l'impuissance. Il avait survécu au pire…

Le vieux démon dormait certainement. La Dame ne l'avait-elle pas terrassé lors de sa tentative d'évasion à Génépi ? Ne l'avait-elle pas ramené ici maté ?

C'était une tombe pareille à bien d'autres dans le monde. Peut-être un peu plus riche. La Rose Blanche avait traité ses vaincus avec panache. Pas de sarcophage dans la crypte, cependant. Là, une dalle vide où avait dû reposer la Dame.

Là, une autre, soutenant un gisant. Un homme endormi, très beau mais marqué par le sceau du démon, même dans son repos. Son visage irradiait un fiel brûlant et le dépit de la défaite.

Ouf, donc. Ses inquiétudes étaient dépourvues de fondement. Le monstre sommeillait, bel et bien réduit à l'impuissance…

Alors le Dominateur s'est assis. Et a souri. Du sourire le plus machiavélique que Choucas avait jamais rencontré. La créature a levé la main en un geste de bienvenue. Choucas a pris ses jambes à son cou.

Un rire moqueur l'a poursuivi.

La panique ne lui était pas une sensation entièrement familière. Il l'avait rarement éprouvée. Il n'a pas pu garder le contrôle de lui-même. À peine conscient de ses gestes, il a filé devant le dragon, devant les esprits haineux des soldats de la Rose Blanche. Il a vaguement senti les créatures du Dominateur, non loin, qui poussaient une clameur de joie.

Malgré son épouvante, il s'est efforcé de ne pas s'écarter de la traîne brumeuse. Il n'a fait qu'un faux pas…

Un seul mais suffisant.

Une tempête a éclaté sur les Tumulus. La plus violente de mémoire d'homme. La foudre pleuvait comme les coups d'une armée divine en furie, des marteaux, des lances et des épées de feu déchiquetaient terre et ciel. C'était un déluge ardent impénétrable et incessant.

Un éclair formidable a percuté les Tumulus. De la terre et des décombres ont volé à des dizaines de mètres de haut. Le sol a vibré. La Garde éternelle s'est déployée en armes, terrorisée, persuadée que le vieux mal avait rompu ses chaînes.

Dans les Tumulus, deux hautes silhouettes, l'une à quatre pattes, l'autre bipède, ont émergé dans les rougeoiements allumés par la terrible foudre. L'instant d'après, elles filaient le long d'un chemin sinueux sans laisser de trace dans la boue ni même brasser les flaques. Elles sont sorties de la zone des Tumulus et se sont enfuies vers la forêt.

Nul ne les a vues. Quand les gardes sont parvenus sur les lieux du sinistre, leurs lanternes et leurs armes à la main, écrasés par la peur comme par un fardeau de plomb, la tempête s'était calmée. Les éclairs avaient cessé de dévaster le site. La cataracte s'était muée en pluie normale.

Le colonel Doux et ses hommes ont passé des heures à arpenter les alentours des Tumulus. Personne n'a détecté quoi que ce soit.

La Garde éternelle s'en est retournée vers la caserne en maudissant les dieux et le mauvais temps.

À l'étage, dans une maison non loin, le corps de Choucas continuait de respirer à raison d'une inspiration toutes les cinq minutes. Son cœur pulsait à peine. Il mettrait longtemps à mourir, privé de son âme.

21

LA PLAINE DE LA PEUR

J'ai demandé à voir Chérie et obtenu une audience sur-le-champ. Elle s'attendait à ce que je vitupère contre ses décisions de lancer dans des opérations hasardeuses des troupes qui ne pouvaient se permettre aucune perte. Elle s'attendait à ce que je lui rabâche l'importance qu'il y avait à maintenir les cadres et les forces en présence. Je l'ai surprise en lui épargnant tout cela. Elle se tenait là, prête à essuyer la bourrasque pour en finir au plus vite et se remettre au travail, et je l'ai désappointée.

Au lieu de tempêter, j'ai produit mes lettres d'Aviron que je n'avais jusqu'alors montrées à quiconque. Elle a manifesté de la curiosité. « Lis-les », lui ai-je recommandé par signes.

Ça a pris un moment. Le lieutenant allait et venait, de plus en plus impatient. Sa lecture finie, elle m'a dévisagé. « Alors ? m'a-t-elle demandé par signes.

— Il s'agit d'une partie des documents qui me manquent. Entre autres choses, c'est cette histoire que je m'efforçais de retrouver. Volesprit m'a donné à penser qu'il y a dans ce récit l'arme que nous recherchons.

— Il est incomplet.

— Certes. Mais il donne à réfléchir, non ?

— As-tu quelque idée de l'identité de son auteur ?

— Non. Et pas moyen de le savoir, à moins de se rendre sur place pour découvrir qui est ce type. Ou cette femme. » À vrai dire, j'avais bien quelques idées, mais toutes plus tirées par les cheveux les unes que les autres.

« Ces courriers te sont parvenus à une cadence assez rapide », a fait observer Chérie. Après tout ce temps. » Sa remarque m'a induit à penser qu'elle partageait une de mes suspicions. Surtout le « tout ce temps ».

« Les messagers pensent qu'ils ont été expédiés sur une période plus longue.

— C'est intéressant, mais ça ne nous avance guère. Il nous faut attendre d'en recevoir plus.

— On pourrait quand même essayer de se pencher sur leur signification. La fin de la dernière lettre, là. Je ne vois pas du tout. Il faut que je planche dessus. Ce pourrait être crucial. À moins que ce ne soit destiné à dérouter l'indésirable qui mettrait la main sur ce fragment. »

Elle a saisi le dernier feuillet, l'a examiné. Son visage s'est soudain éclairé.

« C'est le langage des signes, Toubib, m'a-t-elle déclaré par gestes. Des mots, tu vois ? Des mains qui s'expriment en mimant l'alphabet. »

Je suis allé me planter derrière elle. Je voyais, maintenant, et me sentais terriblement bête d'être passé à côté. Une fois le principe élucidé, lire ne posait pas de problème. À condition de connaître ce langage. Le post-scriptum disait :

Ceci est peut-être la dernière communication, Toubib. Une tâche m'attend. Les risques sont grands, mes chances maigres, mais je ne peux reculer. Si tu ne reçois pas l'ultime épisode, qui relate les derniers jours de Bomanz, il te faudra venir le chercher. J'en ai caché une copie dans la maison du mage, comme stipulé dans l'histoire. Une autre se trouve à Aviron. Demande un forgeron nommé Sable.

Souhaite-moi bonne chance. À l'heure qu'il est, tu as sûrement trouvé un repaire sûr. Je ne me permettrais pas de t'en tirer si le sort du monde n'en dépendait pas.

Pas de signature, une fois de plus.

Chérie et moi avons échangé un regard. « Qu'est-ce que tu en penses ? ai-je demandé. Qu'est-ce que je dois faire ?

— Attendre.

— Et si je ne devais plus rien recevoir ?

— Alors aller voir.

— Oui. » Peur. Le monde était ligué contre nous. Depuis le raid de Rouille, les Asservis brûlaient certainement de se venger.

« C'est peut-être le grand espoir, Toubib.

— Les Tumulus, Chérie. À part la Tour elle-même, il n'y a pas de secteur plus dangereux.

— Peut-être vaudrait-il mieux que je t'accompagne.

— Non ! Pas question que tu prennes de risque. En aucun cas. Le mouvement survivra à la perte d'un vieux médecin usé, à bout. Pas à celle de la Rose Blanche. »

Elle m'a serré dans ses bras, s'est reculée et m'a déclaré par signes : « Je ne suis pas la Rose Blanche, Toubib. Elle est morte il y a quatre siècles. Je suis Chérie.

— Nos ennemis t'appellent la Rose Blanche. Nos alliés aussi. Ce nom représente beaucoup. » J'ai désigné les lettres. « Il ne s'agit que de cela. D'un nom. Il te faut endosser le rôle qu'on t'attribue.

— Je suis Chérie, a-t-elle insisté.

— Pour moi, peut-être. Pour Silence. Quelques autres. Mais aux yeux du monde tu es la Rose Blanche, l'espoir, le salut. » Alors l'idée m'a frappé qu'un nom n'avait jamais été évoqué. Celui que Chérie portait avant de devenir pupille de la Compagnie. Elle avait toujours été Chérie parce qu'ainsi l'avait baptisée Corbeau. Avait-il su son véritable nom ? Si c'était le cas, cela ne revêtait plus aucune importance. Elle n'avait rien à craindre. Elle était la dernière personne vivante à le connaître, si tant est qu'elle s'en souvenait. Le village saccagé par les troupes du Boiteux où nous l'avions recueillie n'était pas de ceux où l'on tenait des registres.

« Va, m'a-t-elle enjoint par signes. Réfléchis. Aie confiance. Quelque part, bientôt, tu verras poindre une lueur. »

22

LA PLAINE DE LA PEUR

Les hommes qui s'étaient échappés sur la baleine poltronne sont enfin arrivés. Nous avons appris que les Asservis avaient réussi à quitter la plaine, la rage au ventre parce qu'il ne leur restait plus qu'un tapis. Leur offensive allait être repoussée le temps de remplacer les autres. Or les tapis comptent parmi les instruments magiques les plus prestigieux et les plus onéreux. J'imaginais que le Boiteux avait dû rendre quelques comptes à la Dame.

J'ai embauché Qu'un-Œil, Gobelin et Silence, histoire de mettre les bouchées doubles. Je traduisais. Ils listaient les noms utiles, les regroupaient en tableaux. Ma chambre a perdu son atmosphère de sanctuaire. L'atmosphère y devenait franchement invivable en leur présence, car Gobelin et Qu'un-Œil s'en étaient fait voir de toutes les couleurs hors du nul de Chérie. Ils se tarabustaient en permanence.

Et j'ai commencé à faire des cauchemars.

Un soir, j'ai formulé une requête, tant parce que nous n'avions reçu aucune missive supplémentaire que pour occuper Gobelin et Qu'un-Œil qui me tapaient sur le système. J'ai déclaré : « Je vais peut-être devoir m'aventurer hors de la plaine. Est-ce que vous connaîtriez un sortilège pour que j'évite d'attirer l'attention ? »

Ils ont commencé par m'assaillir de questions. J'y ai répondu honnêtement, pour la plupart. Ils ont voulu venir aussi, le voyage vers l'ouest s'imposant à eux comme une évidence. « Pas question que je m'encombre de vous, ai-je coupé net. Mille cinq cents bornes dans cette ambiance, merci bien. J'en viendrais au suicide avant d'avoir seulement quitté la plaine. Ou à liquider l'un de vous deux. D'ailleurs, j'y pensais d'ores et déjà. »

Gobelin a poussé un couinement en faisant mine d'être épouvanté. Qu'un-Œil a dit : « Si t'approches à moins de dix pas, je te transforme en lézard. »

J'ai grincé avec dédain : « Tout ce que t'es capable de transformer, c'est ta bouffe en merde.

— Même les poules et les vaches font mieux, a ajouté Gobelin. Au moins la leur peut servir d'engrais.

— À ta place, l'avorton, je ne la ramènerais pas ! ai-je tonné.

— Monsieur s'aigrit avec l'âge, a glissé Qu'un-Œil. Ça doit être la goutte. T'as la goutte, Toubib ?

— S'il continue, il priera bientôt pour que sa goutte soit son seul problème, a repris Gobelin. Déjà que ce n'est pas une sinécure d'avoir à te supporter. Enfin, au moins, toi, on te voit venir de loin.

— On me voit venir ?

— Comme un éléphant. »

Et ils sont repartis de plus belle. J'ai supplié du regard Silence d'intervenir. Le fils de pute m'a ignoré.

Le lendemain, Gobelin s'est amené au trot, un sourire béat aux lèvres. « On a peut-être quelque chose pour toi, Toubib. Au cas où tu partirais en vadrouille.

— Dans quel genre ?

— Il nous faudrait tes amulettes. »

J'en possédais deux, qu'ils m'avaient données il y a longtemps. L'une était censée me prévenir de la présence proche d'un Asservi. Elle fonctionnait parfaitement. L'autre avait pour vocation de me protéger, mais aussi de leur permettre de me localiser à distance. Silence s'en était servi pour me retrouver, le jour où Volesprit m'avait envoyé avec Corbeau tendre une embuscade au Boiteux et à Murmure, dans la forêt de la Nuée, quand le Boiteux avait voulu passer aux rebelles.

Tout cela s'était déroulé bien loin d'ici, il y avait bien longtemps. Souvenirs d'un Toubib plus jeune.

« On leur apportera quelques modifications. Pour que tu ne sois plus localisable par magie. Confie-les-moi. Plus tard, il faudra sortir pour les tester. »

Je lui ai lancé un regard inquisiteur.

« Tu devras sortir avec nous pour qu'on puisse les tester en te cherchant.

— Ah ouais ? Ça m'a tout l'air d'une excuse bidon pour quitter le nul.

— Va savoir. » Il a souri.

Quoi qu'il en soit, Chérie a donné son aval. Le lendemain soir, en route pour le ruisseau, nous sommes passés près du Vieil Arbre Ancêtre. « Il n'a pas l'air bien en forme, ai-je fait remarquer.

— Il a encaissé le contrecoup du sortilège d'un Asservi pendant l'échauffourée, a expliqué Qu'un-Œil. M'est avis que ça ne lui a pas plu. »

Le vieil arbre tintait. Je me suis arrêté, l'ai considéré. Il paraissait âgé de plusieurs milliers d'années. Les arbres poussent très lentement dans la plaine. Que d'histoires il aurait pu raconter !

« Amène-toi, Toubib ! m'a lancé Gobelin. Le Vieil Ancêtre ne cause pas. » Son sourire de grenouille lui fendait le visage.

Ils me connaissent trop bien. Ils savent que, chaque fois que j'aperçois quelque chose d'ancien, je me demande de quoi il a été témoin. Bah, qu'ils aillent donc au diable !

Nous avons longé le cours d'eau pendant sept kilomètres en partant du Terrier, puis avons obliqué à l'ouest dans le désert, vers une zone où poussait un corail particulièrement touffu et dangereux. Il devait se présenter sous cinq cents espèces différentes, en récifs si denses qu'ils en étaient presque impénétrables. Il se parait de couleurs criardes. Des doigts, des palmes, des branches s'élevaient à presque dix mètres de haut. Que le vent ne les flanque pas par terre m'aura toujours éberlué.

Dans une petite clairière sablonneuse cernée de corail, Qu'un-Œil a ordonné une halte. « On est assez loin. On sera en sécurité ici. »

J'étais vaguement sceptique. Des mantes et des créatures rappelant des busards avaient suivi notre progression. Je ne ferai jamais complètement confiance à ces bestioles.

Il y a longtemps, bien longtemps, après la bataille de Charme, la Compagnie avait traversé la plaine, en route pour une nouvelle affectation dans l'Est. Ce voyage m'avait laissé des souvenirs effroyables. Et indélébiles.

Gobelin et Qu'un-Œil s'amusaient sans pour autant oublier leur boulot. Ils me rappelaient des gosses turbulents. Toujours à s'affairer pour le plaisir d'être actif. Je me suis allongé et j'ai contemplé les nuages. Le sommeil m'a bientôt gagné.

Gobelin m'a réveillé. Il m'a rendu mes amulettes. « On va jouer à cache-cache, a-t-il annoncé. On va t'octroyer un peu d'avance. Si tu te débrouilles bien, on ne te retrouvera pas.

— Merveilleux, ai-je répondu. Tout seul là-dedans, je vais me perdre en moins de deux. » Je râlais pour la forme. J'étais capable de retrouver l'entrée du Terrier. D'ailleurs j'étais bien tenté de leur jouer le sale tour d'y rentrer directement.

Mais, bon, nous étions venus pour raison de boulot.

Je suis parti vers le sud-ouest, cap sur les plateaux. J'ai traversé la piste vers l'ouest et me suis caché parmi des arbres marcheurs immobiles. Ce n'est qu'après le coucher du soleil que j'ai cessé d'attendre. Je suis revenu au Terrier en me demandant ce qu'étaient devenus mes compagnons. J'ai interrogé la sentinelle en arrivant.

« Qu'un-Œil et Gobelin sont rentrés ?

— Non, je les croyais avec toi.

— Ils l'étaient. » Inquiet, je suis descendu demander conseil au lieutenant.

« Retrouve-les, m'a-t-il dit.

— Comment ? »

Il m'a dévisagé comme si j'étais un demeuré. « Enlève tes fichues amulettes, sors du nul et attends.

— Ah. D'accord. »

Je suis donc ressorti et retourné au ruisseau en grommelant. J'avais mal aux pieds. J'avais perdu l'habitude de crapahuter. Grand bien m'en fasse, me suis-je dit. J'avais intérêt à retrouver la forme si je devais me farcir le voyage jusqu'à Aviron.

J'ai bientôt atteint la lisière des récifs coralliens. « Qu'un-Œil ! Gobelin ! Vous êtes dans le coin, les gars ? »

Pas de réponse. Mais pas question cependant d'avancer plus loin à leur recherche. Le corail m'aurait écharpé. Je l'ai contourné par le nord, supposant qu'ils s'étaient éloignés du Terrier. Je tombais à genoux toutes les cinq minutes, désespérant d'apercevoir la silhouette d'un menhir. Les menhirs devaient savoir ce qu'ils étaient devenus.

À un moment donné, j'ai entraperçu des lueurs et des décharges en périphérie de mon champ de vision. Sans réfléchir, je me suis élancé dans cette direction, pensant trouver mes deux sorciers en train de se crêper le chignon. Mais, quand il m'a été possible de mieux voir, je me suis rendu compte qu'il s'agissait d'un lointain orage transmuant.

J'ai pilé aussitôt, me rappelant un peu tard qu'on risquait de funestes rencontres dans la plaine, la nuit.

Une chance. Quelques pas seulement devant moi, le sable se faisait meuble, spongieux. Je me suis accroupi, j'en ai reniflé une poignée. Il exhalait des relents mortels. Je me suis reculé précautionneusement. Qui sait ce qui pouvait se tapir dans ce terrain ?

« Je ferais mieux d'attendre l'aube tranquillement dans un coin », ai-je murmuré pour moi-même. Je ne savais plus très bien où je me trouvais.

J'ai déniché quelques roches pour m'abriter du vent, quelques branches mortes, et je me suis installé pour le bivouac.

J'ai allumé un feu pour signaler ma position plus que pour me réchauffer. La nuit n'était pas froide.

Allumer un feu revenait à se déclarer symboliquement ici.

Quand les flammes ont commencé à monter, je me suis aperçu que l'endroit avait déjà reçu de la visite. De la suie sur les pierres l'attestait. Des hommes, sans doute des indigènes. Ils se déplaçaient en petites bandes. Nous entretenions peu de contacts avec eux. Ils ne s'intéressaient pas aux conflits du monde.

Ma volonté a faibli après deux heures du matin. Je me suis endormi.

Et je me suis retrouvé la proie du cauchemar. Une proie facile, hors du nul et sans protection d'aucune amulette.

Elle me rendait visite.

La fois précédente remontait à des années. Elle m'était apparue pour m'annoncer la défaite finale de son mari dans l'affaire de Génépi.

Le nuage doré, comme un ballet de grains de poussière dans un rayon de soleil. L'ensorcelante sensation d'être éveillé en plein sommeil. La sérénité mêlée de peur. L'incapacité de bouger. Tous les vieux symptômes.

L'image d'une femme superbe s'est formée dans le nuage, une femme de fantasme. Du genre qu'on espère rencontrer un jour tout en sachant que c'est impossible. Je serais incapable de décrire ses vêtements, si tant est qu'elle en portait. Mon univers se résumait à son visage et à la terreur que sa présence m'inspirait.

Son sourire n'avait rien de glacé. Il y a bien longtemps, pour des raisons qui m'échappent, elle s'était intéressée à moi. Je suppose que cette vieille affection lui inspirait encore quelque nostalgie, comme celle qu'on garderait pour un vieil animal familier mort depuis des lustres.

« Médecin. » Brise dans les roseaux sur le rivage de l'éternité. Le murmure des anges. Pourtant sa voix ne suffisait pas à me faire perdre contact avec la réalité.

D'ailleurs, elle était trop habile pour tenter de me séduire par elle-même ou des promesses. C'était peut-être, à mon avis, une des raisons expliquant la forme d'affection qu'elle me portait. Lorsqu'elle m'utilisait, elle pouvait se dispenser de prendre des pincettes.

Je n'ai pas pu répondre.

« Tu te portes bien. Il y a longtemps, selon tes repères temporels, je t'avais promis de rester en contact. Je n'en ai pas été capable. Tu as rompu le lien. Voilà des semaines que j'essaye. »

Mes cauchemars s'expliquaient.

« Quoi ? » J'avais couiné comme Gobelin.

« Viens me rejoindre à Charme. Sois mon historien. »

Comme à chaque fois qu'elle me contactait, j'étais déconcerté. Elle paraissait me considérer comme extérieur au conflit bien que pourtant impliqué dedans. Dans la Marche de la Déchirure, à la veille du combat de sorcellerie le plus féroce auquel j'ai assisté, elle était venue me promettre que je m'en tirerais sain et sauf. Elle avait semblé intriguée par mon rôle insignifiant d'annaliste de la Compagnie. À l'époque, elle avait insisté pour que je note les événements tels qu'ils se déroulaient. Sans souci de plaire à qui que ce soit. Je m'étais donc exécuté, dans la limite de mes *a priori*.

« La température monte dans le creuset, médecin. Votre Rose Blanche est habile. Belle réussite que son coup de main dans le dos du Boiteux. Mais dérisoire sur un échiquier plus vaste. N'en conviens-tu pas ? »

Pouvais-je protester ? J'en ai convenu.

« Comme vos espions vous l'ont certainement rapporté, cinq armées se tiennent sur le pied de guerre, prêtes à balayer la plaine de la Peur. C'est un pays étrange et imprévisible. Mais qui ne pourra résister à la mise au pas. »

À nouveau, inutile de protester car je la croyais. Je pouvais seulement faire ce dont Chérie parlait si souvent : gagner du temps.

« Cela vous réservera peut-être des surprises.

— Peut-être. Mais les surprises ont été prises en compte dans mes plans. Sors de ce triste gâchis, Toubib. Viens à la Tour. Sois mon historien. »

Jamais elle n'avait mis en œuvre autant de séduction. Elle s'adressait à une partie de moi-même qui m'échappe, une partie presque désireuse de trahir des camarades de plusieurs dizaines d'années. Si je lui cédais, il y aurait tant de choses que je pourrais enfin savoir. Tant de questions trouveraient réponse. Tant de curiosité se verrait satisfaite.

« Vous nous avez échappé au Pont de la Reine. »

J'ai senti ma nuque chauffer. Pendant toutes ces années de fuite, les forces de la Dame nous avaient rattrapés en plusieurs occasions. Le Pont de la Reine avait été la pire. Une centaine de nos gars y avaient trouvé la mort. Et, à ma grande honte, j'y avais laissé les annales enterrées dans une berge de la rivière. Quatre cents ans de chroniques de la Compagnie abandonnées.

Mais il y avait une telle masse de documents dont je n'avais pu me séparer. Les papiers qui se trouvaient présentement dans le Terrier revêtaient une importance capitale pour notre avenir. Je les avais emportés plutôt que les annales. N'empêche, des bouffées de culpabilité me taraudaient régulièrement. Je dois répondre aux ombres des compagnons disparus. Ces annales *sont* la Compagnie noire. Tant qu'elles existent, la Compagnie survit.

« Nous nous sommes échappés, encore échappés, et nous continuerons ainsi. C'est écrit. »

Elle a souri, amusée. « J'ai lu tes annales, Toubib. Nouvelles et anciennes. »

J'ai posé quelques branches sur les braises de mon feu. Je ne rêvais pas. « Vous les détenez ? » Jusqu'alors j'avais jugulé ma mauvaise conscience par des promesses de retourner les chercher.

« Elles ont été retrouvées après la bataille. On me les a apportées. Ça m'a fait plaisir. Tu es honnête en tant qu'historien.

— Merci. Je fais de mon mieux.

— Viens à Charme. Il y a une place pour toi dans la Tour. De là-haut, tu embrasseras la situation dans son entier.

— Je ne peux pas.

— Et moi, je ne peux pas te protéger ici. Si tu restes, tu connaîtras le même sort que tes amis rebelles. Le Boiteux dirige la campagne. Je ne m'en mêlerai pas. Il n'est plus comme il était. Tu l'as fait souffrir. Et il a dû souffrir plus encore pour s'en tirer. Il ne te l'a pas pardonné, Toubib.

— Je sais. »

Combien de fois m'avait-elle appelé par mon nom ? Elle ne l'avait prononcé qu'une fois au cours de toutes ses apparitions précédentes au fil des années.

« Ne le laisse pas te prendre. »

Un germe d'humour tordu a éclos quelque part en moi. « Vous êtes un échec, Dame. »

Ça l'a laissé pantoise.

« Idiot que je suis d'avoir consigné mes romances dans les annales. Vous les avez lues. Vous savez que je n'ai jamais brossé de vous un portrait d'une noirceur absolue. Contrairement, je pense, à la façon dont j'ai dépeint votre mari. Je crois que vous avez inconsciemment perçu ce que ces romances idiotes pouvaient receler de vérité.

— C'est-à-dire ?

— Je ne crois pas à votre noirceur. Je crois que vous essayez seulement. Je pense qu'en dépit de toutes les atrocités que vous avez commises un vestige de votre enfance demeure intact. Une étincelle que vous ne pouvez étouffer. »

Comme elle ne répondait pas, je me suis enhardi. « Je pense que vous m'avez choisi pour bâillonner symboliquement cette petite voix en vous. Je suis un embryon d'amendement destiné à satisfaire une once de décence, de même façon que mon ami Corbeau avait recueilli une enfant qui est devenue la Rose Blanche. Vous avez lu les annales. Vous savez dans quels abîmes Corbeau a plongé lorsqu'il a eu polarisé toute sa décence sur un seul objet. Peut-être aurait-il mieux valu qu'il en soit totalement dépourvu. Génépi serait peut-être encore debout. Et lui encore vivant.

— Génépi était un abcès fiévreux qu'il convenait de percer. Je ne suis pas un objet de raillerie, médecin. N'espère pas me faire avouer des faiblesses, même en l'absence de témoins. »

J'ai voulu protester.

« Car je sais que notre conversation finira elle aussi dans tes annales. »

Elle me connaissait. Rien d'étonnant, d'ailleurs, puisqu'elle m'avait soumis à l'Œil. « Viens à la Tour, Toubib. Je ne te demande pas de me prêter allégeance.

— Écoutez, Dame…

— Même les Asservis se lient à moi par des serments mortels. Tu resteras libre. Tu agiras à ta guise. Tu te feras une raison et tu noteras la vérité. Ce que tu ferais n'importe où. Tu as trop de valeur pour finir comme un minable ici. »

Enfin une remarque avec laquelle j'étais de tout cœur d'accord. Celle-là, je n'allais pas l'oublier, et je ne me gênerais pas pour l'envoyer dans les dents de certains, à mon retour.

« Que dis-tu ? »

Elle avait repris la parole. J'ai levé une main pour l'interrompre. J'avais parlé à mon bonnet, pas à elle. Tiens, on aurait dit un bruit de pas ? Oui. Une créature d'une certaine taille approchait. D'un pas lent, fatigué.

Elle l'a senti aussi. En un clin d'œil elle a disparu, aspirant dans son départ quelque chose de mon esprit; une fois de plus, je restais sur l'impression d'avoir vécu l'entrevue en songe, bien que chaque parole se soit gravée à jamais dans ma mémoire.

J'ai jeté quelques broussailles sur le feu, me suis rencogné dans une fissure, dague au poing – c'était la seule arme que j'avais eu la présence d'esprit d'emmener.

L'intrus s'est approché. Puis s'est arrêté. Puis a repris sa progression. Mon cœur battait. Quelque chose s'est avancé dans la lumière des flammes.

« Saigne-Crapaud le Chien ! Ça alors ! Qu'est-ce que tu fais ici ? Allez, viens par là te réchauffer, petit père. » Mon flot de paroles me vidait de ma peur. « Ben, mon toutou, je connais un Traqueur qui sera content de te revoir. Qu'est-ce qui t'est arrivé ? »

Il s'est avancé précautionneusement, l'air trois fois plus miteux que d'habitude. Il s'est laissé choir sur le ventre, a posé sa gueule sur ses pattes et fermé un œil.

« Je n'ai rien à manger. Je suis perdu aussi, en quelque sorte. Tu as eu une sacrée chance, tu sais ? Revenir jusqu'ici. Il ne fait pas bon se balader tout seul dans la plaine. »

En cet instant, le vieux chien avait l'air d'accord. Par une espèce d'attitude éloquente, si je puis dire. Il avait survécu, mais ça n'avait pas été de tout repos.

« On décampera à l'aurore. Gobelin et Qu'un-Œil se sont perdus. Tu parles d'une débine. »

Après l'arrivée de Saigne-Crapaud le Chien, je me suis mieux reposé. J'ai supposé que c'était l'effet rassérénant d'une présence. J'avais confiance : il me réveillerait en cas de pépin.

Au petit jour, nous avons retrouvé le ruisseau et le chemin du Terrier. J'ai fait un petit crochet pour m'attarder, comme souvent, devant le Vieil Arbre Ancêtre et y aller de mon petit couplet sur ce qu'il avait dû voir pendant sa si longue faction. Le chien refusait d'en approcher. Etrange. Tant que ça ? Après tout, l'étrangeté était la règle dans la plaine.

J'ai trouvé Qu'un-Œil et Gobelin à l'arrivée. Ils ronflaient. Ils étaient rentrés au Terrier quelques minutes à peine après mon départ pour aller les chercher. Les salopards. Je leur rendrais la monnaie de leur pièce à la première occasion.

Je les ai fait enrager en restant bouche cousue sur ma nuit dehors. « Ça a fonctionné ? » ai-je demandé. Plus loin dans le tunnel, Traqueur fêtait bruyamment son cabot retrouvé.

« Si on veut, a répondu Gobelin sans enthousiasme.

— Si on veut ? Comment ça, si on veut ? Ça marche ou pas ?

— Ben, disons qu'il y a un problème. En bref, on peut empêcher les Asservis de te repérer. De te localiser très précisément, devrais-je dire. »

Quand ce gars-là s'emmêle les pinceaux, c'est mauvais signe.

« Mais ? Crache ton "mais", Gobelin.

— Si tu t'aventures hors du nul, ils pourront le savoir.

— Bravo ! Non, vraiment, bravo ! Vous servez à quoi au juste, les gars ?

— Ce n'est déjà pas si mal, est intervenu Qu'un-Œil. Tu n'attireras pas leur attention, à moins qu'ils n'apprennent d'une autre source que tu es parti en vadrouille. Je veux dire, ils ne te rechercheront pas, toi en particulier, non ? Il n'y a aucune raison. Alors ça revient plus ou moins à notre objectif initial.

— Foutaises ! À votre place, je prierais pour qu'une nouvelle lettre nous parvienne. Parce que, si je dois partir et que je me fais trouer la peau, à votre avis, qui va revenir hanter qui ?

— Chérie ne t'enverrait pas dehors.

— On parie ? Au terme d'un examen de conscience de deux ou trois jours, peut-être. Mais elle s'y résoudra. Parce qu'il nous faut cette dernière lettre pour obtenir la clé. »

J'ai senti la trouille m'empoigner. Est-ce que la Dame avait sondé mon esprit ?

« Qu'est-ce que tu as, Toubib ? »

L'arrivée intempestive de Traqueur m'a dispensé d'un mensonge. Il s'est précipité sur moi et m'a empoigné la main comme un furieux. « Merci, Toubib. Merci de l'avoir ramené. » Et il est reparti.

« Qu'est-ce qui lui prend, à celui-là ? a demandé Gobelin.

— J'ai ramené son chien à la maison.

— Il ne tourne pas rond.

— C'est la marmite qui traite le chaudron de cul noir, a gloussé Qu'un-Œil.

— Ah ouais ? Pauvre morve de lézard ! Tu veux que je te dise ce qui ne tourne pas rond, chez toi ?

— La ferme ! ai-je coupé. Si je dois partir en mission, je veux mettre bon ordre dans ce fatras. Je regrette vraiment que personne ne puisse lire ces vieilleries.

— Peut-être que je peux aider. » C'était Traqueur qui était de retour. La grosse brute épaisse. Bretteur hors pair, mais sans doute incapable d'écrire son nom.

« Comment ?

— Je pourrais lire certains de ces trucs. Je m'y connais en langues antiques. Mon père m'a appris. » Il souriait comme à une bonne blague. Il a saisi un texte rédigé en telleKure ancien. Il l'a lu à voix haute. Les phrases coulaient de ses lèvres avec une fluidité parfaite, comparable à celle des Asservis originels que j'avais entendus s'exprimer dans cette langue. Puis il a traduit. Il s'agissait d'une note destinée aux cuisines d'un château concernant une réception en grande pompe. Je l'ai déchiffrée à mon tour, laborieusement. Sa traduction était irréprochable. Meilleure que celle que j'aurais pu faire. Un bon tiers du vocabulaire m'échappait.

« Bon. Bienvenue au sein de l'équipe. Je vais prévenir Chérie. » Je me suis éclipsé, échangeant un regard perplexe avec Qu'un-Œil dans le dos de Traqueur.

De plus en plus étrange. Qu'est-ce qui caractérisait ce type ? Son mystère, soit, mais encore ? Au premier abord, il m'avait rappelé Corbeau; comparaison justifiée. Quand je me prenais à le considérer comme un gros balourd maladroit, ça lui correspondait aussi. Est-ce qu'il renvoyait l'image que son interlocuteur se faisait de lui ?

Comme combattant, en tout cas, chapeau. Il valait bien dix de n'importe lesquels de nos gars.

23

LA PLAINE DE LA PEUR

L'heure de l'assemblée mensuelle est venue. La grande causette qui n'avance à rien. Pendant laquelle chacun enfourche son cheval de bataille et essaie d'imposer des idées qui, de toute façon, tourneront court. Au terme de six ou huit heures, Chérie clôt le débat en nous imposant ses décisions.

Les cartes habituelles étaient affichées. L'une montrait la position des Asservis d'après nos agents. Une autre les incursions rapportées par les menhirs. Ces deux-là comportaient de vastes zones blanches qui symbolisaient les régions de la plaine que nous ne connaissions pas. Une troisième carte montrait les tempêtes transmuantes du mois, une marotte du lieutenant. Il cherchait à découvrir quelque chose. Comme d'habitude, ces tempêtes avaient surtout éclaté en périphérie de la plaine. Mais on pouvait en dénombrer une quantité inhabituelle, dont un gros pourcentage au centre même de la carte. Changement saisonnier ? Évolution véritable ? Comment savoir ? Nous n'observions pas le phénomène depuis assez longtemps. Les menhirs ne se donnaient pas la peine de nous informer de ces choses triviales.

D'emblée, Chérie est entrée dans le vif du sujet. « Le raid de Rouille a provoqué l'effet que j'escomptais, a-t-elle déclaré par signes. Nos agents rapportent que des rebellions contre l'Empire éclatent presque partout. Elles détournent en partie l'attention de nous. Mais les armées des Asservis poursuivent leurs efforts. Murmure redouble d'agressivité dans ses incursions. »

Les troupes impériales s'aventuraient dans la plaine presque quotidiennement, tant pour tester notre répondant que pour préparer leurs hommes aux périls de la région. Les opérations de Murmure, comme toujours, étaient menées avec un grand professionnalisme. Militairement parlant, elle était plus redoutable que le Boiteux.

Le Boiteux est un perdant. Bien qu'il n'en soit pas responsable, du moins pas complètement, ce stigmate lui colle à la peau. Quoi qu'il en soit, perdant ou gagneur, il nous faut l'affronter.

« La nouvelle est tombée ce matin que Murmure a envoyé une garnison à une journée de marche à l'intérieur de la frontière. Ils dressent des fortifications et nous défient de réagir. »

Sa stratégie était limpide. Etablir un réseau de forts capables de s'épauler mutuellement, qu'elle allait implanter peu à peu sur toute la plaine. Dangereuse, cette femme. Surtout si elle soufflait cette idée au Boiteux et mettait toutes les armées en œuvre.

Il s'agissait d'une stratégie vieille comme le monde, employée maintes et maintes fois quand des armées régulières devaient mater une résistance en pays hostile. La tactique requiert du conquérant une détermination à toute épreuve et beaucoup de persévérance. Elle réussit où cette volonté tient bon, échoue sinon.

Ici, elle fonctionnera. L'ennemi dispose de plus de vingt ans pour nous bouter dehors. Et n'éprouvera pas le désir de continuer à occuper la plaine une fois notre compte réglé.

Notre compte ? Disons plutôt celui de Chérie. Nous autres ne comptons guère. Chérie éliminée, adieu la rébellion.

« Ils grignotent du temps, a dit Chérie par signes. Nous avons besoin de plusieurs dizaines d'années. Nous devons faire quelque chose. »

Nous y voilà, ai-je pensé. Elle affichait cette expression typique. Elle allait nous annoncer le résultat d'une longue réflexion. Alors je n'ai pas été bien surpris quand elle a déclaré par signes : « Je vais envoyer Toubib chercher la fin de l'histoire de son correspondant. » La nouvelle de ces lettres s'était répandue. Chérie avait dû jouer les pipelettes. « Gobelin et Qu'un-Œil l'accompagneront pour l'aider.

— Quoi ? Pas question que…

— Toubib !

— N'y comptez pas. Regardez-moi. Je suis un type des plus ordinaires. Qui me remarquerait ? Un vieux bonhomme traînant sa carcasse. Le monde en regorge. Mais à trois ? Dont un Noir et un nabot qui… »

Gobelin et Qu'un-Œil m'ont lancé des regards à faire cailler du lait.

J'ai ricané. Mon éclat les plaçait dans une situation délicate. Bien qu'ils n'aient pas plus envie de venir que moi de les traîner, ils n'osaient plus maintenant soutenir ouvertement mon point de vue. Pire, ils allaient devoir s'entendre. Ce que c'est que l'ego !

Mais mon objection n'en demeurait pas moins. Gobelin et Qu'un-Œil jouissaient d'une certaine réputation. Moi aussi d'ailleurs, mais, comme je l'ai souligné, je n'ai rien de physiquement remarquable.

Chérie a répondu : « Le danger les poussera à s'entraider. »

J'ai lancé mon dernier argument. « La Dame m'est apparue pendant la nuit que j'ai passée dans le désert, Chérie. *Elle* me cherche. »

Chérie a réfléchi un moment, puis a répondu par signes : « Ça ne change rien. Nous devons mettre la main sur le chapitre final de l'histoire avant que les Asservis ne resserrent leur étau. »

À cet égard, elle avait raison. Néanmoins…

« Vous partirez tous les trois, a-t-elle insisté. Soyez prudents. »

Traqueur avait suivi le débat avec l'aide d'Otto. Il a offert : « J'irai. Je connais le Nord. Surtout la Grande Forêt. C'est là que j'ai acquis mon nom. » Derrière lui, Saigne-Crapaud le Chien a poussé un bâillement.

« Toubib ? » a demandé Chérie.

Je ne m'étais toujours pas résigné à partir. Alors je l'ai laissée trancher. « À toi de voir.

— Un guerrier pourrait s'avérer utile. Dis-lui que tu acceptes. »

J'ai grommelé dans ma barbe et murmuré à Traqueur : « Elle dit que c'est d'accord. »

Il a eu l'air ravi.

Point final pour Chérie. L'affaire était réglée. Tout le monde s'est occupé de la suite de l'ordre du jour, un rapport de Cordeur annonçant que la ville de Tanneur était mûre pour un raid similaire à celui de Rouille.

J'ai pesté, tempêté, mais personne ne m'a accordé la moindre attention, hormis Gobelin et Qu'un-Œil qui, du regard, me promettaient de me faire payer mes insultes.

Nous n'avons pas lambiné. Quatorze heures plus tard, nous étions en route. Toutes les dispositions avaient été prises. Tiré de mon lit peu après minuit, je me suis bientôt retrouvé en surface, près du corail, à regarder une petite baleine de vent descendre du ciel. Un menhir dans mon dos débitait ses instructions : se montrer doux avec la baleine, ne pas froisser son amour-propre. Je l'ai ignoré. Tout se passait trop vite. Je me suis retrouvé embarqué sur son dos avant de m'être vraiment résolu à partir. Je cavalais à la traîne des événements.

J'avais emporté mes armes, mes amulettes, de l'argent, des vivres. À l'instar de Gobelin et de Qu'un-Œil, qui s'étaient en outre chargés de tout un arsenal de babioles de magie. Le plan prévoyait que nous achèterions un chariot et son attelage une fois que la baleine nous aurait déposés derrière les lignes ennemies. Vu le barda qu'ils trimballaient, il allait peut-être en falloir deux.

Traqueur voyageait léger en revanche. Des provisions de bouche, une batterie d'armes sélectionnées dans notre arsenal et son chien.

La baleine de vent a décollé. La nuit nous a enveloppés. Je me suis senti perdu. Personne ne m'avait donné ne serait-ce qu'une accolade d'au revoir.

La baleine a grimpé jusqu'à une altitude où l'air froid se raréfiait. À l'est, au sud et au nord-ouest, j'apercevais les lueurs de tempêtes transmuantes. Pas à dire, il en survenait de plus en plus fréquemment.

À croire que ces voyages à dos de baleine me blasaient. Frissonnant, je me suis recroquevillé, sourd à Traqueur qui jacassait comme une pie sans rien raconter d'intéressant, et je me suis endormi. Une main me secouant l'épaule m'a réveillé; le visage de Traqueur se trouvait à quelques centimètres du mien.

« Réveille-toi, Toubib, réveille-toi, répétait-il. Qu'un-Œil prétend qu'on va avoir des ennuis. »

Je me suis redressé, persuadé que j'allais découvrir des Asservis tournoyant autour de nous.

Effectivement, nous étions cernés, mais par quatre baleines de vent et une multitude de mantes. « D'où sortent-elles ?

— Elles se sont amenées pendant ton sommeil.

— C'est quoi, le problème ? »

Traqueur a tendu le doigt en direction de ce que l'on pourrait appeler notre tribord avant.

Une tempête transmuante. En gestation.

« Ça vient de surgir du néant, est venu nous dire Gobelin, trop nerveux pour se rappeler qu'il était fâché contre moi. Et mauvaise avec ça, vu la vitesse à laquelle elle s'enfle. »

La tempête transmuante ne dépassait pas pour l'instant les quatre cents mètres de large, mais les turbulences de rayons pastel qu'elle nourrissait en son sein laissaient craindre une croissance rapide et terrible. Elle s'annonçait d'une puissance dévastatrice supérieure à la moyenne. Des lueurs multicolores éclairaient nos visages et les baleines. Notre convoi a dévié sa route. Les baleines de vent sont moins vulnérables que les humains, mais elles préfèrent éviter le danger quand c'est possible. Pourtant il fallait nous attendre à traverser au moins la frange de cette tourmente.

Tout pendant que je l'observais en méditant à son sujet, la tempête grossissait. Six cents mètres de diamètre. Huit cents. Des couleurs bouillonnaient, fulguraient, enveloppées dans ce qui paraissait une fumée noire. Des serpents de lumière silencieux se lovaient, s'entremêlaient sans produire un son.

La base de la tempête a touché le sol.

Tous ces éclairs ont trouvé leur voix. Et la tempête a enflé à une vitesse encore supérieure, propulsant dans une nouvelle direction cette excroissance qui aurait dû jaillir vers le sol. Elle débordait d'énergie.

Les tempêtes transmuantes approchaient rarement à moins d'une douzaine de kilomètres du Terrier. Pourtant, elles demeuraient impressionnantes, même à cette distance où il nous arrivait d'en recevoir des bouffées résiduelles qui nous faisaient crépiter les cheveux et nous vrillaient les nerfs. Voilà longtemps, quand nous servions encore la Dame, j'avais eu l'occasion de m'entretenir avec des vétérans des campagnes de Murmure, qui m'avaient raconté combien ils avaient souffert de ces tempêtes. Je n'avais jamais vraiment cru leurs histoires.

Mais en cet instant, comme la frange de la bourrasque gagnait sur nous, je changeais d'avis.

Une des mantes s'est fait prendre. Elle est devenu transparente, nous n'avons plus distingué que son squelette blanc contre le fond noir. Et puis elle s'est transmuée.

Tout transmuait. Les roches et les arbres perdaient leur consistance. De petites bestioles qui nous suivaient et nous harcelaient changeaient de forme…

Selon certaines théories, les étranges races qui peuplent la plaine y sont apparues à cause des tempêtes transmuantes. D'autres vont jusqu'à avancer que ces tempêtes ont façonné la plaine elle-même. Que chacune d'elles grignoterait un petit morceau de notre monde normal.

Les baleines ont renoncé à essayer de fuir la tempête et plongé vers le sol, sous le ventre de la turbulence en expansion, cherchant à réduire la hauteur de leur chute si elles devaient se transformer en créatures incapables de voler. La seule attitude sensée pour quiconque pris dans cette saleté. Profil bas et immobilité.

Les vétérans de Murmure avaient parlé de lézards atteignant des tailles éléphantesques, d'araignées devenues monstrueuses, de serpents venimeux auxquels auraient poussé des ailes, de créatures douées de raison soudain prises de folie, massacrant tout ce qui passait à leur portée.

J'avais peur.

Pas assez pour cesser d'observer, pourtant. Après que la mante nous a montré ses os, elle a repris une apparence normale mais s'est mise à grandir. Une seconde a connu le même sort, rattrapée par la périphérie de la tempête. Fallait-il en conclure que son onde de propagation inoculait cette tendance à grossir plutôt qu'autre chose ?

La tempête a rattrapé notre baleine, plus lente que les autres lors de la descente. Bien que jeune, elle était parfaitement consciente de son fardeau. Mes cheveux ont crépité, le crâne m'a picoté. J'ai cru que mes nerfs allaient me lâcher complètement. Un coup d'œil vers Traqueur m'a convaincu que nous allions au-devant d'une belle crise de panique.

Gobelin ou Qu'un-Œil, l'un des deux, a décidé de jouer au héros et de contenir la tempête. Autant chercher à faire tourner la mer. Les détonations et le rugissement d'une puissante opération magique se sont dissipés en un clin d'œil dans le fracas des éléments.

Il y a eu un instant de calme absolu quand la frange m'a atteint. Puis un tintamarre de tous les diables. Des vents soufflaient furieusement à l'intérieur. Je n'avais plus qu'une idée en tête, m'aplatir et me cramponner. Autour de moi, mes affaires flottaient en l'air en changeant de forme. J'ai hasardé un coup d'œil en direction de Gobelin. Et j'ai failli vomir.

Gobelin, bon sang. Sa tête avait décuplé de volume. Le reste de son corps paraissait retourné, l'intérieur à l'extérieur. Autour de lui vibrionnaient des essaims de ces parasites qui nichent sur le dos des baleines de vent, certains gros comme des pigeons.

Pour Traqueur et Saigne-Crapaud le Chien, c'était pire. Le clebs avait atteint la taille d'un éléphanteau, des défenses lui avaient poussé et dans ses yeux brillait l'éclat le plus sanguinaire qu'il m'ait été donné de voir. Il m'a dévisagé d'un regard d'affamé qui m'a glacé l'âme. Quant à Traqueur, il s'était mué en une espèce de démon assez proche du singe mais certainement plus mauvais. Tous deux semblaient droit sortis des délires d'un peintre ou d'un sorcier.

Qu'un-Œil était le moins changé. Il grossissait mais demeurait identique à lui-même. Peut-être parce qu'il était bien ancré dans le monde, étant si vieux. Autant que je le savais, il approchait des cent cinquante ans.

L'animal qu'était devenu Saigne-Crapaud le Chien a rampé vers moi en découvrant ses crocs... La baleine de vent a percuté le sol. L'impact a envoyé tout le monder bouler. Le vent nous hurlait aux oreilles. D'étranges éclairs martelaient le ciel et la terre. Nous avions atterri dans une zone en veine de changement. Des roches se traînaient. Des arbres se métamorphosaient. Les animaux du secteur, tous de sortie, cabriolaient dans leurs nouveaux corps, les proies de naguère se muaient en prédateurs. De mouvantes lueurs, parfois spectrales, illuminaient ce spectacle d'épouvante.

Et puis l'œil du cyclone nous a enveloppés. Tout s'est figé tel qu'en l'instant précédent. Rien n'a plus bougé. Traqueur et Saigne-Crapaud le Chien gisaient sur le sol, là où le choc les avait jetés. Qu'un-Œil et Gobelin, face à face, se regardaient en chiens de faïence, prêts à se rentrer dedans avec une férocité qui n'avait jamais été de mise lors de leurs chamailleries habituelles. Les autres baleines de vent étaient échouées ici et là, indemnes en apparence. Une mante a dégringolé des couleurs au-dessus et s'est écrasée.

Cette stase a duré peut-être trois minutes. Dans ce calme, nous avons recouvré notre santé mentale. Et puis la tempête transmuante a commencé à s'étioler.

Sa dissipation a pris beaucoup plus de temps que sa formation. Mais ç'a été plus sain. Nous avons souffert plusieurs heures. Et puis tout a été terminé. Nous ne comptions qu'une victime : la mante qui s'était écrasée. Mais, bon sang, l'expérience nous avait secoués.

« Quel pot ! ai-je dit aux autres tandis que nous dressions l'inventaire de nos affaires. On l'a échappé belle !

— Rien à voir avec du pot, Toubib, m'a répondu Qu'un-Œil. Dès que les baleines ont vu la tempête approcher, elles ont mis le cap sur un havre. Un secteur où rien ne pouvait nous tuer, ni elles. »

Gobelin a opiné du chef. Je les trouvais bien souvent d'accord, ces derniers temps. Mais nous nous souvenions tous qu'il s'en était fallu d'un cheveu qu'ils ne s'étripent.

« De quoi avais-je l'air ? ai-je demandé. Je n'ai pas perçu de changement, à part une espèce de trouble nerveux. L'impression d'être saoul, drogué et à moitié fou tout du long.

— Pour moi, t'avais l'air de Toubib, a dit Qu'un-Œil. En deux fois plus moche, c'est tout.

— Et sacrément chiant avec ça, a rajouté Gobelin. Tu nous as assommés d'une de tes envolées lyriques sur les hauts faits de la Compagnie noire pendant la campagne de Mâche. »

J'ai éclaté de rire. « Allez, sérieusement…

— Sérieusement. Tu es resté Toubib. Ces amulettes sont peut-être bonnes à quelque chose, en fin de compte. »

Traqueur vérifiait ses armes. Saigne-Crapaud le Chien piquait un roupillon à ses pieds. Je l'ai désigné. Par signes, Qu'un-Œil m'a dit : « Pas vu. »

Et, par signes aussi, Gobelin : « Il a grossi et sorti les griffes. »

Ils n'avaient pas l'air inquiets. J'ai décidé de ne pas l'être non plus. Après tout, le pire après le chien, ç'avait été les parasites.

Les baleines de vent sont restées au sol car le soleil se levait. Leur dos a pris une teinte terreuse brun grisâtre et s'est parsemée de taches couleur de sauge; nous avons attendu la nuit. Les mantes se sont blotties sur les quatre baleines non loin. Aucune n'est venue vers nous. À croire que la compagnie des humains leur répugne.

24

LE VASTE MONDE

On ne m'avait rien dit. Mais aurais-je dû m'en plaindre ? Le secret est notre défense. On ne laisse pas une information circuler sans une bonne raison. Le blabla habituel. Au sein de notre équipe règne la dure loi de la survie.

Notre escorte ne nous avait pas seulement rejoints pour nous aider à sortir de la plaine de la Peur. Elle avait sa propre mission. Ce qu'on ne m'avait pas dit, c'était qu'une attaque était prévue contre le quartier général de Murmure.

Nous avons pris l'Asservie par surprise. Nos compagnes baleines de vent ont lentement changé de cap à l'approche de la lisière de la plaine. Leurs mantes ont viré avec elles. Elles ont trouvé des vents favorables pour les pousser. Puis nous sommes remontés à une altitude où nous grelottions et suffoquions.

Les mantes ont attaqué les premières. Par deux ou trois, elles ont survolé la ville à hauteur d'arbre en larguant des éclairs sur les bâtiments de l'adversaire. Moellons et planches ont voltigé comme la poussière autour d'un sabot heurtant le sol. Des incendies se sont déclenchés.

Les baleines de vent, depuis tout là-haut, ont plongé à leur tour au moment où les soldats et les civils sortaient dans les rues. Elles faisaient pleuvoir les éclairs. Mais le plus destructeur, ç'a été leurs tentacules.

Les monstres se sont gorgés d'hommes et d'animaux. Ils ont éventré maisons et fortifications, arraché les arbres jusqu'aux racines, tout en pilonnant l'ennemi d'éclairs.

Les mantes, pendant ce temps, ont grimpé à trois cents mètres et piqué derechef, toujours par deux ou trois, cette fois en se concentrant sur Murmure qui commençait à riposter.

L'Asservie avait touché l'une des baleines, désormais marquée au flanc d'une tache luisant d'un éclat hideux, mais elle avait révélé sa position aux mantes par cette riposte. Malgré les tirs bien ajustés dont elle devenait la cible, elle est parvenue à envoyer une bestiole au tapis.

Nous avons gardé le cap. Les feux et les éclairs illuminaient le ventre de notre monstre. Si quelqu'un dans ce creuset nous remarquait, je doutais qu'il puisse deviner notre intention de poursuivre notre route. Gobelin et Qu'un-Œil n'ont détecté qu'une préoccupation là-dessous : survivre.

La bataille continuait de faire rage quand nous avons perdu la ville de vue. Gobelin a prétendu qu'ils avaient mis Murmure en fuite et qu'elle était trop occupée à sauver sa peau pour épauler ses hommes.

« Heureux qu'on ait échappé à cette saloperie, ai-je commenté.

— C'était déséquilibré, a répliqué Gobelin. La prochaine fois, ils seront prêts.

— J'aurais cru qu'ils l'étaient déjà à cause de Rouille.

— Peut-être que Murmure a un problème d'ego. »

Le « peut-être » était superflu. J'avais déjà eu affaire à elle. C'était son point faible. Elle n'avait rien préparé, persuadée que nous la redoutions trop. Elle était, il faut le dire, la plus brillante parmi les Asservis.

Notre immense monture creusait son sillon dans la nuit, filait sous les étoiles, son ventre émettait des gargouillis, des bourdonnements, des ronflements. J'ai commencé à retrouver un peu d'optimisme.

À l'aube, nous nous sommes posés dans un canyon du Pays du Vent, un autre désert immense. Tout ce qu'il y a de normal, contrairement à la plaine. Une vaste étendue dénudée, en permanence battue par les vents. Nous avons mangé puis dormi. À la nuit tombée, nous avons repris notre route.

Nous sommes sortis du désert au sud de Seigneurie et nous avons obliqué vers la forêt de la Nuée en évitant les zones peuplées. Au-delà de cette forêt, la baleine a entamé sa descente. Nous nous sommes retrouvés seuls.

J'aurais vraiment préféré effectuer tout le voyage par les airs. Mais continuer c'était courir des risques que ni Chérie ni les baleines ne voulaient prendre. Plus loin, le pays était trop densément peuplé. Impossible d'atterrir et d'attendre que s'écoulent les heures diurnes sans être repérés. D'ici, nous allions donc poursuivre notre périple par des moyens plus conventionnels.

La cité libre de Roseraie se trouvait à plus de vingt kilomètres.

Jamais de son histoire Roseraie n'avait connu de joug; elle était gouvernée en république ploutocrate. Même la Dame n'avait pas éprouvé le besoin de chambouler cette tradition. Une grande bataille s'était déroulée dans ses environs pendant les campagnes du Nord, mais les rebelles avaient choisi le terrain et réussi à nous l'imposer, non le contraire. Ils nous avaient battus. Pendant plusieurs mois, Roseraie avait perdu son indépendance. Puis la Dame, victorieuse à Charme, avait mis fin à la domination rebelle. Bien que non alignée, Roseraie se rangeait plutôt du côté de la Dame. Machiavélique, la garce.

Nous avons crapahuté. Nous en avions pour une bonne journée. Gobelin, Qu'un-Œil et moi ne pétions plus la forme. Manque d'exercice. L'âge.

« C'est pas malin, ai-je déclaré comme nous approchions d'une des portes ouvertes dans l'enceinte rouge pâle de la cité, au coucher du soleil. On est tous déjà venus ici. Vous deux, vous avez dû laisser des souvenirs, à plumer la moitié de la population comme vous l'avez fait.

— Plumer ? s'est récrié Qu'un-Œil. Qui a plumé qui ?...

— Vous deux, espèces de faux derches ! À vendre vos fichues amulettes garanties efficaces pendant que nous étions tous après Fureteur. »

Fureteur était un général rebelle de ce temps-là. Il avait flanqué une belle pilée au Boiteux dans le Nord. Puis la Compagnie, avec un petit coup de main de Volesprit, l'avait attiré dans un traquenard à Roseraie. Qu'un-Œil aussi bien que Gobelin avaient racketté la population. En la matière, Qu'un-Œil connaissait la musique. À l'époque où nous vivions dans le Sud, au-delà de la mer des Tourments, il trempait dans toutes les magouilles imaginables. Ses gains malhonnêtes, il les perdait presque systématiquement au jeu. Il n'y a pas plus manchot que lui aux cartes.

Pourtant son siècle et demi laisserait supposer qu'il a eu le temps d'apprendre à compter.

Nous avions le projet de trouver une chambre dans une de ces auberges miteuses où l'on ne pose pas de question. Traqueur et moi sortirions le lendemain pour acheter un chariot et un attelage. Ensuite nous repartirions par où nous étions venus, chargerions le lourd attirail que nous n'avions pas emporté et contournerions la ville pour monter vers le nord.

Tel était le plan d'attaque. Gobelin et Qu'un-Œil ne s'y sont pas conformés.

Règle numéro un du soldat : respecter le plan d'attaque. La mission prime le reste.

Pour Gobelin et Qu'un-Œil, les règles n'existent que pour être bafouées. Quand Traqueur et moi sommes revenus, Saigne-Crapaud le Chien roupillant à l'arrière, l'après-midi était déjà bien avancé. Nous avons garé le chariot. Traqueur est resté sur place pendant que je montais à l'étage.

Pas de Gobelin, pas de Qu'un-Œil.

Le logeur m'a annoncé qu'ils étaient sortis peu après notre départ en causant de trouver des femmes.

Ma faute. J'étais le responsable du groupe. J'aurais dû prévoir. Trop longue abstinence, beaucoup trop longue. J'ai payé pour deux nuits supplémentaires. Puis j'ai confié le chariot et l'attelage au garçon d'écurie, dîné avec un Traqueur silencieux et me suis replié dans ma chambre avec plusieurs litres de bière. Nous les avons sifflés ensemble, Traqueur, moi et Saigne-Crapaud le Chien.

« Tu comptes partir à leur recherche ? m'a demandé Traqueur.

— Non. Si dans deux jours ils n'ont pas reparu ou cassé la baraque, on continuera sans eux. Je n'ai pas envie d'être aperçu en leur compagnie. Il y aurait toujours des gens ici pour s'en souvenir. »

On a bu un bon petit coup. Vu sa descente, Saigne-Crapaud le Chien semblait capable de coucher tout le monde sous la table. Il adorait la bière, cet animal. Du coup il se levait, trottinait même sans motif.

Le lendemain matin, toujours pas de Gobelin. Ni de Qu'un-Œil. Mais des rumeurs à la pelle. Nous sommes descendus tardivement dans la salle commune, après le coup de feu du début de matinée et avant l'afflux de midi. Notre hôte nous a mis le grappin dessus.

« Dites, les gars, vous avez entendu parler du tohu-bohu de cette nuit dans le quartier est ? »

J'ai grommelé positivement avant qu'il ne nous déballe toute son histoire. Je savais.

« Ouais. Gros défoulement de soudards. Feux. Sorcellerie. Lynchage public. Une excitation comme cette vieille ville n'en avait pas connue depuis la fois où une troupe a déboulé à la recherche du général Machinchouette sur qui la Dame voulait mettre la main. »

Dès qu'il s'est écarté pour aller empoisonner un autre client, j'ai glissé à Traqueur : « On ferait bien de décamper maintenant.

— Et Gobelin et Qu'un-Œil ?

— Qu'ils se débrouillent. S'ils se sont fait lyncher, tant pis pour eux. Je ne risquerai pas de me faire allonger le cou pour leurs beaux yeux. S'ils s'en tirent, ils connaissent le plan. Ils nous rejoindront.

— Je croyais que la Compagnie noire n'abandonnait jamais les siens.

— On n'abandonne personne. » En dépit de cette affirmation, j'étais bien décidé à laisser nos sorciers mariner dans la sauce qu'ils s'étaient cuisinée. Je ne doutais pas qu'ils avaient survécu. Ils s'étaient déjà trouvés dans la panade des dizaines de fois. Une bonne marche à pied produirait peut-être un effet salutaire sur leur façon de considérer la discipline en mission.

Le repas fini, j'ai informé l'aubergiste que Traqueur et moi partions mais qu'il devait garder la chambre pour nos compagnons. Puis j'ai poussé un Traqueur récalcitrant vers le chariot, l'ai installé sur le banc et, dès que le garçon d'écurie a eu mis la dernière main aux sangles de l'attelage, je suis parti vers la porte ouest.

L'itinéraire, assez long, enfilait les rues tortueuses et une douzaine de ponts en dos d'âne enjambant des canaux, mais il avait le mérite de nous éloigner du quartier où s'était déroulé le charivari la veille. Tout en cheminant, j'ai raconté à Traqueur comment nous avions piégé Fureteur. Il a apprécié.

« C'était la grande tactique de la Compagnie, ai-je conclu. Acculer l'ennemi à la faute. Nous étions les meilleurs au combat, mais nous ne nous battions qu'en dernier recours.

— Mais vous étiez payés pour vous battre. » Pour Traqueur, les choses étaient blanches ou noires. Parfois je me disais qu'il avait passé trop de temps dans les bois.

« Nous étions payés pour des résultats. Si nous pouvions les obtenir sans coup férir, tant mieux. La bonne attitude, c'est d'abord d'étudier l'ennemi. De trouver son point faible et de l'exploiter. Chérie a du talent pour ça. Même si lutter contre les Asservis n'est pas aussi dur qu'il y paraît. Ils ont tous un ego qui les rend vulnérables.

— Et la Dame ?

— Je ne peux pas dire. Elle ne paraît pas avoir de point faible. Une certaine vanité peut-être, mais je ne vois pas quel parti en tirer. Peut-être en jouant sur ses pulsions dominatrices. En la poussant à trop se disperser. Je ne sais pas. Elle est prudente. Et rusée. Tiens, prends l'exemple de cette manœuvre, quand elle a attiré les rebelles à Charme. Elle a fait coup triple. Non seulement elle a éliminé les rebelles, mais elle a contraint les Asservis renégats à se dévoiler et a tué dans l'œuf toute tentative du Dominateur de les utiliser pour se libérer.

— Et lui ?

— Lui ne pose pas problème. Il est plus vulnérable qu'elle, m'est avis. On dirait qu'il ne réfléchit pas. Un vrai taureau. Tellement puissant qu'il ne recourt à rien d'autre. Oh, une pointe de fourberie de temps en temps, comme à Génépi, mais à la base c'est plutôt le gros cogneur qui ne finasse pas. »

Traqueur a hoché la tête, songeur. « Hmm, pourrait y avoir du vrai dans ce que tu dis. »

25

LES TUMULUS

Choucas avait commis une erreur de jugement. Il avait oublié que Casier n'était pas le seul à s'intéresser à son sort.

Son absence à plusieurs de ses tâches habituelles a suscité un certain étonnement, on s'est mis à le rechercher. On a frappé à sa porte, aux fenêtres : personne. Quelqu'un a essayé d'ouvrir la porte. Elle était verrouillée. L'étonnement s'est mué en inquiétude.

On a discuté ferme pour savoir s'il fallait aller ruer dans les brancards du haut commandement pour exiger une perquisition ou agir sur-le-champ. La seconde option a prévalu. La serrure a été forcée et la troupe s'est répandue à l'intérieur.

La maison était tenue avec un soin maniaque, meublée très sobrement. Le premier monté à l'étage a crié : « Il est là. Il a eu un malaise ou quelque chose. »

La meute s'est engouffrée dans l'escalier. Choucas était assis à sa table devant un paquet enveloppé de toile cirée et un livre. « Un bouquin ! s'est exclamé quelqu'un. Il était encore plus fêlé qu'on croyait. »

Un homme a appliqué la main contre la gorge de Choucas, a senti de faibles pulsations, puis remarqué qu'il inspirait un filet d'air à intervalles bien plus espacés que ceux d'un dormeur. « Il a dû faire une attaque. Il devait bouquiner là quand ça l'a pris.

— J'ai un oncle qui est mort pareil, a ajouté un témoin. Quand j'étais gosse. Il était en train de nous raconter une histoire, et d'un coup, crac ! il a pâli et s'est écroulé.

— Il est toujours vivant. Faut faire quelque chose. Peut-être qu'il peut s'en tirer. »

Reflux vers l'escalier, bousculade.

Casier n'était pas loin quand le groupe s'est précipité bruyamment vers le quartier général. Il était de service. La nouvelle l'a mis au supplice. Il avait promis à Choucas… Mais il ne pouvait pas non plus déserter son poste.

L'intérêt personnel de Doux pour la nouvelle a viré à la fébrilité. Le colonel est sorti de son bureau. Il a remarqué Casier, son hébétude. « Tu as entendu ? Viens ! Allons voir. Vous autres, trouvez le barbier, le vétérinaire. »

De quoi méditer sur la valeur de l'homme : l'armée disposait d'un vétérinaire en guise de médecin.

La journée avait débuté sous de bons auspices, avec un ciel dégagé. C'était rare. Mais le temps s'était couvert une fois de plus. Quelques gouttes tombaient, maculant les planches qui revêtaient les allées. Une douzaine d'hommes suivaient Casier, lequel marchait dans la foulée du colonel en écoutant d'une oreille distraite ses observations concernant de nécessaires travaux de consolidation.

Il y avait foule à la maison de Choucas. « Les mauvaises nouvelles vont vite, a dit Casier. Mon colonel.

— N'est-ce pas ? Poussez-vous, messieurs, libérez le passage. »

Il s'est arrêté à l'intérieur. « C'était toujours aussi bien rangé chez lui ?

— Oui, mon colonel. Il était obsédé par l'ordre, une véritable idée fixe.

— Je me demandais justement. Il s'autorisait quelques libertés avec le règlement, pendant ses promenades nocturnes. »

Casier s'est mordu la lèvre et s'est demandé s'il ne devait pas délivrer au colonel le message de Choucas. Mais il a décidé que le moment n'était pas encore venu.

« À l'étage ? a demandé l'officier à l'un des hommes qui avaient trouvé Choucas.

— Oui, mon colonel. »

Casier avait déjà gravi l'escalier. Il a guigné le paquet de toile cirée et, sans réfléchir, a commencé à le glisser sous sa veste.

« Petit. »

Casier s'est retourné. Doux, dans l'encadrement de la porte, fronçait les sourcils.

« Qu'est-ce que tu fais ? »

Le colonel était le personnage le plus intimidant que Casier pût imaginer. Plus que son père encore, un homme pourtant sévère et exigeant. Il s'est trouvé court. Il s'est contenté de trembler.

Le colonel a tendu la main. Casier lui a remis le paquet. « Qu'est-ce que tu faisais, petit ?

— Heu… Colonel… Un jour…

— Eh bien… » Le colonel le sondait du regard. « Eh bien ? Parle !

— Il m'a demandé de transmettre une lettre en cas de malheur. Il pensait que son temps était compté. Il m'avait précisé que cette lettre serait enveloppée de toile cirée. À cause de la pluie et tout ça, hum, mon colonel.

— Je vois. » Le colonel a glissé deux doigts sous le menton de Choucas et lui a redressé le visage. Puis, ayant reposé le paquet sur la table, il lui a soulevé une paupière. La pupille révélée avait la taille d'une tête d'épingle. « Hmm. » Il lui a posé la main sur le front. « Hmm. » Il a testé plusieurs points réflexes d'une phalange ou du poing. Choucas n'a pas réagi. « Curieux. Ça ne ressemble pas à une attaque.

— Qu'est-ce que ça pourrait être alors, mon colonel ? »

Le colonel s'est raidi. « Peut-être que tu devrais le savoir mieux que moi ?

— Mon colonel ?

— Tu disais que Choucas craignait un malheur.

— Pas précisément. Il avait des inquiétudes. Il disait qu'il se sentait vieux, que son heure approchait. Il disait aussi qu'il avait peut-être commis quelque chose de mal dont il n'avait parlé à personne.

— Qui sait ? Ah, Holt. » Le soigneur de chevaux venait d'arriver. Après s'être livré au même examen que le colonel, il s'est redressé en secouant la tête.

« Ça me dépasse, colonel.

— Nous devrions l'emmener hors d'ici pour le garder à l'œil. Tu t'en charges, petit, a-t-il dit à Casier. S'il ne revient pas à lui rapidement, il va falloir le nourrir de force. » Il s'est promené un peu dans la pièce, a parcouru les titres de la bonne douzaine de livres de la bibliothèque. « Un homme éduqué, ce Choucas. Je m'en doutais. Une personnalité des plus contrastées. Je me suis souvent demandé qui il était réellement. »

Casier avait peur pour Choucas maintenant. « Mon colonel, j'ai l'impression qu'il y a longtemps il devait avoir une situation dans l'une des Cités Précieuses, mais sa chance a tourné et il s'est engagé dans l'armée.

— Nous en reparlerons après l'avoir emmené. Suis-moi. »

Casier l'a suivi. Le colonel paraissait très songeur. Peut-être qu'en définitive le moment était venu de lui délivrer le message.

26

EN ROUTE

Au bout de trois jours que Traqueur et moi avions mis à profit pour retourner sur les lieux de notre atterrissage et charger le chariot avant de repartir vers le nord par la route du Saillant, j'ai commencé à me demander si je n'avais pas commis une erreur. Toujours pas de Gobelin ni de Qu'un-Œil.

Mais je m'inquiétais pour rien. Ils nous ont rattrapés près de Meystrikt, une forteresse du Saillant que la Compagnie avait jadis occupée pour le compte de la Dame. Nous nous étions enfoncés dans les bois, à l'écart de la route, et nous nous apprêtions à dîner. Nous avons entendu du tapage sur la route.

Une voix, celle de Gobelin indéniablement, vitupérait : « Et moi je te dis que c'est de *ta* faute, vu que t'es bon qu'à te faire prendre à l'hameçon avec ta gueule d'asticot. Si t'avais une cervelle, je la tournerais en mélasse comme celle où tu nous as mis.

— Ma faute, ma faute ? Misère ! Il se ment à lui-même, maintenant. C'est moi qui lui souffle ses idées pourries, sans doute ? Écoute, haleine de guano. Meystrikt se trouve derrière cette colline. Ils se souviendront de nous certainement mieux encore qu'à Roseraie. Alors une question : comment on passe sans se faire trancher la gorge ? »

J'ai d'abord éprouvé du soulagement, mais je me suis bientôt arrêté de courir vers la route. J'ai glissé à Traqueur :

« Ils sont montés. Comment ont-ils dégotté des chevaux, à ton avis ? » Je me suis efforcé de rester optimiste. « Enfin, qui sait ? Peut-être qu'ils les ont gagnés au jeu en trichant. Si Qu'un-Œil a consenti à laisser Gobelin agir. » Qu'un-Œil est d'une nullité crasse pour tricher, et pire encore aux jeux de hasard. J'en viens parfois à croire qu'il cède à des pulsions autodestructrices.

« Toi et ta foutue amulette, a couiné Gobelin. La Dame ne peut pas le localiser. Bravo. Mais nous non plus.

— Mon amulette, mon amulette ? Qui la lui a donnée en premier, cette amulette ?

— Qui a conçu son sortilège actuel ?

— Et qui l'a activé ? Dis-moi donc, face de crapaud. Dis-moi donc. »

Je suis sorti en lisière du bois. Ils étaient déjà passés. Traqueur m'a rejoint. Même Saigne-Crapaud le Chien est venu voir.

« Plus un geste ! Rebelle ! ai-je crié. Le premier qui bouge est mort ! »

Grosse boulette, Toubib. Vraiment pas futé. Leur réponse a été prompte et tonitruante. J'ai failli y laisser ma peau.

Une nuée scintillante les a enveloppés. Autour de Traqueur et de moi, des insectes se sont mis à pulluler. Une vermine comme je n'aurais jamais cru qu'il puisse en exister, chaque bestiole apparemment obnubilée par une seule idée, se jeter sur moi pour faire bombance.

Saigne-Crapaud le Chien s'est mis à gronder, à japper.

« Arrêtez vos clowneries, tous les deux, ai-je braillé. C'est moi, Toubib !

— Toubib, qui c'est ça ? a demandé Qu'un-Œil à Gobelin. Tu connais quelqu'un qui s'appelle Toubib ?

— Ouais. Mais je ne crois pas que ce soit une raison pour en rester là, a reparti Gobelin après avoir pointé la tête hors du nuage scintillant pour vérifier. Il a ce qu'il mérite.

— Tout à fait, a convenu Qu'un-Œil. Mais Traqueur n'y est pour rien, lui. Je ne parviens pas à les canaliser sur Toubib seul. »

Les bestioles sont retournées à leur train-train ordinaire. Lequel consistait à s'entre-dévorer, je suppose. J'ai jugulé ma colère et salué les deux sorciers qui affichaient une mine innocente et contrite. « Alors, messieurs, qu'avez-vous à déclarer pour votre défense ? Beaux chevaux. J'imagine que les propriétaires sont à leur recherche ?

— Attends ! a vagi Gobelin. Tu ne vas tout de même pas nous accuser d'avoir…

— Je vous connais, les gars. Mettez pied à terre et venez manger. On décidera de ce qu'on en fait demain. »

Je leur ai tourné le dos. Traqueur était déjà reparti vers le feu et la tambouille. Il a servi tout le monde. J'ai commencé à manger, toujours pas remis de mes émotions. Quelle erreur, voler des chevaux. Quoique, vu le tumulte qu'ils avaient déjà causé… La Dame avait des espions partout. Nous ne sommes peut-être pas des ennemis de grande classe, mais nous sommes les seuls qu'elle a. Quelqu'un allait fatalement conclure que la Compagnie noire était de retour dans le Nord.

Au moment de me coucher, j'ai envisagé de faire demi-tour. La direction que des poursuivants envisageraient le moins, c'était celle de la plaine de la Peur. Mais je ne pouvais donner cet ordre. Trop de choses dépendaient de nous. Même si, pour l'heure, mon optimisme de départ en avait pris un sacré coup.

Des gugusses irresponsables.

C'est sans doute ce qu'avait dû se répéter en son temps notre capitaine, mort à Génépi. À propos de nous tous, d'ailleurs.

Je me suis assoupi en essayant de me blinder contre toute intrusion de songe en forme d'aura dorée. J'ai dormi sans me reposer. Mais sans faire de rêve non plus. Le lendemain matin, j'ai flanqué d'office Gobelin et Qu'un-Œil dans le chariot, au milieu du barda que nous estimions nécessaire à la bonne marche de l'expédition, et, abandonnant les chevaux, nous sommes partis pour Meystrikt. Saigne-Crapaud le

Chien poussait des pointes. Traqueur nous escortait nonchalamment. Sous la bâche, Gobelin et Qu'un-Œil ronchonnaient, grommelaient. Des sentinelles du fort ont voulu connaître notre destination, mais leurs questions respiraient tant l'ennui que j'ai compris qu'elles s'en moquaient pas mal.

La contrée avait été pacifiée depuis la dernière fois que j'y avais mis les pieds. Cette garnison ne concevait pas que des embêtements puissent montrer leur sale bobine.

Soulagé, j'ai obliqué sur la route qui menait à Orme et Aviron. Et à la Grande Forêt derrière.

27

AVIRON

« Cette saleté de pluie ne s'arrêtera donc jamais ? » a gémi Qu'un-Œil. Depuis une semaine que nous progressions vers le nord, nous avions reçu quotidiennement notre lot d'averses. L'état des chaussées, calamiteux, promettait d'empirer encore. En pratiquant mon forsbergien le long de la route avec des fermiers de rencontre, j'ai appris que ce temps se maintenait depuis des années dans la région. L'acheminement des récoltes en ville devenait problématique et, pire, des germes menaçaient le grain. Des foyers de mal des ardents, une maladie transmise par du seigle infecté, s'étaient déjà déclarés à Aviron. Les insectes proliféraient également. Les moustiques surtout.

Les hivers, en dépit des chutes de neige ou des pluies anormales, étaient moins froids que ceux que nous avions connus lors de notre séjour ici. Des hivers cléments préparent un terrain favorable pour une épidémie de peste. D'autre part, les réserves en gibier s'amenuisaient, les bêtes trouvant moins de nourriture sous l'épais manteau de neige.

Question de cycle. Simple question de cycle, m'assuraient les vieillards. De mauvais hivers suivent toujours le passage de la Grande Comète. Pourtant, même eux en venaient à considérer ce fléau comme un cycle au sein des cycles.

Le temps de ce jour-là était plus exécrable que jamais.

« Donne », a dit Gobelin. Il ne parlait pas de cartes. La forteresse que la Compagnie avait enlevée aux rebelles des années auparavant se profilait au loin. La route sinuait au pied de ses remparts. J'en ai conçu de l'inquiétude, comme à chaque fois que notre chemin passait à proximité d'un bastion impérial. Mais cette fois pourtant mon inquiétude était vaine. Le Forsberg paraissait si sûr à la Dame que la grande forteresse avait été abandonnée. À vrai dire, de près, elle avait même l'air délabrée. Les croquants du voisinage la démembraient morceau par morceau, comme il est de coutume chez les paysans du monde entier. Une juste contrepartie de leurs taxes, je suppose, quoique ces maigres compensations se faisaient parfois attendre pendant des générations.

« On arrivera à Aviron demain, ai-je annoncé en garant le chariot dans la cour d'une auberge, quelques kilomètres après Donne. Cette fois, tenez-vous à carreau. Compris ? »

Qu'un-Œil m'a fait la grâce de ne pas la ramener. Mais Gobelin brûlait de discutailler.

« Oh, ferme-la, l'ai-je coupé. Si tu ne veux pas que j'ordonne à Traqueur de te rosser et de t'attacher. Tout ça n'est pas un jeu.

— Mais la vie est un jeu, Toubib, est intervenu Qu'un-Œil. Tu prends tout beaucoup trop au sérieux. »

Il s'est toutefois bien tenu, tant cette nuit-là que le lendemain, quand nous sommes entrés à Aviron.

J'ai trouvé une auberge éloignée des quartiers que nous avions l'habitude de fréquenter jadis. On y logeait des colporteurs et des voyageurs. Nous y passions relativement inaperçus. Traqueur et moi gardions l'œil sur les deux sorciers. Ils n'avaient pas l'air enclins à recommencer leurs bêtises.

Le lendemain, nous sommes partis à la recherche d'un forgeron nommé Sable. Traqueur m'accompagnait. Gobelin et Qu'un-Œil ne s'en sont pas mêlés, refroidis par les pires menaces que j'avais pu inventer.

La forge de Sable n'a pas été difficile à trouver. L'homme exerçait sa profession depuis longtemps et jouissait d'un certain renom auprès de ses pairs. Nous avons suivi les indications. Elles nous ont menés par des rues familières. Ici, la Compagnie avait vécu quelques tribulations.

Tout en marchant, je devisais avec Traqueur. « Ça s'est beaucoup reconstruit depuis, ai-je fait remarquer. On avait causé de gros dégâts. »

Saigne-Crapaud le Chien s'est mis à l'arrêt comme souvent depuis quelque temps. Il s'est figé brusquement, a promené un regard méfiant à la ronde, s'est risqué quelques pas plus loin et s'est couché sur le ventre.

« Des ennuis, a murmuré Traqueur.

— Quel genre ? » Il n'y avait aucune menace manifeste.

« Je ne sais pas. Il ne parle pas. Il me fait juste son numéro "gare au danger".

— D'accord. Ça ne coûte rien d'être prudent. » Nous sommes entrés dans l'échoppe d'un bourrelier. Traqueur a prétendu vouloir une selle de chasse pour gros gibier. Je surveillais la rue depuis le seuil.

Je ne remarquais rien d'anormal. Juste le va-et-vient des citadins vaquant à leur train-train. Mais, au bout d'un moment, je me suis rendu compte que la forge de Sable n'attirait aucune clientèle. Qu'aucun cliquetis de ferraille n'en émanait. Or il était censé superviser une armée d'apprentis et de tâcherons.

« Hé, bourrelier. Qu'est-ce qui est arrivé au forgeron d'en face ? La dernière fois qu'on est passés, on lui avait confié du boulot. Mais sa boutique a l'air déserte.

— Les gris, voilà ce qui lui est arrivé. » Il paraissait mal à l'aise. Les « gris » sont les impériaux. À cause de la couleur de leur uniforme dans le Nord. « Cette andouille n'avait pas tiré de leçon du passé. Il était dans la rébellion.

— Mince. C'était un bon forgeron. La politique, c'est pas pour le bas peuple. Comme si, nous autres, on n'avait pas déjà bien assez de peine pour gagner notre pain.

— Tu l'as dit, l'ami. » Le bourrelier a secoué la tête. « Je vais vous dire, si vous avez du boulot pour un forgeron, alors allez voir ailleurs. Les gris traînent dans le coin, ils interrogent ceux qui viennent à la forge. »

À ce moment-là, un impérial est sorti sans se presser de l'arrière du bâtiment et s'est dirigé vers un étal de boulanger de l'autre côté de la rue. « Drôlement maladroit, ai-je laissé échapper. Et pas très fin. »

Le bourrelier m'a dévisagé d'un air soupçonneux. Traqueur l'a distrait fort habilement, le ramenant à leur affaire. Pas si bête qu'il en a l'air, ai-je dû convenir. Peut-être seulement mal dégrossi, socialement parlant.

Peu après, Traqueur a exprimé le désir de réfléchir quelque temps à l'offre du bourrelier, et nous avons pris congé.

« Et maintenant ? m'a-t-il demandé.

— On peut revenir de nuit avec Gobelin et Qu'un-Œil, dont le sortilège soporifique nous permettrait d'aller voir de plus près. Mais il me paraît peu probable que les impériaux aient laissé quoi que ce soit d'intéressant sur place. Au mieux, on parviendra peut-être à deviner ce qu'ils ont fait de Sable, auquel cas on pourra tenter de le retrouver. Ou alors on file directement aux Tumulus.

— Ça m'a l'air moins risqué.

— D'un autre côté, on ne saura jamais à quelle sauce ils voulaient nous manger. La capture de Sable peut signifier un tas de choses. Il vaut mieux en discuter avec les autres. Faire le point de nos ressources.

— Combien de temps avant que la méfiance de ce boutiquier ne nous cause des ennuis ? a grommelé Traqueur. Si jamais il se met à repenser à notre visite, ça va lui sauter aux yeux que c'était le forgeron qui nous intéressait.

— Peut-être. Mais je ne vais pas m'angoisser pour ça. »

Aviron était une ville comparable à toute autre de sa taille. Surpeuplée. Bourrée de distractions. Je comprenais que Gobelin et Qu'un-Œil aient cédé aux charmes de Roseraie. La dernière grande ville où la Compagnie avait osé séjourner était Cheminée. Il y avait six ans. Depuis, ç'avaient été les patelins et les misères que vous pouvez imaginer. Je luttais moi aussi contre la tentation. Certains lieux m'attiraient, à Aviron.

Traqueur me maintenait dans le droit chemin. Je n'avais jamais rencontré personne d'aussi sourd aux tentations qui piègent souvent les hommes.

Gobelin pensait que nous devions endormir les impériaux, essayer d'en savoir plus. Qu'un-Œil voulait quitter la ville. Leur belle union s'était évaporée comme rosée au matin.

« Logiquement, ai-je avancé, ils devraient renforcer la garde à la nuit tombée. Mais, si on vous emmène là-bas maintenant, sûr que quelqu'un vous reconnaîtra.

— Alors retrouvons le type qui nous avait remis le premier courrier, a proposé Gobelin.

— Bonne idée. Quoique, à y réfléchir… En supposant qu'il ait voyagé sans contretemps, il se trouve encore à une belle tirée d'ici. Lui a parcouru tout le trajet par voie de terre. Non, c'est mieux de partir. On dégage. Aviron me rend nerveux. » Trop de tentations, trop de risques d'être reconnus. Et puis trop de monde. L'isolement avait déteint sur moi, dans la plaine.

Gobelin a voulu ergoter. Il avait entendu dire que les routes septentrionales étaient dans un état lamentable.

« Je sais, ai-je répliqué. Mais je sais aussi que l'armée construit une nouvelle voie pour desservir les Tumulus. Ils l'ont même prolongée au nord afin que les marchands puissent l'emprunter. »

Fin de la discussion. Ils brûlaient de décamper, tout comme moi. Seul Traqueur paraissait maintenant réticent. Lui, le premier à avoir jugé plus prudent de partir.

28

VERS LES TUMULUS

Le ciel, à Aviron, n'avait guère été clément. Plus au nord, il s'était figé dans la grisaille. Les terrassiers impériaux s'étaient efforcés de rendre la route de la forêt carrossable. Elle était en maints tronçons recouverte de lattes, des madriers équarris et calibrés posés côte à côte. Dans certaines zones où la neige causait trop de dégâts, une armature soutenant une toiture de toile avait été dressée.

« Sacrés moyens, a fait observer Qu'un-Œil.

— Hmm. » En théorie, la menace du Dominateur avait été réduite à néant par le triomphe de la Dame à Génépi. Quelle débauche d'efforts pour maintenir ouverte une vulgaire route !

La nouvelle voie passait à plusieurs kilomètres de l'ancienne à cause de la crue de la Grande Tragique dont le lit continuait de se décaler. Le voyage d'Aviron aux Tumulus s'en trouvait rallongé de vingt kilomètres au bas mot. L'aménagement des derniers quarante-cinq n'était pas terminé. Ça n'a pas été une partie de plaisir.

Nous avons croisé quelques rares marchands qui redescendaient vers le sud. Tous ont secoué la tête en nous prévenant que nous perdions notre temps. La poule aux œufs d'or était morte. Les tribus avaient exterminé toutes les bêtes à fourrure.

Traqueur paraissait soucieux depuis le départ d'Aviron. Je ne parvenais pas à savoir pourquoi. Superstition peut-être. Les Tumulus restaient un site maléfique pour le commun des mortels, dans le Forsberg. Les mères invoquaient le Dominateur tel un croque-mitaine pour effrayer leurs rejetons. Bien que disparu de la circulation depuis quatre siècles, son aura n'avait pas faibli.

Pour couvrir les derniers soixante-dix kilomètres, il nous a fallu une semaine. Je commençais à m'inquiéter de ce temps qui filait. Nous n'aurions peut-être pas fini et réussi à rentrer avant l'hiver.

Comme nous nous avancions dans la zone défrichée devant les Tumulus au sortir de la forêt, je me suis arrêté et me suis exclamé : « Ce qu'ils ont changé ! »

Gobelin et Qu'un-Œil ont rampé derrière moi pour venir voir. « Mazette ! a couiné Gobelin. Comme tu dis ! »

Ils paraissaient presque à l'abandon. Un marécage dont seuls les tertres protubérants demeuraient identifiables. La dernière fois que nous étions venus, une armée d'impériaux débroussaillait, restaurait, s'activait dans un bourdonnement, un cliquetis incessant.

Un silence presque total régnait. Il me troublait plus encore que le délabrement des Tumulus. Une bruine dégringolait du plafond nuageux gris foncé. Le froid. Et pas un son.

Ici, la chaussée était partout recouverte de caillebotis. Nous sommes repartis à bord de notre chariot. Nous n'avons pas croisé une âme avant d'entrer dans la bourgade aux bâtiments délavés et décatis.

« Halte, que venez-vous faire ici ? » a crié une voix.

J'ai arrêté l'attelage. « Où êtes-vous ? »

Saigne-Crapaud le Chien, avec un zèle qui ne lui était pas coutumier, est allé renifler une guérite délabrée. Un garde en est sorti, s'est avancé sous la pluie et a grommelé : « Ici.

— Ah. Vous m'avez fait peur. Je m'appelle Bougie. De Bougie, Forge, Forge, Tailleur et fils. Marchands.

— Ouais ? Et les autres ?

— Forge et Tailleur sont dans le chariot. Lui, c'est Traqueur. Il travaille pour nous. On est de Roseraie. On a entendu dire que la route du Nord était rouverte maintenant.

— Eh ben, vous pouvez juger par vous-même », a-t-il répondu avec un petit rire. J'ai appris par la suite qu'il était de bonne humeur à cause du temps. C'était une belle journée pour les Tumulus.

« Comment on procède ? ai-je demandé. Où est-ce qu'on loge ?

— À la Venette Bleue, la seule auberge. Ils vont bicher d'avoir des clients. Installez-vous. Vous irez vous signaler au quartier général demain.

— Bien. Où se trouve la Venette Bleue ? »

Il m'a expliqué. J'ai claqué les rênes. Le chariot s'est remis en branle. « La discipline a l'air bien lâche, ai-je dit.

— Où voudrais-tu qu'on se sauve ? a répliqué Qu'un-Œil. Ils savent qu'on est ici. Il n'y a qu'une route pour sortir. Si on ne va pas se déclarer, il leur suffit de reboucher le goulot. »

Effectivement, ce bled produisait cette impression.

L'ambiance ici allait de pair avec le temps. Morne. Déprimante. Les sourires étaient rares et n'avaient qu'une vocation commerciale.

Le logeur à la Venette Bleue ne nous a pas demandé nos noms, il s'est contenté de nous faire payer d'avance. Les autres marchands nous ont ignorés bien que le commerce de fourrure, traditionnellement, soit un monopole d'Aviron.

Le lendemain, quelques autochtones sont venus examiner nos marchandises. J'avais emporté ce qu'on m'avait présenté comme des produits demandés, mais nous n'avons fourgué que de menues bricoles. Seules les liqueurs ont obtenu quelque succès. J'ai demandé comment il fallait s'y prendre pour entrer en contact avec les tribus.

« Attendre, il n'y a que ça. Ils viennent quand ils viennent. »

Cela réglé, je me suis rendu au quartier général. Il n'avait pas changé, les baraquements de la caserne autour étaient juste un peu plus décrépits.

La tête du premier soldat que j'y ai rencontré ne m'était pas inconnue. Il s'agissait de celui à qui je devais m'adresser. « Je m'appelle Bougie, ai-je déclaré. De Bougie, Forge, Forge, Tailleur et fils, de Roseraie. Marchands. On m'a demandé de venir signaler notre présence. »

Il m'a dévisagé bizarrement, comme si je venais de titiller le fond de sa mémoire. Mon visage lui revenait vaguement. Je voulais éviter que la question le taraude comme une dent cariée. Il finirait peut-être par trouver la réponse. « Ça a bien changé ici depuis la dernière fois que je suis venu, avec l'armée.

— Tout part à vau-l'eau, a-t-il grogné. Chaque jour c'est pire. Temps de chien, vie de chien... Mais tout le monde s'en fiche, hein ? On va finir par prendre racine. Vous êtes combien ?

— Quatre. Plus un chien, c'est de circonstance. »

Bévue. Il a fait la grimace. Aucun sens de l'humour. « Vos noms ?

— Bougie. L'un des deux Forge. Tailleur. Traqueur. Il travaille pour nous. Et Saigne-Crapaud le Chien. Faut l'appeler par son nom entier, sinon il se vexe.

— Z'êtes un rigolo, vous ?

— Hé. Y a pas d'offense. Mais un petit rayon de soleil ne peut pas nuire, par ici.

— Ouais. Vous savez lire ? » J'ai opiné du chef. « Le règlement est affiché là. Vous avez deux solutions. Soit vous y conformer. Soit mourir. Casier ! »

Un soldat est sorti d'un bureau en retrait. « Sergent ?

— Un nouveau marchand. Vérifications d'usage. Vous êtes bien à la Venette Bleue, Bougie ?

— Oui. » Le règlement n'avait pas changé. C'était la même affichette, décolorée au point d'en être presque illisible. En substance elle disait : N'approchez pas des Tumulus. Sans quoi, si d'aventure vous en réchappez, c'est nous qui vous réglerons votre compte.

« Monsieur ? m'a fait le troupier. Quand vous serez prêt...

— Je le suis. »

Nous sommes retournés à la Venette Bleue. Le soldat a examiné notre matériel. Il n'a tiqué sur rien, à part mon arc et notre armement fourni. « Pourquoi tant d'armes ?

— On a entendu parler d'échauffourées avec les tribus.

— Ç'a dû être grandement exagéré. Quelques larcins tout au plus. » Gobelin et Qu'un-Œil n'ont pas spécialement attiré son attention. Soulagement. « Vous avez lu le règlement. Respectez-le.

— Je le connais depuis belle lurette, ai-je dit. J'ai séjourné ici quand j'étais dans l'armée. »

Il a dardé sur moi un regard perçant, a opiné du chef et tourné les talons.

Nous avons tous soupiré. Gobelin a annulé le sortilège de dissimulation masquant le matériel que lui et Qu'un-Œil avaient apporté. Le recoin jusque-là vide derrière Traqueur s'est soudain encombré de tout un fourbi.

« Il va peut-être revenir, ai-je protesté.

— Pas question de maintenir un sortilège plus longtemps que le strict nécessaire, a déclaré Qu'un-Œil. Il y a peut-être quelqu'un dans les parages qui pourrait le détecter.

— Soit. » J'ai ouvert les volets de notre unique fenêtre. Les gonds ont grincé. « Mal graissés », ai-je commenté. J'ai embrassé la petite ville du regard. Nous nous trouvions au troisième étage de son bâtiment le plus haut en dehors de la caserne de la Garde. J'ai aperçu la maison de Bomanz.

« Hé, les gars. Visez un peu ça. »

Ils ont regardé.

« En rudement bon état, hein ? » La dernière fois, elle était à l'article de la démolition. Par peur superstitieuse, personne ne voulait l'habiter. Je me souvenais être allé traîner mes guêtres plusieurs fois autour. « Une petite balade, ça te dirait, Traqueur ?

— Non.

— À ta guise (avait-il des ennemis ici ?), mais je me sentirais mieux si tu m'accompagnais. »

Alors il a ceint son épée. Nous sommes descendus, sortis dans la rue – si toutefois ce bourbier méritait ce nom. Le caillebotis s'arrêtait à la caserne, une unique extension le prolongeait jusqu'à la Venette Bleue. Ailleurs, il n'y avait que des planches pour les piétons.

Nous avons fait mine de visiter. J'ai raconté à Traqueur des anecdotes qui remontaient à mon dernier séjour en m'inspirant d'assez près de la réalité. J'essayais de donner le change, de paraître volubile et enjoué. Je me demandais si je ne perdais pas mon temps. Apparemment personne ne prêtait attention à ce que je disais.

La maison de Bomanz avait été restaurée avec soin. Elle n'avait pas l'air habitée, pourtant. Ni gardée. Ni promue au rang de monument. Curieux. Au moment du souper, j'ai interrogé notre hôte. J'avais rapidement cerné sa personnalité, celle d'un imbécile enclin à la nostalgie. « Un vieux gars y a élu domicile il y a de cela cinq ans, nous a-t-il appris. Un infirme. Il vivait de petits boulots qu'il accomplissait pour la Garde. Retapait la baraque pendant ses moments libres.

— Qu'est-ce qui lui est arrivé ?

— Il y a quelque temps, deux mois à peu près, il a eu une attaque, enfin on ne sait pas trop. On l'a retrouvé vivant mais légume. Ils l'ont ramené à la caserne. Autant que je sache, il y est encore. On le nourrit comme un bébé. Le gamin qui est venu vérifier votre chargement, c'est à lui qu'il faut demander. Choucas et lui étaient potes.

— Choucas, tu dis ? Merci. Un autre pichet.

— Psst, Toubib ! m'a soufflé Qu'un-Œil. Vas-y mollo sur la bière. Ce type la brasse lui-même. Elle est infecte. »

Il avait raison. Mais j'avais besoin de me mettre en condition pour réfléchir sérieusement.

Nous devions fouiller cette maison. De nuit nécessairement, avec l'aide d'un peu de sorcellerie. Ce qui impliquait donc de prendre le plus grand risque depuis les bévues de Gobelin et Qu'un-Œil à Roseraie.

Qu'un-Œil a demandé à Gobelin : « Tu crois qu'on aurait affaire à un revenant ? »

Gobelin s'est humecté les lèvres. « Faut voir.

— Comment ça ? ai-je demandé.

— Il faudrait que je voie ce type pour m'en assurer, Toubib, mais ce qui est arrivé à ce Choucas ne ressemble pas à une attaque. »

Gobelin a hoché la tête. « On dirait un type sorti de son corps qui se serait fait coincer.

— Peut-être qu'on pourra s'arranger pour lui rendre une petite visite. Et la maison ?

— D'abord, il faut s'assurer que ce type n'est pas le zombie de quelqu'un d'envergure. Par exemple le fantôme de Bomanz. »

Ce genre de conversation a le don de me rendre nerveux. Je ne crois pas aux fantômes. Ou disons que je refuse d'y croire.

« S'il est resté coincé hors de son corps ou si on l'a privé de son âme, il faut découvrir comment et pourquoi. Le fait que tout ça se soit déroulé dans le secteur où vivait Bomanz ne me paraît pas anodin. C'est peut-être quelque chose surgi de ce passé qui a perdu ce Choucas. Et nous pourrions nous perdre nous aussi pour les mêmes raisons, si on manque de prudence.

— Des complications, ai-je grommelé. Faut toujours qu'il y en ait. »

Gobelin a ricané.

« Toi, la ferme ! ai-je grincé. Ou je te vends au plus offrant. »

Une heure plus tard, un orage terrible a éclaté. Un vent hurlant a secoué l'auberge. Sous les trombes d'eau, des fuites se sont déclarées dans le toit. Quand je lui ai annoncé la nouvelle, l'aubergiste s'est emporté – pas contre moi, bien sûr. Manifestement, il était difficile de procéder aux réparations dans la situation actuelle, pourtant ces réparations s'imposaient pour éviter que la bâtisse ne tombe en ruine.

« Le pire, c'est cette saleté de bois de chauffe, l'hiver, a-t-il pesté. Pas moyen de l'entreposer dehors. Soit il finit enfoui sous un matelas de neige, soit il se gorge d'eau et ne sèche plus. D'ici un mois, la baraque en sera pleine du plancher au plafond. Le seul avantage, c'est que c'est toujours ça d'espace en moins à chauffer. »

Aux environs de minuit, après avoir laissé le temps à la relève de la Garde de sombrer dans une hébétude somnolente, nous nous sommes glissés dehors. Gobelin s'était assuré que tout le monde dormait à poings fermés dans l'auberge.

Saigne-Crapaud le Chien trottait en tête, aux aguets. Il n'a surpris qu'un quidam. Gobelin s'est occupé de lui. C'était une nuit à ne pas mettre un chat dehors. J'aurais donné gros pour être une de ces bestioles.

« Assurez-vous que la lumière est invisible de l'extérieur, ai-je recommandé une fois l'équipe introduite dans la maison. À tout hasard, je propose qu'on commence par l'étage.

— À tout hasard, a rétorqué Qu'un-Œil, je propose qu'on commence par vérifier qu'il n'y a pas de revenant ni de traquenard. »

J'ai jeté un coup d'œil vers la porte. Je n'avais pas envisagé cette possibilité avant d'entrer.

29

LES TUMULUS, RETOUR EN ARRIÈRE

Le colonel a convoqué Casier. Il s'est présenté en tremblant devant le bureau de Doux. « Il y a quelques questions auxquelles tu vas me fournir une réponse, mon gars. Commence par me raconter ce que tu sais de Choucas. »

Casier a dégluti. « Oui, mon colonel. » Il a raconté. Et a raconté bien plus encore quand Doux l'a sommé de revenir sur quelques petites omissions. Il a tout raconté, sauf ce qui concernait le message et le pli dans la toile cirée.

« Curieux, a dit Doux. Très curieux. Est-ce vraiment tout ? »

Casier a remué nerveusement. « Qu'est-ce que vous voulez dire, mon colonel ?

— Disons que le contenu de la toile cirée nous a intéressés.

— Mon colonel ?

— Il s'agit à l'évidence d'une lettre, bien que personne ne soit parvenu à la déchiffrer. Elle est écrite dans une langue que nul ne connaît. Ce pourrait être celle d'une des Cités Précieuses. Ce que je veux savoir, c'est à qui elle était destinée. Etait-elle unique ou y en avait-il eu d'autres ? Notre ami est en sale posture, petit. S'il se réveille, il se retrouvera dans la mélasse. Jusqu'au cou. Les vrais paumés n'écrivent de longues lettres à personne.

— Eh bien, mon colonel, comme je vous l'ai dit, il essayait de retrouver la trace de ses enfants. Or, comme on le croit originaire d'Opale…

— Je sais. Cet élément joue en sa faveur. Peut-être qu'il me fournira une explication satisfaisante quand il reviendra à lui. D'un autre côté, quand on se trouve aux Tumulus, tout ce qui sort de l'ordinaire devient suspect. Une question, petit. À toi de me convaincre par ta réponse, sans quoi tu vas aussi te retrouver dans de sales draps. Pourquoi as-tu essayé de me cacher le paquet ? »

Question cruciale. Plus de faux-fuyant possible. Il avait prié pour parvenir à l'esquiver. Contraint de faire face, Casier a compris que sa loyauté envers Choucas ne pesait pas le poids au regard de l'enjeu.

« Il m'avait demandé, en cas de malheur, d'acheminer une lettre à Aviron. Une lettre enveloppée de toile cirée.

— Il craignait donc des ennuis.

— Je ne sais pas. Je ne sais pas non plus ce que contenait cette lettre ni pourquoi il voulait la transmettre. Il m'a juste donné un nom. Et m'a demandé de vous adresser un message une fois que cette lettre serait parvenue à destination.

— Ah ?

— Je ne me souviens plus précisément en quels termes, mais il m'a demandé de vous dire que la chose dans le Grand Tumulus ne dormait plus. »

Doux a bondi de son siège comme aiguillonné. « Vraiment ? Et comment le savait-il ? Peu importe. Le nom. Vite ! À qui devait parvenir ce paquet ?

— Un forgeron à Aviron. Sable est son nom. C'est tout ce que je sais, mon colonel. Je vous jure.

— Bien. » Doux semblait avoir la tête ailleurs. « Vaque à ton service. Dis au commandant Klief que je veux le voir.

— Oui, mon colonel. »

Le lendemain matin, Casier a vu le commandant Klief s'éloigner à la tête d'un détachement, avec mission d'arrêter le forgeron Sable. Il s'est senti terriblement coupable. Et, pourtant, dans quelle mesure était-il vraiment un traître ? N'avait-il pas été trompé lui-même, si Choucas était un espion ?

Il a étouffé sa culpabilité en soignant Choucas avec une dévotion religieuse, veillant tant à son hygiène qu'à son alimentation.

30

LES TUMULUS PAR UNE CERTAINE NUIT

Gobelin et Qu'un-Œil ont passé la maison au crible en quelques minutes. « Pas de piège ! a annoncé Qu'unŒil. Pas de fantôme non plus. De vieilles rémanences de sorcellerie couvertes par de plus récentes. À l'étage. »

J'ai sorti un morceau de papier. Il s'agissait de notes que j'avais prises en lisant des lettres de Bomanz. Nous sommes montés. La confiance régnant, Qu'un-Œil et Gobelin m'ont envoyé le premier. Tu parles d'amis.

Je suis allé vérifier que les volets étaient clos avant de donner de la lumière. Puis j'ai dit : « Faites votre boulot, moi je fouille. » Traqueur et Saigne-Crapaud le Chien ont attendu sur le seuil, la pièce étant étroite.

Avant de commencer une fouille méthodique, j'ai promené un œil sur sa bibliothèque. Ce type avait des goûts éclectiques. Ou n'achetait que des livres bon marché, qui sait ?

Je n'ai trouvé aucun document. La chambre n'avait pas l'air d'avoir été mise à sac pourtant. « Qu'un-Œil, tu peux me dire si cette pièce a déjà subi une fouille ?

— Sans doute pas. Pourquoi ?

— Les papiers ne s'y trouvent pas.

— Tu as vérifié toutes ses caches d'après ses indications ?

— Toutes sauf une. » Une lance était posée dans un angle. J'ai dévissé sa pointe et, comme je m'y attendais, elle m'est restée dans les mains pour révéler une hampe creuse. Dedans, il y avait la fameuse carte mentionnée dans son récit. Nous l'avons étalée sur la table.

Des frissons m'ont parcouru l'échine.

C'était de l'Histoire avec un grand H. Cette carte avait façonné le monde actuel. Malgré mes connaissances lacunaires en telleKure et plus médiocres encore en symboles magiques, je sentais tout le pouvoir cartographié sous mes yeux. J'éprouvais en tout cas à l'égard du document un sentiment qui oscillait entre le malaise et la franche panique.

Gobelin et Qu'un-Œil ne ressentaient rien de tel. Leur curiosité l'emportait peut-être sur le reste. Ils se sont consultés pour essayer de déterminer l'itinéraire qu'avait emprunté Bomanz pour parvenir jusqu'à la Dame.

« Trente-sept ans de travail, ai-je dit.

— Quoi ?

— Il lui a fallu trente-sept ans pour accumuler cette masse d'informations. » Puis j'ai remarqué quelque chose sur le plan. « Qu'est-ce que c'est que ça ? » Il s'agissait d'une indication qui n'aurait pas dû figurer dessus, d'autant que je me rappelais l'histoire. « Je vois. Notre correspondant a ajouté quelques notes de son cru. »

Qu'un-Œil a dardé son regard sur moi. Puis sur la carte. Puis sur moi de nouveau. Alors il s'est mis à réexaminer l'itinéraire sur le plan.

« Ça ne peut être que ça. Pas d'autre solution.

— Quoi ?

— Je sais ce qui s'est passé. »

Traqueur s'est agité nerveusement.

« Eh bien ?

— Il a essayé d'entrer là-dedans. Par l'unique voie possible. Et n'a pas pu ressortir. »

Dans sa dernière lettre, il avait fait allusion à une initiative qu'il devait prendre malgré des risques immenses. Qu'un-Œil voyait-il juste ?

Sacré Qu'un-Œil.

Aucun document. Peut-être étaient-ils mieux cachés que je ne le pensais. Les deux sorciers allaient fouiller à leur tour. Je leur ai demandé de rouler la carte et de la replacer dans la hampe, puis j'ai déclaré : « Je suis ouvert aux suggestions.

— À quel propos ? a couiné Gobelin.

— À propos du moyen de tirer ce type des pattes de la Garde éternelle. Et du moyen de ramener son âme dans son corps pour qu'il puisse répondre à nos questions. Voilà. »

Ils n'ont pas paru emballés. « Quelqu'un va devoir pénétrer là-dedans pour vérifier ce qui cloche, a dit Qu'un-Œil. Puis lui mettre le grappin dessus et le guider dehors.

— Je vois. » Trop bien, hélas. Avant toute chose, il fallait s'emparer de sa dépouille encore vivante. « Passez-moi cette baraque au peigne fin. Voyez si elle ne recèle rien d'autre. »

L'opération leur a pris une demi-heure. J'avais les nerfs en pelote. « Plus vite, plus vite », répétais-je sans cesse. Ils ne m'accordaient aucune attention.

Leur recherche nous a permis de découvrir un bout de papier très ancien sur lequel était inscrit un message codé. Il se trouvait plié dans l'un des livres, pas vraiment caché. Je l'ai empoché. Il me servirait peut-être à éclaircir quelque document, de retour au Terrier.

Nous sommes sortis et rentrés à la Venette Bleue sans anicroche. Nous avons tous poussé des soupirs de soulagement une fois de retour dans notre chambre.

« Et maintenant ? a demandé Gobelin.

— Un bon somme. Attendons demain pour nous inquiéter de la suite. »

Vœu pieux, évidemment. Je m'inquiétais déjà.

Chaque pas en avant nous ramenait son lot de complications.

31

UNE CERTAINE NUIT DANS LES TUMULUS

Le tonnerre et les éclairs s'en donnaient à cœur joie. Le fracas et les lueurs traversaient les murs comme des parois de papier. J'ai dormi d'un sommeil agité, les nerfs exacerbés. Les autres faisaient abstraction du monde. Pourquoi n'y arrivais-je pas, moi ?

Ça a commencé comme un petit coup d'épingle en coin, un grain de lumière dorée. Le grain s'est démultiplié. J'ai voulu allonger le poing vers Gobelin et Qu'un-Œil pour leur marteler le crâne en les traitant de charlatans. L'amulette était censée me rendre invisible…

Etiolé, le plus fantomatique des murmures, comme le cri d'un spectre émanant des tréfonds d'un long tunnel glacé. « Médecin, où es-tu ? »

Je me suis abstenu de répondre. J'aurais voulu me couvrir la tête de ma couverture, mais je ne pouvais esquisser un geste.

Elle restait diffuse, vacillante, incertaine. Peut-être avait-elle de la peine à me localiser. Et, quand son visage s'est dessiné brièvement, elle n'a pas regardé dans ma direction. Ses yeux paraissaient aveugles.

« Tu as quitté la plaine de la Peur, a-t-elle dit de sa voix lointaine. Tu es quelque part dans le Nord. Tu as laissé une piste évidente derrière toi. Quelle sottise, mon ami. Je te trouverai. Ne le sais-tu pas ? Tu ne peux te cacher. Même le vide peut se voir. »

Elle ignorait totalement où je me trouvais. J'avais été bien inspiré de ne pas répondre. Elle voulait m'amener à me trahir.

« Ma patience n'est pas illimitée, Toubib. Tu peux encore venir à la Tour. Mais décide-toi vite. Ta Rose Blanche n'en a plus pour longtemps. »

J'ai enfin réussi à tirer ma couverture jusqu'à mon menton. L'allure que je devais avoir ! Plutôt drôle, *a posteriori*. Le bambin effrayé par les fantômes.

La lueur s'est dissipée peu à peu. Avec elle s'est évanouie la nervosité qui me taraudait depuis notre retour de la maison de Bomanz.

En me réinstallant sur ma couche, j'ai jeté un coup d'œil vers Saigne-Crapaud le Chien. J'ai surpris le reflet d'un éclair dans son œil ouvert.

Tiens donc. Pour la première fois, il y avait eu un témoin à l'une de mes visites. Un chien, malheureusement.

Ces visites, je crois que personne n'y croyait vraiment, et pourtant, chaque fois, ce qu'elles m'apprenaient finissait par s'avérer exact.

J'ai dormi. Gobelin m'a réveillé. « Petit-déjeuner. »

Nous avons mangé. Ensuite nous avons mené grand battage autour de nos marchandises afin de les écouler, cherché des détaillants à qui vendre nos chargements à l'avenir. Démarches infructueuses, excepté vis-à-vis de notre logeur qui s'est offert à acheter régulièrement des stocks d'alcool. Il y avait une certaine demande au sein de la Garde éternelle. Les soldats, désœuvrés, buvaient sec.

Midi. Tandis que nous mangions et nous mettant en condition pour continuer notre comédie, des soldats sont entrés dans l'auberge. Ils ont demandé au logeur si certains de ses clients étaient sortis la nuit précédente. Ce brave vieux logeur a exclu la possibilité. Il avait le sommeil très léger, a-t-il assuré, et des allées et venues ne lui auraient pas échappé.

Les soldats s'en sont tenus à sa réponse. Ils sont sortis.

« Qu'est-ce qu'ils voulaient ? lui ai-je demandé quand il est passé à proximité.

— Quelqu'un s'est introduit dans la maison de Choucas la nuit dernière », a-t-il annoncé. Puis ses yeux se sont rétrécis. Mes autres questions lui sont revenues en mémoire. Ma faute.

« Curieux, ai-je commenté. Pourquoi quelqu'un aurait-il fait cela ?

— Oui. Pourquoi ? » Il s'est remis au travail mais est resté songeur.

Songeur, je l'étais également. Comment avaient-ils détecté notre passage ? Nous avions pris garde de ne laisser aucune trace.

Gobelin et Qu'un-Œil étaient perplexes eux aussi. Seul Traqueur avait l'air de s'en moquer. Ce qui l'angoissait, lui, c'était que nous séjournions dans ce secteur, près des Tumulus.

« Qu'est-ce qu'on peut faire ? ai-je demandé. Nous sommes cernés, en sous-nombre et peut-être suspects maintenant. Comment va-t-on pouvoir s'emparer de ce Choucas ?

— Ça, c'est fayot, a dit Qu'un-Œil. Le problème, c'est de mettre les bouts ensuite. Si on pouvait siffler une baleine de vent au bon moment…

— Explique un peu comment c'est fayot.

— Au milieu de la nuit, on se faufile dans la caserne de la Garde, on lance le sortilège soporifique, on trouve le type et ses papiers, on rappelle son esprit et on l'embarque. Mais après ? Hein, Toubib ? Après ?

— Où s'enfuit-on ? ai-je murmuré, songeur. Et comment ?

— Je ne vois qu'une réponse, est intervenu Traqueur. La forêt. La Garde ne nous y retrouverait pas. Si nous parvenions à traverser la Grande Tragique, nous serions hors de danger. Ils manquent d'effectifs pour organiser la traque. »

Je me suis rongé un ongle. Pas bête, la solution de Traqueur. J'ai supposé qu'il connaissait assez les bois et les tribus pour nous permettre de survivre avec le fardeau d'un invalide. Mais cette fuite en avant ne ferait que nous plonger dans d'autres problèmes.

Resteraient ensuite les mille cinq cents kilomètres à couvrir pour regagner la plaine de la Peur. Avec l'Empire en état d'alerte. « Attendez ici », ai-je dit à tout le monde, et je suis sorti.

Je me suis rendu en hâte à la caserne impériale, jusqu'au bureau que je connaissais déjà, où je me suis ébroué pour me sécher, et j'ai examiné une carte au mur. Le gamin qui était venu vérifier notre chargement en quête de marchandises de contrebande est arrivé.

« Je peux vous aider ?

— Je ne pense pas. Je voulais juste consulter la carte. On peut s'y fier ?

— Plus vraiment. Le lit de la rivière s'est décalé d'un bon kilomètre et demi dans cette direction. Et la zone qu'elle avait inondée n'est plus boisée. Tout a été arraché.

— Hmm. » J'ai pris des mesures avec mes doigts pour calculer des estimations.

« Pourquoi est-ce que vous voulez savoir ça ?

— Affaires, ai-je menti. On nous a dit que nous pourrions peut-être entrer en contact avec l'une des plus grosses tribus près d'un endroit appelé le Roc de l'Aigle.

— C'est à soixante-dix kilomètres. vous n'y arriverez pas. Ils vous tueront et vous dépouilleront. S'ils ne s'en prennent ni à la Garde ni à la route, c'est pour l'unique raison qu'elles sont sous protection de la Dame. Mais, pour peu que l'hiver qui arrive soit aussi désastreux que les précédents, même cela ne les retiendra pas.

— Ouais. Bon, ce n'était qu'une idée. C'est toi qu'on appelle Casier ?

— Oui. » Ses yeux se sont rétrécis de suspicion.

« J'ai entendu dire que tu veillais sur un type… » J'ai laissé tomber. Il ne réagissait pas comme je m'y étais attendu. « Enfin, c'est ce qui se raconte en ville, quoi. Merci du conseil. » Je suis sorti. Mais je craignais d'avoir gaffé.

J'ai bientôt su que j'avais gaffé, oui.

Un commandant à la tête d'un détachement a déboulé dans l'auberge quelques minutes après mon retour. Ils nous a tous arrêtés avant qu'on ait pu comprendre ce qui nous arrivait. Gobelin et Qu'un-Œil ont juste eu le temps de masquer leur matériel par un sortilège.

Nous avons joué les ignorants. Nous avons juré, pesté, pleurniché. En vain. Les soldats en savaient moins que nous sur le pourquoi de notre capture. Ils obéissaient aux ordres.

L'aubergiste nous a enveloppés d'un regard qui m'a mis la puce à l'oreille : il nous avait certainement signalés comme suspects. J'ai supposé que Casier avait raconté quelque chose à propos de notre entrevue qui avait apporté de l'eau au moulin. Quoi qu'il en soit, nous étions en route pour nos cellules.

Dix minutes après que la grille s'est refermée sur nous, le chef de la Garde éternelle en personne est apparu. J'ai soupiré de soulagement. Il était nouveau à ce poste. Au moins, nous ne le connaissions pas. Donc pas de raison qu'il nous connaisse.

Nous avions eu le temps de nous concerter en langage des signes. Tout le monde sauf Traqueur. Mais Traqueur avait l'air absent. On ne l'avait pas autorisé à emmener son chien. Sur le coup, l'ordre l'avait mis en pétard. De frousse, les gars chargés de notre arrestation avaient failli faire dans leur froc : l'espace de quelques minutes, ils s'étaient vus bons pour se colleter avec lui.

Après nous avoir examinés, le chef s'est présenté : « Je suis le colonel Doux. Je commande la Garde éternelle. » Casier se dandinait anxieusement derrière lui. « J'ai donné l'ordre de vous amener ici parce qu'à certains égards votre comportement sort de l'ordinaire.

— Aurions-nous par ignorance enfreint une règle tacite ? ai-je demandé.

— Pas du tout, pas du tout. Il s'agit plutôt de soupçons. De ce qu'on pourrait appeler des intentions dissimulées.

— Je ne vous suis pas, colonel. »

Il s'est mis à arpenter le couloir qui desservait nos cellules. Dans un sens puis dans l'autre. « Une vieille maxime avance que les actes en disent plus long que les mots. J'ai appris des choses sur votre compte, de sources diverses. À propos de votre curiosité excessive pour des sujets qui ne concernent pas votre commerce. »

J'ai fait de mon mieux pour paraître abasourdi. « Qu'y a-t-il donc de bizarre à se renseigner sur une nouvelle région ? Mes associés n'étaient jamais venus. Et moi, pas depuis des années. Bien des choses ont changé. Et puis ce coin est l'un des plus intéressants de tout l'Empire.

— Des plus dangereux également, marchand. Bougie, c'est cela ? Monsieur Bougie, vous avez séjourné ici sous l'uniforme. Quelle unité ? »

Ça, je pouvais y répondre sans hésiter. « Canards huppés. Colonel Lot. Second bataillon. » J'avais effectivement séjourné ici, il est vrai.

« Oui. La brigade mercenaire de Roseraie. Quelle était la boisson favorite du colonel ? »

Aïe. « J'étais piquier, colonel. Je ne trinquais pas avec le chef de la brigade.

— Bien. » Il s'est remis à marcher de long en large. Je ne pouvais dire si ma réponse lui convenait ou non. Les Canards huppés n'avaient pas été une unité tapageuse, auréolée de la réputation d'une Compagnie noire. Qui diable pouvait se souvenir de quoi que ce soit à leur sujet ? Si longtemps après. « Vous devez comprendre ma situation. Avec cette créature ensevelie là-bas, la paranoïa devient un risque du métier. » Il désignait vaguement la direction du Grand Tumulus. Et puis il est sorti d'un pas raide.

« Bordel, mais que signifie tout ce cirque ? a demandé Gobelin.

— Je ne sais pas. Et je ne suis pas sûr de vouloir le découvrir. Faut croire qu'on s'est mis dans le pétrin. » Ça, c'était pour les oreilles qui pouvaient traîner.

Gobelin a rallongé la sauce. « Bon sang, Bougie, je t'avais bien dit qu'on n'aurait pas dû venir. J'étais sûr que les types d'Aviron avaient des passe-droits avec la Garde. »

Qu'un-Œil est venu mettre son grain de sel. Ils se sont acharnés contre moi. Pendant ce temps, conversant en langage des signes, nous avons convenu d'attendre voir ce que déciderait le colonel.

Nous n'avions guère le choix, de toute façon, si nous ne voulions pas découvrir notre jeu.

32

PRISONNIERS AUX TUMULUS

Sale posture. Pire que nous l'avions craint. Ces gardes étaient paranos au dernier degré. Je veux dire, ils ignoraient complètement qui nous étions. Mais ça ne les perturbait pas le moins du monde.

Un demi-peloton s'est amené soudain. Ramdam et cliquetis devant la porte. Pas un mot. Mines sévères. Ça ne s'arrangeait pas. « Pas l'impression qu'ils vont nous relâcher, a dit Gobelin.

— Dehors », a grogné un sergent.

Nous sommes sortis. Tous sauf Traqueur. Il restait assis. J'ai lancé une vanne pour voir. « Son toutou lui manque. »

Personne n'a ri.

L'un des gardes a envoyé un coup de poing dans le bras de Traqueur. Très lentement, il s'est retourné et a dévisagé le soldat, le visage dénué de toute expression.

« Vous n'auriez pas dû faire ça, ai-je dit.

— La ferme ! a aboyé le sergent. Emmenez-le. »

Le type qui avait frappé Traqueur a voulu recommencer. Au ralenti, son geste aurait pu passer pour une chiquenaude amicale. La main de Traqueur a jailli vers le poing, il a saisi au vol le poignet qui s'avançait et l'a brisé. Le garde s'est mis à glapir. Traqueur l'a envoyé valser. Son visage restait impassible. Son regard s'est fixé sur sa victime titubante. Il paraissait commencer à se demander ce qui se passait.

Les autres gardes en sont restés bouche bée. Puis deux autres se sont précipités l'arme au clair.

« Hé ! Du calme ! ai-je braillé. Traqueur… »

Toujours en proie à cet espèce de néant mental, Traqueur les a délestés de leurs armes, coincés dans un coin et battus comme plâtre. Le sergent balançait entre stupeur admirative et fureur.

J'ai essayé de le fléchir. « Il n'est pas très fin. Il faut le prendre autrement. Lui expliquer les choses lentement, deux ou trois fois.

— Il va l'avoir, son explication ! » Il a dépêché le reste de ses hommes dans la cellule.

« Si vous le faites sortir de ses gonds, il va vous tuer quelqu'un », ai-je dit très vite en me demandant quel rapport Traqueur entretenait avec son maudit cabot. Chaque fois qu'il était privé de son chien, il devenait taré. À tendance homicide.

Le sergent a raisonné sa colère. « Maîtrisez-le. »

Je me suis efforcé d'apporter mon concours. Je savais que nous n'allions pas être en odeur de sainteté auprès des soldats, mais je ne m'en inquiétais guère. Gobelin et Qu'un-Œil sauraient contrôler tout débordement. Pour l'instant, il convenait juste de ne perdre ni la tête ni la vie.

J'étais tenté, par réflexe, d'aller soigner les trois blessés, mais je n'ai pas osé. Rien qu'en observant tant soit peu Gobelin et Qu'un-Œil, nos gardes risquaient de concevoir des soupçons qui les amèneraient à découvrir notre identité. Inutile de les mettre sur la voie. Je me suis concentré sur Traqueur. Une fois que j'ai eu réussi à capter son attention, je suis parvenu à le calmer sans trop de problème et à lui expliquer que nous devions suivre les soldats.

« Ils n'auraient pas dû me traiter comme ça, Toubib », m'a-t-il dit. Il s'exprimait comme un gamin blessé dans son orgueil. J'ai grimacé. Mais les gardes n'avaient pas réagi à mon nom.

Ils nous ont encadrés l'arme au poing – tous sauf ceux qui emmenaient leurs collègues au vétérinaire faisant office de médecin de la Garde. Certains brûlaient de se venger. Je me donnais un mal du diable pour que Traqueur reste calme.

J'ai renoncé à ces efforts quand j'ai vu où ils nous emmenaient. C'était un cachot suintant derrière le quartier général. On aurait dit la caricature d'une chambre de torture. J'ai pensé qu'ils cherchaient à nous intimider. Ayant déjà eu l'occasion d'assister à de vraies séances de torture avec de vrais instruments, il m'a semblé que nombre de ceux que nous avions sous les yeux étaient vétustes ou au rancart depuis longtemps. Mais quelques appareils étaient aussi en état de marche. J'ai échangé des regards avec Gobelin et Qu'un-Œil.

« J'aime pas, ici, a déclaré Traqueur. Je veux sortir. Je veux voir Saigne-Crapaud le Chien.

— Du calme. On sortira bientôt. »

Le fameux rictus de Gobelin s'est étiré sur ses lèvres, quoique un peu de travers. Oui. Nous n'allions pas tarder à sortir. Pieds devant peut-être, mais nous sortirions.

Le colonel Doux se trouvait déjà là. Visiblement peu satisfait de notre réaction devant sa petite mise en scène. « Je veux vous parler, messieurs, a-t-il déclaré. Vous ne paraissiez pas très décidés à bavarder jusqu'à présent. Ce matériel vous mettra-t-il dans d'autres dispositions ?

— Pas vraiment. Il nous pose cependant question. Est-ce là le châtiment pour avoir marché sur les plates-bandes de ces messieurs marchands d'Aviron ? Je n'avais pas compris que la Garde leur octroyait sa bénédiction pour ce monopole.

— Trêve de balivernes. C'est autre chose que je veux, monsieur Bougie. Je veux des réponses franches. Maintenant. Sans quoi mes hommes risquent de vous faire subir quelques heures extrêmement déplaisantes.

— Demandez. Mais j'ai l'impression que nos réponses ne vont pas vous convenir.

— Alors ce sera pour votre malheur. »

J'ai jeté un coup d'œil à Gobelin. Il était entré dans une sorte de transe.

« Je ne vous crois pas quand vous soutenez n'être que des marchands ordinaires, a repris le colonel. Les questions que vous posez révèlent un intérêt flagrant pour un certain Choucas et sa maison. Lequel Choucas est suspecté, soit dit en passant, d'être rebelle ou agent résurrectionniste. Parlez-moi de lui. »

J'ai donc dit presque tout ce que je savais assez honnêtement : « Je n'avais jamais entendu parler de lui avant d'arriver ici. »

Je pense qu'il m'a cru. Mais il a secoué la tête lentement.

« Vous voyez. Vous refusez de me croire même quand vous me savez sincère.

— Dans quelle mesure racontez-vous vraiment tout ? Voilà la question. La Rose Blanche compartimente son organisation. Vous pouviez ne rien savoir de lui et néanmoins avoir mission de venir le chercher. Seriez-vous sans aucune de ses nouvelles depuis quelque temps, par hasard ? »

Perspicace, le saligaud.

Mon visage a dû rester trop ostensiblement dénué d'expression. Il a opiné du chef, puis a passé en revue les quatre autres et s'est arrêté plus particulièrement sur Qu'un Œil. « L'homme noir. Il n'est plus tout jeune, dites ? »

J'ai été surpris qu'il ne fasse pas plus grand cas de sa couleur de peau. On voit rarement des Noirs au nord de la mer des Tourments. Il y avait des chances que le colonel n'en ait jamais rencontré. Par ailleurs, qu'un des piliers de la Compagnie noire soit un vieux bonhomme noir de peau n'était un secret pour personne.

Je n'ai pas répondu.

« On va commencer par lui. C'est celui qui me paraît le plus fragile.

— Tu veux que je les zigouille, Toubib ? a demandé Traqueur.

— Je veux que tu la fermes et que tu te tiennes tranquille, voilà ce que je veux. » La boulette. Mais Doux n'a pas relevé le nom. Ou alors, c'était que ma réputation n'était pas à la hauteur de ce que je pensais, et je pouvais rabattre mon caquet.

L'aplomb de Traqueur, en revanche, a laissé Doux pantois.

« Emmenez-le au chevalet. » Il désignait Qu'un-Œil.

Avec un gloussement, le sorcier a tendu les mains vers les hommes qui l'approchaient. Gobelin a ricané. Leur amusement a perturbé tout le monde. Moi comme les autres, car je connaissais leur sens de l'humour.

Doux m'a regardé dans les yeux. « Ils trouvent ça drôle ? Pourquoi ?

— Si vous persistez à ne pas vouloir vous montrer tant soit peu civilisé, vous n'allez pas tarder à l'apprendre. »

Il a été tenté de reculer, mais a opté pour un coup de bluff monumental de notre part.

Ils ont emmené Qu'un-Œil au chevalet. Il a grimacé et s'est juché tout seul sur l'appareil. Gobelin a couiné : « Trente ans que j'attendais de te voir sur un de ces trucs. Maintenant que c'est fait, ce serait bien le diable que personne ne réussisse à donner un coup de manivelle.

— On va voir qui donnera de la manivelle à qui, pomme de cheval », a rétorqué Qu'un-Œil.

Ils ont continué leurs vannes. Traqueur et moi nous tenions raides comme des poteaux. Les impériaux devenaient de plus en plus nerveux. À l'évidence, Doux se demandait s'il ne devait pas faire détacher Qu'un-Œil pour me mettre à sa place.

Ils l'ont sanglé sur le dos. Gobelin a dansé une petite gigue en caquetant. « Etirez-le jusqu'à ce qu'il mesure trois mètres, les gars, a-t-il lancé. Il n'en restera pas moins avorton de l'esprit. »

L'un des gardes a voulu gifler Gobelin d'un revers de main. Le sorcier s'est incliné légèrement. Lorsque l'homme a ramené sa main, qui avait totalement manqué son objectif et que Gobelin avait à peine effleurée de la sienne dans un geste de protection, il a regardé dans sa paume et n'en est pas revenu.

Des centaines de gouttelettes de sang perlaient sur sa peau. Elles dessinaient un motif, comme un tatouage. Ce tatouage représentait deux serpents entrelacés qui se plantaient réciproquement les crocs dans la nuque. Si l'on peut qualifier de nuque ce que les serpents ont derrière la tête.

Une diversion. Je n'ai pas été dupe, bien sûr. Le premier instant de surprise passé, je me suis retourné vers Qu'un-Œil. Il a souri.

Au bout d'un moment, houspillés par le colonel, les soldats désignés comme bourreaux se sont retournés aussi. Doux était franchement mal à l'aise, désormais. Il pressentait qu'il se trouvait face à quelque chose d'extraordinaire, mais refusait de se laisser intimider.

Au moment où les tortionnaires se sont avancés vers Qu'un-Œil, son ventre dénudé s'est soulevé. Une sale grosse araignée s'est extraite de son nombril. Elle s'est traînée, encore à demi nichée dans son œuf, sur ses pattes antérieures, puis a déplié ses autres membres collés à son corps gros comme la moitié de mon pouce. Elle s'est écartée un peu, et une deuxième a jailli. La première a trottiné sur une jambe de Qu'un-Œil, vers l'homme qui tenait la manivelle actionnant le mécanisme auquel étaient attachées ses chevilles. Les yeux du type s'écarquillaient de plus en plus. Il s'est retourné vers son chef.

Un silence absolu s'est emparé de la salle. Je crois que les impériaux en oubliaient même de respirer.

Une troisième araignée est sortie du ventre secoué de soubresauts de Qu'un-Œil. Et une autre encore. Chaque fois, il avait l'air un peu plus diminué. Son visage se métamorphosait lentement, affichant une ressemblance de plus en plus marquée avec la tête qu'ont les araignées – pour ceux qui se seront donné la peine d'en observer de près. La plupart des gens n'ont pas ce cran.

Gobelin gloussait.

« Actionnez les manivelles ! » a rugi Doux.

Le type aux pieds de Qu'un-Œil a essayé. La première araignée a filé, sauté sur le levier, puis sur sa main. Il a poussé un cri, agité sa main comme un fou et envoyé l'araignée valser au loin.

« Colonel, ai-je murmuré du ton le plus persuasif que je pouvais moduler, tout ceci va trop loin. Évitons qu'il y ait des blessés. »

Ils étaient toute une troupe contre nous quatre seulement, et Doux se raccrochait à cette supériorité numérique. Mais déjà plusieurs soldats prenaient discrètement la tangente. La plupart s'éloignaient de nous. Tout le monde avait le regard rivé sur Doux.

Foutu Gobelin. Il n'a pas pu contenir son enthousiasme. « Allez quoi, Toubib, a-t-il couiné. Des occasions comme celle-là, il ne s'en présente qu'une dans la vie. Laisse-les rallonger Qu'un-Œil un chouïa ! »

J'ai vu le regard de Doux s'éclairer malgré ses efforts pour n'en rien laisser paraître. « Va te faire voir, Gobelin. T'as mis les pieds dans le plat. On va s'expliquer un peu quand tout ça sera terminé. Alors, colonel, qu'est-ce qu'on décide ? Sachant que j'ai l'avantage ici, comme vous l'avez maintenant compris. »

Il a opté pour le bon sens plutôt que la force, un choix judicieux. « Relâchez-le », a-t-il ordonné à l'homme le plus près de Qu'un-Œil.

Les araignées pullulaient sur le sorcier. Il en crachait même par la bouche et les oreilles, maintenant. Dans son emballement, il leur donnait à chacune une touche des plus bizarroïdes; il y en avait des chasseuses, des tisseuses, des sauteuses. Toutes grosses et moches. Les hommes de Doux refusaient d'approcher de lui.

« Va te poster à la porte, ai-je soufflé à Traqueur. Ne laisse personne sortir. » Enfin une consigne qu'il a compris sans problème. J'ai libéré Qu'un-Œil. Il a fallu que je fasse un effort sur moi-même pour garder à l'esprit que ces bestioles n'étaient que des leurres.

Mais quels leurres ! Je *sentais* leurs pattes me courir sur la peau... Un peu tard, je me suis rendu compte que les cohortes de Qu'un-Œil marchaient sur Gobelin. « Bordel, Qu'un-Œil ! Arrête tes enfantillages ! » Le fils de pute ne se contentait pas d'avoir berné les impériaux. Il fallait qu'il aille asticoter son collègue. J'ai fait volte-face vers Gobelin. « Si tu remues le petit doigt pour répliquer, je m'arrangerai pour que tu ne puisses jamais plus sortir du Terrier. Colonel Doux, je ne peux pas dire que j'ai apprécié votre hospitalité. Veuillez bien vous ranger ici avec vos hommes. Nous allons sortir. »

À contrecœur, Doux a donné ses ordres par gestes. La moitié de son équipe a refusé d'avancer d'un pas vers les araignées. « Qu'un-Œil ! Fini la rigolade. Il est temps de se bouger pour s'en sortir vivants, si tu veux bien ! »

Qu'un-Œil a gesticulé. Ses troupes à huit pattes ont reflué dans les ombres derrière le chevalet, et là ont disparu dans la nébuleuse folie où naissent ce genre de créatures. Puis il est allé au trot se poster près de Traqueur. Il bichait. Pendant les semaines à venir, il allait nous rebattre les oreilles de sa prestation salvatrice. Si toutefois nous survivions encore ce soir.

J'ai renvoyé Gobelin avec les autres et je suis allé les rejoindre. Puis j'ai donné mes consignes aux deux sorciers : « Pas un bruit ne doit sortir de ce cachot. Je veux une porte scellée comme si elle faisait partie intégrante du mur. Et puis je veux aussi savoir où se trouve le dénommé Choucas.

— Pas de problème », a répondu Qu'un-Œil. L'œil pétillant, il a ajouté : « À la prochaine, colonel. On s'est bien amusés. »

Doux s'est abstenu de nous abreuver de menaces. Sage décision.

Claquemurer la pièce a pris aux deux sorciers dix minutes qui m'ont paru démesurées. J'ai commencé à nourrir une vague méfiance à leur égard, qui s'est envolée sitôt qu'ils m'ont annoncé qu'ils avaient fini et que l'homme que nous cherchions se trouvait dans un autre bâtiment des environs.

J'aurais dû me fier à mon intuition première.

Cinq minutes plus tard, nous franchissions le seuil du baraquement où, d'après eux, était gardé Choucas. Nous n'avions rencontré aucune difficulté pour y parvenir. « Une seconde, Toubib », m'a lancé Qu'un-Œil. Il s'est retourné vers l'édifice que nous venions de quitter, a claqué des doigts.

Tout s'est effondré.

« Espèce de salaud, ai-je murmuré. Pourquoi t'as fait ça ?

— Maintenant, il n'y aura plus personne à connaître notre identité.

— Et qui la leur avait révélée, hein, notre identité ?

— J'ai décapité le serpent par la même occasion. Ça va flanquer une telle panique qu'on va pouvoir partir mains dans les poches en embarquant les bijoux de la Dame en prime si ça nous chante.

— Tu crois ça ? » Restaient tous ceux qui avaient vu où l'on nous avait conduits. Ça risquait de drôlement les étonner de nous voir déambuler dans le coin. « Dis-moi, le grand génie. Est-ce que tu avais localisé les documents au préalable ? Parce que, s'ils se trouvaient dedans et qu'il faut les déterrer, c'est toi qui t'y colles. »

Sa figure s'est allongée.

Eh oui. J'en aurais mis ma main à couper. J'ai une étoile pour ce genre de déboires. Rien d'étonnant non plus de la part de Qu'un-Œil. Il ne réfléchit jamais assez.

« On va commencer par s'inquiéter de Choucas, ai-je dit. On entre. »

Comme nous poussions la porte, nous sommes tombés sur Casier qui sortait, intrigué par le tumulte.

33

PORTÉ DISPARU

« Salut, mon gars, a lancé Qu'un-Œil en plantant son doigt sur le torse du soldat et en le poussant. Eh oui, c'est tes vieux potes. »

Derrière moi, Traqueur lorgnait du côté de la caserne. Le bâtiment du quartier général s'était complètement écroulé. Le feu craquait, crépitait à l'intérieur. Saigne-Crapaud le Chien est apparu à un angle de la ruine.

« Vise-moi ça. » J'ai heurté Gobelin du coude. « Il court ! » Je me suis retourné vers Casier. « Montre-nous ton ami Choucas. »

Il a regimbé.

« Pas d'histoire. On n'est pas d'humeur. Magne-toi ou on te marche dessus. »

La caserne avait commencé à se remplir de soldats vociférants. Personne ne nous remarquait. Saigne-Crapaud le Chien a galopé jusqu'à nous en bondissant, reniflé les mollets de Traqueur en émettant un petit cri sourd. Le visage de son maître s'est illuminé.

Nous sommes repartis de l'avant sur les talons de Casier. « Mène-nous à Choucas », lui ai-je rappelé.

Il nous a conduits dans une pièce qu'éclairait une unique lampe à huile; un homme s'y trouvait étendu sur un lit, couvert d'une couverture bien nette. Casier a donné du volume à la flamme.

« Oh, sainte merde », ai-je murmuré. J'ai posé mon cul sur un coin du lit. « C'est pas possible. Qu'un-Œil ? » Mais Qu'un-Œil se trouvait dans une autre dimension. Il se tenait bras ballants, bouche bée. Comme Gobelin.

Finalement Gobelin a couiné : « Mais il est mort. Il s'est tué il y a six ans ! »

Choucas n'était autre que le Corbeau qui avait joué un rôle crucial dans l'histoire de la Compagnie. Le Corbeau qui avait tracé à Chérie la voie qu'elle suivait actuellement.

Même moi, j'avais fini par me résoudre à le croire mort, moi pourtant si méfiant à son égard. Il avait déjà, par le passé, essayé de nous jouer ce coup-là.

« Neuf vies, a commenté Qu'un-Œil.

— On aurait dû s'en douter quand on a entendu ce nom de Choucas, ai-je fait remarquer.

— Hein ?

— C'était un pied de nez. Bien dans son genre. Choucas. Corbin. Corneille. Corbeau. Du pareil au même, tout ça. Il agitait cet indice sous notre nez. »

Le voir levait un voile sur bien des mystères qui me turlupinaient depuis des années. Maintenant je savais pourquoi ses lettres étaient arrivées l'une après l'autre. Il avait séparé les passages clés avant de mettre en scène sa dernière mort.

« Même Chérie n'était pas au courant, cette fois-ci », ai-je murmuré, songeur. Le choc commençait à s'estomper. Je me suis remémoré qu'en plusieurs occasions, après avoir reçu l'une des lettres, j'avais éludé l'idée qu'il puisse être encore vivant.

Des tas de questions émergeaient. Chérie ignorait tout. Pourquoi ? Ça ne ressemblait pas à Corbeau. Mais, plus encore, pourquoi l'avait-il ainsi abandonnée à nos bons soins alors que si longtemps il s'était efforcé de l'éloigner de nous ?

La réponse était sans doute plus complexe qu'à première vue. C'était davantage de sa part qu'une simple fuite pour pouvoir mener à bien ses affaires aux Tumulus. Malheureusement, je ne pouvais interroger aucun témoin.

« Depuis combien de temps vit-il dans cet état ? » a demandé Qu'un-Œil à Casier. Le soldat écarquillait les yeux. Il avait compris qui nous étions. Peut-être que je ne devais pas nécessairement rabattre mon caquet, après tout.

« Des mois.

— Il y avait une lettre, ai-je dit. Et des documents. Que sont-ils devenus ?

— Le colonel.

— Et qu'a fait le colonel ? A-t-il informé les Asservis ? A-t-il contacté la Dame ? »

Le troufion a semblé vouloir se rebiffer. « Tu es dans de sales draps, petit. On n'a pas l'intention de te faire de mal. Tu t'es bien comporté vis-à-vis de notre ami. Parle.

— Rien de tout cela. Que je sache. Il ne pouvait pas déchiffrer le texte. Il attendait que Choucas se réveille.

— Il pouvait attendre longtemps, a maugréé Qu'un-Œil. Laisse-nous un peu de champ, Toubib. En premier lieu, il faut ramener Corbeau à lui.

— Est-ce qu'il y a du monde dans ce bâtiment à cette heure de la nuit ? ai-je demandé à Casier.

— Pas avant que les boulangers viennent chercher leur farine. Mais elle est entreposée dans le cellier à l'autre extrémité. Ils ne viendront pas ici.

— Bon. » Je me suis demandé dans quelle mesure nous pouvions le croire. « Traqueur, toi et Saigne-Crapaud le Chien, allez vous poster en sentinelles.

— Il y a un problème, est intervenu Qu'un-Œil. Avant d'entreprendre quoi que ce soit, il nous faut la carte de Bomanz.

— Chiotte ! » Je me suis faufilé dans le couloir puis jusqu'au seuil, et j'ai risqué un œil dehors. Le feu du quartier général crépitait sans enthousiasme sous la pluie. La plupart des gardes luttaient contre l'incendie. J'ai frissonné. Nos documents se trouvaient à l'intérieur. Si la chance restait du côté de la Dame, ils partiraient en fumée. J'ai rebroussé chemin jusqu'aux autres. « Qu'un-Œil, tu as un problème plus immédiat. Mes documents. Tu ferais bien de t'en occuper. Je vais tâcher de ramener cette carte. Traqueur, tu gardes cette porte. Tu empêches le gamin de sortir et quiconque d'entrer. D'accord ? » Il a opiné du chef. Il n'avait pas besoin qu'on lui répète les consignes avec Saigne-Crapaud dans les parages.

Je me suis glissé dehors dans le tumulte. Nul ne m'a prêté attention. Je me suis dit que c'était peut-être le moment d'emporter Corbeau. Je suis sorti de la caserne comme une fleur, et j'ai filé au trot dans le crachin jusqu'à la Venette Bleue. L'aubergiste a eu l'air effaré de me voir. Sans prendre le temps de lui dire ce que je pensais de son hospitalité, je suis monté à l'étage quatre à quatre, j'ai fouillé à tâtons la zone masquée par le sortilège escamoteur et j'ai enfin mis la main sur la lance à hampe évidée. Retour en bas. Avec un regard noir pour l'aubergiste, je suis reparti sous la pluie.

À mon retour, le feu était maîtrisé. Des soldats entreprenaient de déblayer les décombres. À nouveau, nul ne m'a interpellé. Je me suis hâté jusqu'au bâtiment où se trouvait Corbeau et j'ai donné la lance à Qu'un-Œil. « Tu as pu récupérer les documents ?

— Pas encore.

— Bon sang…

— Ils sont dans un coffret dans le bureau du colonel, Toubib. Que veux-tu que je fasse, bordel ?

— Ah Traqueur. Emmène le gosse dans le couloir. Vous les gars, vous allez lui lancer un sortilege pour qu'il nous obéisse docilement, même contre sa volonté.

— Quoi ?

— Je veux l'envoyer chercher les documents. Vous êtes capables de le contraindre à le faire et à revenir ? »

Casier, dans le couloir, écoutait, décomposé.

« Bien sûr. Pas de problème.

— Alors allez-y. Petit, tu comprends ? Qu'un-Œil va te jeter un sort. Tu vas devoir fouiller les décombres jusqu'à ce que tu déniches le coffret. Ramène-le et on te débarrassera de ce sortilège. »

Il a voulu renâcler à nouveau.

« Tu peux faire l'autre choix, évidemment : mourir sur-le-champ dans d'atroces souffrances.

— Je n'ai pas l'impression qu'il te prend au sérieux, Toubib. Je vais lui donner un petit avant-goût. »

L'expression de Casier a prouvé le contraire. Plus il pensait à qui nous étions, plus il se liquéfiait.

Comment nous étions-nous forgé une réputation pareille ? J'imagine que les échos nous concernant devaient être amplifiés chaque fois qu'on les répercutait. « Je crois qu'il va coopérer. Pas vrai, petit ? »

Il a opiné du chef, toute velléité de résistance vaincue.

Il avait l'air d'un brave petit gars. Dommage qu'il se soit enrôlé dans l'autre camp.

« Au boulot, Qu'un-Œil. Qu'on avance. »

Tandis que le sorcier s'attelait à son travail, Gobelin a demandé : « Qu'est-ce qu'on fera quand on en aura fini ici, Toubib ?

— Bon sang, j'en sais rien. On avisera, au blair. Pour l'instant, ne vous inquiétez pas des mules, contentez-vous de charger le chariot. Une étape après l'autre. Une étape après l'autre.

— Prêt », a annoncé Qu'un-Œil.

J'ai fait signe au jeunot, ouvert la porte extérieure. « Sors et fais ce qu'on t'a dit, petit. » Je l'ai gratifié d'une tape sur l'arrière-train. Il est parti, mais non sans nous avoir lancé un regard à faire cailler du lait.

« Il t'en veut, Toubib.

— Rien à battre. Retournez près de Corbeau. Faites ce que vous devez. Ça urge. Dès le point du jour, ça va grouiller de monde, ici. »

J'ai continué d'observer Casier. Traqueur montait la garde à la porte. Personne n'est venu nous déranger. Casier a fini par trouver ce que je voulais, s'est éloigné de la cohue. « Du beau boulot, petit, lui ai-je dit en prenant le coffret. Retourne auprès de ton ami. »

Nous sommes entrés dans la pièce au moment où Qu'un-Œil sortait de transe.

« Alors ? » ai-je demandé.

Il lui a fallu le temps de retrouver ses marques. « Ce sera plus dur que je le pensais. Mais je crois qu'on peut l'en sortir. » Il a désigné la carte que Gobelin avait étalée sur le ventre de Corbeau. « Il est à peu près là, coincé juste en bordure du cercle intérieur. » Il a secoué la tête. « Est-ce qu'il t'avait jamais laissé entendre qu'il avait des antécédents dans le domaine ?

— Non. Mais je m'étais posé la question en certaines circonstances. À Roseraie par exemple, quand il avait pisté Fureteur en pleine tempête de neige.

— Il a été formé quelque part. Ce n'est pas de la gnognote, ce qu'il a entrepris. Mais il n'était pas assez au point. » Qu'un-Œil est resté songeur un moment. « C'est étrange là-bas, Toubib. Vraiment étrange. Il est loin d'être seul. Je ne pourrai pas t'en dire plus avant qu'on y aille nous-mêmes, mais…

— Quoi ? Attendez. Y aller vous-mêmes ? Qu'est-ce que tu racontes ?

— Il me paraissait évident que tu l'avais compris : Gobelin et moi allons devoir prendre le même chemin que lui. Pour le sortir.

— Pourquoi à deux ?

— Pour que l'un de nous puisse couvrir celui qui sera en tête, en cas de pépin. »

Gobelin a opiné du chef. Ils étaient tout à leur affaire, maintenant. Autrement dit, ils commençaient à se faire des cheveux pour de bon.

« Combien de temps ça va prendre ?

— Peux pas dire. Un moment. Vaudrait mieux ficher le camp d'ici d'abord. Se réfugier dans les bois. »

J'ai eu envie de l'en dissuader mais je me suis abstenu. J'ai préféré retourner jeter un coup d'œil à la caserne.

Ils avaient commencé à retirer des corps des décombres. Tandis que j'observais la scène, une idée m'est venue. Cinq minutes plus tard, Casier et moi sommes sortis en portant une civière. Une couverture recouvrait ce qui pouvait passer pour un grand gaillard en morceaux. La tête de Gobelin sortait à une extrémité. Ça lui faisait un corps énorme. Les pieds de Qu'un-Œil pointaient à l'autre bout. Traqueur trimballait Corbeau.

Les documents se trouvaient sous la couverture avec les deux sorciers. Je ne pensais pas que le coup réussirait. Mais le funèbre déblaiement du bâtiment effondré monopolisait la Garde. Ils avaient atteint le sous-sol.

On m'a arrêté au niveau du portail de la caserne. Gobelin a balancé son sortilège soporifique. Je doutais qu'on se souvienne de notre passage. Des civils accouraient de partout pour donner un coup de main aux secouristes – ou entraver leurs efforts.

Parce que la mauvaise nouvelle n'a pas tardé à circuler : il y avait des rescapés dans le cachot.

« Gobelin, toi et Qu'un-Œil, foncez récupérer votre matériel. Emmenez le gamin. Traqueur et moi, on va chercher le chariot. »

Tout s'est déroulé sans accroc. Un peu trop facilement, ai-je pensé, ma nature pessimiste ayant repris le dessus vu la tournure des événements ces derniers temps. Nous avons installé Corbeau dans le chariot et sommes partis vers le sud.

Au moment où nous pénétrions dans la forêt, Qu'un-Œil a dit : « Bien, nous avons réussi notre fuite. Maintenant, qu'est-ce qu'on fait pour Corbeau ? »

Je n'en avais pas la moindre idée. « À vous de le dire. Dans quel périmètre vous faut-il rester ?

— Le plus proche possible. » Il a compris que j'envisageais de déguerpir de la région tout de suite. « Et Chérie ? »

Un rappel superflu.

Je n'irai pas jusqu'à prétendre que Corbeau était le centre de sa vie. Elle ne l'évoquait jamais, sauf en termes très dégagés. Mais parfois, la nuit, elle criait dans son sommeil quand certains souvenirs revenaient la hanter. Si jamais il s'agissait de la perte de Corbeau, nous ne pouvions pas le lui ramener dans cet état. Ç'aurait été lui briser le cœur.

Et, de toute façon, nous avions besoin de lui maintenant. Ses lumières sur la situation nous étaient indispensables.

J'ai consulté Traqueur. Il n'avait aucune suggestion. Mais, à vrai dire, nos plans n'avaient pas l'air de l'enchanter. Comme s'il avait craint de se retrouver en concurrence avec Corbeau ou quelque chose du genre.

« Il y a celui-là aussi, a déclaré Qu'un-Œil en désignant Casier que nous avions traîné avec nous plutôt que de le liquider sur place. On pourrait peut-être se servir de lui ? »

Bonne idée.

Vingt minutes plus tard, nous avions conduit le chariot bien à l'écart de la route et l'avions calé sur des dalles de pierre pour éviter qu'il ne s'embourbe dans le sol spongieux. Qu'un-Œil et Gobelin l'ont bombardé de sortilèges dissimulants et camouflé avec des branchages. Nous avons enfourné le matériel dans des sacs, étendu Corbeau sur la civière. Casier et moi l'avons portée. Traqueur et Saigne-Crapaud le Chien ouvraient la marche dans les bois.

Le trajet n'a pas dû excéder quatre ou cinq kilomètres, pourtant je suis arrivé fourbu. Trop vieux. Trop mauvaise condition physique. Le temps était pourri jusqu'au trognon. J'avais reçu ma dose de pluie pour le restant de mes jours. Traqueur nous a emmenés jusqu'à un promontoire à l'est des Tumulus. En descendant à flanc de coteau sur une centaine de mètres, on pouvait en apercevoir les ruines. En descendant de cent mètres de l'autre côté, on tombait sur la

Grande Tragique. Seule l'étroite bande de terre surélevée empêchait la rivière d'inonder le site.

Nous avons dressé nos tentes et ramené des branches à l'intérieur pour éviter de nous asseoir sur le sol détrempé. Qu'un-Œil et Gobelin ont investi la tente la plus petite. Nous nous sommes entassés dans l'autre. Une fois relativement à l'abri de la pluie, je me suis installé pour compulser les documents que nous avions récupérés. Immédiatement, un paquet enveloppé de toile cirée a attiré mon attention. « Casier. Est-ce cette lettre que Corbeau voulait que tu transmettes ? »

Il a hoché la tête, renfrogné. Il ne parlait plus.

Pauvre gars. Il se croyait coupable de trahison. J'espérais qu'il ne se sentirait pas obligé de nous jouer un grand mélodrame.

Bien, autant que je m'occupe pendant que Gobelin et Qu'un-Œil s'affairaient à leur tâche. J'ai décidé de commencer par le plus simple.

34

L'HISTOIRE DE BOMANZ

Toubib :

Bomanz voyait la Dame sous un autre angle. Il voyait le spectre de la peur altérer son visage incomparable. « Ardath », a-t-il déclaré, et il a vu sa peur se muer en résignation.

Ardath était ma sœur.

« Vous aviez une jumelle. Vous l'avez assassinée et vous vous êtes emparée de son nom. Votre nom véritable est Ardath. »

Tu vas le regretter. Je trouverai ton vrai nom…

« Pourquoi me menacer ? Je ne vous veux aucun mal. »

Tu m'en fais en me menaçant. Libère-moi.

« Allons, allons. Ne soyez pas puérile. Pourquoi me forcer la main ? Cette situation nous mettrait tous les deux au supplice et nous ferait perdre beaucoup d'énergie. Tout ce que je désire, c'est redécouvrir le savoir qui a été enterré avec vous. Me l'enseigner ne vous coûtera rien. Cela ne vous desservira pas. Cela préparera peut-être même le monde à votre retour. »

Le monde se prépare déjà, Bomanz !

Il a gloussé. « C'est une couverture, au même titre que les antiquités. Il ne s'agit pas de mon nom. Ardath. Nous faudra-t-il nous affronter ? »

Les sages disent qu'il faut rester beau joueur face à l'inévitable. S'il n'y a pas le choix, il n'y a pas le choix. Je tâcherai d'avoir cette attitude.

Quand les poules auront des dents, a pensé Bomanz.

La Dame arborait un sourire moqueur. Elle a envoyé quelque chose. Il n'a pas compris ce que c'était. D'autres voix ont rempli son esprit. L'espace d'un instant, il a cru que le Dominateur se réveillait. Mais les voix faisaient vibrer ses tympans physiques, dans la maison. « Oh, malheur ! »

Petit rire, comme un carillon de vent.

« Clete est en position. »

C'était la voix de Takar. Sa présence dans la mansarde a irrité Bomanz. Il s'est mis à courir.

« Aide-moi à le retirer de sa chaise. » Stancil.

« Ça ne risque pas de le réveiller ? » Gloire.

« Son esprit est dans les Tumulus. Il ne se rendra compte de rien, à moins qu'on se croise là-bas. »

Erreur, a pensé Bomanz. Erreur, espèce de traître, de verrue ingrate. Ton vieux père n'est pas idiot. Ni sourd aux avertissements, même à ceux qu'il préférerait ignorer.

Le dragon a tourné la tête comme il filait devant lui. Son regard moqueur l'a poursuivi. Il sentait la haine des chevaliers défunts le harceler dans sa course.

« Traîne-le dans ce coin. Takar, l'amulette se trouve sous la pierre de l'âtre, dans la cabane. Ce maudit Men fu ! Il a failli tout flanquer en l'air. J'aimerais mettre la main sur celui qui l'a envoyé là-bas. Cet imbécile cupide ne pensait qu'à lui.

— Au moins, il a entraîné le Moniteur avec lui. » Gloire.

« Pur hasard. Un coup de chance.

— Vite. Vite, a dit Takar. Les hommes de Clete arrivent aux baraquements.

— Alors sors d'ici. Gloire, tu veux bien t'activer un peu au lieu de regarder le vieux ? Il faut que j'arrive là-bas avant que

Takar n'atteigne les Tumulus. Il faut prévenir les Illustres de ce que nous faisons. »

Bomanz est passé devant le sépulcre de Chien-de-Lune. Il a senti sa présence à l'intérieur. Il s'est dépêché de plus belle.

Un fantôme est venu danser près de lui. Un fantôme aux épaules tombantes, au visage hargneux, qui l'a abreuvé de malédictions. « Pas de temps à t'accorder, Besand. Mais tu avais raison. » Il a franchi les anciennes douves, dépassé son site de fouilles. Des étrangers affluaient dans les parages. Des résurrectionnistes. D'où sortaient-ils ? De caches dans la Vieille Forêt ?

Plus vite. Il faut que j'accélère encore, pensait-il. Cet imbécile de Stance va essayer de me suivre.

Il courait comme dans un cauchemar, risquant à chaque foulée le faux pas dans l'éternel. La Comète éclairait. Assez puissamment pour dessiner des ombres.

« Relis les instructions pour être sûr, a dit Stancil.

— Le temps n'est pas compté tant que tu ne précipiteras rien.

— Ne devrait-on pas l'attacher ou le neutraliser, au cas où ?

— Pas le temps. Ne t'occupe pas de lui. Quand il réintégrera son corps, il sera trop tard.

— Il me rend nerveuse.

— Alors couvre-le d'un tapis et viens. Et puis essaie de parler à voix basse si tu ne veux pas réveiller mère. »

Bomanz filait au pas de charge vers les lumières de la ville... D'un coup il s'est rappelé qu'en son état il n'était pas obligé de se considérer comme un petit bonhomme courtaud et grassouillet au souffle court. Il a modifié cette aperception et démultiplié sa vitesse. Il a bientôt croisé Takar qui trottait vers les Tumulus avec l'amulette de Besand. Bomanz a mesuré son étonnante vélocité : comparé à lui, le jeune homme semblait frappé d'apathie. Il dévorait l'espace.

Le quartier général brûlait. Une vraie bataille rangée se déroulait autour des baraquements. Les équipiers de Takar menaient l'attaque. Quelques gardes avaient réussi à fuir le traquenard. L'alerte se répandait en ville.

Bomanz a regagné son échoppe. À l'étage, Stancil disait à Gloire : « On y va, maintenant. » Tandis que Bo gravissait l'escalier, son fils a commencé à psalmodier : *« Dummi. Um muji dummi. »* Bomanz a réintégré son corps avec violence. Il a repris le contrôle de ses muscles, s'est levé d'un bond.

Gloire a poussé un hurlement.

Bomanz l'a projetée contre un mur. Elle a brisé des antiquités dans sa chute.

Il a poussé un gémissement terrible, toutes les douleurs de son corps de vieillard lui revenaient de plein fouet. Saloperie. Son ulcère lui déchirait les tripes.

Il s'est retourné et a saisi son fils par la gorge pour le contraindre au silence avant qu'il ait fini son invocation.

Stancil était le plus jeune, le plus fort. Il s'est relevé. Gloire s'est précipitée sur Bomanz, qui l'a esquivée d'un pas rapide en arrière. « On ne bouge plus ! » a-t-il aboyé.

Stancil s'est frotté la gorge en laissant échapper un croassement.

« Tu crois que je n'oserai pas ? Détrompe-toi. Je me fiche de qui tu es. Tu ne libéreras pas cette créature là-bas.

— Comment as-tu su ? a murmuré Stancil dans un râle.

— Ton comportement bizarre. Tes amis bizarres. J'espérais me tromper, mais pas question que je coure le risque. Tu aurais dû le savoir. »

Stancil a dégainé un couteau. Son regard s'est fait dur. « Désolé, 'pa. Certaines choses sont plus importantes que les gens. »

Bomanz sentait ses tempes tambouriner. « Tiens-toi tranquille. Je n'ai pas de temps à perdre avec toi. Je dois arrêter Takar. »

Gloire a sorti un couteau elle aussi. Elle s'est approchée d'un pas.

« Ne joue pas avec ma patience, fils. »

La fille a bondi. Bomanz a prononcé une formule puissante. Elle est tombée tête la première contre la table et s'est écroulée au sol dans un mouvement fluide presque inhumain. En quelques secondes, elle est devenue complètement flasque. Elle hoquetait comme une volaille blessée.

Stancil s'est laissé tomber sur un genou. « Je suis désolé, Gloire. Je suis désolé. »

Ignorant ses propres affres, Bomanz a récupéré le mercure que le bol en se renversant avait répandu sur la table, puis il a balbutié quelques mots qui ont transformé sa surface en miroir des événements.

Takar avait franchi les deux tiers du chemin jusqu'aux Tumulus.

« Tu l'as tuée, a murmuré Stancil. Tu l'as tuée.

— Je t'avais prévenu que cette affaire était sérieuse. » Et il a encore ajouté : « Tu as fait un pari et perdu. Pose ton cul dans un coin et tiens-toi à carreau.

— Tu l'as tuée. »

Le remords l'a giflé avant que son fils ne l'ait contraint à l'action. Il avait essayé d'en minimiser l'impact, mais liquéfier les os, c'était tout ou rien.

Stancil s'est effondré sur sa fiancée.

Son père s'est agenouillé près de lui. « Pourquoi m'as-tu contraint à cela ? Pauvres fous, pauvres fous ! Vous vouliez vous servir de moi. Vous n'étiez même pas capables de me manipuler, et vous espériez traiter avec quelqu'un comme la Dame ? Je ne sais pas, je ne sais pas. Qu'est-ce que je vais dire à Jasmine ? Comment expliquer ? » Il jetait des regards autour de lui comme un animal aux abois. « Le suicide. C'est tout ce qu'il me reste. Pour lui épargner la douleur d'apprendre que son fils était un… Je ne peux pas. Il faut que j'arrête Takar. »

Des bruits de combat ont retenti dans la rue. Bomanz n'y a pas prêté attention. Il s'était replongé dans les visions du mercure.

Takar, parvenu au bord de la douve, contemplait les Tumulus. Bomanz a senti de la peur en lui, de l'hésitation.

L'homme a rassemblé son courage. Empoignant son amulette, il a franchi la frontière.

Bomanz a commencé d'élaborer un sortilège mortel.

Promenant le regard à la ronde, il a découvert Mouche, terrorisée, blottie derrière l'embrasure de la porte, qui l'observait depuis le palier obscur. « Oh, ma petite. Petite, redescends.

— J'ai peur, il y a des gens qui se tuent, dehors. »

On se tue ici aussi, a-t-il pensé. Va-t'en, par pitié. « Va voir Jasmine. »

Un terrible fracas a éclaté dans le magasin. Vociférations. Entrechoquements d'acier. Bomanz a reconnu la voix d'un des voituriers de Takar. L'homme déployait un cordon de défense autour de la maison.

La Garde contre-attaquait.

Mouche s'est mise à pleurnicher.

« N'entre pas, petite. N'entre pas. Redescends voir Jasmine.

— J'ai peur.

— Moi aussi. Et je ne pourrai rien faire pour arranger les choses si tu viens te fourrer dans mes pattes. S'il te plaît, fiche le camp. »

Serrant les dents, elle est descendue bruyamment. Bomanz a soupiré. Il s'en était fallu de peu. Si elle avait aperçu Stance et Gloire…

Le fracas redoublait. Hurlements. Bomanz a entendu le caporal Rauque brailler des ordres. Il s'est concentré de nouveau sur son bol. Takar avait disparu. Il ne parvenait plus à le localiser. Au passage, il a balayé du regard le terrain situé entre la ville et les Tumulus. Quelques résurrectionnistes se hâtaient vers les combats pour prêter main-forte, visiblement. D'autres avaient pris leurs jambes à leur cou. Le restant de la Garde leur donnait la chasse.

Des pas ont résonné à l'étage. De nouveau, Bomanz s'est interrompu dans la préparation de son sortilège. Rauque est apparu dans l'encadrement de la porte. Il n'était pas d'humeur à parlementer. Il a brandi une grande épée maculée de sang...

Bomanz a prononcé sa formule. Les os de son assaillant se sont mués en gelée. Et puis il l'a répétée encore et encore, contre les soldats qui se précipitaient pour venger le sous-officier. Quatre se sont effondrés avant qu'ils battent en retraite.

Il a essayé de revenir à son sortilège...

Cette fois, il n'a pas été interrompu par un événement concret mais par une sorte de réverbération émanant de la voie qu'il avait ouverte jusqu'à la crypte de la Dame. Takar avait atteint le Grand Tumulus et il était entré en contact avec les créatures qui s'y trouvaient.

« Trop tard, a-t-il balbutié. Trop tard, saloperie. » Il a néanmoins lancé son sortilège. Peut-être Takar mourrait-il avant d'avoir pu libérer ces monstres.

Jasmine a poussé un juron. Mouche un hurlement. Bomanz a enjambé les gardes au sol et dévalé l'escalier. Mouche a hurlé de nouveau.

Bo s'est engouffré dans sa chambre. L'un des hommes de Takar avait empoigné Jasmine et lui plaquait un couteau contre la gorge. Deux gardes cherchaient le défaut de la cuirasse.

Bomanz n'a pas fait dans la dentelle. Il les a tués tous les trois.

La maison a tremblé. La vaisselle a cliqueté dans la cuisine. La vibration, bien que ténue, suffisait pour avertir Bomanz sans ambiguïté.

Son sortilège n'était pas arrivé à temps.

Résigné, il a ordonné : « Sortez de la maison, il va y avoir un séisme. »

Jasmine lui a lancé un regard interrogateur. Elle étreignait la fillette hystérique.

« Je t'expliquerai plus tard. Si on sauve notre peau. Contentez-vous de sortir de la maison. » Il a tourné les talons, s'est précipité dans la rue et s'est élancé au pas de course vers les Tumulus.

S'imaginer svelte, mince et véloce ne lui a servi à rien. Il était Bomanz en chair et en os, le petit bonhomme rondouillard facilement essoufflé. Deux secousses qui se sont répercutées dans la ville entière l'ont fait trébucher. Chacune plus forte que la précédente.

Les incendies ne s'étaient pas éteints, mais les combats cessaient peu à peu. Les survivants des deux partis savaient que la voie de l'épée ne ferait plus pencher la balance. Tous regardaient en direction des Tumulus et attendaient le dénouement.

Bomanz s'est joint aux badauds.

La Comète brillait si fort qu'elle éclairait les Tumulus.

Un heurt terrible a fait trembler la terre. Bomanz a vacillé. Là-bas, dans les Tumulus, le tertre contenant Volesprit a explosé. Une lueur sinistre l'illuminait de l'intérieur. Une silhouette s'est dressée dans les décombres, sombre découpe dans la clarté.

Les spectateurs ont poussé des vivats ou des cris horrifiés selon leur camp.

Les déflagrations se sont succédé. Tumulus après tumulus. L'un après l'autre, les Dix qui étaient Asservis se sont levés dans la nuit.

« Takar, a murmuré Bomanz. J'espère que tu grilles en enfer. »

Restait un ultime recours. Un recours sans espoir. Il reposait sur les épaules affaissées par l'âge d'un petit homme rondelet aux pouvoirs un peu émoussés.

Il a passé en revue ses sortilèges les plus puissants, sa magie la plus efficace, tous les artifices de thaumaturge qu'il avait pu mettre au point au cours de trente-sept années d'insomnies solitaires. Et il s'est mis en route vers les Tumulus.

Des mains se sont tendues pour le retenir. Elles n'ont trouvé que du vide. Dans la foule, une vieille femme a crié : « Bo, non ! Je t'en prie ! »

Il a continué à marcher.

Une véritable effervescence agitait les Tumulus. Des fantômes hurlaient dans les ruines. Le monticule du Grand Tumulus a frémi. Des langues de feu ont jailli, soulevant des gerbes de terre. Un grand serpent ailé s'est dressé dans la nuit. Il a poussé un cri terrible. Sa gueule a vomi un torrent de feu qui a inondé le site.

Des yeux verts et sages regardaient Bomanz progresser.

Le petit homme gras s'est avancé dans le brasier, libérant son arsenal de sortilèges. Le feu l'a enveloppé.

35

LES TUMULUS, DE MAL EN PIS

J'ai remballé la lettre de Corbeau dans la toile cirée et je me suis étendu sur ma litière de branchages, déconcerté. Le récit de Corbeau était si dramatique. Je me demandais d'où il tirait ses informations cependant. L'épouse de Bomanz ? Il avait bien fallu que quelqu'un écrive la fin de l'histoire et la dissimule, puisqu'elle avait été retrouvée par la suite. Qu'était-elle devenue, cette femme ? Elle ne tenait aucune place dans les légendes. Pas plus que son fils, d'ailleurs. Les rumeurs populaires ne s'attachaient qu'à Bomanz.

Pourtant, ce récit me troublait. Un élément m'avait-il échappé ? En tout cas, oui, mon expérience personnelle le corroborait sur un point : le nom auquel s'était fié Bomanz. Ce nom, à l'évidence, s'était avéré insuffisamment puissant. Je l'avais déjà entendu. Dans des circonstances non moins tumultueuses.

À Génépi, tandis que l'affrontement faisait rage entre la Dame, retranchée dans une forteresse sur un versant de la vallée, et le Dominateur qui essayait de sortir d'un autre château sur la crête en face, nous avions découvert que les Asservis entendaient s'en prendre à nous dès la fin de la bataille. Sur ordre du capitaine, nous avions déserté. Nous nous étions emparés d'un navire. Le combat entre la Dame et son époux, au-dessus de la ville en feu, avait atteint son paroxysme alors que nous voguions vers la pleine mer. La Dame s'était montrée la plus forte.

La voix du Dominateur, laissant libre cours à un ultime accès de frustration, avait tonné à la surface du monde. Il avait maudit la Dame en usant de ce nom que Bomanz lui avait cru fatal. Visiblement, même le Dominateur pouvait se méprendre.

De deux sœurs, l'une avait tué l'autre et s'était peut-être substituée à elle. Volesprit, notre ancien mentor qui avait comploté pour abattre la Dame, était une troisième sœur, comme nous en avions obtenu la preuve durant la grande bataille de Charme. Il y en avait donc eu trois. Au moins. L'une d'elles portait le nom d'Ardath, mais à l'évidence il ne s'agissait pas de la Dame.

Peut-être y avait-il là un début de piste. Toutes ces listes, dans le Terrier. Et ces généalogies. D'abord, il fallait trouver une femme du nom d'Ardath, puis ses sœurs.

« C'est un début, ai-je murmuré. Maigre, mais un début.

— Quoi ? »

J'avais oublié Casier. Il n'en avait pas profité. Trop effrayé, ai-je supposé.

« Rien. »

La nuit était tombée dehors. Le crachin persistait. Des lueurs fantomatiques flottaient là-bas, dans les Tumulus. J'ai frissonné. Elles n'avaient pas l'air normales. Je me suis demandé comment Gobelin et Qu'un-Œil se tiraient d'affaire. Je n'ai pas osé aller leur demander. Traqueur ronflait doucement dans un coin. Saigne-Crapaud le Chien, couché sur le ventre, gargouillait des bruits de cabot somnolent, mais une paupière entrouverte attestait qu'il ne dormait que d'un œil.

J'ai examiné Casier un peu plus attentivement. Il tremblait, et le froid n'en était pas la seule cause. Il était persuadé que nous le tuerions. Je me suis approché de lui et lui ai posé une main sur l'épaule. « Ne t'inquiète pas, petit. On ne te fera pas de mal. On t'est reconnaissants d'avoir pris soin de Corbeau.

— C'est vraiment Corbeau ? *Le* Corbeau, père de la Rose Blanche ? »

Le gars connaissait les rumeurs. « Ouais. Père adoptif, toutefois.

— Alors il ne mentait pas sur toute la ligne. Il a vraiment vécu les campagnes du Forsberg. »

J'ai trouvé la remarque cocasse. J'ai gloussé et répondu : « Connaissant Corbeau, je serais étonné qu'il ait menti beaucoup. Il devait se contenter de maquiller un peu la vérité.

— Vous me relâcherez vraiment ?

— Sitôt qu'on sera en sécurité.

— Ah. » Il n'avait pas l'air rassuré.

« Disons quand on aura regagné la frontière de la plaine de la Peur. Tu trouveras plein d'amis, là-bas. »

Il a voulu m'entraîner dans une discussion politique sur les raisons de notre revirement contre la Dame. J'ai coupé court. Je ne suis pas un prêcheur. Je ne cherche pas à convertir. J'ai déjà bien assez de mal à essayer de me comprendre moi-même et à démêler mes propres motivations. Peut-être Corbeau pourrait-il lui expliquer, quand Gobelin et Qu'un-Œil l'auraient ramené à lui.

La nuit semblait ne jamais devoir finir, mais, au terme de trois éternités qui m'ont poussé jusqu'à minuit, j'ai entendu un bruit de pas chancelants. « Toubib ?

— Je suis là. »

C'était Gobelin. Dans l'obscurité, je lisais mal son expression, mais j'ai senti qu'il amenait de mauvaises nouvelles. « Des ennuis ?

— Oui. On n'arrive pas à le récupérer.

— Mais de quoi tu parles, bordel ? Qu'est-ce que tu veux dire ?

— Je veux dire qu'on manque de savoir. On manque de talent. Il faudrait quelqu'un d'une autre envergure que la nôtre. On n'est pas des cracks, Toubib. On est des saltimbanques. On se débrouille avec nos quelques tours. Peut-être que Silence pourrait quelque chose. Il maîtrise une magie tout à fait différente.

— Tu ferais peut-être bien d'y retourner. Où est Qu'un-Œil ?

— Il se repose. Il en a bavé. Ça l'a drôlement secoué, ce qu'il a vu là-bas.

— À savoir ?

— Mystère. Moi, je servais juste de cordon de sécurité. Et il a fallu que je le hale avant qu'il se fasse piéger aussi. Tout ce que je sais, c'est qu'on ne sauvera pas Corbeau sans quelqu'un pour nous épauler.

— Merde. Saloperie de chiasse. Gobelin, sans Corbeau notre mission court à l'échec. Moi non plus, je ne suis pas à la hauteur. Je ne pourrai pas traduire la moitié de ces documents.

— Pas même avec l'aide de Traqueur ?

— Il lit le telleKure. Point. Ça, je peux le faire aussi; plus lentement, voilà tout. Corbeau doit connaître les dialectes. Il en avait traduit des passages dans ses textes. Et puis la question est aussi de savoir ce qu'il fichait ici. Pourquoi il avait de nouveau simulé sa mort et disparu. Quitte à abandonner Chérie. »

Peut-être que je cédais à l'impatience. Ça m'arrive. Ou peut-être que je me laissais aller au penchant bien humain de simplifier à l'extrême, en me figurant que nos problèmes se résoudraient sitôt que nous réussirions à ramener Corbeau à lui. « Qu'est-ce qu'on va faire ? » me suis-je demandé à voix haute.

Gobelin s'est levé. « J'en sais rien, Toubib. Attendons que Qu'un Œil revienne sur terre et avisons alors. C'est tout ce qu'on peut décider pour l'instant.

— Bon. »

Il s'est glissé dehors. Je me suis recouché et j'ai essayé de dormir.

Chaque fois que je piquais du nez, je replongeais dans un cauchemar sur la créature enfouie dans le bourbier fangeux que les Tumulus étaient devenus.

36

SALE MOMENT

Qu'un-œil tirait une mine épouvantable. « Ç'a été dur, a-t-il dit. Sors la carte, Toubib. » J'ai sorti la carte. Il a posé un doigt dessus. « Il est là. Coincé. On dirait qu'il a suivi la piste de Bomanz jusqu'au centre et que c'est en ressortant qu'il a rencontré des problèmes.

— Comment ? Je ne comprends pas ce qui se passe là-dedans.

— J'aimerais que tu puisses y aller voir. Une foire aux monstres... Je crois que je devrais plutôt me réjouir que tu ne puisses pas. Tu serais fichu d'essayer d'agir.

— Ça veut dire quoi, ce sous-entendu ?

— Ça veut dire que ta curiosité te jouera des tours. Comme à ce vieux Bomanz. Non. Reste tranquille. » Il s'est interrompu un moment.

« Toubib, quelque chose a été pris au piège là-bas, une âme damnée des Asservis. Bomanz était trop fort pour elle. Mais Corbeau était un amateur. M'est avis que Gobelin, Silence et moi réunis ne ferions pas le poids contre ça, bien qu'on soit tous drôlement plus experts que Corbeau. Il avait sous-estimé les dangers et s'était surestimé lui-même. Quand il a voulu repartir, cette chose a pris sa place et l'a laissé à la sienne. »

J'ai froncé les sourcils, je ne comprenais pas bien.

Qu'un-Œil s'est expliqué : « Une créature s'est servie de lui pour maintenir l'équilibre des anciens sortilèges. Lui se trouve pris dans un filet de très vieille sorcellerie. Et la créature s'est fait la belle. »

Ça m'a fichu un coup. Le désespoir n'était pas loin. « S'est fait la belle ? Et vous ne savez pas… ?

— Que dalle. La carte n'indique rien. Bomanz devait se moquer pas mal des démons mineurs. Il n'en a pas recensé une douzaine. Alors qu'ils doivent se compter par vingtaines. »

Vraisemblable, d'après mes documents. « Qu'est-ce qu'il t'a dit ? Vous avez pu communiquer ?

— Non. Il a perçu une présence. Il est dans une espèce de siphon de sortilèges. Je ne pouvais pas le contacter sans m'y engluer moi aussi. Mais j'ai remarqué un léger déséquilibre, comme si ce qui est sorti était un poil plus gros que ce qui est resté. J'ai essayé de l'approcher. C'est pourquoi Gobelin m'a ramené. J'ai senti planer une grande peur, qui n'était pas due à sa situation. Tout est colère, là-bas. Je pense qu'il s'est fait coincer parce qu'il éprouvait une telle panique qu'il n'a pas prêté assez attention à ce qui l'entourait. »

J'ai compris le message. Il avait pénétré au cœur des Tumulus et en trop grande hâte. Or qu'est-ce qui se trouvait au centre ? « Tu crois que la créature qui a pris la poudre d'escampette pourrait essayer d'ouvrir le Grand Tumulus ?

— Elle pourrait manigancer quelque chose dans ce goût. »

Je me suis creusé les méninges. « Pourquoi ne pas ramener subrepticement Chérie par ici ? Elle pourrait… »

Qu'un-Œil m'a lancé un regard qui voulait dire : Trêve de sornettes. Bon. Corbeau serait bien le dernier que le nul libérerait.

« Le grand bonhomme adorerait, a grondé Gobelin. Il serait aux anges.

— On ne peut rien tenter pour Corbeau dans l'immédiat, a dit Qu'un-Œil. Un jour, peut-être, on trouvera un mage assez balèze. D'ici là ? » Il a haussé les épaules. « Il vaut sans doute mieux garder bouche cousue. Chérie serait fichue d'oublier sa mission si tout cela lui venait aux oreilles.

— D'accord, ai-je dit avant d'ajouter : Quoique...

— Quoique quoi ?

— J'avais déjà réfléchi à la question. Chérie et Corbeau. Il y a quelque chose qui nous échappe, je pense. Je veux dire, considérant l'attitude qu'il a toujours eue, pourquoi a-t-il coupé les ponts pour venir ici ? Apparemment pour comploter contre la Dame et ses séides. Mais pourquoi à l'insu de Chérie ? Vous voyez ce que je veux dire ? Peut-être qu'elle ne serait pas aussi affectée qu'on le pense. Ou peut-être pour d'autres raisons. »

Qu'un-Œil s'est fait songeur. Gobelin a opiné du chef. Traqueur avait l'air hébété, comme d'habitude.

« Et son corps ? ai-je demandé.

— Un fardeau inutile, a répliqué Qu'un-Œil. Je doute que le ramener dans la plaine facilite la connexion entre sa chair et son esprit.

— Stop. » J'ai observé Casier. Il m'a retourné mon regard. Une nouvelle convergence d'intérêts entre nous.

Je voyais un moyen infaillible de résoudre la question du corps de Corbeau. Et de le sortir d'où il était. Le trahir à la Dame. Mon idée pouvait, dans la foulée, apporter une solution à certains autres dangereux problèmes. Comme celui du je-ne-sais-quoi qui vadrouillait dans la nature, ou la menace d'une nouvelle tentative de sortie du Dominateur. Autre avantage, cela fournirait un répit à Chérie dans la mesure où la Dame détournerait radicalement son attention d'elle.

Mais qu'adviendrait-il de Corbeau alors ?

Il allait devenir la clé de notre succès ou de notre perte. L'abandonner pour le sauver ? Tenter le pari avec une très forte cote que nous parviendrions d'une façon ou d'une autre à le récupérer avant que son savoir ne se retourne contre nous ? Dilemme, dilemme.

« Essayons de retourner voir, a suggéré Gobelin. Cette fois, c'est moi qui tenterai le coup et Qu'un-Œil me couvrira. »

J'ai lu dans le regard aigre de Qu'un-Œil que la question avait déjà donné lieu à un débat houleux. Je n'ai pas pipé mot. C'était leur champ de compétence.

« Eh bien ? a demandé Gobelin.

— Si tu penses que ça vaut le coup…

— M'est avis que oui. Et puis on n'a rien à perdre. Un point de vue différent pourrait amener quelques lumières. Peut-être que je parviendrai à relever des choses qui lui ont échappé.

— Ce n'est pas parce que je suis borgne que je suis aveugle », a grogné Qu'un-Œil.

Gobelin lui a lancé un regard acerbe. Pas le premier non plus, à l'évidence.

« Perdez pas de temps, ai-je dit. On ne peut pas rester plantés ici éternellement. »

Parfois les décisions se prennent d'elles-mêmes.

Nuit noire. Vent dans les arbres. Froid s'insinuant sous l'abri. Réveil, frissons jusqu'à ce que je me rendorme. Pluie tambourinant avec régularité, mais non pour nous bercer. Bons dieux, ce que je pouvais en avoir ma claque de cette flotte ! Comment les troupiers de la Garde éternelle pouvaient-ils conserver une once de santé mentale ?

Une main m'a secoué. Traqueur a murmuré : « Une patrouille arrive. Gare. » Saigne-Crapaud le Chien se tenait devant les rabats de la tente, le poil hérissé.

J'ai tendu l'oreille. Rien. Mais autant lui faire confiance. Plutôt trop prudent que mort. « Et Gobelin, Qu'un-Œil ?

— N'ont pas fini.

— Ho-ho. » J'ai enfilé en hâte mes vêtements, empoigné mes armes. Traqueur a annoncé : « Je pars en éclaireur pour essayer de les détourner ou de leur faire peur. Va prévenir les autres. Qu'ils se tiennent prêts à déguerpir. » Il s'est glissé hors de la tente sur les traces de son chien. Voilà que le fichu animal s'excitait, maintenant.

Nos murmures avaient réveillé Casier. Ni l'un ni l'autre n'avons prononcé un mot. Je me suis demandé de quelle façon il chercherait à tirer avantage de la situation. J'ai jeté ma couverture sur ma tête et je suis sorti. Tant de péripéties en cette seule journée.

Dans l'autre tente, j'ai trouvé les deux sorciers en transe.

« Merde. Qu'est-ce que je fais ? » Devais-je oser réveiller Qu'un-Œil ? Doucement j'ai murmuré : « Qu'un-Œil. C'est Toubib. Il y a un pépin. »

Ah. Son œil valide s'est ouvert. L'espace d'un moment, il a paru désorienté. Puis il s'est exclamé : « Qu'est-ce que tu fiches ici ?

— Y a un problème. Traqueur prétend que du monde arrive dans les bois. »

Un cri a retenti dans la nuit. Qu'un-Œil s'est redressé d'un coup. « Quelle puissance ! a-t-il craché. Bordel, qu'est-ce qui se passe ?

— Qu'est-ce qu'il y a ?

— Quelqu'un vient de rompre un sortilège, un maousse, comme ceux qu'emploient les Asservis pour se protéger.

— Tu peux ramener Gobelin ? Vite ?

— Je peux… »

Un autre cri s'est répercuté dans la forêt. Celui-ci a duré, duré, plein de détresse autant que d'effroi.

« Je vais à sa recherche. » À sa voix, on aurait dit qu'il avait perdu tout espoir.

Asservi. Ce ne pouvait être que cela. Il avait reniflé nos traces. Se rapprochait. Mais alors les cris… Le premier poussé par la victime d'une embuscade de Traqueur ? Et le second par Traqueur lui-même ? Ça ne ressemblait pas à sa voix.

Qu'un-Œil s'est allongé et a fermé la paupière. Un instant plus tard, il s'était replongé dans sa transe, bien qu'on lût sa peur sur son visage, au niveau superficiel de sa conscience. Il fallait être fortiche pour supporter autant de tensions.

Un troisième cri a retenti dans la forêt. Déconcerté, je me suis décalé pour pouvoir scruter la pluie. Je n'ai rien remarqué. Le moment d'après, Gobelin commençait à s'agiter.

Il avait un air pitoyable. Mais sa détermination prouvait qu'il avait reçu le message. Il s'est forcé à revenir alors qu'à l'évidence il n'y était pas prêt. Sa bouche s'ouvrait et se refermait convulsivement. J'avais l'impression qu'il voulait me dire quelque chose.

Qu'un-Œil est revenu à lui peu après, mais il a récupéré plus rapidement. « Qu'est-ce qui s'est passé ? a-t-il demandé.

— Un autre cri.

— On lâche tout ? On décanille sur-le-champ ?

— On ne peut pas. Il faut ramener une partie des documents dans la plaine. Sans quoi, autant offrir ici même notre reddition à l'ennemi.

— Bon. Prépare les affaires. Je reste là pour veiller. »

En un clin d'œil, j'ai eu rassemblé les papiers. Je n'avais pas déballé grand-chose… Un rugissement a résonné dans les bois. Je me suis figé. « Qu'est-ce que c'est que ça ? » On aurait dit un monstre plus gros que quatre lions. Des cris ont suivi un instant plus tard.

Goutte. Je n'y comprenais goutte. Je pouvais concevoir que Traqueur en fasse voir de toutes les couleurs aux gardes, mais pas à des gardes flanqués d'un Asservi.

Gobelin et Qu'un-Œil se sont amenés comme je démontais la tente. Gobelin avait toujours une mine épouvantable. Qu'un-Œil portait la moitié de son barda. « Où est le gosse ? » a-t-il demandé.

Je ne m'étais posé aucune question sur son absence. Elle ne m'avait pas étonné. « Parti. Comment est-ce qu'on va transporter Corbeau ? »

La réponse est sortie du couvert : Traqueur. Tout déguenillé mais sain et sauf. Saigne-Crapaud le Chien était couvert de sang. Il paraissait la proie d'une fièvre que je ne lui avais jamais connue. « Sortons-le d'ici, a dit Traqueur en se postant à un bout de la civière.

— Tes affaires.

— Pas le temps.

— Et le chariot ? » J'ai soulevé les deux brancards vacants. « On laisse. Je suis sûr qu'ils l'ont trouvé. En avant. »

Nous lui avons tous emboîté le pas. « C'était quoi, ce rugissement ? ai-je demandé.

— Je les ai pris par surprise.

— Mais…

— Même les Asservis peuvent se faire surprendre. Économise ton souffle. Il n'est pas mort. »

Pendant quelques heures, ç'a été un pied devant l'autre sans un regard en arrière. Traqueur imprimait un rythme du diable. Dans un recoin de mon esprit où restait niché l'observateur, j'ai remarqué que Saigne-Crapaud le Chien tenait l'allure sans peine.

Gobelin s'est effondré le premier. À une ou deux reprises il s'était efforcé de me rattraper pour réclamer quelque chose, mais il n'en avait tout simplement plus l'énergie. Lorsqu'il s'est écroulé, Traqueur s'est arrêté, a regardé derrière lui avec irritation. Saigne-Crapaud le Chien s'est allongé en grondant sur les feuilles mouillées. Traqueur a haussé les épaules, posé son extrémité de la civière par terre.

Alors ç'a été mon tour de m'affaisser. Comme une dalle. Et cette saleté de pluie et de boue. J'étais trempé jusqu'aux os.

Dieux ! que mes bras et mes jambes me faisaient mal ! Des aiguilles incandescentes me fouaillaient les muscles jusque dans la nuque. « On ne va pas y arriver, ai-je balbutié dès que j'ai eu repris haleine. On est trop vieux, trop faiblards. »

Traqueur a examiné la forêt. Saigne-Crapaud le Chien s'est levé, a humé le vent humide. Je me suis redressé tant bien que mal pour repérer le chemin que nous avions parcouru, essayant de deviner quelle direction nous avions prise.

Celle du sud, évidemment. Ç'aurait été idiot de partir vers le nord, et l'est ou l'ouest nous auraient menés soit aux Tumulus, soit à la rivière. Mais, à continuer vers le sud, nous allions inévitablement tomber sur la vieille route d'Aviron qui s'incurvait pour s'écarter de la Grande Tragique. Ce tronçon serait forcément surveillé.

Ayant en partie retrouvé mon souffle – mes halètements me ronflaient jusque-là dans les oreilles –, j'ai entendu la rivière. Distante d'une centaine de mètres à peine, elle faisait entendre ses sempiternels gargouillis et clapotements.

Traqueur est sorti de sa songerie. « Reste alors la ruse. La ruse.

— J'ai faim, a dit Qu'un-Œil (je me suis rendu compte que moi aussi). Et j'ai comme l'impression que ça ne fait que commencer. » Il avait maintenant assez de force pour jeter un coup d'œil à Gobelin. « Toubib, tu peux l'ausculter ? »

Marrant comme leur vieille inimitié s'efface au premier coup dur.

37

LA FORÊT ET AU-DELÀ

Il nous a fallu tenir deux jours sans manger, au terme desquels Traqueur a condescendu à mettre en pratique ses talents de chasseur. Deux jours à esquiver les patrouilles. Traqueur connaissait ces bois comme sa poche. Nous disparaissions dans leurs profondeurs et dérivions vers le sud à une allure moins soutenue. Après ces deux jours, Traqueur s'est senti assez en confiance pour nous permettre d'allumer un feu. Un tout petit cependant, tant il était difficile de rassembler un peu de bois combustible. La maigre flambée nous a apporté plus de réconfort que de chaleur.

Mais notre espoir grandissant contrebalançait nos misères. Voilà le résumé de nos deux semaines passées dans la Vieille Forêt. Sacrénom, nous avions beau crapahuter en pleine cambrousse hors des sentiers battus, nous progressions aussi vite que par route. Nous avions en partie retrouvé l'optimisme lorsque nous sommes parvenus à la lisière méridionale.

Je serais tenté de m'étendre sur les tracas et les disputes causés par Corbeau. Qu'un-Œil et Gobelin croyaient dur comme fer que nous ne l'aidions pas. Pourtant ils ne voyaient aucune alternative que le trimballer avec nous.

Je portais quant à moi un autre fardeau sur les épaules, lourd comme une pierre.

Gobelin était venu me voir lors de cette seconde nuit, pendant que Traqueur et Saigne-Crapaud le Chien étaient partis à la chasse. Il m'avait glissé : « Je suis allé plus loin que Qu'un-Œil. Presque au milieu. Je sais pourquoi Corbeau n'est pas sorti.

— Ah ouais ?

— Il en a découvert trop. Ce qu'il avait voulu savoir, probablement. Le Dominateur ne sommeille pas. Je... » Il avait frissonné. Il lui avait fallu un moment pour se reprendre. « Je l'ai vu, Toubib. J'ai senti son regard dans mon dos. Il riait. Sans Qu'un-Œil... je me serais fait avoir exactement comme Corbeau.

— Oh, bon sang, avais-je fait doucement, l'esprit embrouillé par les implications de ce qu'il avançait. Éveillé ? Et actif ?

— Oui. N'en parle pas. À personne hormis à Chérie quand tu seras en mesure de le faire. »

Il avait un ton fataliste. Il pensait qu'il ne survivrait pas longtemps. Effrayant. « Qu'un-Œil sait ?

— Je vais le mettre au courant. Il faut s'assurer que le message passe.

— Pourquoi ne pas nous en parler à tous ouvertement ?

— Pas à Traqueur. Quelque chose me chiffonne chez lui... Toubib. Autre chose. Le vieux mage de jadis. Il s'y trouve aussi.

— Bomanz ?

— Oui. Vivant. Comme gelé, ou quelque chose dans le genre. Pas mort mais incapable d'agir... Le dragon... » Il s'était tu.

Traqueur était arrivé en apportant une paire d'écureuils. Nous les avions dévorés encore à moitié crus.

Nous nous sommes reposés une journée avant de nous remettre en route en territoire soumis. Désormais nous allions devoir galoper en nocturne d'un couvert à l'autre, comme des souris. Je me suis demandé à quoi bon. La plaine de la Peur nous paraissait dans un autre monde.

Cette nuit-là, j'ai eu un rêve doré.

Je ne me souviens de rien, hormis du fait qu'elle a opéré le contact pour essayer de me mettre en garde d'une façon ou d'une autre. Je crois que mon épuisement, plus que mon amulette, a empêché le message de me parvenir. Rien n'est passé. Je me suis réveillé en proie à la sensation diffuse d'avoir raté quelque chose de capital.

Fin de la reprise, fin du combat. Deux heures après que nous sommes sortis de la Grande Forêt, j'ai compris que nous n'en avions plus pour longtemps. L'obscurité ne nous dissimulait pas assez. Mes amulettes non plus.

Des Asservis sillonnaient les airs. Quand je les ai sentis rôder, il était trop tard pour rebrousser chemin. Et ils savaient leurs proies dépourvues de montures. Nous pouvions entendre la rumeur lointaine de bataillons en marche pour nous couper toute retraite vers la forêt.

Mon amulette m'avertissait de façon répétée du passage d'un Asservi non loin. Quand elle ne le faisait pas, car elle semblait fonctionner capricieusement – peut-être parce que les nouveaux Asservis ne produisaient pas d'effet sur elle –, c'était Saigne-Crapaud le Chien qui donnait l'alerte. Il reniflait ces salopards à des lieues à la ronde.

L'autre amulette nous a bien servi. Ainsi que le génie de Traqueur pour brouiller notre piste.

Mais leur étau se resserrait. De plus en plus. Nous savions qu'avant peu les mailles du filet seraient trop étroites pour nous laisser passer.

« Qu'est-ce qu'on fait, Toubib ? » a demandé Qu'un-Œil. Sa voix chevrotait. Il savait. Et pourtant il voulait qu'on lui dise. Mais je ne me sentais capable ni de donner l'ordre ni d'exécuter la besogne.

Ces gars-là sont mes amis. Nous avons passé le gros de notre vie d'adulte ensemble. Je ne pouvais pas leur demander de mettre fin à leurs jours. Ni les liquider moi-même.

Cependant aucun d'eux ne devait tomber vivant entre les griffes de l'ennemi.

Une idée encore vague m'est venue. Un projet fou, vraiment. J'y ai d'abord vu une folie née du désespoir. Qu'y gagnerions-nous ?

Et puis quelque chose m'a frappé. J'ai tressailli. Les autres l'ont perçu aussi. Même Traqueur et son corniaud. Ils ont sursauté, comme piqués par un aiguillon. J'ai tressailli de nouveau. « C'est elle. Elle est là. Oh, bordel. » Mais du coup j'ai pris ma décision. Peut-être que j'allais pouvoir gagner du temps.

Avant d'avoir pu réfléchir, et donc me dégonfler, j'ai arraché mes amulettes, les ai fourrées entre les mains de Gobelin et j'ai confié nos précieux documents à Qu'un-Œil. « Merci, les gars. Faites gaffe à vous. À bientôt peut-être.

— Mais quelle mouche te pique ? »

Arc au poing – cet arc qu'elle m'avait offert il y a si longtemps –, j'ai foncé dans l'obscurité. Des protestations étouffées m'ont poursuivi. J'ai eu le temps d'entendre Traqueur demander ce qui se passait. Et déjà j'étais loin.

Une route passait à proximité, avec un petit rayon de lune dardé dessus. Je m'y suis engagé au trot, dans la lumière de l'astre, poussant mon vieux corps fatigué dans ses derniers retranchements, essayant de creuser au maximum la distance avant que l'inévitable ne me tombe dessus.

Elle me protégerait quelque temps. Du moins je l'espérais. Et, une fois pris, j'essayerais de détourner l'attention des autres.

J'étais désolé pour eux malgré tout. Ni Gobelin ni Qu'un-Œil n'avaient assez de forces pour aider à porter Corbeau. Traqueur ne s'en tirerait pas seul. Et, s'ils réussissaient à regagner la plaine de la Peur, ils ne pourraient esquiver la redoutable tâche de tout expliquer à Chérie.

Je me suis demandé si l'un d'entre eux aurait le cran – s'il s'agissait de cran – d'achever Corbeau... J'ai eu un accès de bile. Mes jambes sont devenues cotonneuses. J'ai essayé de me vider la tête, braqué le regard sur la route à trois pas devant et, soufflant comme un bœuf, j'ai continué. Je comptais mes foulées. Une centaine après l'autre, encore et encore.

Un cheval. Je devais voler un cheval. Je me répétais cette idée, me concentrais dessus, essayant d'ignorer mon point de côté, jusqu'au moment où des silhouettes se sont dressées devant moi et des impériaux se sont mis à crier. Alors j'ai obliqué vers un champ de blé, courant comme un dératé, la meute de la Dame aux trousses.

Il s'en est fallu d'un cheveu que je leur échappe. D'un cheveu. Mais c'est alors qu'une ombre a plongé depuis les cieux. Un tapis est passé dans un sifflement. Et, l'instant d'après, les ténèbres m'enveloppaient.

La fin de mes misères, ai-je eu le temps de songer, espérant qu'elle serait définitive.

Il faisait jour quand je suis revenu à moi. Je me trouvais dans une pièce froide, mais toutes les pièces le sont dans le Nord. J'étais sec. Pour la première fois depuis des semaines, j'étais sec. Je me suis remémoré ma fuite et me suis souvenu du rayon de lune. Un ciel assez dégagé pour révéler la lune. Ahurissant.

J'ai entrouvert un œil. J'occupais une pièce aux murs de pierre. Elle avait tout d'une cellule. Sous moi, une surface ni dure ni mouillée. À quand remontait la dernière fois où j'avais pu me prélasser sur un lit sec ? La Venette Bleue.

J'ai pris conscience d'une odeur. Des victuailles ! Un plat chaud à quelques centimètres de ma tête, sur un plateau posé sur un petit guéridon. Une bouillie qui ressemblait à un ragoût trop cuit. Dieux, que ça embaumait !

Je me suis redressé trop vite et la tête m'a tourné. J'ai failli tomber dans les pommes. De quoi becqueter ! Au diable le reste. J'ai mangé comme la bête affamée que j'étais.

Je n'avais pas tout à fait vidé mon écuelle quand la porte s'est ouverte à la volée. Elle a claqué contre le mur en résonnant. Une imposante masse sombre s'est avancée à pas lourds. Je suis resté figé un instant, la cuillère entre la bouche et la gamelle. Cette chose était-elle humaine ? Elle s'est rangée de côté, arme au poing.

Quatre impériaux ont fait irruption à sa suite, mais je les ai à peine remarqués, obnubilé que j'étais par le géant. Un homme, oui, mais plus grand qu'aucun dans mon souvenir. Et, qui plus est, souple et vif comme un elfe malgré sa taille.

« Comment ? ai-je lancé, bien décidé à jouer le bravache avant d'y passer. Pas de tambours ? Pas de trompettes ? »

Les gardes se sont alignés deux par deux, au garde-à-vous.

Je me suis dit que je n'allais pas tarder à rencontrer mon ravisseur.

À croire que je l'avais appelé de mes pensées. Murmure a franchi le seuil.

Son arrivée m'a sidéré plus encore que celle, tonitruante, de sa grosse brute. L'Asservie était censée tenir la frontière occidentale de la plaine… à moins… Je ne pouvais y croire. Mais le ver du doute me rongeait. Il y avait si longtemps que nous n'avions plus de nouvelles.

« Où sont les documents ? » a-t-elle demandé de but en blanc.

Un rictus m'a étiré la bouche. J'avais réussi. Ils n'avaient pas pris les autres… Joie éphémère. D'autres impériaux sont arrivés derrière Murmure; ils portaient une civière. Corbeau. Ils l'ont renversé sans ménagement sur une paillasse face à la mienne.

On nous offrait une hospitalité sans mesquinerie. La cellule était grande. Assez pour que le prisonnier puisse se dégourdir les jambes.

J'ai retrouvé mon rictus. « Mais vous ne devriez pas poser de questions de ce genre. Maman n'aimera pas cela. Vous vous souvenez comme ça l'a mise en colère, la dernière fois ? »

Murmure avait un certain flegme. Même du temps où elle commandait les rebelles, elle ne se laissait jamais déborder par ses émotions. « Ta mort pourrait être douloureuse, médecin, s'est-elle contentée de me rappeler.

— La mort, c'est la mort. »

Un sourire lent s'est épanoui sur ses lèvres. Elle n'était pas jolie femme. Son sourire mauvais ne l'arrangeait pas.

J'ai compris le message. Dans les tréfonds de moi-même, quelque chose hoquetait de colère et bafouillait comme un singe qu'on martyrise. Je me refusais à mettre le nom de terreur sur ce tourment. Maintenant plus que jamais, le moment était venu de me conduire en frère de la Compagnie noire. Il fallait gagner du temps. Il fallait que je permette aux autres de prendre autant d'avance que possible.

Elle a peut-être lu mes pensées tout en m'observant, debout, sourire en coin. « Ils n'iront pas loin. Ils peuvent se soustraire à la sorcellerie, mais pas échapper aux chiens. »

Ça m'a fichu un coup.

Avec un à-propos singulier, un messager a fait irruption. Il a transmis son information à l'oreille de Murmure. Elle a hoché la tête. Puis elle s'est retournée vers moi. « Je vais aller les chercher, maintenant. Pense au Boiteux en mon absence. Parce qu'une fois que je t'aurai tiré les vers du nez je risque de te livrer à lui. » Nouveau petit sourire.

« Vous n'avez jamais eu des manières de grande dame », ai-je rétorqué, mais d'une voix mal assurée et pas avant qu'elle ait tourné le dos pour partir. Sa ménagerie a débarrassé le plancher avec elle.

J'ai examiné Corbeau. Il paraissait toujours dans le même état.

Je me suis étendu sur ma couche, j'ai fermé les yeux, essayé de m'abstraire de tout. La technique avait déjà fonctionné dans le passé, en une occasion où j'avais eu besoin de contacter la Dame.

Où était-elle ? Je savais qu'elle se trouvait assez près pour l'avoir sentie la nuit précédente. Mais à présent ? Jouait-elle avec moi ?

Certes, elle m'avait prévenu qu'elle n'aurait pour moi aucune considération particulière… Tout de même. Il y a considération et considération.

38

LA FORTERESSE DE DONNE

Bam ! Le coup éculé de la porte qui claque. Cette fois j'avais entendu le pas lourd du mastodonte dans le couloir, en sorte que je n'ai pas réagi, sauf pour demander : « Dites, Firmin, vous pourriez frapper ? » Pas de réponse.

Jusqu'à ce que Murmure s'avance. « Debout, docteur. »

Je m'apprêtais à lancer une remarque bien sentie, mais une intonation dans sa voix m'a glacé plus encore que ce que ma situation critique me faisait éprouver. Je me suis levé.

Elle affichait un air terrible. Physiquement, elle n'avait pas beaucoup changé, mais je sentais quelque chose en elle qui irradiait la peur, le froid et la mort. « Qu'est-ce que c'était que cette chose ? » m'a-t-elle demandé.

J'en suis resté comme deux ronds de flan. « Quelle chose ?

— La chose qui voyageait avec vous. Parle. »

J'en étais bien incapable, ignorant ce sur quoi elle voulait me cuisiner.

« Nous avons rattrapé tes amis. Ou plutôt mes hommes les ont rattrapés. J'ai accouru aussitôt et suis arrivée pour dénombrer les victimes. Qu'est-ce qui a pu massacrer vingt chiens et une centaine d'hommes en armes en l'espace de quelques minutes, puis échapper au flair d'une meute enragée ? »

Fichtre, Qu'un-Œil et Gobelin avaient dû se surpasser. J'ai continué de me taire.

« Vous veniez des Tumulus. Où vous êtes allés fouiner. Avez-vous déclenché quoi que ce soit ? » Elle paraissait songeuse. « Il est temps de voir. De voir ce que tu as dans le ventre, soldat. » Elle s'est tournée vers le géant. « Emmène-le. »

Ma meilleure chance, c'était de tenter un coup sournois. J'ai feint la résignation juste le temps qu'il relâche un peu son attention. Et soudain je lui ai écrasé le pied et balancé un talon dans le tibia. Aussitôt j'ai fait volte-face pour lui décocher un coup de tatane entre les jambes.

Avec l'âge j'ai dû perdre de ma vivacité. Et puis il était bien plus leste qu'il n'aurait dû, pour un type de sa corpulence. Il s'est reculé, a saisi mon pied et m'a envoyé dinguer dans la pièce. Deux impériaux m'ont relevé et ont commencé à me traîner. Je suis sorti avec la satisfaction de voir la montagne boitiller.

J'ai essayé de me rebiffer à plusieurs reprises, histoire de freiner le mouvement, sans autre résultat concret que d'encaisser quelques horions. Les impériaux m'ont sanglé à un fauteuil de bois à dossier surélevé dans une salle que Murmure avait dévolue à ses pratiques magiques. Je n'y ai repéré aucun instrument abominable. Ça m'a stimulé l'imagination et laissé augurer le pire.

Ils m'ont extorqué deux ou trois beuglements, et ils s'appliquaient à devenir vraiment désagréables quand la séance s'est interrompue soudainement. Les impériaux m'ont arraché à mon siège et porté en hâte vers ma cellule. J'étais trop sonné pour m'étonner.

Jusqu'au moment où, dans le couloir à quelques pas de ma cellule, nous avons rencontré la Dame.

Oui. Parfaitement. Elle avait reçu mon message. Moi qui pensais m'être bercé d'illusions par mon bref contact. Mais non, elle était là.

Les impériaux ont déguerpi. Etait-elle aussi terrible pour les siens ?

Murmure a fait front.

Quelle qu'ait été la teneur de leur échange, tout s'est déroulé dans le silence. Murmure m'a aidé à me remettre sur pied puis m'a poussé dans ma cellule. Elle affichait un visage de marbre, mais son regard lançait des éclairs.

« Zut alors ! Encore contrecarrée », ai-je croassé, et je me suis effondré sur ma paillasse.

Il faisait grand jour quand la porte s'était ouverte. Il faisait nuit quand je me suis réveillé; elle me surplombait dans son aura de beauté. Elle a dit : « Je t'avais prévenu.

— Oui. » J'ai essayé de m'asseoir. Je souffrais de partout, séquelles des violences que j'avais subies tout autant que de celles que j'avais infligées à mon vieux corps avant ma capture en le poussant au-delà de ses limites.

« Reste. Je ne serais pas venue si mes propres intérêts ne me l'avaient pas dicté.

— Je ne vous aurais pas appelée autrement.

— À nouveau, accorde-moi une faveur.

— Seulement si cela peut m'aider à survivre.

— Il se pourrait que tu tombes de la poêle dans le feu, comme on dit. Murmure a perdu beaucoup d'hommes aujourd'hui. Contre qui ?

— Je ne sais pas. Gobelin et Qu'un-Œil... » Je me suis tu. Foutu tête cotonneuse. Foutue voix melliflue. J'en avais déjà trop dit.

« Ce n'étaient pas eux. Ils n'ont pas assez de science pour provoquer une pareille hécatombe. J'ai vu les corps.

— Alors je ne sais pas.

— Je te crois. Même si... J'ai déjà vu des blessures comme celles-là par le passé. Je vais te montrer avant que nous partions pour la Tour. » Y avait-il jamais eu le moindre doute làdessus ? « Lorsque tu procéderas à tes autopsies, songe au fait que la dernière fois que des hommes sont morts de cette façon, mon mari régnait sur le monde. »

Aucune de ces informations ne m'éclairait davantage. Mais, de toute façon, je ne m'en souciais guère. Ce qui m'inquiétait, c'était mon propre avenir.

« *Il* a commencé à bouger. Bien plus tôt que je ne l'aurais cru. Ne me laissera-t-il donc jamais en paix mener à bien ma tâche ? »

Quelques éléments ont commencé à s'additionner. Qu'un-Œil soutenant qu'une créature s'était échappée. Corbeau pris à cause d'elle…

« Corbeau, espèce de salopard, tu nous rejoues le coup. » En faisant cavalier seul pour tenter de protéger Chérie, il avait déjà bien failli libérer le Dominateur à Génépi. « Qu'est-ce que tu as boutiqué cette fois ? »

Pourquoi la chose suivrait-elle Qu'un-Œil et les autres pour les protéger ?

« Ainsi donc c'est lui, Corbeau ? »

Boulette numéro deux pour Toubib. Pourquoi est-ce que je ne parviens pas à fermer ma foutue grande gueule ?

Elle s'est penchée sur lui, a posé la main sur son front. Je l'observais à la dérobée, n'osant la regarder de face. Elle pouvait faire plier une pierre.

« Je reviendrai bientôt, a-t-elle déclaré en se dirigeant vers la porte. Ne crains rien. Tu seras en sécurité en mon absence. »

La porte s'est refermée.

« Sûr, ai-je grommelé. Rien à craindre de Murmure peut-être. Mais de vous ? » J'ai laissé errer mon regard dans la pièce en me demandant si je devais mettre fin à ma vie.

Murmure m'a emmené sur les lieux du carnage, là où les chiens et les impériaux avaient rattrapé Qu'un-Œil et Gobelin. Pas jojo, autant vous dire. La dernière fois que j'avais vu pareille boucherie, c'était quand nous avions attaqué le forvalaka à Béryl, avant notre enrôlement dans les rangs de la Dame. Je me suis demandé si le monstre n'était pas de retour pour traquer Qu'un-Œil à nouveau. Mais notre sorcier l'avait achevé au cours de la bataille de Charme. Semblait-il, en tout cas.

Tandis que le Boiteux, lui, avait survécu...

Saleté, oui, il avait survécu. Et deux jours après le départ en tapis de la Dame – j'étais emprisonné dans la vieille forteresse de Donne, avais-je appris – il a fait son apparition. Une petite visite amicale en souvenir du bon vieux temps.

J'ai senti sa présence avant de le voir de mes yeux. Et j'ai manqué défaillir de terreur.

Comment avait-il su ?... Murmure. Murmure, forcément.

Il est entré dans ma cellule, posé sur un tapis volant miniature. Son nom ne le dépeignait plus. Il ne pouvait plus se mouvoir sans ce tapis. Il n'était plus que l'ombre de ce qu'il avait été, une épave humaine mue par magie et animée d'une volonté folle, incandescente.

Il a flotté dans ma cellule et m'a toisé en contrebas. J'ai fait de mon mieux pour ne pas paraître intimidé, vainement.

Une voix spectrale a cisaillé l'air. « Ton heure est venue. Ta petite existence va connaître une agonie longue et douloureuse. J'en savourerai chaque instant.

— J'en doute. » J'avais intérêt à me montrer à la hauteur. « Maman n'aimerait pas qu'on fasse des bêtises avec son prisonnier.

— Elle n'est pas ici, médecin. » Il s'est mis à dériver à reculons. « Nous allons commencer bientôt. Après un moment de recueillement. » Une bribe de gloussement névrosé a ondulé derrière lui. Je me suis demandé qui, de lui ou de Murmure, l'avait émise. Elle observait la scène depuis le couloir.

« Erreur, elle est ici », a dit une voix.

Ils se sont figés. Murmure est devenue blême. Le Boiteux a paru s'atrophier encore.

La Dame est sortie du néant, d'abord matérialisée sous forme de paillettes d'or. Elle n'a pas prononcé un mot de plus. Les Asservis sont restés cois eux aussi, il n'y avait rien qu'ils puissent dire.

J'ai failli lancer un de mes sarcasmes, mais mon bon sens m'a retenu. Je me suis donc fait le plus petit possible. Une fourmi. Invisible, quasiment.

Mais les fourmis finissent écrasées sous des talons inattentifs…

La Dame a enfin repris la parole. « Boiteux, une mission t'a été assignée. Tes instructions ne mentionnent nulle part l'autorisation d'abandonner ton commandement. Pourtant, c'est ce que tu as fait. Une nouvelle fois. Et le résultat est le même que lorsque tu t'étais rendu à Roseraie pour en découdre avec Volesprit. »

Le Boiteux s'est ratatiné de plus belle.

Cette histoire remontait à fort longtemps. Il s'était agi d'un de nos coups tordus contre les rebelles de l'époque. Ce qui s'était passé, c'est que les rebelles avaient attaqué le quartier général du Boiteux pendant qu'il s'en était absenté pour aller chercher querelle à Volesprit.

Donc Chérie menait le bal dans la plaine.

J'ai repris confiance. C'était la confirmation que le mouvement n'avait pas plié.

« Va, a dit la Dame. Et sache ceci. Ne compte plus sur ma compréhension. Désormais, nous vivrons sous les règles de fer qu'avaient édictées mon mari. Le prochain écart sera le dernier. Qu'il s'agisse de toi où de n'importe qui d'autre sous mes ordres. C'est compris ? Murmure ? Boiteux ? »

Ils ont compris. Et ils se sont répandus en paroles pour le faire savoir.

Une forme de communication – à laquelle je n'accédais pas – passait au-delà du registre des simples mots, car ils sont partis absolument persuadés que leur survie dépendait de leur obéissance servile et aveugle aux ordres, et que cette abnégation devrait non seulement se traduire en actes mais encore remodeler leur attitude intérieure. Ils sont sortis accablés.

La Dame a disparu à l'instant où la porte se refermait.

Elle est réapparue en chair et en os peu avant le crépuscule. Sa colère rougeoyait encore. J'avais appris en sous-main par des conversations de gardes que Murmure avait elle aussi été renvoyée à la plaine. L'affrontement tournait mal, là-bas. Les nouveaux Asservis n'étaient pas de taille.

« Écrase-les, Chérie, priais-je. Écrase-les. »

Je m'efforçais de me résigner au sort abominable, quel qu'il soit, que me réserverait mon destin.

Les gardes m'ont sorti de ma cellule peu après la tombée de la nuit. Ils ont emporté Corbeau aussi. Je n'ai posé aucune question. Ils n'auraient pas répondu.

Le tapis de la Dame se trouvait dans la cour haute de la forteresse. Les soldats ont déposé Corbeau dessus, l'ont arrimé. Un morne sergent m'a commandé d'un geste de m'installer. Je me suis exécuté et l'ai surpris en lui montrant que je savais où et comment me placer. Je crevais de peur. Je connaissais ma destination. La Tour.

J'ai attendu une demi-heure. Enfin elle est venue. Elle paraissait songeuse. Voire un brin contrariée, inquiète. Elle s'est assise sur le bord de son tapis, à l'avant. Nous avons décollé.

Les voyages à dos de baleine de vent sont plus confortables et bien moins usants pour les nerfs. Une baleine de vent, ça a de la consistance, du volume.

Nous avons grimpé à trois cents mètres et mis le cap au sud. Nous ne filions pas à plus de quatre-vingts kilomètres à l'heure, à vue de nez. Le voyage serait long, à moins qu'elle ne décide de s'accorder une escale.

Au bout d'une heure, elle s'est tournée vers moi. J'avais de la peine à distinguer ses traits. « Je suis allée visiter les Tumulus, Toubib », m'a-t-elle dit.

Je n'ai rien répondu, ignorant ce qu'elle attendait de moi.

« Qu'est-ce que vous avez fait ? Qu'avez-vous libéré ?

— Rien. »

Elle a jeté un coup d'œil à Corbeau. « Il y a peut-être une solution. » Et elle a bientôt ajouté : « Je sais quelle créature rôde en liberté… Dors, médecin. Nous en reparlerons une autre fois. » Sur ce, je me suis endormi. Et je me suis réveillé dans une autre cellule. Alors j'ai su, aux uniformes, que ma nouvelle prison était la Tour de Charme.

39

L'HÔTE DE CHARME

Un colonel de la garde personnelle de la Dame s'est présenté à moi. Il était presque poli. Même à l'époque où je servais dans leur camp, les troupes de la Dame n'étaient pas bien sûres de mon statut. Pauvres petits. Je n'entrais dans aucune case de leur univers bien ordonné et hiérarchisé.

« Elle veut vous voir tout de suite », m'a annoncé le colonel. Il était flanqué d'une douzaine d'hommes. Ils n'avaient l'air ni d'une garde d'honneur ni d'un peloton d'exécution.

D'ailleurs quelle importance ? J'allais devoir les suivre, quitte à ce qu'ils me portent.

Je suis sorti avec un regard en arrière. J'abandonnais Corbeau.

Le colonel m'a laissé devant une porte desservant la Tour intérieure, la Tour dans la Tour, où peu d'hommes pénétraient et dont moins encore ressortaient. « Avancez, a-t-il fait. On m'a dit que vous étiez déjà venu. Vous connaissez la marche à suivre. »

J'ai franchi le seuil. Quand j'ai regardé derrière moi, je n'ai vu qu'un mur plein. L'espace d'un instant, ça m'a perturbé. Puis mon désarroi s'est dissipé et je me suis retrouvé ailleurs. Et elle se tenait devant moi, dans l'encadrement de ce qui paraissait une fenêtre, bien que ses quartiers dans la Tour soient complètement clos du reste.

« Viens par ici. »

Je me suis approché. Elle a tendu un doigt. Par la fausse fenêtre, j'ai vu une ville en feu. Des Asservis volaient autour, déchaînant une magie qui tournait en eau de boudin. Leur cible, c'était l'escadre de baleines de vent qui ravageaient la ville.

Chérie se trouvait sur l'une d'elles. Toutes restaient dans le périmètre de son nul, invulnérables.

« Elles ne le sont pas, pourtant, a objecté la Dame qui lisait mes pensées. Des armes classiques les atteindront, elles et votre infâme meneuse. Mais qu'importe ? J'ai décidé de suspendre les opérations. »

J'ai éclaté de rire. « Alors nous avons gagné. »

Je crois que c'était la première fois que je l'avais piquée au vif. Une erreur, que de se moquer d'elle. Je pouvais la pousser à reconsidérer sous le coup de l'émotion une décision prise pour des raisons stratégiques.

« Vous n'avez rien gagné du tout. Si c'est ainsi que doit être perçu un changement de cible, alors je ne romprai pas. Je réajusterai plutôt les objectifs de campagne. »

Bravo, Toubib. Apprends donc à fermer ta foutue grande gueule en présence de personnalités comme elle. Sans quoi ton bagou te mènera tout droit au broyeur à viande.

Ayant recouvré le contrôle d'elle-même, elle s'est retournée vers moi. La Dame, à deux pas. « Tu peux glisser toute l'ironie que tu veux dans tes écrits. Mais, quand tu parles, assumes-en les conséquences.

— Compris.

— Je n'en attendais pas moins de toi. »

Elle s'est de nouveau postée face à la fenêtre. Dans la ville lointaine – on aurait dit Gelée – une baleine de vent a décroché, en flammes, après avoir essuyé une volée de traits décochés par les balistes les plus grosses que j'avais jamais vues.

Nous pouvions continuer longtemps de jouer au plus fin. « Comment t'es-tu sorti de tes traductions ?

— Pardon ?

— Les documents que tu as trouvés dans la forêt de la Nuée, que tu as transmis à feu ma sœur Volesprit, que tu lui as repris, puis confiés à ton ami Corbeau, et que tu lui as repris aussi. Ces papiers où tu pensais trouver la clé de la victoire.

— Ces documents-là. Ha. Pas bien du tout.

— Rien d'étonnant. Ce que tu cherchais ne s'y trouve pas.

— Mais…

— Tu t'es fourvoyé. Oui. Je sais. Bomanz les avait rassemblés, donc ils doivent mentionner mon véritable nom. Pas vrai ? Mais ce renseignement a partout été effacé – sauf peut-être dans l'esprit de mon mari. » Elle est devenue soudain distante. « La victoire à Génépi a eu un prix.

— Il en a tiré la conclusion à laquelle Bomanz était parvenu trop tard.

— Oui. Bien vu. Lui dispose d'assez d'informations pour déduire une réponse de ce qui s'est passé… Non, mon nom ne s'y trouve pas. Le sien, en revanche, si. Voilà pourquoi ma sœur tenait tant à mettre la main dessus. Elle voyait une occasion de nous supplanter tous les deux. Elle me connaissait. Nous avons passé notre jeunesse ensemble, après tout. Et protégées l'une de l'autre par le cocon le plus inextricable qu'il soit possible de tisser. Lorsqu'elle vous a enrôlés à Béryl, elle n'avait d'autre ambition que saper ma puissance. Mais lorsque tu lui as livré ces documents… »

Elle réfléchissait autant qu'elle expliquait.

Une évidence m'a soudain frappé. « Vous-même ne connaissez pas le nom de votre mari !

— Ça n'a jamais été une histoire d'amour, médecin. C'était la plus fragile des alliances. Dis-moi. Comment puis-je me procurer ces papiers ?

— Ne cherchez pas à vous en emparer.

— Alors nous perdrons tous. C'est vrai, Toubib. Pendant que nous ergotons, pendant que nos alliés respectifs s'efforcent de se faire rendre gorge, notre ennemi commun à tous se libère de ses chaînes. Toutes ces morts n'auront servi à rien si le Dominateur s'échappe.

— Détruisez-le.

— C'est impossible.

— Dans la ville où je suis né, une légende populaire rapporte l'histoire d'un homme si puissant qu'il osait se moquer des dieux. À la fin, sa puissance s'est avérée n'être que pur orgueil, car il est une chose contre laquelle même les dieux ne peuvent rien.

— Pourquoi dis-tu cela ?

— Pour en arriver à ce vieux dicton : la mort soumet tout le monde. Même le Dominateur ne pourra la provoquer indéfiniment sans perdre un jour.

— Il y aurait peut-être des moyens de venir à bout de lui, a-t-elle reconnu. Mais pas sans ces papiers. Tu vas retourner dans tes quartiers, maintenant, et réfléchir. Nous en reparlerons bientôt. »

Elle me congédiait, brutalement. Elle s'est retournée vers la ville à l'agonie. Soudain, j'ai su quel chemin prendre pour sortir. Un influx puissant m'a poussé vers la porte. Après un instant de vertige, je me suis retrouvé dehors.

Le colonel est arrivé tout essoufflé depuis le bout du couloir. Il m'a ramené à ma cellule.

Je me suis assis sur ma couche et j'ai réfléchi, comme on me l'avait demandé.

À l'évidence, le Dominateur fomentait un coup, mais... Cette révélation, comme quoi les documents ne recelaient pas le moyen de pression sur lequel nous comptions tant, ça c'était le bouquet. Il fallait pourtant que je l'avale ou que je refuse d'y croire, et, dans un cas comme dans l'autre, ma décision serait lourde de conséquences.

Elle me manipulait pour parvenir à ses fins. Évidemment. J'ai passé en revue plusieurs dénouements, aucun réjouissant mais tous plausibles ...

Elle l'avait dit. Si le Dominateur se libérait, nous étions tous fichus, bons et mauvais.

Je me suis endormi. J'ai rêvé, mais de quoi ? mystère. Un repas tout chaud m'attendait à mon réveil, posé sur une tablette qui ne se trouvait pas dans ma cellule. Sur cette tablette il y avait aussi tout un nécessaire d'écriture.

Elle voulait me voir reprendre la rédaction des annales.

J'ai englouti la moitié des victuailles avant de m'apercevoir de l'absence de Corbeau. Mes vieux nerfs m'ont collé la tremblote. Pourquoi n'était-il plus là ? Où l'avait-on emmené ? Que voulait-elle faire de lui ? Un moyen de chantage ?

Le temps passe bizarrement dans la Tour.

Le même colonel a surgi comme je terminais mon repas. Flanqué des mêmes soldats. « Elle veut vous voir de nouveau, a-t-il annoncé.

— Déjà ? J'en reviens juste.

— C'était il y a quatre jours. »

Je me suis effleuré la joue. Ces derniers temps, j'affectionnais de ne me laisser pousser que le bouc. J'avais le visage embroussaillé. Bon. Un long somme. « Vous serait-il possible de me procurer un rasoir ? »

Le colonel a esquissé un mince sourire. « Qu'est-ce que vous avez derrière la tête ? Un barbier pourra vous rendre visite. Voulez-vous me suivre ? »

Avais-je droit au chapitre ? Non, bien sûr. J'ai donc suivi plutôt que me faire traîner.

Tout s'est déroulé comme la fois précédente. Je l'ai retrouvée près de la fenêtre. La scène montrait un secteur de la plaine, l'un des forts de Murmure y subissait un siège. Il n'était pas équipé de balistes lourdes. Une baleine le surplombait, contraignant la garnison à se blottir à couvert. Des arbres marcheurs démantelaient les remparts extérieurs en faisant gonfler leurs racines dans les fissures. À la façon d'une jungle grignotant une ville abandonnée, excepté que le processus se déroulait dix mille fois plus vite que dans la forêt la plus vivace.

« Le désert entier s'est ligué contre moi, a-t-elle dit. Les avant-postes de Murmure ont encaissé des attaques d'une incroyable diversité.

— Je suppose que ces intrusions déplaisent. Je croyais que vous aviez l'intention de vous désengager ?

— J'ai essayé. Votre paysanne sourde n'y met pas du sien. Tu as réfléchi ?

— J'ai dormi. Voilà ce que j'ai fait. Comme vous le savez.

— Oui. Bon. Certaines questions requéraient mon attention. Maintenant je peux me pencher sur le problème qui nous concerne. » Son regard m'a donné une furieuse envie de prendre mes jambes à mon cou… Elle a fait un geste. Je me suis pétrifié. Elle m'a ordonné de reculer, de m'asseoir sur une chaise placée derrière. Je me suis assis, incapable de lutter contre le sortilège, sachant pourtant ce qui m'attendait.

Elle s'est carrée devant moi, un œil fermé. Celui qu'elle gardait ouvert a grandi, grandi, a rempli tout l'espace, m'a dévoré…

Je crois que j'ai hurlé.

Je savais cette épreuve inévitable depuis ma capture, même si j'avais entretenu le vague espoir irraisonné du contraire. Maintenant, elle allait vider mon esprit comme une araignée se repaissant d'une mouche.

J'ai repris mes esprits dans ma cellule. J'avais l'impression d'être descendu aux enfers et d'en être remonté. Ma tête m'élançait. Il m'a fallu rassembler toute mon énergie pour me lever et tituber jusqu'à ma trousse médicale, que mes ravisseurs m'avaient rendue après l'avoir vidée de tout instrument tranchant. J'ai préparé une macération d'écorce de saule – ce qui a pris un temps fou puisque je ne disposais d'aucun moyen de chauffer l'eau.

Un type est entré tandis que je sirotais lentement et non sans pester ma première tasse claire et amère. Je ne l'ai pas reconnu. Il a paru surpris de me voir debout. « Salut, a-t-il dit. Vous récupérez vite.

— Z'êtes qui, vous ?

— Le médecin. Je suis censé venir une fois par heure m'assurer que tout va bien. On ne s'attendait pas à vous voir reprendre du poil de la bête de sitôt. Mal au crâne ?

— Vérole, c'est rien de le dire.

— Grincheux ? Bon signe. » Il a posé son sac à côté de ma trousse, qu'il a fouillée du regard en fourbissant ses affaires. « Qu'avez-vous pris ? »

Je lui ai dit, puis j'ai demandé : « Qu'est-ce que vous voulez dire, bon signe ?

— Certains en sortent légumes. Et ne s'en remettent jamais.

— Ah ouais ? » J'ai eu envie de lui voler dans les plumes, histoire de rigoler. De me passer les nerfs. Mais à quoi bon ? Des gardes ne manqueraient pas d'intervenir et d'empirer mes douleurs. Et puis trop fatigant de toute façon.

« Vous êtes un type hors du commun ?

— C'est bien mon point de vue. »

Sourire furtif. « Buvez ceci. C'est meilleur que la macération d'écorce. » J'ai sifflé le breuvage qu'il me présentait. « Elle est très inquiète. Je ne l'avais jamais vue si préoccupée par l'avenir de qui que ce soit qu'elle ait sondé en profondeur.

— Eh bien, dites-moi ! » J'avais du mal à garder ma mauvaise humeur. Le breuvage qu'il m'avait offert œuvrait vite et bien.

« C'est quoi cette potion ? J'en boirais au robinet.

— Elle provoque une dépendance. Causée par le parsifal, une plante dont on intègre le jus des quatre feuilles sommitales dans la recette.

— Jamais entendu parler de ça.

— C'est une plante plutôt rare. » Il m'examinait tout en parlant. « Elle pousse dans une région qu'on appelle les Collines Creuses. Les autochtones l'utilisent comme narcotique. »

La Compagnie avait traversé ces terribles collines voilà bien longtemps. « J'ignorais qu'elles étaient habitées.

— Les gens y sont aussi rares que les plantes. Notre conseil a débattu la possibilité d'en faire pousser à des fins commerciales, après la guerre. Comme herbe médicinale. » Il a claqué la langue comme le vieil édenté qui m'avait jadis enseigné la médecine. Marrant. Il y avait des années que je n'avais pas repensé à lui.

Et, plus curieux encore, toutes sortes de vieux souvenirs remontaient à la surface comme des poissons des profondeurs effrayés filant vers la lumière. La Dame m'avait bien secoué les méninges.

Je ne me suis pas appesanti sur son projet de culture à des fins commerciales, quoiqu'il m'ait paru mal cadrer avec l'idée que je me faisais de la Dame. Les âmes noires ne se soucient guère de soulager les peines.

« Que ressentez-vous à son égard ?

— À l'égard de la Dame ? Pour l'heure, un peu de rancœur. Et vous ? »

Il a éludé la question. « Elle veut vous revoir dès que vous serez remis.

— Sans blague ? ai-je grincé. On dirait que je ne suis pas vraiment un prisonnier ici. Alors je pourrais peut-être prendre un peu l'air sur la terrasse ? Je ne risque pas de m'enfuir de là-haut.

— Je vais voir si c'est autorisé. Pendant ce temps, prenez donc un peu d'exercice ici. »

Ha. Le seul exercice que je me donnais, c'était de rouler ma situation dans ma tête. J'aurais juste voulu sortir de ces quatre murs. « Est-ce que j'appartiens encore au monde des vivants ? ai-je demandé au terme de son auscultation.

— Oui, pour l'instant. Même si, vu votre attitude et votre condition physique, je n'en reviens pas que vous ayez survécu au sein d'une équipe comme la vôtre.

— Ils m'adorent. Ils me vénèrent. Ils s'arrangent pour que nul ne touche à un seul de mes cheveux. » Son allusion à l'équipe m'a flanqué le bourdon. « Savez-vous combien de temps s'est écoulé depuis ma capture ? ai-je demandé.

— Non. Je crois que vous êtes ici depuis plus d'une semaine. Peut-être plus longtemps. »

Bon. Mettons une dizaine de jours de captivité environ. En laissant une marge aux gars, en supposant qu'ils avaient voyagé sans trêve et vite, ils avaient peut-être couvert six cents kilomètres. Un pas de géant, mais insuffisant. Punaise.

Plus la peine d'atermoyer, maintenant. La Dame avait découvert tout ce que je savais. Je me demandais si aucune de ces informations lui avait servi. Ou l'avait même étonnée.

« Comment va mon ami ? ai-je demandé, pris d'une soudaine bouffée de culpabilité.

— Je ne sais pas. On l'a ramené vers le nord parce que ses attaches avec son esprit se délitaient. Je suis sûr que la Dame abordera le sujet lors de votre prochaine visite. J'ai fini. Passez un bon séjour.

— Sale moqueur. »

Il avait un rictus sarcastique aux lèvres en partant.

Un trait commun dans la profession, sans doute.

Le colonel est arrivé quelques minutes plus tard. « On m'a dit que vous vouliez grimper sur la terrasse ?

— Ouais.

— Vous adresserez votre demande au garde quand vous souhaiterez monter. » Il avait autre chose en tête. Après une pause, il a demandé : « La discipline militaire n'a donc pas cours dans votre armée ? » Il avait pris la mouche parce que je m'adressais à lui comme à un civil.

Plusieurs sarcasmes me sont venus à l'esprit. Je les ai gardés pour moi. J'aimais autant préserver le flou de mon statut.
« Si. Mais moins qu'autrefois, il faut reconnaître. Trop peu d'entre nous ont sauvé leur peau à Génépi pour que ce truc reste indispensable. »

Sournois, ça, Toubib. Suscite le malaise. Raconte comment la Compagnie s'est fait laminer jusqu'à son piteux état actuel au service de la Dame. Rappelle comment les satrapes de l'Empire avaient été les premiers à retourner leur veste. Tout cela devait être de notoriété publique maintenant, au moins chez les officiers. De quoi leur inspirer quelques songeries de temps à autre.

« C'est bien dommage, a dit le colonel.

— Vous êtes mon chien de garde personnel ?

— Oui. Elle fait grand cas de vous, j'ignore pourquoi.

— Je lui ai écrit un poème il y a longtemps, ai-je menti. Et puis j'en sais long sur elle. »

Il a froncé les sourcils, pensé que je racontais n'importe quoi.

« Merci, ai-je dit en manière de rameau d'olivier tendu. Je vais écrire un moment avant d'y aller. » J'avais accumulé un sacré retard. Hormis un passage rédigé à la Venette Bleue, je n'avais rien consigné depuis que nous avions quitté la plaine, à part une note occasionnelle.

J'ai écrit jusqu'à ce que des crampes me contraignent à arrêter. Puis j'ai mangé, un garde ayant apporté un repas au moment où je saupoudrais ma dernière feuille. La panse pleine, je suis allé jusqu'à la porte et j'ai dit au type qui montait la garde que j'avais envie de voir le sommet. Quand il a ouvert, je me suis rendu compte que je n'étais pas enfermé.

Mais où pouvais-je aller si d'aventure je sortais ? L'idée même de fuite me paraissait inepte.

J'avais l'impression que j'allais finir par endosser ce rôle d'historien officiel. Que ça me plaise ou non, ce serait le dernier de mes nombreux errements.

Je devais affronter de graves décisions, droit dans les yeux. Je voulais du temps pour y réfléchir. La Dame l'avait compris. Elle avait certainement plus de clairvoyance qu'un médecin sortant de six ans de réclusion.

Couchant. Embrasement à l'ouest, incendie dans les nuages. Ciel bariolé de couleurs inhabituelles. Petit vent du nord frisquet, juste assez pour rafraîchir et donner le frisson. Ma sentinelle gardait ses distances, me donnant une illusion de liberté. Je me suis rendu jusqu'au parapet nord.

Il restait peu de vestiges de la grande bataille qui s'était déroulée en contrebas. Un parc s'étendait maintenant où l'on avait jadis creusé des tranchées, édifié des palissades, des fortifications de terre, brûlé des engins de guerre. Une stèle de pierre noire solitaire marquait le site, à cinq cents mètres de la Tour.

Le fracas et les cris me sont revenus. Je me suis rappelé le flot des rebelles, incessant comme la mer, vague après vague, s'écrasant sur les inébranlables falaises des défenseurs. Je me suis souvenu des querelles intestines entre Asservis, de leurs coups tordus et de leur mort horrible, de la sorcellerie déchaînée, abominable…

« Ç'a été la bataille d'entre toutes, pas vrai ? »

Je ne me suis pas retourné, elle m'a rejoint. « C'est vrai. Je ne lui ai jamais rendu cette justice.

— Des chants entretiendront son souvenir. » Elle a levé les yeux. Les premières étoiles s'allumaient. Dans le crépuscule, son visage paraissait pâle et tendu. Elle m'était jusque-là toujours apparue si parfaitement maîtresse d'elle-même…

« Qu'est-ce que c'est ? » Cette fois, je me suis retourné et j'ai aperçu un groupe de soldats non loin, qui regardaient, frappés d'un respect mêlé d'effroi ou d'horreur.

« Je me suis livré à une divination. Plusieurs, à vrai dire, car je ne parvenais pas à obtenir de résultats satisfaisants.

— Et… ?

— Peut-être que je n'en ai obtenu aucun, au bout du compte. »

J'ai attendu. On ne presse pas la personne la plus puissante au monde. Qu'elle soit sur le point de se confier à un vulgaire mortel était déjà ahurissant.

« Tout est fluctuant. J'ai auguré trois avenirs possibles. Nous allons connaître une crise, un tournant historique. »

Je me suis retourné légèrement vers elle. Une clarté violette tamisait ses traits. Une cascade de cheveux sombres lui masquait une joue. Il ne s'agissait pas d'un artifice pour une fois, et j'ai ressenti puissamment l'envie de la toucher, de l'étreindre, voire de la consoler peut-être. « Trois avenirs ?

— Trois. Je n'avais ma place dans aucun. »

Que répondre à une pareille révélation ? Peut-être qu'il y avait erreur ? Tu oses soupçonner la Dame de commettre des erreurs ?

« Selon l'un, votre enfant muette triomphera. Mais c'est le cas de figure le moins plausible; elle et tous les siens périront après leur victoire. Selon un autre, mon mari brisera l'étau de son sépulcre et restaurera la Domination. Ces ténèbres perdureront dix mille ans. Selon le troisième, il sera détruit à jamais. C'est la vision la plus forte, celle qui aspire le plus à se réaliser. Mais le prix est lourd… Les dieux existent-ils, Toubib ? Je n'y ai jamais cru.

— Je ne sais pas, Dame. Je n'ai vu que billevesées dans toutes les religions que j'ai pu rencontrer. Aucune n'a de consistance. La plupart des dieux sont des névrosés mégalomanes et paranoïaques, à en croire ce qu'en disent leurs propres adorateurs. Je ne comprends pas comment ils pourraient survivre à leur propre folie. Mais il n'est pas exclu que les humains soient incapables d'interpréter un pouvoir si démesuré par rapport à leurs insignifiantes personnes. Peut-être les religions sont-elles des reflets distordus et pervertis de la vérité ? Peut-être existe-t-il des forces qui façonnent le monde ? Je n'ai personnellement jamais compris pourquoi, dans un univers si vaste, un dieu se soucierait d'une broutille aussi triviale qu'une destinée humaine ou qu'une quelconque vénération dont il serait l'objet.

— Lorsque j'étais enfant… mes sœurs et moi avions un maître. »

Avais-je bien entendu ? Sacré bordel, vous pouvez être certain que oui. J'étais tout oreilles, de mes ongles d'orteils aux pointes de mes cheveux. « Un maître ?

— Oui. Il soutenait que nous sommes nous-mêmes les dieux, que nous forgeons notre propre destin. Que ce que nous sommes détermine ce qu'il doit advenir de nous. Pour l'exprimer en langage vulgaire, nous nous engluons chacun dans notre propre glaise et ne pouvons plus nous en dépêtrer, ni seuls ni même avec l'aide des autres.

— Intéressant.

— Hm. Oui. Il existe une sorte de dieu, Toubib. Le connais-tu ? Un dieu qui n'engendre ni mouvement ni agitation. Un dieu qui nie. Un finisseur d'histoires. Sa faim est insatiable. L'univers lui-même glissera inexorablement vers le gouffre de sa gueule.

— La mort ?

— Je ne veux pas mourir, Toubib. Tout mon être hurle contre l'injustice de la mort. Tout ce que j'ai été, ce que je suis et serai sans doute encore est conditionné par ce désir irrépressible d'échapper à ma propre fin. » Elle a gloussé doucement, mais une pointe d'hystérie teintait son rire. D'un geste elle a désigné en contrebas le terrain où s'était déroulé le carnage, déjà dans l'ombre. « J'aurais bâti un monde où j'aurais été en sécurité. La mort aurait formé la pierre angulaire de ma citadelle. »

La fin du rêve approchait. Je ne pouvais imaginer un monde dont je n'aurais pas été moi non plus. Et en mon for intérieur sourdait la colère. Maintenant encore, d'ailleurs. Je n'ai aucun mal à concevoir qu'échapper à la mort puisse virer à l'obsession. « Je comprends.

— Peut-être. Nous sommes tous égaux devant l'abysse, non ? Le sablier s'écoule pour tout le monde. La vie n'est qu'un cri éphémère dans les mâchoires de l'éternité. Mais ça paraît si injuste ! »

Le Vieil Arbre Ancêtre m'est revenu en mémoire. Le temps finirait par avoir raison de lui aussi. Oui. La mort est insatiable et cruelle.

« As-tu réfléchi ? m'a-t-elle demandé.

— Je crois. Je ne suis pas nécromant. Mais j'ai vu des voies dans lesquelles je ne souhaite pas m'engager.

— Bien. Tu es libre de partir, Toubib. »

Choc. Bien qu'incrédule, j'avais les talons qui fourmillaient. « Pardon ?

— Tu es libre. Le portail de la Tour est ouvert. Tu n'as qu'à sortir. Mais tu es aussi libre de rester, de rentrer en lice pour le grand combat qui nous concerne tous. »

Le jour finissait; les ultimes rayons de soleil frangeaient encore quelques nuages en altitude. Dans le ciel indigo profond, à l'est, une flottille de points brillants filait cap à l'ouest. On aurait dit qu'ils se hâtaient droit vers la Tour.

J'ai bafouillé quelques mots incompréhensibles.

« Bon gré, mal gré, la Dame de Charme repart une fois de plus en guerre contre son mari, a-t-elle déclaré. Et cette lutte n'aura de cesse que gagnée ou perdue. Tu assistes au retour des Asservis. Les armées de l'est marchent vers les Tumulus. Celles basées au-delà de la plaine ont reçu l'ordre de se retirer en garnison plus à l'est encore. Votre enfant muotto n'a plus rien à craindre, à moins qu'elle ne vienne chercher le danger. Une forme d'armistice va s'établir. Qui durera peut-être éternellement. » Mince sourire. « Si la Dame devait disparaître, la Rose Blanche n'aurait plus personne à combattre. »

Alors elle m'a abandonné, dans l'état de confusion le plus total, pour aller accueillir ses champions. Les tapis ont surgi de l'obscurité, se sont posés comme des feuilles en automne. Je me suis approché mine de rien jusqu'à ce que mon ange gardien me rappelle que je n'entretenais pas avec la Dame une relation assez proche pour m'autoriser à laisser traîner mes oreilles.

Le vent du nord a encore fraîchi. Et je me suis demandé si ce n'était pas le début de l'automne pour nous tous.

40

JE ME DÉCIDE

Elle ne m'avait jamais rien demandé. Même ses insinuations restaient si floues que j'avais tout à démêler. Deux jours après notre soirée sur le rempart, j'ai demandé au colonel à la voir. Il m'a répondu qu'il se renseignerait. Je suppose qu'il avait des instructions, sans quoi il m'aurait opposé des arguments.

Une autre journée s'est déroulée avant qu'il revienne m'annoncer que la Dame pouvait m'accorder un peu de temps.

J'ai rebouché mon encrier, nettoyé ma plume et je me suis levé.

« Merci. » Il m'a dévisagé bizarrement. « Quelque chose qui ne va pas ?

— Non. Simplement… »

J'ai compris où il voulait en venir. « Je ne sais pas non plus. Je suis sûr que je lui sers d'une façon ou d'une autre. »

Il n'en fallait pas plus pour éclairer la journée du colonel. Ça, il pouvait comprendre.

Pour y aller, la routine. Cette fois, quand je suis entré dans ses appartements, elle se tenait près d'une fenêtre ouverte sur un monde triste et humide. Pluie grise, eau brune clapoteuse qui s'étendait à perte de vue sur la gauche, des formes confuses, des arbres qui s'accrochaient précairement sur une berge. Une vision puant le froid et la misère. Une odeur trop familière.

« La Grande Tragique, a-t-elle dit. En pleine crue. Rien d'exceptionnel, au fond. » Elle m'a fait signe d'avancer. J'ai obtempéré. Depuis ma dernière visite, une grande table avait été amenée. Elle supportait une maquette des Tumulus d'un réalisme à donner des frissons. On s'attendait presque à voir des gardes en miniature cavaler autour de la caserne.

« Tu vois ? m'a-t-elle demandé.

— Non. J'ai beau y être allé deux fois, je connais mal le coin, sorti de la ville et de la caserne. Qu'est-ce que je suis censé voir ?

— La rivière. Ton ami Corbeau avait à l'évidence reconnu son importance. » De son doigt délicat, elle a décrit une boucle largement à l'est du lit de la rivière, qui venait effleurer la crête où nous avions campé.

« Au moment de mon triomphe à Génépi, la rivière creusait son lit par là. Un an plus tard, le temps s'est modifié. Elle s'est mise à déborder continuellement. Et s'est décalée par ici. Aujourd'hui, elle ronge cette colline. Je suis allée me rendre compte sur place. Le relief est entièrement fait de terre, sans aucun socle de roche. Il ne tiendra pas. Quand il aura cédé, l'eau inondera les Tumulus. Et les sortilèges de la Rose Blanche n'empêcheront plus le Grand Tumulus de s'ouvrir. Chaque fétiche emporté facilitera d'autant le retour de mon mari.

— On ne peut lutter contre la nature, ai-je grommelé.

— Si. À condition d'anticiper. Ce que n'avait pas fait la Rose Blanche. Ni moi non plus lorsque j'ai voulu renforcer l'efficacité de la barrière. Il est maintenant trop tard. Bien. Tu voulais me parler ?

— Oui. Il faut que je quitte la Tour.

— Bon. Ce n'était pas la peine de venir m'en informer. Tu es libre de tes mouvements.

— Je pars parce que je dois accomplir certaines choses. Comme vous le savez bien. Si je pars à pied, j'arriverai probablement trop tard. Il y a une belle trotte d'ici à la plaine. Sans parler des risques. Je voulais vous demander la faveur d'être transporté. »

Elle a souri, d'un sourire sincère, chaleureux, subtilement différent de ceux qu'elle m'avait m'adressés jusqu'alors. « Bien. Je pensais que tu aurais compris où se trouvait ton avenir. Dans combien de temps peux-tu être prêt ?

— Cinq minutes. Une question encore : Corbeau ?

— Corbeau a été placé sous surveillance médicale dans la caserne, aux Tumulus. On ne peut rien pour lui pour l'instant. Tout sera tenté à la première opportunité. Ça ira ? »

Je ne pouvais pas pinailler, évidemment.

« Bien. Tu auras ton moyen de transport. Avec chauffeur personnel. La Dame en personne.

— Je...

— Moi aussi j'ai réfléchi. La meilleure chose que je puisse faire pour l'instant, c'est aller rencontrer votre Rose Blanche. Je pars avec toi. »

Après avoir inspiré quelques litres d'air, j'ai réussi à répondre : « Ils vont vous tomber dessus à bras raccourcis.

— Pas s'ils ignorent mon identité. Or ils ne la connaîtront pas si personne ne la leur dévoile. »

Certes, peu probable qu'on la reconnaisse. Je suis le seul à l'avoir rencontrée et qui soit encore en vie pour s'en vanter. Mais... sapristi, ça faisait une méchante palanquée de « mais ». « Si vous pénétrez dans le nul, tous vos sortilèges seront réduits à néant.

— Non, aucun nouveau ne peut être lancé. Ceux en place, en revanche, le resteront. »

Je n'ai pas compris et je l'ai dit.

« Un sortilège de surface se dissipera en entrant dans la zone. Car il faut le maintenir activement. Un sortilège qui transforme et laisse en l'état, s'il n'est pas actif au moment où l'on entre dans le nul, n'en sera pas affecté. »

Quelque chose m'a titillé les tréfonds de l'esprit. « Si vous vous transformiez en grenouille et vous faufiliez là-bas, vous resteriez grenouille ?

— Si la métamorphose était réelle et non du domaine de l'illusion, oui.

— Je vois. » Je me suis collé un pense-bête là-dessus et me suis promis d'y réfléchir plus tard.

« Je vais devenir une compagne que tu te seras trouvée en route. Disons quelqu'un censé t'aider à déchiffrer tes documents. »

Elle devait me duper d'une manière ou d'une autre. Enfin, ça cachait quelque chose. Je ne pouvais l'imaginer en train de placer sa vie entre mes mains. J'ai dû prendre un air benêt.

Elle a opiné du chef. « Tu commences à comprendre.

— Vous m'accordez trop de confiance.

— Je te connais mieux que tu ne te connais toi-même. Tu es un homme estimable, compte tenu de ta façon de voir les choses, assez cynique pour croire que de deux maux l'un puisse être pire que l'autre. Tu as subi l'inquisition de l'Œil. »

J'ai frissonné.

Elle ne s'est pas excusée. Nous savions tous les deux qu'une excuse sonnerait faux. « Eh bien ?

— Je comprends mal vos motivations. Ça n'a pas de sens.

— Le monde connaît une nouvelle situation. Naguère, il n'y avait que deux pôles, votre paysanne et moi, avec un front bien net nous opposant. Mais ce qui se prépare dans le Nord va rajouter un troisième élément. On peut le considérer comme une extension du conflit, dans lequel je me retrouverais plus ou moins entre deux feux, ou comme un triangle. Ce que veut mon mari, c'est écraser à la fois votre Rose Blanche et moi-même. Je pense qu'elle et moi devrions essayer d'éliminer le fléau avant…

— C'est bon. Je vois. Mais j'imagine mal Chérie aussi pragmatique. Beaucoup de haine couve en elle.

— Peut-être. Mais cela vaudrait le coup d'essayer. M'aideras-tu ? »

M'étant trouvé à un jet de pierre du vieux spectre, ayant vu les fantômes régnant dans les Tumulus, oui, je me sentais prêt à n'importe quoi pour empêcher l'effroyable revenant de sortir de sa tombe. Mais comment, comment, comment lui faire confiance à elle ?

Elle m'a joué ce vieux tour qu'ils donnent tous l'impression de maîtriser, à savoir lire dans mes pensées. « N'oublie pas que je serai à ta merci dans le nul.

— Bien. Je vais devoir y réfléchir encore un peu.

— Ne te presse pas. Je vais rester bloquée ici quelque temps. » J'ai eu l'impression qu'elle voulait mettre en place des garde-fous pour parer à une tentative de putsch dans son fief.

41

UNE VILLE DU NOM DE CHEVAL

Deux semaines ont passé avant que nous ne prenions les airs pour Cheval, une ville de taille modeste située entre le Pays du Vent et la plaine de la Peur, à environ cent cinquante kilomètres de celle-ci. Cheval sert d'étape aux marchands assez téméraires pour se lancer dans la traversée de ces deux régions. Dernièrement, la ville est devenue le quartier général logistique des opérations de Murmure. Les maigres troupes qui n'étaient pas en route pour les Tumulus s'y trouvaient en garnison. Les autres pauvres bougres affectés au Nord allaient prendre des saucées.

Nous avons entamé la descente après un premier survol sans incident durant lequel j'avais écarquillé les yeux comme des soucoupes. Malgré le départ de puissantes armées, la base de Murmure fourmillait comme une ruche, vibrionnante de tapis de facture récente.

Ils se présentaient sous une douzaine de formes. Dans un champ, j'ai aperçu une formation en W de cinq géants, chacun long d'une centaine de mètres pour une quarantaine de large. Chacun encombré d'un fouillis de fer et de bois. Autour, d'autres tapis de formes singulières étaient parqués sur un terrain visiblement nivelé, la plupart plus longs que larges et plus grands que les traditionnels. Tous étaient nantis d'un appareillage différent et protégés par une cage en cuivre.

« Qu'est-ce que c'est que tout cela ? ai-je demandé.

— Riposte aux tactiques ennemies. Votre paysanne n'est pas la seule à savoir modifier sa stratégie. » Elle est descendue, s'est étirée. J'en ai fait autant. Ce que l'on peut sortir engourdi de quelques heures de vol. « Nous allons peut-être avoir l'occasion de les tester, malgré notre retrait de la plaine.

— Quoi ?

— Une armée rebelle marche sur Cheval. Plusieurs milliers d'hommes et tout ce que la plaine a pu fournir. »

Plusieurs milliers d'hommes ? D'où sortaient-ils ? Est-ce que la situation avait à ce point évolué ?

« Oui. » À nouveau son coup de lire dans mes pensées. « Les villes que j'ai abandonnées leur ont fourni des contingents d'hommes.

— Qu'est-ce que vous vouliez dire par "tester" ?

— J'aimerais suspendre les combats. Mais pas question de se débander devant l'ennemi. Si elle persiste dans sa poussée vers l'ouest, je lui prouverai que, nul ou pas, elle peut mordre la poussière. »

Nous nous trouvions près d'un des nouveaux tapis. Je m'en suis approché au trot. Par sa forme oblongue de presque cinq mètres, il rappelait un bateau. Il était doté de véritables sièges : deux disposés dans le sens de la marche, un tourné vers la queue. On l'avait armé d'une petite baliste à l'avant. Ainsi que d'un autre engin beaucoup plus lourd. Accrochés aux flancs du tapis et sous son ventre s'alignaient huit traits de neuf mètres de long terminés par un renflement de la taille d'un tonnelet de clous, juste sous leur tête. L'ensemble avait été badigeonné d'un noir plus obscur que le cœur du Dominateur. Ce tapis-bateau possédait un empennage en forme de nageoires. Un humoriste avait peint des yeux et des dents sur l'avant de la carène.

D'autres étaient dispersés alentour, d'allure générale identique en dépit de menues différences dues à l'inspiration des artisans qui les avaient façonnés. L'un d'eux, en place de nageoires, était équipé d'espèces de cosses circulaires et desséchées, ultrafines et translucides, d'environ quatre mètres cinquante de diamètre.

La Dame n'avait ni le temps de me laisser examiner sa flotte, ni l'envie que j'aille fureter sans chaperon. Par mesure de protection plus que par méfiance. Je risquais un accident fatal si jamais je m'éloignais de son ombre.

Les Asservis au grand complet se trouvaient à Cheval. Y compris mes vieux amis.

Audacieuse Chérie. Une hardiesse insensée. Ça devenait sa griffe. Elle avait rassemblé toutes les forces de la plaine à trente kilomètres à peine de Cheval et elle resserrait l'étau. À vitesse réduite toutefois, limitée qu'elle était par la lenteur des arbres marcheurs.

Nous nous sommes avancés sur le terrain vers les tapis parqués en formation autour des monstres que j'avais repérés à notre arrivée.

« J'avais prévu un petit raid de démonstration sur votre quartier général, a déclaré la Dame. Mais ceci sera sûrement plus convaincant, je pense. »

Des hommes s'affairaient autour des tapis. On chargeait sur les plus grands d'énormes poteries en forme d'urnes, telles de grosses jardinières dont on aurait orné la partie supérieure de godets supplémentaires pour des plantes plus petites. Elles mesuraient quatre mètres de haut; des bouchons de paraffine scellaient tous leurs orifices, et leur fond se prolongeait par une tige de cinq mètres de long terminée par une barre transversale. C'était par dizaines qu'on les installait sur des sortes de râteliers.

Je me suis livré à un rapide calcul. Plus de tapis que d'Asservis. « Ils vont tous prendre l'air ? Comment ?

— Bénéfice manœuvrera les plus grands. Comme le Hurleur autrefois, il a un talent extraordinaire pour les piloter. Les quatre autres grands voleront solidairement au sien. Viens, celui-ci sera le nôtre. »

J'ai dit un truc intelligent du genre : « Glg ?

— Je veux que tu assistes à tout.

— On pourrait nous reconnaître. »

Des Asservis tournaient autour des longs tapis-bateaux effilés. Des soldats y avaient déjà embarqué, dans les deuxièmes et troisièmes sièges. Ceux postés à la proue vérifiaient l'état de leur baliste, le stock de munitions, le bon fonctionnement de la manivelle d'un appareil à ressort manifestement destiné à retendre la corde après chaque tir. Je ne comprenais pas le rôle des types dans les sièges du milieu.

« L'espèce de cage, ça sert à quoi ?

— Tu le découvriras bien assez tôt.

— Mais...

— Garde l'esprit vierge, Toubib. Sans *a priori*. »

Emboîtant son pas, j'ai contourné notre tapis. J'ignore ce qu'elle a vérifié, mais elle a paru satisfaite. Son hochement de tête a visiblement soulagé les types chargés de tout préparer.

« Monte, Toubib. Dans le second siège. Sangle-toi bien. On risque d'être un peu secoués tout à l'heure. »

Aïe donc.

« Nous allons partir en éclaireurs », a-t-elle ajouté en se harnachant dans le siège frontal. Un vieux sergent grisonnant s'est installé dans le fauteuil arrière. Il m'a lancé un regard méfiant mais n'a rien dit. Les Asservis prenaient place aux commandes de leurs tapis respectifs. Les grands, comme les appelait la Dame, avaient des équipages de quatre hommes. Bénéfice pilotait celui au centre de la formation en W.

« Prêts ? a crié la Dame.

— Oui.

— Affirmatif », a dit le sergent.

Notre tapis s'est ébranlé.

Pesamment, pourrait-on dire, en tout cas pour les toutes premières secondes. Le tapis était lourd, il a bringuebalé laborieusement avant de s'arracher au sol.

La Dame s'est retournée et a souri comme la terre s'éloignait. Elle s'amusait. Elle s'est mise à crier des instructions relatives à l'incroyable méli-mélo de leviers et de pédales qui m'environnait.

En poussant et tirant simultanément sur telle et telle manette, on mettait l'appareil en vrille sur son axe. En actionnant telle autre, il virait à gauche ou à droite. L'idée, en gros, c'était de combiner ces commandes pour diriger l'engin.

« Pour faire quoi ? » me suis-je époumoné dans le vent. Mes paroles se sont perdues dans notre sillage. Nous avions enfilé des lunettes protectrices, mais nous avions le reste du visage à découvert. À mon avis, nous risquions de finir cette excursion couverts de brûlures épidermiques.

Nous avions grimpé à six cents mètres, Cheval se trouvait déjà à huit kilomètres derrière, et nous devancions largement les Asservis. J'ai aperçu les colonnes de poussière dégagées par l'armée de Chérie. À nouveau j'ai crié : « Pour faire quoi ? »

Une béance s'est ouverte sous nous.

La Dame avait interrompu les sortilèges qui maintenaient le tapis en vol. « Voilà pourquoi. Tu piloteras le bateau quand on entrera dans le nul. »

Quoi ?

Elle m'a fait faire une douzaine d'essais pour que je comprenne la théorie et que j'attrape le coup de main, puis elle a obliqué en direction de l'armée rebelle.

Nous avons tourné autour à une vitesse vertigineuse, à distance respectable du nul. J'étais époustouflé par les forces que Chérie avait réussi à rameuter. Une cinquantaine de baleines de vent, dont certaines géantes de plus de trois cents mètres de long. Des mantes par centaines. Toute une troupe d'arbres marcheurs déployés en delta. Des bataillons de soldats humains. Des menhirs par centaines, essaimés en protection autour des arbres marcheurs. Des milliers de créatures qui bondissaient, serpentaient, trottinaient, sautillaient, volaient. Certaines hallucinantes d'aspect, terrifiantes.

À l'ouest du cercle que nous venions de décrire, j'ai repéré les forces impériales, deux mille hommes postés en phalanges sur le contrefort d'une colline à un kilomètre des rebelles. De la rigolade, leur barrage contre Chérie.

Plusieurs mantes téméraires se sont aventurées hors du nul, ont lâché quelques éclairs qui sont tombés trop court ou ont manqué leur cible de peu. J'ai estimé que Chérie devait se trouver à bord d'une baleine de vent à trois cents mètres d'altitude. Elle avait acquis de la puissance car le diamètre de son nul avait grandi depuis mon départ de la plaine. Toutes ses troupes bizarroïdes marchaient sous sa protection.

La Dame nous avait qualifiés d'éclaireurs. Notre tapis n'était pas équipé comme les autres, mais j'ignorais ce qu'elle avait voulu dire. Jusqu'à ce qu'elle passe à l'action.

Nous avons grimpé en flèche. De petites boules noires qui dégageaient un panache de fumée bleue ou rouge se sont éparpillées dans notre sillage; c'était le vieux sergent qui les jetait à tour de bras par-dessus bord. Au moins trois cents en tout. Les boules fumigènes se sont disséminées et sont restées en suspens juste au-dessus du nul. Voilà. Des balises pour faciliter la navigation des Asservis.

Et ils arrivaient. Très haut, les plus petits tapis escortant la formation en W des grands.

Les hommes embarqués sur les grands ont entrepris de larguer les poteries géantes. Et hop ! hop ! hop ! une vingtaine dégringolaient déjà. Nous avons suivi la trajectoire des pots maculés. Au fil de leur chute à pic, les jardinières se retournaient tige vers le bas. Les mantes et les baleines en dessous se sont écartées pour les éviter.

En heurtant le sol, la tige actionnait un piston. Les bouchons de paraffine sautaient. Un liquide giclait. Le piston enclenchait un percuteur. Le fluide s'enflammait, produisait des gouttelettes incandescentes. Et quand ce feu parvenait à l'intérieur des pots, ils explosaient. Les éclats tranchants déchiquetaient hommes et bêtes.

J'ai regardé éclore ces fleurs de feu, atterré. Au-dessus, les Asservis viraient pour effectuer un second passage. Ces engins pouvaient planer sans recours à la magie. Le nul ne servait à rien.

Baleines et mantes ont lâché des éclairs sur la seconde averse qui tombait. Mais leurs premiers tirs qui ont fait mouche leur ont vite passé cette envie, car les pots qu'ils ont touchés ont explosé en l'air. Des mantes se sont abattues. Une baleine s'est retrouvée en situation périlleuse jusqu'à ce que ses congénères viennent la survoler et l'asperger de l'eau de leurs ballasts.

Les Asservis ont effectué une troisième passe pour larguer une nouvelle cargaison de pots. Ils allaient pilonner les troupes de Chérie pour en faire de la charpie jusqu'à ce qu'elle soit contrainte de réagir.

Elle s'en est prise aux Asservis.

Les balises fumigènes ont glissé jusqu'en périphérie du nul, finissant de délimiter son périmètre.

La Dame a repris de l'altitude à toute allure.

Le W des grands tapis s'est éloigné. Les petits ont grimpé eux aussi. La Dame nous a rangés en position derrière Murmure et le Boiteux. À l'évidence, elle avait anticipé la riposte de Chérie.

J'étais déboussolé, c'est le moins que je puisse dire.

Le tapis de Murmure a basculé tête en avant. Le Boiteux s'est engagé dans son sillage. Puis la Dame. D'autres Asservis ont encore suivi.

Murmure a piqué sur une baleine de vent particulièrement grosse. En constante accélération. À trois cents mètres du nul, deux javelots de quatre mètres ont jailli de son tapis, propulsés par magie. Lorsqu'ils ont pénétré dans le nul, ils ont continué leur trajectoire, mus par le simple élan.

Murmure ne s'est donné aucun mal pour éviter la zone annulante, elle a plongé dedans et le type dans le second siège a maîtrisé la chute du tapis grâce aux empennages en forme d'ailerons.

Les javelots de Murmure ont touché la baleine près de la tête. Tous les deux se sont enflammés.

Le feu est une malédiction pour ces bêtes, car le gaz qui les maintient en l'air est hautement explosif.

Le Boiteux a suivi l'élan de Murmure. Il a décoché deux javelots hors du nul et deux une fois dedans, qu'il a largués au moment où le soldat du second siège redressait la trajectoire, frôlant la baleine à quelques centimètres.

Un seul trait a manqué sa cible.

Le dos de la baleine brûlait en cinq endroits.

Une tempête d'éclairs s'est déchaînée sur Murmure et le Boiteux.

Et nous-mêmes avons pénétré dans le nul. Nos sortilèges de propulsion se sont éteints. La panique m'a empoigné. À moi de jouer ?...

Nous piquions droit sur la baleine en feu. J'ai heurté, tiré, distribué des coups de pied sur les manettes.

« Moins brusque ! a crié la Dame. En douceur, en finesse. »

J'ai pris l'appareil en main au moment où nous passions sous la baleine dans un rugissement.

Des éclairs ont crépité. Nous nous glissions entre deux autres baleines plus petites. Elles nous ont ratés. La Dame a déchargé sa petite baliste. Son tir a touché l'un des monstres. À quoi bon, bordel ? me suis-je demandé. Le coup lui avait fait moins d'effet qu'une piqûre d'abeille.

Mais un filin était relié au carreau, qui se dévidait d'une bobine.

Boum !

Je suis resté un instant aveugle. Mes cheveux ont crépité. Nous venions d'essuyer de plein fouet un éclair de mante... Nous sommes morts, ai-je pensé.

La cage de métal qui nous entourait a absorbé l'énergie de l'éclair, laquelle s'est alors propagée le long du filin qui se déroulait.

Une mante nous poursuivait, à quelques mètres seulement derrière. Le sergent a tiré. Il a touché la bête sous l'aile.

Elle a décroché et s'est mise à tournoyer dans un vol saccadé de papillon mutilé.

« Regarde où tu vas ! » m'a crié la Dame. J'ai viré de bord. Une baleine de vent se précipitait sur nous. Des mantes paniquées filaient en tout sens à tire-d'aile. Les archers rebelles décochaient un barrage de flèches.

J'ai poussé, tiré sur tous les maudits leviers et pédales, pissé dans mon froc. C'est peut-être ce qui a fait effet. Nous avons raclé le flanc du monstre, mais sans nous écraser.

Alors cette saloperie de tapis a basculé pour partir en vrille. Terre, ciel et bêtes volantes tournoyaient autour de nous. L'espace d'un instant, tout là-haut, j'ai vu le flanc d'une baleine exploser; le monstre s'est plié en deux en déversant des giclées de feu. Deux autres baleines dégageaient une traîne de fumée... Mais la vision était si fugitive. Je n'ai rien revu quand le tapis, ayant achevé un nouveau tour sur lui-même, s'est de nouveau retrouvé face au ciel.

Nous avions entamé notre chute assez haut pour me laisser le temps de retrouver mon sang-froid. Je me suis débattu avec les leviers et les pédales, j'ai réussi à freiner l'effet de vrille...

Et puis ça n'a plus eu d'importance. Nous étions sortis du nul et le pouvoir de la Dame fonctionnait de nouveau.

Je me suis retourné pour voir comment se portait le sergent. Il m'a toisé d'un œil torve en secouant la tête avec pitié.

La Dame m'a lancé un regard guère plus encourageant.

Nous avons regrimpé en altitude et obliqué vers l'ouest. Les Asservis, rassemblés, ont fait le point sur leur attaque.

Une seule baleine de vent avait été détruite. Les autres avaient réussi à se glisser sous leurs congénères qui les avaient arrosées de l'eau de leurs ballasts. Pourtant les survivants avaient pris un coup au moral. Eux n'avaient causé aucune perte aux Asservis.

Ils continuaient cependant d'avancer.

Cette fois les Asservis se sont laissés chuter vers le sol et ont attaqué par-dessous, accélérant dans un piqué de plusieurs centaines de mètres avant de remonter en chandelle dans le nul. Je me suis faufilé entre les baleines par une manœuvre moins brutale, avec néanmoins la sensation d'avoir rasé la terre de beaucoup trop près.

« Pourquoi est-ce qu'on fait ça ? » ai-je braillé. Nous n'attaquions pas, nous suivions seulement Murmure et le Boiteux.

« Pour rigoler. Juste pour rigoler ! Et que tu puisses le noter plus tard.

— M'en fiche, je falsifierai tout ! »

Elle s'est esclaffée.

Nous sommes remontés très haut en tournoyant.

Chérie a donné ordre aux baleines de descendre. Cette seconde passe en avait tué deux de plus. À si basse altitude, les Asservis ne pouvaient plus traverser le nul de part en part. Le Boiteux excepté, à vrai dire. Lui jouait avec le feu. Il a pris un recul de sept ou huit kilomètres qui l'a propulsé dans le nul à une vitesse vertigineuse.

Il est passé; au même moment, les grands tapis se délestaient de leurs derniers pots.

Je n'avais jamais entendu Chérie se faire qualifier d'idiote. Et ça ne serait pas encore cette fois-ci.

En dépit des éclairs et du fracas, il était évident qu'elle pouvait, si elle le voulait, presser sur Cheval. Les Asservis avaient épuisé le gros de leurs munitions. Le Boiteux et les grands tapis avaient fait demi-tour pour se réapprovisionner. Les autres tournaient... Cheval serait à Chérie si elle était prête à en payer le prix.

Elle l'a estimé trop lourd.

Un choix fort sage. À mon avis, la ville lui aurait coûté la moitié de ses forces. Et les baleines de vent sont trop rares pour les sacrifier pour un gain si modeste.

Elle a tourné bride.

La Dame a rompu le combat et l'a laissée filer, bien qu'elle eût pu continuer de la harceler presque indéfiniment.

Nous avons atterri. Je me suis empressé de passer par-dessus bord et de m'écarter avant même que la Dame, avec une emphase un peu théâtrale et toute calculée, s'agenouille pour embrasser le sol. Elle riait.

Elle s'était bien amusée.

« Vous les avez laissés partir.

— J'ai rempli mon objectif.

— Elle changera de tactique.

— Évidemment. Mais pour l'instant c'est moi qui ai le marteau en main. En m'abstenant de frapper, je lui ai transmis un message. Elle aura eu le temps d'y réfléchir quand nous arriverons là-bas.

— Je suppose.

— Tu ne t'es pas trop mal débrouillé pour un novice. Va te prendre une cuite ou t'amuser à ta guise. Et reste à distance du Boiteux.

— Ouais. »

Ce que j'ai fait, c'est que je me suis rendu dans les quartiers qu'on m'avait assignés et que je me suis efforcé de maîtriser mes tremblements.

42

RETOUR À LA MAISON

La dame et moi sommes entrés dans la plaine de la Peur douze jours après l'escarmouche aérienne près de Cheval. Nous cheminions à cheval, sur des canassons miteux, suivant la vieille voie commerciale dont les habitants de la plaine respectaient le libre passage la plupart du temps.

Vêtue de vieilles nippes pour la piste, la Dame n'affichait plus sa beauté. Sans s'être muée en laideron, elle n'attirait plus le regard.

Nous sommes entrés dans la plaine avec à l'esprit une estimation pessimiste : il ne nous restait plus que trois mois avant que la Grande Tragique n'éventre les Tumulus.

Les menhirs ont remarqué tout de suite notre présence. Je les sentais non loin, qui nous observaient. Il a fallu que j'en fasse la remarque. Pour cette équipée, la Dame se contraignait à ne rien détecter, hormis ce qui s'imposait à elle de façon directe et naturelle. Elle s'entraînait à vivre comme une mortelle pendant le voyage pour ne pas commettre d'impair une fois arrivée au Terrier.

Cette femme avait de l'estomac.

Je suppose qu'il en fallait à quiconque disposé à jouer un bras de fer avec le Dominateur.

Faisant fi des menhirs embusqués, je me suis attaché à lui parler des aberrations de la plaine, ou tout du moins à lui révéler les milliers de petits pièges susceptibles de la trahir.

Le laïus que n'importe qui aurait débité en amenant un étranger dans la région. Ça ne risquait pas de paraître incongru.

Nous étions depuis trois jours dans la plaine quand nous avons failli nous faire prendre par une tempête transmuante. Ça l'a impressionnée. « Qu'est-ce que c'était que ça ? » m'a-t-elle demandé.

J'ai expliqué de mon mieux. Tout en continuant de spéculer en mon for intérieur. Bien sûr, elle avait déjà entendu parler du phénomène. Mais on ne croit que ce que l'on voit, comme on dit.

Peu après cet incident, nous avons atteint la première barrière de corail, ce qui induisait que nous nous trouvions au beau milieu de la plaine, là où les phénomènes étaient les plus étranges. « De quel nom userez-vous ? ai-je demandé. Autant que je m'y habitue.

— Je pensais à Ardath. » Un sourire flottait sur ses lèvres. « Vous avez un sens de l'humour assez grinçant.

— Peut-être. »

Je crois qu'elle s'amusait à paraître ordinaire. Comme l'épouse de quelque grand seigneur prenant plaisir à s'encanailler. Elle a même insisté pour faire son tour de popote. Au grand dam de mon estomac.

Je me suis demandé dans quelle mesure les menhirs influaient sur notre relation. Quoi que nous affections, nos rapports restaient empreints d'une tension, d'un formalisme difficiles à surmonter. Le mieux que nous pouvions suggérer, c'était une sorte de partenariat entre nous, qu'ils devaient certainement trouver curieux. Depuis quand un homme et une femme voyageaient-ils ensemble sans fricoter un peu le soir venu ?

Fallait-il pousser plus loin le souci de vraisemblance ? la question n'a pas été soulevée. Tant mieux. Vu ma panique, ma terreur, rien d'autre ne se serait de toute façon soulevé.

À quinze kilomètres du Terrier, nous avons gravi une colline et rencontré un menhir à son sommet. Six mètres de pierre insolite. Dressé près du chemin, il faisait le mort. La Dame a demandé à la façon d'une touriste : « Est-ce là une de ces pierres parlantes ?

— Ouais. Salut le caillou. C'est moi, de retour. »

La vieille pierre n'avait rien à dire. Nous avons poursuivi notre route. Lorsque je me suis retourné, elle avait disparu.

Peu de choses avaient changé. En arrivant sur la dernière crête, pourtant, nous avons remarqué une forêt d'arbres marcheurs qui se rassemblaient près du ruisseau. Une rangée de menhirs, des morts et des vivants, gardaient le gué. Des chameaux-centaures inversés gambadaient entre eux. Le Vieil Arbre Ancêtre se dressait à l'écart, tintinnabulant malgré l'absence totale de vent. En hauteur, une espèce d'oiseau rappelant le busard planait, solitaire, sous des nuages tourmentés, et il observait. Lui ou l'un de ses congénères nous avait suivis pendant des jours entiers. De présence humaine, pas une trace. Que faisait Chérie de son armée ? Elle n'avait pu entasser tout le monde dans le Terrier.

L'espace d'un moment, j'ai eu peur de revenir dans un donjon déserté. Puis, comme nous pataugions avec force éclaboussures pour traverser le ruisseau, Elmo et Silence sont sortis du corail.

J'ai sauté à bas de ma monture pour les étreindre tous les deux à la fois. À leur tour ils ont manifesté leur émotion mais, fidèles à la grande tradition de la Compagnie noire, ne m'ont pas posé une question.

« Boudiou de boudiou, ai-je fait, c'est bon de vous revoir. J'avais entendu dire que vous aviez pris une pilée quelque part à l'ouest. »

Elmo a dévisagé la Dame avec à peine un soupçon de curiosité.

« Oh. Elmo. Silence. Je vous présente Ardath. »

Elle a souri. « Heureuse de vous rencontrer. Toubib m'a tellement parlé de vous. »

Je n'avais pas dit un traître mot à leur sujet. Mais elle avait lu les annales. Elle a mis pied à terre et leur a tendu la main.

Ils l'ont serrée tour à tour, déconcertés car, de toutes les femmes qu'ils avaient connues, seule Chérie demandait à être traitée comme un homme.

« Bien, descendons, ai-je proposé. Descendons. J'ai un millier de trucs à raconter.

— Ah ouais ? » a dit Elmo. Et sa remarque était lourde de sens car il regardait dans mon dos en la prononçant.

Ceux avec qui j'étais parti n'étaient plus là.

« Je ne sais pas. La moitié des Asservis nous sont tombés sur le dos. On a été séparés. Je n'ai pas pu les retrouver. Mais je n'ai pas entendu dire qu'ils avaient été capturés. Descendons. Allons voir Chérie. J'ai des nouvelles incroyables. Et dégottez-moi quelque chose à croûter. Ça fait des lustres qu'on prépare la tambouille à tour de rôle, et elle cuisine encore plus mal que moi.

— Beurk, a fait Elmo en me gratifiant d'une tape dans le dos. Et tu as survécu ?

— Je suis un vieux dur à cuire, Elmo. Tu devrais le savoir. Merde, les gars, je… » Je me suis rendu compte que je jacassais comme une pie. J'ai souri.

Silence m'a dit par signes : « Bienvenue à la maison, Toubib. Bienvenue à la maison.

— Venez, ai-je dit à la Dame en lui prenant la main comme nous approchions de l'entrée du Terrier. Ça vous paraîtra aussi noir qu'un puits le temps que vos yeux s'acclimatent. Et courage pour l'odeur ! »

Dieux, cette puanteur ! À écœurer un asticot.

Une drôle d'excitation régnait là-dessous. Elle se muait en indifférence affectée comme nous passions, puis reprenait derrière nous de plus belle. Silence nous a menés directement à la salle de réunion. Elmo a distribué des ordres pour nous obtenir quelque chose à manger.

Au moment où nous sommes entrés, j'ai constaté que je tenais toujours la Dame par la main. Elle m'a adressé un demi-sourire dans lequel j'ai lu une grosse dose de nervosité.

Va-t-on fanfaronner dans la gueule du loup ? Cette bonne pâte de Toubib lui a serré un peu les doigts.

Chérie avait l'air sur les rotules. Le lieutenant aussi. Une douzaine d'autres étaient là; j'en connaissais peu. Ils avaient dû s'enrôler après que les impériaux avaient évacué le périmètre de la plaine.

Chérie m'a étreint très longuement. Si longuement que j'ai fini par en être troublé. Ce genre d'effusion n'entre guère dans nos habitudes, ni à elle ni à moi. Elle s'est finalement reculée et a posé sur la Dame un regard teinté d'un soupçon de jalousie.

Par signes j'ai déclaré : « Voici Ardath. Elle va m'aider dans mes traductions. Elle s'y connaît bien en langues anciennes. »

Chérie a hoché la tête. Elle ne m'a posé aucune question. J'avais sa totale confiance.

Le repas est arrivé. Elmo a dressé une table, amené des chaises puis poussé tout le monde dehors à l'exception du lieutenant, de Silence, de moi et lui, et de la Dame. Il avait failli l'inviter à sortir elle aussi mais s'en est abstenu, ignorant dans quelle mesure elle partageait mes confidences.

Nous avons mangé, et j'en ai profité pour raconter mon histoire par bribes entre deux bouchées. Elle a donné lieu à quelques moments de tension, notamment quand j'ai annoncé à Chérie que Corbeau était encore vivant.

À la réflexion, je crois que le moment a été plus difficile pour moi que pour elle. J'avais craint d'éveiller de la fièvre en elle, voire de l'hystérie. Elle n'a cédé à rien de tel.

D'abord, elle a tout bonnement refusé de me croire. Et j'ai compris que, jusqu'à sa disparition, Corbeau constituait la pierre angulaire de son univers émotionnel. Elle ne pouvait concevoir qu'il lui ait servi, à elle aussi, cet énorme mensonge simplement pour pouvoir prendre la tangente et aller fouiner dans les Tumulus. Pour elle, ça n'avait pas de sens. Corbeau ne lui avait jamais menti jusqu'alors.

Ça me paraissait extravagant à moi aussi. Mais, ayant déjà eu l'occasion d'y réfléchir, j'inclinais à penser que certains mystères recelaient parfois plus qu'on ne voulait bien l'admettre. J'avais le très vague pressentiment que peut-être Corbeau avait fui quelque chose, et non poursuivi un but.

Chérie ne s'est pas entêtée longtemps. Elle n'est pas de celles qui refusent la vérité seulement parce qu'elle est désagréable. Elle a dominé sa peine bien mieux que je ne l'aurais cru; en fin de compte, elle avait peut-être déjà digéré certains des sombres épisodes de son passé.

Quand même, l'évocation de la situation de Corbeau ne l'aidait pas à restaurer son équilibre émotionnel, déjà mis à mal par son revers à Cheval. Présage de pires défaites à venir. Déjà, elle se doutait qu'elle allait devoir affronter les impériaux sans le bénéfice des informations que j'avais pour mission de ramener.

J'ai provoqué la consternation générale quand j'ai annoncé mon échec, ajoutant : « Je sais de toute façon d'une haute instance que ces documents ne contiennent pas ce que nous cherchions. J'attendrai quand même qu'Ardath et moi ayons fini de les passer au peigne fin pour m'en convaincre. » J'avais pris en note certains passages des papiers de Corbeau avant que je les perde.

Je ne mentais pas effrontément. Ça ne m'aurait pas été pardonné plus tard, lorsque la vérité éclaterait, comme cela surviendrait inévitablement. J'ai juste omis quelques détails. J'ai même admis avoir été capturé, interrogé et emprisonné.

« Comment se fait-il que tu sois là ? s'est étonné Elmo. Que tu sois encore vivant ?

— Ils nous ont relâchés, Ardath et moi. Après l'échauffourée de Cheval. C'était un message. Je suis censé en transmettre un autre.

— À savoir ?

— À moins que vous ne soyez aveugles et stupides, vous avez remarqué que les attaques contre vous ont cessé. La

Dame a ordonné la suspension de toutes les opérations contre les rebelles.

— Pourquoi ?

— Vous n'avez pas les yeux en face des trous, bon sang. Parce que la Domination menace.

— Arrête, Toubib. On a réglé cette affaire à Génépi.

— Je suis allé aux Tumulus. Je l'ai vu de mes propres yeux, lieutenant. Cette saleté va se libérer. Une de ses créatures se balade déjà dans la nature, elle piste peut-être Qu'un-Œil et les autres. Je suis sérieux. Le Dominateur est à un cheveu de se libérer, et il s'y prend foutrement mieux qu'à Génépi. » Je me suis retourné vers la Dame. « Ardath. C'était quoi déjà, mon estimation ? J'ai perdu la notion du temps que nous avons passé à cheminer dans la plaine. Il restait à peu près quatre-vingt-dix jours quand on y est entrés.

— Vous avez mis huit jours pour parvenir jusqu'ici », a indiqué Elmo.

J'ai haussé un sourcil.

« Les menhirs.

— Oui, bien sûr. Huit jours, donc. À déduire des quatre-vingt-dix de notre prévision catastrophe. Quatre-vingt-deux jours avant que le Grand Tumulus ne s'ouvre. » J'ai fourni quelques éclaircissements sur les crues de la Grande Tragique.

Le lieutenant n'était pas convaincu. Elmo non plus. Et comment les blâmer ? La Dame ourdit des manœuvres perfides et subtiles. Sans compter que ces gars sournois jugent les autres à leur aune propre. Je n'ai pas fait de prosélytisme. Je ne brûlais pas d'un zèle à toute épreuve moi non plus.

Peu importait que ces deux-là me croient ou non, d'ailleurs. C'était Chérie qui prenait les décisions.

Par signes, elle a commandé à tout le monde de sortir, moi excepté. J'ai demandé à Elmo de faire visiter le Terrier à Ardath et de lui trouver un coin avec une paillasse. Il m'a répondu par un regard bizarre. Comme tous les autres, il se figurait que je ramenais une compagne au bercail.

J'avais du mal à garder mon sérieux. Pendant des années et des années, ils m'avaient brocardé pour ces quelques romances que j'avais écrites lors de notre enrôlement dans les rangs de la Dame. Et voilà que je la ramenais à la maison.

J'avais dans l'idée que Chérie désirait parler de Corbeau. Je ne m'étais pas trompé, mais elle m'a surpris en me déclarant avec ses doigts : « Elle t'a envoyé pour me proposer une alliance, n'est-ce pas ? »

Vive d'esprit, la diablesse. « Non, pas exactement. Quoique en pratique il s'agisse à peu près de cela. » Je suis entré dans les détails de la situation, ceux que je connaissais et ceux qui coulaient de source. Parler avec les mains n'est pas rapide. Mais Chérie restait attentive et patiente, jugulant ses propres sentiments. Elle est revenue sur la question de mes documents cachés, de leur valeur ou de leur insignifiance. Pas une fois elle ne m'a questionné sur Corbeau. Ni sur Ardath, bien que mon amie l'intriguât certainement aussi.

« La Dame a raison d'estimer que notre combat deviendra dérisoire si le Dominateur réussit son retour, m'a-t-elle déclaré par signes. Ma question doit être : s'agit-il d'une menace véritable ou d'une feinte ? Nous savons à quel point elle peut se montrer machiavélique.

— J'y crois, ai-je répliqué. Parce que Corbeau y croyait. Il en était venu à cette conclusion avant que les sbires de la Dame commencent à la subodorer. En réalité, d'après ce que je sais, c'est lui qui a établi les preuves qui les ont convaincus.

— Gobelin et Qu'un-Œil sont-ils saufs ?

— Autant que je sache. Je n'ai pas entendu dire qu'ils aient été capturés.

— Alors ils ne sont sûrement plus loin. Ces documents. Ils restent la clé de tout.

— Même s'ils ne contiennent pas le secret de son nom mais seulement celui de son mari ?

— Elle aimerait pouvoir les lire ?

— Je suppose. Elle a avancé une raison pour me libérer, mais j'ignore celle qui se cachait derrière. »

Chérie a opiné du chef. « Je n'en pensais pas moins.

— Pourtant je suis convaincu qu'elle est sincère dans cette affaire. Que nous devons considérer le Dominateur comme le péril numéro un, le plus immédiat. Ça ne devrait pas être trop difficile d'anticiper sur la plupart des coups fourrés qu'elle pourrait ensuite nous jouer.

— Mais il y a Corbeau. »

Nous y sommes, ai-je pensé. « Oui.

— Je vais réfléchir, Toubib.

— Le temps presse.

— Il y a tout le temps du monde, en un sens. Je vais réfléchir. Toi et ton amie, traduisez. »

J'ai eu l'impression d'être congédié avant d'avoir compris pourquoi elle avait souhaité cet aparté. Cette femme avait le visage impénétrable. Pas facile de deviner ses sentiments. J'ai lentement battu en retraite vers la porte.

« Toubib, m'a-t-elle demandé d'un geste, attends. »

Je me suis figé. Ça y était.

« Qui est-elle, Toubib ? »

Flûte ! Encore à côté. Un frisson m'a parcouru. Un frisson de culpabilité. Je ne voulais pas trop m'enferrer dans le mensonge. « Juste une femme.

— Pas une femme *particulière* ? Une amie particulière ?

— Je pense qu'elle est particulière. À sa façon.

— Je vois. Demande à Silence de venir ici. »

À nouveau, je suis reparti lentement. Mais ce n'est qu'au moment où j'ouvrais la porte qu'elle m'a rappelé encore.

Suivant son invitation, je me suis assis. Elle non. Elle s'est mise à arpenter la pièce de long en large. « Tu penses que je suis insensible aux grandes nouvelles. Tu penses du mal de moi parce que je n'ai pas été bouleversée par l'annonce que Corbeau était en vie.

— Non. Je pensais que la nouvelle te choquerait. Qu'elle t'attristerait énormément.

— Choquée, non. Je ne suis pas vraiment surprise. Triste, en revanche, oui. Ça rouvre de vieilles plaies et les rend plus douloureuses encore. »

Déconcerté, je l'ai regardée faire les cent pas.

« Notre Corbeau. Il n'a jamais grandi. Impavide comme une pierre. Jusqu'au-boutiste, pas freiné pour deux sous par sa conscience. Dur. Intelligent. Inflexible. Implacable. Tout cela. Pas vrai ? Si. Et couard.

— Quoi ? Comment peux-tu ?...

— Il se dérobe. Des complots orchestrés par le Boiteux ont éclaboussé sa femme il y a des années. A-t-il tenté de découvrir et de comprendre la vérité ? Non, il a massacré tout le monde et s'est enfui avec la Compagnie noire pour continuer à tuer. Il a abandonné deux bébés sans un mot d'au revoir. »

Elle bouillait à présent. Elle ouvrait ses vannes secrètes et s'épanchait sur des choses dont je n'avais jamais capté que de vagues et lointaines lueurs. « Ne prends pas sa défense, a-t-elle poursuivi. J'ai le pouvoir de mener l'enquête, et je l'ai fait.

» Il a déserté la Compagnie noire. Pour moi ? Bien plutôt pour éviter d'avoir à s'y lier vraiment. Pourquoi m'a-t-il sauvée dans ce village ? Parce que le remords d'avoir abandonné ses deux enfants le rongeait. J'étais une gamine inoffensive. Et, tant que j'étais enfant, il a cru pouvoir s'investir vis-à-vis de moi sans que cela prête à conséquence. Mais enfant, je ne le suis pas restée, Toubib. Et pendant toutes ces années de cavale il n'y a eu aucun autre homme dans mon entourage.

» J'aurais dû me méfier. Je voyais comment il repoussait tous ceux qui cherchaient le contact dès que la relation ne s'annonçait pas totalement unilatérale et sous son contrôle. Pourtant, après les horreurs qu'il a perpétrées à Génépi, j'ai cru qu'il pourrait se racheter grâce à moi. Sur la route vers le sud, comme nous fuyions la terrible menace de la Dame et celle, moindre, de la Compagnie, j'ai dévoilé mes vrais sentiments. J'ai ouvert le couvercle d'un coffre de rêves que j'avais nourris à l'époque où j'étais trop jeune encore pour penser aux hommes.

» Il s'est complètement transformé. Il est devenu comme un animal en cage. C'est du soulagement qu'il a manifesté en apprenant la présence du lieutenant et de certains de la Compagnie. Quelques heures plus tard à peine, il était "mort".

» J'avais des doutes, à l'époque. Une part de moi-même a toujours su. Voilà pourquoi je ne suis pas aussi chamboulée que tu le pensais. Oui, je sais que tu sais : je crie parfois dans mon sommeil. Je pleure mes rêves de petite fille. Je pleure parce que ces rêves refusent de mourir, malgré mon impuissance à les réaliser. Je pleure parce que la seule chose que je veux vraiment, je ne peux l'obtenir. Tu comprends ? »

J'ai pensé à la Dame, à sa situation, et j'ai opiné du chef. Je n'ai rien répondu d'autre.

« Je vais pleurer de nouveau. Sors. S'il te plaît. Demande à Silence de venir. »

Je n'ai pas eu à le chercher. Il attendait dans la salle de réunion. Je l'ai regardé entrer en me demandant si je voyais vraiment les choses où si j'hallucinais.

Elle m'avait donné matière à réflexion.

43

PIQUE-NIQUE

Fixez une date limite et aussitôt le cours du temps se précipite. Les rouages de l'univers se débloquent, vous détendent d'un coup le gros ressort monté à bloc. Quatre jours étaient passés à la trappe, bing ! durant lesquels je n'avais pourtant guère perdu de temps à dormir.

Ardath et moi traduisions. Et traduisions. Et traduisions. Elle lisait, traduisait à voix haute. Je notais à en attraper des crampes. De temps à autre Silence prenait le relais.

Je vérifiais en intercalant dans le lot des documents que j'avais déjà travaillés. En particulier ceux sur lesquels Traqueur et moi nous étions penchés. Pas une fois je n'ai détecté de discordance.

Au quatrième matin, pourtant, quelque chose m'a mis la puce à l'oreille. Nous planchions sur une de ces listes. La soirée dont nous étions en train d'énumérer les participants avait dû être si grandiose que de nos jours nous la qualifierions de guerre. Ou au moins d'émeute. Et les noms défilaient, Untel et Untel de Ceci-cela, tout le gratin de la cour de la Dame, seize titres à la suite dont quatre seulement signifiaient quelque chose. Le temps que les hérauts déclinent l'identité de tout le monde, une sénilité galopante devait avoir décimé l'assemblée.

Bref, vers le milieu de la liste, j'ai entendu un halètement furtif interrompre sa respiration. Aha ! me suis-je dit. On tenait quelque chose. J'ai dressé l'oreille.

Elle a continué doucement. Un moment plus tard, je me suis demandé si je n'avais pas eu la berlue. Ma raison me soufflait que le nom sur lequel elle avait accroché n'était pas celui qu'elle avait lu. Elle dictait avec lenteur, respectant ma vitesse de transcription. Ses yeux devaient être bien en avance sur ma main.

Aucun des noms suivants ne m'a rien évoqué.

Je me suis promis de revenir sur la liste ultérieurement, par acquit de conscience, au cas où elle y aurait laissé une marque.

Mais néant.

L'après-midi venu, elle a dit : « Pause, Toubib. Je vais prendre un thé. Tu en veux un ?

— Volontiers. Un croûton de pain serait le bienvenu aussi. » J'ai continué à gribouiller trente secondes avant de mesurer ce qui venait de se passer.

Quoi ? La Dame proposant de faire le service ? Moi lui donnant un ordre sans m'en rendre compte ? Ça m'a fichu les nerfs en pelote. Dans quelle mesure jouait-elle la comédie ? Simulait-elle vraiment par amusement ? La dernière fois qu'elle s'était elle-même servi un thé devait remonter à des siècles. Si jamais cela lui était arrivé.

Je me suis levé, j'ai commencé à la suivre et me suis arrêté sur le seuil de la chambre.

Une quinzaine de pas plus loin dans le tunnel, dans la maigre lumière blafarde des lampes, Otto l'avait bloquée dans un coin. Il lui débitait un tissu de fadaises. Comment j'avais pu occulter ce problème, je me le demande encore. M'est avis qu'elle ne l'avait pas anticipé elle non plus. Certes, elle ne devait pas avoir l'habitude d'une pareille situation.

Otto devenait insistant. J'ai fais un pas pour intervenir, puis me suis ravisé. Mon initiative la mettrait peut-être en colère.

À un pas derrière : Elmo. Il s'est arrêté. Otto était trop à son affaire pour nous remarquer. « On ferait bien d'agir, m'a soufflé le vieux sergent. On n'a pas besoin de ce genre d'embêtement. »

Elle n'avait l'air ni inquiète ni ennuyée. « J'ai l'impression qu'elle est de taille à se débrouiller toute seule. »

Otto a essuyé un « non » clair et net. Mais il ne s'en est pas tenu là. Ses mains sont devenues baladeuses.

Il a ramassé une gifle bien dans le style de la Dame. Qui l'a énervé. Il a décidé de se satisfaire en force. Quand Elmo et moi nous sommes avancés, il s'effondrait sous une volée de coups de pied et de poing, se ratatinait sur le sol fangeux en se tenant le ventre d'un bras et ce bras de l'autre. Ardath a passé son chemin comme si de rien n'était.

« Je t'avais dit qu'elle était de taille à se débrouiller, ai-je fait remarquer.

— Rappelle-moi de ne jamais lui manquer de respect », m'a répondu Elmo. Puis il a esquissé une petite grimace en me tapotant l'épaule. « Elle doit valoir le jus au lit, hein ? »

J'ai dû rougir salement. Je lui ai répondu par un sourire idiot. Ça n'a fait que confirmer ses soupçons. Bordel. N'importe quoi aurait abouti à ce résultat, de toute façon. C'est toujours pareil pour tout ce qui touche à la bagatelle.

Nous avons traîné Otto dans ma chambre. J'ai cru qu'il allait vomir ses tripes. Mais il s'est contrôlé. J'ai vérifié qu'il n'avait rien de cassé. Quelques contusions, rien de plus. « Je te le laisse, Elmo », ai-je dit, car, je le savais, le vieux sergent lui préparait un savon carabiné.

Il a pris Otto par le coude et lui a commandé : « Descends dans mon bureau, soldat. » Et il lui a expliqué sa façon de voir les choses avec un volume sonore qui décrochait la poussière au plafond du tunnel.

Quand Ardath est revenue, elle s'est conduite comme si rien ne s'était passé. Peut-être qu'elle ne s'était pas aperçue de notre présence lors de l'incident. Mais au bout d'une heure elle m'a demandé : « On peut prendre une pause ? Sortir ? Marcher ?

— Vous voulez que je vienne ? »

Elle a opiné du chef. « Il faut qu'on parle. En privé.

— Bon. »

À vrai dire, chaque fois que je levais le nez de mes paperasses, je devenais moi-même un peu claustrophobe. Ma virée à l'ouest m'avait rappelé comme il est bon de se dégourdir les jambes. « Vous avez faim ? ai-je demandé. L'affaire n'est pas trop sérieuse pour se conjuguer avec un pique-nique ? »

Elle a paru surprise, puis charmée. « Bonne idée. »

Nous nous sommes donc rendus aux cuisines, avons rempli un baquet et sommes remontés en surface. Si elle est restée sourde aux ricanements, je n'en dirais pas autant de moi.

Notre Terrier n'a qu'une porte. Elle ferme la salle de réunion derrière laquelle se trouvent les quartiers de Chérie. Ni ma chambre ni celle d'Ardath n'étaient dotées ne serait-ce que d'un rideau pour les clore. On s'imaginait que nous allions chercher un peu d'intimité dans les grands espaces.

Tu parles. Il y aurait autant de spectateurs dehors que dedans. Simplement, il ne s'agirait pas d'humains.

Restaient à peu près trois heures avant le crépuscule quand nous avons mis le pied dehors, et nous avons reçu les feux du soleil en plein dans les mirettes. Aveuglant. Je m'y attendais, mais j'aurais dû la prévenir.

Nous avons remonté le long du ruisseau sans dire un mot, humant l'air parfumé d'une légère odeur de sauge. Le silence régnait dans le désert. Même le Vieil Arbre Ancêtre restait coi. La brise était trop faible pour soupirer dans le corail. Au bout d'un moment, j'ai demandé : « Alors ?

— J'avais besoin de sortir. Ces tunnels m'oppressent. Le nul accentue la sensation. Je déprime là-dedans. Ça me coupe mes moyens.

— Oh. »

Nous avons contourné une tête de corail et rencontré un menhir. Un de mes vieux complices, je suppose, car il a déclaré :

« Il y a des étrangers dans la plaine, Toubib.

— Sans blague ? » Puis je lui ai demandé : « Quels étrangers, roc ? »

Mais il n'a rien voulu ajouter.

« Ils sont toujours comme ça ?

— Ou pires. Bien. Le nul perd de sa puissance. Ça va mieux ?

— Je me suis sentie mieux à l'instant où j'ai mis le pied dehors. Ce trou est l'antichambre de l'enfer. Comment parvenez-vous à vivre ainsi ?

— Ce n'est pas grand-chose, mais c'est notre chez-nous. »

Nous avons débouché sur un espace dégagé, comme une esplanade. Elle s'est figée. « Qu'est-ce que c'est que ça ?

— Le Vieil Arbre Ancêtre. Vous savez ce qu'on nous croit occupés à faire, en dessous ?

— Je sais. Laisse-les croire. Appelons ça du mimétisme. Mais ça, c'est votre Arbre Ancêtre ? » Elle le désignait en personne.

« C'est lui. » J'ai continué à m'avancer. « Comment ça va aujourd'hui, l'ancien ? »

J'avais dû lui poser la question une bonne cinquantaine de fois. Je veux dire, il s'agissait d'un arbre remarquable, d'accord, mais d'un arbre quand même, pas vrai ? Je ne m'attendais pas à une réponse. Or les feuilles de l'Arbre Ancêtre se sont mises à tinter comme je lui parlais.

« Reviens ici, Toubib. » La voix de la Dame avait une inflexion impérieuse, dure, un peu ébranlée. Je me suis retourné et j'ai rebroussé chemin.

« C'est le naturel qui revient au galop ? » Du coin de l'œil, j'ai entrevu une forme en mouvement dans la direction du Terrier. Je me suis concentré sur une tige de corail et un buisson proche. J'ai ajouté : « Moins fort. On nous écoute.

— Rien d'étonnant. » Elle a étalé la couverture miteuse qu'elle avait apportée, s'est assise dessus, les orteils au ras du sable. Elle a retiré le chiffon qui couvrait le baquet. Je me suis installé près d'elle, me plaçant en sorte de garder l'ombre dans mon champ de vision.

« Tu sais ce que c'est ? a-t-elle demandé en donnant un coup de tête en direction de l'arbre.

— Personne ne le sait. C'est juste le Vieil Arbre Ancêtre. Certaines tribus du désert le considèrent comme un dieu. On n'a pas la preuve que c'en est un. Mais Qu'un-Œil et Gobelin ont été frappés par sa situation géographique : il se dresse pile au centre de la plaine.

— Oui. Je suppose… Tant de choses se sont perdues pendant la déchéance. J'aurais dû m'en douter… Mon mari n'était pas le premier de son espèce, Toubib. Ni la Rose Blanche la première de la sienne. Tout cela participe d'un grand cycle, je crois.

— Je ne comprends pas.

— Il y a très longtemps, même avec des repères temporels comme les miens, s'est déroulée une autre guerre comme celle qui a opposé le Dominateur à la Rose Blanche. La lumière a vaincu l'ombre. Mais, comme toujours, l'ombre a laissé son germe aux vainqueurs. Pour en finir avec cette lutte, ils ont fait appel à une force dans un autre monde, un autre univers, une autre dimension, comme tu voudras, un peu de la même façon que Gobelin peut invoquer un démon, sauf que cette force était un dieu adolescent. Si l'on peut dire. Car elle s'est incarnée sous la forme d'un jeune arbre. Il s'agissait d'événements légendaires du temps de ma jeunesse, une époque où l'on se souvenait mieux du passé, ce qui explique que les détails posent maintenant question. Une invocation d'une telle envergure, ils l'ont payée le prix fort, elle a provoqué des morts par milliers, des régions entières ont été dévastées. Néanmoins ils sont parvenus à planter leur dieu captif sur la tombe de leur grand ennemi pour l'y maintenir prisonnier. Cet arbre divin devait vivre un million d'années.

— Vous voulez dire... Le Vieil Ancêtre se dresserait sur un équivalent du Grand Tumulus ?

— Je n'avais pas fait le rapprochement entre les légendes et la plaine avant de voir cet arbre. Oui. Il y a dans cette terre un être aussi terrible que mon mari. Tant de choses s'éclairent maintenant. Tout concorde. Les bêtes. Les inconcevables pierres parlantes. Les récifs coralliens à des milliers de kilomètres de la mer. Tout cela provient de l'autre univers. Les tempêtes transmuantes sont les rêves de l'arbre. »

Elle a continué de parler, moins pour m'expliquer que pour y voir clair elle-même. J'ai dégluti et me suis souvenu de la tempête transmuante qui nous avait rattrapés lors de notre voyage vers l'ouest. Fallait-il que j'aie la scoumoune, bon sang, pour me retrouver embarqué dans le rêve d'un dieu !

« C'est dingue ! » ai-je dit, et, à cet instant, j'ai identifié la silhouette que je m'efforçais de repérer parmi les ombres, buissons et coraux.

Silence. Assis sur ses mollets, aussi immobile qu'un serpent guettant sa proie. Silence qui m'avait suivi partout depuis trois jours, telle une seconde ombre, Silence que j'avais à peine remarqué tant il n'était pas Silence pour rien. Bien. Et moi qui me flattais de n'avoir éveillé aucun soupçon en revenant accompagné, peste !

« Le site est mauvais, Toubib. Très mauvais. Dis à ta paysanne muette de déménager.

— En ce cas, il me faudrait lui expliquer pourquoi et lui avouer qui m'a donné le conseil. Je doute qu'elle se laisserait influencer.

— Tu as sans doute raison. Et puis d'ici peu ça n'aura plus d'importance. Mangeons. »

Elle a déballé un paquet et en a sorti ce qui ressemblait à du lapin frit. Or il n'y a pas de lapin dans la plaine. « Leur équipée vers Cheval leur a peut-être rapporté quelques gnons, mais aussi de quoi améliorer l'ordinaire. »

J'ai attaqué.

Silence restait immobile dans le coin de mon œil. Espèce de salaud, ai-je pensé. J'espère que tu en salives.

Trois morceaux de lapin plus tard, je me suis freiné pour demander : « Ce que vous disiez à propos de l'Ancêtre est bien intéressant, mais quelle importance ? »

L'Arbre Ancêtre a fait retentir tout un ramdam. Je me suis demandé pourquoi. « Est-ce que vous avez peur de lui ? »

Elle n'a pas répondu. J'ai jeté mes os au bord du ruisseau et me suis levé. « Je reviens dans une minute. » Je me suis avancé à pas bruyants vers l'Arbre Ancêtre. « Très vieux, aurais-tu des graines ? Des pousses ? Un petit quelque chose que nous pourrions ramener aux Tumulus pour le planter sur notre méchant à nous ? »

Parler à cet arbre, si souvent par le passé, avait été comme un jeu. J'étais pénétré d'un respect quasi religieux à l'égard de son âge, mais je ne croyais rien de ce que prétendaient les tribus ou la Dame. Il ne s'agissait que d'un vieil arbre noueux doté d'un mauvais caractère.

Caractère ?

Lorsque je l'ai touché pour m'appuyer contre son tronc et lever les yeux vers d'éventuels fruits ou graines, il m'a mordu. Enfin, pas avec des dents, mais des étincelles ont jailli. Le bout de mes doigts m'a élancé. Quand je les ai sortis de ma bouche, ils m'ont paru brûlés.

« Ça, alors ! me suis-je exclamé en reculant de quelques pas. Y a pas d'offense, l'Arbre. Je pensais que tu voudrais peut-être aider. »

Dans le flou, j'ai pris conscience qu'un menhir se dressait près de la cachette de Silence. D'autres surgissaient autour de notre esplanade.

J'ai encaissé un choc aussi violent que si une baleine de vent m'avait vidé ses ballasts sur la tête depuis une hauteur de trente mètres. Je me suis effondré. Des vagues d'énergie, de pensées, me percutaient. J'ai gémi, essayé de ramper vers la Dame. Elle a tendu la main mais a refusé de franchir cette frontière…

Un peu de cette puissance a commencé vaguement à faire sens. Mais c'était comme se trouver dans cinquante esprits à la fois, tous dispersés aux quatre coins du monde. Non. De la plaine. Et plus de cinquante esprits. C'est l'impression que j'ai eue quand cette avalanche a commencé à se fondre, à s'imbriquer… J'entrais en contact avec l'esprit des menhirs.

Puis tout a décru. La masse d'énergie a cessé de marteler l'enclume que j'étais devenu. Je me suis dépêché de fuir la zone en comprenant que franchir sa frontière ne me garantirait pourtant pas une sécurité absolue. J'ai regagné la couverture, repris haleine, et me suis finalement retourné vers l'arbre. Ses feuilles tintaient d'exaspération.

« Qu'est-ce qui s'est passé ?

— En gros, il m'a fait comprendre qu'il ferait ce qu'il pourrait, non pour nous mais pour ses créatures. Et que je n'avais qu'à aller au diable. Que je devais lui ficher la paix, arrêter de l'enquiquiner si je ne voulais pas que ça barde. Bon sang. »

J'ai jeté un coup d'œil par-dessus mon épaule pour voir comment Silence avait réagi à l'échauffourée.

« Je t'avais prévenu… » Elle a regardé par-derrière elle aussi.

« J'ai l'impression qu'on s'est peut-être mis dans de sales draps. Peut-être qu'ils t'ont reconnue. »

Presque tout le monde dans le Terrier était sorti. Ils s'alignaient le long de la piste. Le nombre des menhirs avait augmenté. Les arbres marcheurs composaient un cercle autour de nous.

Et nous étions de nouveau désarmés car Chérie se trouvait là. Le nul nous enveloppait de nouveau.

Elle s'était vêtue de blanc. Devançant Elmo et le lieutenant, elle est venue vers moi. Silence lui a emboîté le pas.

Derrière venaient Qu'un-Œil, Gobelin, Traqueur et Saigne-Crapaud le Chien. Ces quatre derniers étaient encore poudrés de la poussière de la route.

Il y avait des jours qu'ils se trouvaient dans la plaine. Et personne ne m'avait prévenu…

Quand on a la corde au cou sur le gibet, ce n'est pas de la trappe qu'on s'inquiète. L'espace d'une quinzaine de secondes, je suis resté bouche bée. Puis j'ai demandé dans un couinement étouffé : « Qu'est-ce qu'on fait ? »

La Dame m'a pris au dépourvu en saisissant ma main. « J'ai parié et perdu. Je ne sais pas. Tu les connais. Bluffe. Hmm ! » Ses yeux se sont étrécis. Son regard est devenu fixe, intense. Puis un mince sourire s'est étiré sur ses lèvres. « Je vois.

— Quoi ?

— Des réponses. Une vague notion de ce que manigance mon mari. Tu as été manipulé plus que tu ne le penses. Il avait prévu qu'il serait découvert par les intempéries qu'il a provoquées. Une fois qu'il a eu votre Corbeau, il a décidé d'attirer votre paysanne à lui… Oui. Je crois… Viens. »

Mes vieux compagnons n'avaient pas l'air hostiles, seulement déconcertés.

Le cercle continuait de se resserrer sur nous.

La Dame m'a repris la main, m'a mené au pied du Vieil Arbre Ancêtre. Elle a murmuré : « Que la paix règne entre nous, l'ancien. Observe bien. Voici venir une personne que tu connais depuis longtemps. » Et elle a ajouté à mon attention : « Une foule de vieilles créatures courent de par le monde. Certaines depuis l'aube des temps. Certaines, faisant figure de seconds couteaux, attirent moins l'attention que mon mari ou les Asservis. Volesprit avait des servants plus vieux encore que l'arbre. Ils ont été enterrés avec elle. Je t'avais dit que j'avais reconnu la façon dont ces corps avaient été déchiquetés. »

Je me tenais dans la lumière rougeoyante du couchant, complètement dérouté. Elle aurait pu tout aussi bien parler uchiTelle.

Chérie, Silence, Qu'un-Œil et Gobelin sont venus droit vers nous. Elmo et le lieutenant sont restés à un jet de pierre. Mais Traqueur et Saigne-Crapaud le Chien, l'air de rien, se sont fondus dans la masse.

« Qu'est-ce qui se passe ? ai-je demandé par signes à Chérie, visiblement alarmée.

— C'est ce que nous aimerions découvrir. Nous ne savons plus quoi penser tant les menhirs nous ont adressé des rapports incohérents depuis que Gobelin, Qu'un-Œil et Traqueur ont regagné la plaine. D'un côté, Gobelin et Qu'un-Œil m'ont confirmé tout ce que tu m'avais raconté – jusqu'à votre séparation. »

J'ai dévisagé mes deux compagnons – et n'ai lu nulle amitié dans leurs yeux. Ils regardaient dans le vague, froidement. Comme si quelqu'un d'autre s'était glissé dans leur peau.

« De la visite », a lancé Elmo sans toutefois crier.

Deux Asservis, à bord de ces tapis-bateaux, croisaient au loin dans le ciel. Ils n'ont pas approché. La main de la Dame s'est contractée. Pour le reste, elle s'est contrôlée. Ils sont restés trop loin pour que nous puissions les reconnaître.

« Il y a plus d'un cuisinier à touiller ce ragoût, ai-je dit. Silence, exprime-toi. Pour l'instant tu me fiches la chair de poule. »

Ses mains ont remué. « Selon une rumeur qui va bon train dans l'Empire, tu aurais retourné ta veste. Tu aurais ramené ici un de leurs caïds pour assassiner Chérie. Il pourrait même s'agir d'un de ces nouveaux Asservis. »

Je n'ai pas pu réprimer un sourire. Les persifleurs n'avaient pas osé déballer toute l'histoire. Le sourire a convaincu Silence. Il me connaissait bien. Raison pour laquelle, je suppose, on l'avait affecté, lui, à ma surveillance.

Chérie aussi s'est détendue. Mais ni Qu'un-Œil ni Gobelin n'ont fléchi. « Qu'est-ce qu'ils ont, ces deux-là, Silence ? On dirait des zombies.

— Ils prétendent que tu les as trahis. Que Traqueur t'aurait vu. Que si…

— Foutaises ! Où est-ce qu'il se planque, ce Traqueur ? Amenez-moi ce gros lourdaud, qu'il me le dise au moins en face ! »

La lumière faiblissait. La grosse tomate du soleil avait disparu derrière les collines. L'obscurité ne tarderait pas à tomber. J'ai senti comme un picotement me parcourir le dos. Qu'est-ce que ce fichu arbre allait encore nous réserver comme surprise ?

Dès que je me suis mis à penser à lui, j'ai ressenti de sa part un intérêt intense. Ainsi qu'une espèce de colère diffuse qui montait…

Soudain, les menhirs se sont mis à vaciller de partout, même de l'autre côté du ruisseau où les fourrés étaient si denses. Un chien a aboyé. Silence a transmis un message à Elmo par signes. Je ne l'ai pas compris parce qu'il avait le dos tourné. Elmo est parti au trot vers l'origine du tumulte.

Les menhirs s'avançaient vers nous, formant un mur, ils essayaient de bloquer le passage de quelque chose… Pardi ! Traqueur et Saigne-Crapaud le Chien. Traqueur paraissait absent, désemparé. Le clébard essayait comme il pouvait de se faufiler entre les menhirs. Qui ne lui laissaient pas le moindre interstice. Nos soldats devaient garder le pied léger pour ne pas se faire écraser les orteils.

Les menhirs ont acculé Traqueur et Saigne-Crapaud le Chien dans l'esplanade. Le bâtard a poussé un long aboiement désespéré puis, la queue entre les pattes, s'est tapi dans l'ombre de Traqueur. Ils se tenaient tous les deux à trois mètres de Chérie.

« Oh, dieux », a murmuré la Dame en me comprimant la main si fort que j'en ai presque crié.

Le noyau d'une tempête transmuante a explosé dans la ramure tintante du Vieil Arbre Ancêtre.

C'était énorme, affreux, violent. Ça nous a tous avalés, avec une férocité telle que nous n'avons rien pu faire que nous cramponner pour tenir le coup. Toutes les formes se sont muées, transformées, développées. Pourtant ce qui environnait Chérie ne bougeait pas d'un iota.

Traqueur hurlait. Saigne-Crapaud le Chien a poussé un cri abominable qui a propagé une terreur contagieuse. Eux deux changeaient le plus, ils se transformaient en ces monstres redoutables que j'avais eu l'occasion de voir lors de notre périple vers l'ouest.

La Dame a crié quelque chose qui s'est perdu dans le fracas de la tempête. Mais j'ai cependant entendu une inflexion de triomphe dans sa voix. Ces formes, elle les connaissait.

Je l'ai regardée.

Elle n'avait pas changé.

Ça paraissait impossible. Cette créature à l'égard de qui je m'étais montré si gâteux pendant quinze ans ne pouvait être cette femme en réalité.

Saigne-Crapaud le Chien s'est jeté au cœur de la tempête en découvrant ses crocs hideux et a tenté d'atteindre la Dame. Il la connaissait, lui aussi. Il voulait lui régler son compte tant qu'elle était sans défense au milieu du nul. Traqueur a suivi mollement, tout aussi hébété que l'avait été le Traqueur d'apparence humaine.

L'Arbre Ancêtre s'est mis à fouetter l'air au ras du sol de ses longues branches. On aurait dit le combat d'un homme contre un Jeannot Lapin qui s'en prendrait à lui. Par trois fois Saigne-Crapaud le Chien est parti à l'assaut, plein de vaillance. Par trois fois il s'est fait repousser. À la quatrième tentative, un éclair antédiluvien l'a percuté de plein fouet et envoyé bouler jusqu'au ruisseau, où il s'est tortillé une minute, fumant, avant de se relever et de prendre ses jambes à son cou dans le désert hostile.

Au même instant, le Traqueur monstrueux s'est précipité sur Chérie. Il l'a saisie à bras-le-corps et s'est sauvé vers l'ouest. Saigne-Crapaud le Chien ayant débarrassé le plancher, Traqueur a attiré sur lui toute l'attention.

Dieu ou pas, quand le Vieil Arbre Ancêtre donne de la voix, on l'entend. Des récifs coralliens se sont éboulés quand il s'est mis à parler. Tous ceux qui se trouvaient à l'extérieur de l'espèce d'esplanade se sont bouché les oreilles en hurlant. Pour nous qui nous trouvions plus près, ç'a été moins éprouvant.

J'ignore ce qu'il a dit. Son langage ne ressemblait à aucun de ma connaissance. Mais Traqueur a compris ses paroles. Il a déposé Chérie pour revenir au beau milieu de la tempête se camper devant le dieu qui le martelait de sa terrible voix, enveloppait sa silhouette déformée d'une aura de violence mauve. Il s'est incliné vers l'arbre, dans une position d'obédience, et alors il s'est transmué.

La tempête s'est éteinte aussi brièvement qu'elle avait commencé. Tout le monde s'est effondré. Même la Dame. Mais la chute ne s'accompagnait pas d'une perte de conscience. Dans la faible clarté résiduelle, j'ai aperçu les Asservis qui tournoyaient autour de nous. Ils ont décidé de passer à l'action. Ils ont pris du recul, puis de la vitesse, et, une fois dans le nul, ils ont largué quatre de ces javelots de neuf mètres conçus pour abattre les baleines de vent. Je me suis assis sur la terre dure, l'écume aux lèvres, main dans la main de leur cible.

À force de volonté, je suppose, la Dame est parvenue à murmurer : « Ils peuvent lire l'avenir aussi bien que moi. » Remarque qui m'a paru dénuée de sens sur le coup. « J'avais oublié. »

Huit traits dégringolaient.

L'Arbre Ancêtre a répliqué.

Les deux tapis se sont désintégrés sous leurs pilotes.

Les traits ont explosé si haut qu'aucune de leurs redoutables ogives n'a atteint le sol.

Au contraire des Asservis. Ils ont décrit de jolis arcs de cercle et ont fini leur course dans un récif corallien touffu à l'est de notre position. Et puis une forme de somnolence s'est emparée de nous. La dernière chose dont je me souviens, c'est que les trois yeux de Gobelin et Qu'un-Œil s'étaient départis de leur aspect vitreux.

44

L'ACCÉLÉRATION

Il y a eu des cauchemars. Interminables, horribles. Un jour, si je vis jusque-là, si je réchappe à ce qui reste encore à venir, je les raconterai peut-être car ils narrent l'histoire d'un dieu à la forme d'un arbre et de la créature emprisonnée par ses racines…

Non. Je ne crois pas. Rapporter une vie de combats et d'horreurs me suffit. Et celle-ci continue.

La Dame s'est réveillée la première. Elle a rampé jusqu'auprès de moi, m'a pincé. La douleur a aiguillonné mes nerfs. Elle m'a soufflé, d'une voix si basse que je l'ai à peine entendue : « Debout. Aide-moi. Il faut tirer ta Rose Blanche de là. »

Ça n'avait pas de sens.

« Le nul. »

Je tremblais. J'ai pensé que c'était en réaction à ce qui m'était tombé dessus, quelle qu'en ait été la nature.

« La chose au-dessous de nous est de ce monde. L'arbre pas. »

Ce n'était pas moi qui tremblais. C'était le sol. Par petites saccades très rapides. Et maintenant je prenais conscience d'un bruit. Un son lointain, montant des profondeurs.

J'ai commencé à concevoir ce qui pouvait en être la cause.

La peur a des vertus motivantes. J'ai bondi sur mes pieds. Au-dessus, les feuilles du Vieil Arbre Ancêtre tintaient frénétiquement. Il y avait de la panique dans son carillon.

La Dame s'est levée aussi. Nous avons trébuché jusqu'à Chérie en nous soutenant l'un l'autre. Chacun de mes pas gourds me secouait un peu de mon inertie. J'ai regardé Chérie dans les yeux. Elle était consciente mais tétanisée. Son visage était figé entre peur et incrédulité. Nous l'avons soulevée en passant chacun un bras autour d'elle. La Dame s'est mise à compter nos pas. Je ne me souviens d'aucune épreuve aussi grandiose. Je ne me rappelle aucune autre circonstance où j'ai dû tenir à ce point par seule force de volonté.

Les vibrations ont crû rapidement à la manière d'une troupe de cavaliers arrivant au galop, puis d'un glissement de terrain et enfin d'un tremblement de terre. Le sol autour du Vieil Arbre Ancêtre a frémi puis s'est craquelé. Une flammèche a jailli dans un panache de poussière. L'Arbre a émis un tintement suraigu. Des éclairs bleutés couraient dans sa ramure. Nous avons forcé l'allure dans la pente, vers le ruisseau.

Quelque chose s'est mis à hurler derrière nous.

Des images ont flué dans notre esprit. La créature qui tentait de se lever était au supplice. L'Arbre Ancêtre lui infligeait des tourments abominables. Pourtant il insistait, déterminé à se libérer.

Je ne regardais plus derrière moi. J'étais trop transi de peur. Je ne voulais pas voir à quoi ressemblait cet antique Dominateur.

Nous avons réussi. Dieux. Je ne sais trop comment, la Dame et moi sommes parvenus à traîner Chérie assez loin pour que l'Arbre Ancêtre recouvre toute son écrasante puissance.

Le hurlement s'est fait plus aigu, plus rageur; je me suis écroulé, les mains plaquées sur les oreilles. Et puis il s'est éteint.

Au bout d'un moment, la Dame m'a dit : « Toubib, va voir si les autres ont besoin de soins. Il n'y a plus de danger. L'arbre a vaincu. »

Aussi vite ? Contre une telle furie ? J'ai eu l'impression qu'il me fallait des heures pour me relever.

Un halo bleuté flottait encore dans les branches de l'Arbre Ancêtre. On pouvait sentir son courroux à deux cents mètres. Plus on s'en approchait, plus l'impression s'accentuait.

Le sol au pied de son tronc était à peine remué, considérant la violence qui s'était déchaînée là quelques instants plus tôt. On l'aurait dit fraîchement labouré et passé à la herse, rien de plus. De la terre saupoudrait certains de mes compagnons, mais aucun n'avait l'air blessé. Tous bougeaient, au moins faiblement, mais on pouvait lire sur tous les visages qu'ils étaient complètement sonnés. Sur tous sauf celui de Traqueur. L'affreuse créature n'avait pas retrouvé sa fausse apparence humaine.

Relevé parmi les premiers, il aidait les autres, époussetait leurs vêtements par de petites tapes amicales. Difficile de voir en lui le mortel ennemi de l'heure qui venait de s'écouler.

Bizarre.

Personne n'avait besoin d'aide. Hormis les arbres marcheurs et les menhirs. Les arbres avaient fait la culbute. Les menhirs… Un bon nombre d'entre eux étaient tombés aussi. Ils jonchaient le terrain, bien incapables de se redresser.

J'en ai frissonné.

Et j'ai frissonné bien plus encore quand je me suis approché du vieil arbre.

Il y avait, jaillissant de la terre près d'une racine et agrippée à son écorce, au bout d'un avant-bras humain, une longue main tannée comme du cuir, verdâtre, aux ongles comme des griffes, cassés, dont les doigts dégouttaient de sang sur l'arbre. Elle n'appartenait à personne du Terrier.

Elle frémissait légèrement à présent.

Des étincelles bleutées continuaient de crépiter au-dessus.

Quelque chose dans cette main m'a affolé. J'aurais voulu fuir en hurlant. Ou empoigner une hache et la mutiler. Je n'ai cédé à aucune de ces pulsions, évidemment, car j'avais la nette impression que le Vieil Arbre Ancêtre dardait plus qu'un peu son attention sur moi, et peut-être me reprochait personnellement d'avoir provoqué le réveil de l'être à qui appartenait la main.

« Je m'en vais, ai-je dit. Je comprends ce que vous ressentez. Moi aussi, je dois dompter un vieux démon. » Sur ce, je me suis reculé en esquissant une courbette tous les trois ou quatre pas.

« Qu'est-ce que c'était que ce chambard ? »

Je me suis retourné. Qu'un-Œil me dévisageait. J'ai lu dans son regard quelque chose comme « Toubib nous fait encore des siennes ».

« Je causais un peu avec l'arbre. »

J'ai jeté un coup d'œil à la ronde. Tout le monde semblait retrouver le sens de l'équilibre. Les moins secoués s'échinaient à redresser les arbres marcheurs. Pour les menhirs abattus, en revanche, c'était sans espoir. Ils étaient promis à je ne sais quel paradis pour pierres douées d'intelligence. Plus tard on les retrouverait plantés parmi les autres menhirs inertes, au bord d'une anse du ruisseau.

Je suis retourné voir Chérie et la Dame. Chérie avait du mal à émerger, elle était encore trop assommée pour communiquer. La Dame a demandé : « Tout le monde va bien ?

— Sauf le type enterré. Pourtant il s'en est fallu de peu qu'il réussisse à se refaire une santé. » J'ai décrit la main.

Elle a acquiescé. « C'est une erreur qui ne se reproduira pas de sitôt. »

Silence et plusieurs autres venaient nous rejoindre, ce qui fait que nous n'avons pas pu nous dire grand-chose de plus, de crainte d'éveiller leurs soupçons. J'ai murmuré : « Et maintenant ? » Au loin, j'ai entendu le lieutenant et Elmo qui beuglaient des ordres : ils demandaient des torches pour y voir un peu plus clair.

Elle a haussé les épaules.

« Et les Asservis ?

— Tu veux leur courir après ?

— Ah ça, non ! Mais on ne peut pas non plus les laisser se balader sans réagir sur notre propre terrain. Autant te dire que…

— Les menhirs les surveilleront, non ?

— Ça dépend; peut-être pas, si on s'est vraiment fichu le Vieil Arbre à dos. Peut-être qu'il crève d'envie de nous balancer en enfer dans un seau, après ce qui s'est passé.

— Tu pourrais essayer d'en savoir un peu plus.

— Je vais m'en charger », a couiné Gobelin. Il sautait sur la première excuse pour mettre le plus de distance entre l'arbre et lui.

« Ne prends pas toute la nuit, ai-je dit. Quant à vous autres, allez donc prêter main-forte à Elmo et au lieutenant ! »

Ça nous a débarrassé de quelques trublions, mais pas de Silence.

Je n'avais aucun moyen de l'éloigner de Chérie. Il ruminait encore des arrière-pensées.

J'ai frictionné les poignets de Chérie et me suis livré à quelques autres simagrées puisque seul le temps pouvait la remettre sur pied. Au bout d'un moment, j'ai grommelé : « Soixante-dix-huit jours.

— D'ici peu il sera trop tard », a dit la Dame.

J'ai haussé un sourcil.

« Impossible de le vaincre sans elle. Avant peu, même en cavalant ventre à terre, nous n'y serons plus à temps. »

J'ignore ce que Silence a compris de cet échange. Je sais seulement que la Dame s'est retournée vers lui avec un mince sourire aux lèvres et qu'elle l'a dévisagé de ce regard qu'elle prend quand elle lit les pensées de son interlocuteur.

« Nous avons besoin de l'arbre, a-t-elle déclaré avant d'ajouter : Avec tout cela, nous n'avons même pas terminé notre pique-nique.

— Hon ? »

Elle s'est absentée quelques minutes. Elle est revenue avec la couverture toute sale et le baquet. Elle m'a pris la main et m'a entraîné vers l'obscurité. « Attention où tu mets les pieds », m'a-t-elle conseillé.

Bordel, mais à quoi jouait-elle ?

45

MARCHANDAGE

Plus tard, un croissant de lune écorné s'est levé. Nous n'étions pas allés bien loin avant son apparition car la pâle clarté des étoiles n'autorisait pas grand mouvement. Une fois la lune levée, la Dame m'a conduit par une lente boucle jusqu'à la zone où les Asservis étaient tombés. Nous avons fait halte sur un terrain dégagé, sablonneux mais sans danger. Elle a étendu la couverture. Nous étions hors du nul.
« Assieds-toi. »

Je me suis assis. Elle s'est assise aussi. « Qu'est-ce qu'il y a ? ai-je demandé.

— Chut. » Elle a fermé les paupières et s'est absorbée en elle-même.

Je me suis demandé si Silence s'était arraché à Chérie pour nous suivre. Si les autres faisaient des gorges chaudes sur notre compte tout en redressant les arbres marcheurs. Je me suis aussi demandé quelle était cette foutue manœuvre qui m'avait pris dans ses rets.

Ça t'a appris quelque chose quoi qu'il en soit, Toubib.

Au bout d'un moment, je me suis aperçu qu'elle était de retour, où qu'elle soit allée. « Je suis soufflée, a-t-elle murmuré. Comment s'attendre à ce cran de leur part ?

— Hein ?

— Nos amis volants. J'aurais mis ma main au feu qu'il s'agissait du Boiteux et de Murmure cherchant à régler leurs vieux comptes. Or c'étaient Dédain et Cloque. Quoique, Cloque, j'aurais dû la suspecter, à bien y penser. Question nécromancie, elle est très douée. »

Et elle était repartie à réfléchir à voix haute. Je me suis demandé si c'était une habitude chez elle. Je suis sûr qu'elle n'avait pas l'habitude d'être environnée de témoins, si toutefois ça lui arrivait. « Que voulez-vous dire ? »

Elle a ignoré royalement ma question.

« En ont-ils parlé aux autres ? je me le demande. »

J'ai songé à ce qu'elle m'avait déjà dit, essayé de remettre les éléments dans l'ordre. Les trois divinations de la Dame, les trois avenirs possibles où nulle part elle ne s'était vue. Peut-être pensait-elle que les Asservis n'y auraient pas leur place non plus. Et peut-être qu'ils s'étaient figurés pouvoir prendre leur destinée en main en échappant au contrôle de la Dame.

Un léger bruit de pas m'a fait tressaillir. Mais je ne me suis pas alarmé. J'ai simplement conclu que Silence avait décidé de nous suivre. En sorte que j'ai été bien surpris quand Chérie est venue s'asseoir auprès de nous sans escorte.

Comment ne m'étais-je pas aperçu du retour du nul ? Distraction sans doute.

La Dame ajoutait, comme si Chérie n'était pas là : « Ils ne sont pas encore sortis du corail. C'est difficile de s'y frayer un chemin, et ils sont tous les deux blessés. En outre, même si le corail n'est pas mortel pour eux, il peut leur causer pas mal de souffrances. Pour l'instant, ils sont allongés et attendent l'aube.

— Alors ?

— Alors peut-être qu'ils ne sortiront pas du tout.

— Chérie peut lire sur nos lèvres.

— Elle est déjà au courant. »

Eh bien, ce n'est pas pour rien que je me tue à répéter que cette fille n'est pas idiote.

Je pense qu'effectivement Chérie savait, vu l'endroit où elle a choisi de s'asseoir. Elle s'est installée de façon à ce que je me retrouve juste entre elles deux.

Parfaitement.

Je me retrouvais promu interprète.

L'ennui, c'est que je suis incapable de rapporter ce qui s'est dit. Parce que par la suite quelqu'un s'est appliqué à vider ma mémoire. J'ai eu tout juste le temps de prendre quelques notes, mais dont le sens m'échappe à présent.

Une espèce de marchandage s'est engagé. Je me souviens seulement de mon ahurissement à constater que Chérie consentait à négocier. Et de mon égale surprise à l'égard de la Dame pour la même raison.

Elles sont parvenues à un accord. Non sans mal, certainement, car la Dame, à compter de ce moment-là, ne m'a plus lâché d'une semelle et a pris l'habitude de se retrancher derrière moi chaque fois qu'elle avait affaire à quelqu'un, et ce tant qu'elle s'est trouvée dans le nul. Sympathique, de se sentir bouclier humain… Quant à Chérie, elle veillait à rester à proximité de la Dame pour éviter qu'elle ne recoure à ses pouvoirs.

Une fois, pourtant, elle lui a lâché la bride. Mais j'anticipe un peu.

Nous sommes rentrés furtivement sans informer quiconque de la rencontre au sommet qui venait de se dérouler. La Dame et moi sommes arrivés après Chérie, nous efforçant d'afficher un air radieux et assouvi. Je ne pouvais pas m'empêcher de glousser devant certains regards envieux.

La Dame et moi sommes ressortis du nul le lendemain matin, après que Chérie eut détourné l'attention de Silence, Qu'un-Œil et Gobelin en les envoyant parlementer avec les menhirs. L'Arbre Ancêtre ne parvenait pas à se décider. Nous sommes partis dans la direction opposée. Sur la piste des Asservis.

En vérité, nous n'avons pas eu grand-peine à les retrouver. Ils n'étaient toujours pas sortis du corail. La Dame a modifié les sortilèges qui les maintenaient à sa botte et ils ont cessé d'être Asservis.

Sa patience était à bout. Peut-être qu'elle voulait faire un exemple... En tout état de cause, quand nous sommes revenus au Terrier, des busards – de vrais busards – avaient depuis longtemps commencé à tournoyer au-dessus de leurs têtes.

Du gâteau, ai-je pensé. Pour elle. Parce que pour moi, quand j'avais tenté d'éliminer le Boiteux, avec pourtant tout pour réussir, ç'avait été mission impossible.

Nous nous sommes attelés de nouveau à nos traductions tous les deux. Le travail nous occupait tellement que je ne parvenais pas à me tenir au courant des nouvelles de l'extérieur. D'ailleurs, j'étais un peu absent à ce moment-là, encore secoué par l'intervention de la Dame qui avait amputé de ma mémoire la rencontre avec Chérie.

Je ne sais comment elle s'y est prise, mais la Rose Blanche a réussi à se rabibocher avec l'Arbre Ancêtre. L'alliance fragile a été prorogée.

Un constat : les menhirs ont arrêté de me faire tourner en bourrique avec leurs « étrangers dans la plaine ».

C'était à Traqueur et Saigne-Crapaud le Chien qu'ils faisaient allusion à chaque fois. Et à la Dame. Deux des trois n'étaient plus des étrangers depuis longtemps. Nul ne savait ce qu'était devenu Saigne-Crapaud le Chien. Même les menhirs n'avaient aucune trace de lui.

Je suis allé voir Traqueur et je l'ai tanné pour qu'il m'explique l'origine du nom. Il ne s'en souvenait pas. Il ne se souvenait même pas avoir eu un chien. Etrange.

Il était devenu le servant de l'arbre, désormais.

46

FILS DE L'ARBRE

J'étais nerveux. Insomniaque. Les journées défilaient trop vite. Là-bas, vers l'ouest, la Grande Tragique rongeait ses berges. Un monstre à quatre pattes fonçait vers son maître pour lui annoncer qu'on l'avait découvert.

Corbeau était toujours piégé. Bomanz lui aussi restait la proie des longs feux qu'il avait lui-même déchaînés sur sa propre tête. La fin du monde approchait à pas traînants. Et nul ne réagissait.

J'ai fini ma traduction. Sans me retrouver plus avancé, à ce qu'il semblait. Pourtant Silence, Gobelin, Qu'un-Œil continuaient de perdre leur temps sur des listes de noms, ils confrontaient les index, cherchaient des recoupements. La Dame supervisait leurs travaux plus que moi. Pour ma part, je traînassais, le nez dans ces annales. Je pinaillais sur la façon de formuler une requête pour récupérer celles que j'avais perdues au Pont de la Reine. J'en faisais tout un plat. J'étais sans cesse plus fébrile. J'irritais de plus en plus mon entourage. J'ai pris l'habitude de sortir contempler les étoiles, le soir, lors de petites promenades exutoires pour mes nerfs.

Une nuit, la lune s'est trouvée pleine; on aurait dit une grosse vessie orangée émaillant d'écailles lumineuses les crêtes à l'est. Un bien beau spectacle, encore agrémenté par les mantes en patrouille qui circulaient devant l'astre. Pour une raison que j'ignore, une luminescence lilas nimbait l'horizon du désert cette nuit-là. L'air était frais. La brise soulevait des tourbillons d'une poussière très fine tombée l'après-midi même. Une tempête transmuante clignotait au loin vers le nord…

Un menhir est apparu auprès de moi. J'ai fait un bond de presque un mètre.

« Des étrangers dans la plaine, la pierre ? ai-je demandé.

— Pas plus étrangers que toi, Toubib.

— Allons bon, un plaisantin. Tu veux quelque chose ?

— Moi non. Mais le Père des Arbres veut te voir.

— Ah ouais ? Bon, à la prochaine. »

Le cœur battant, j'ai fait retraite vers le Terrier.

Un autre menhir m'a barré le chemin.

« Bien. Puisque vous le prenez sur ce ton. »

Affectant un air intrépide, je suis reparti dans l'autre sens.

Ils m'auraient de toute façon contraint à obtempérer. Autant accepter l'inévitable. En m'épargnant l'humiliation.

Le vent mordait aux abords de l'esplanade, mais, dès que je me suis avancé sur l'aire, j'ai eu l'impression de me retrouver en plein été. Plus de vent. Le Vieil Arbre tintinnabulait pourtant. Et une chaleur !… une vraie fournaise.

La lune était assez haute pour inonder l'esplanade d'une clarté argentée. Je me suis approché de l'arbre. Mon regard s'est braqué sur l'avant-bras toujours saillant et la main crispée sur une racine qui, de temps à autre, semblait agitée d'un infime frémissement. Mais la racine avait grossi et semblait s'enrouler autour de la main, un peu à la façon d'un tronc absorbant petit à petit un câble fixé à lui. Je me suis immobilisé à cinq pas de l'arbre.

« Approche encore », m'a-t-il dit. D'une voix pleine. Sur le ton et au volume sonore d'une conversation.

« Bon », ai-je fait tout en cherchant du regard par où fuir.

Une belle palanquée de menhirs cernaient l'esplanade. C'était à l'eau.

« Du calme, éphémère. »

Mes pieds se sont rivés au sol. Éphémère, hein ?

« Tu m'as demandé de l'aide. Tu as imploré de l'aide. Tu as pleurniché et supplié pour que j'accorde mon aide. Alors tiens-toi tranquille et accepte-la. Approche. Décide-toi. »

Je me suis avancé de deux pas. Un troisième m'aurait contraint à lui grimper dessus.

« J'ai réfléchi. Cette chose qui vous inspire tant de crainte, à vous autres éphémères, et qui se trouve enfouie dans le sol loin d'ici présenterait un danger pour mes créatures si elle revenait à la vie. Je n'ai senti aucune puissance digne de ce nom chez ceux qui la combattent. En conséquence… »

Ce n'est pas de gaieté de cœur que je l'ai interrompu, mais il a fallu que je hurle. Voyez-vous, quelque chose m'avait agrippé la cheville et serrait à m'en broyer les os. L'étreinte d'un étau. Désolé, vieil arbre.

L'univers est devenu bleu. Une bourrasque de colère m'a ballotté. Des éclairs ont crépité dans la ramure de l'Arbre Ancêtre. Le tonnerre a roulé dans le désert. J'ai hurlé de plus belle.

Des éclairs bleus ont pilonné le sol autour de moi, me fichant autant la frousse que mon tortionnaire. Mais, enfin, la main m'a relâché.

J'ai tenté de fuir.

Je me suis écroulé au premier pas. J'ai continué à quatre pattes pendant que l'Arbre Ancêtre s'excusait et me demandait de revenir.

Comme un dératé. Je me sentais prêt à ramper par-dessus les menhirs si nécessaire…

Mon esprit s'est rempli d'un rêve naissant : l'Arbre Ancêtre délivrait son message directement. Alors le calme s'est restauré, seulement troublé par le *wouf* des menhirs qui disparaissaient.

Charivari du côté du Terrier. Toute une escouade partait au pas de charge pour découvrir la cause du tumulte. Silence m'a rejoint le premier. « Qu'un-Œil, ai-je dit. Il me faut Qu'un-Œil. » À part moi, il est le seul soigneur tant soit peu compétent. Et il avait beau parfois faire sa tête de cochon, je pouvais compter sur lui pour exécuter mes instructions médicales.

Qu'un-Œil est apparu le moment d'après avec une vingtaine d'autres. La garde avait réagi promptement. « La cheville, lui ai-je indiqué. Peut-être cassée. Est-ce que quelqu'un peut apporter de la lumière ici ? Et une putain de pelle.

— Une pelle ? Ça tourne pas rond dans ta calebasse ? m'a demandé Qu'un-Œil.

— Procure-t'en une. Et arrange-toi pour m'anesthésier cette douleur. »

Elmo s'est matérialisé, encore affairé à boucler ses buffleteries. « Qu'est-ce qui s'est passé, Toubib ?

— Le Vieil Arbre a voulu me parler. Il a commandé aux rocs de ne pas me laisser le choix. Il prétend qu'il nous offre son aide. Seulement, pendant que je l'écoutais, la main s'est refermée sur ma jambe. Elle aurait voulu m'arracher le pied qu'elle ne s'y serait pas prise autrement. Tout ce barouf, c'était l'arbre qui disait : “Cesse immédiatement, c'est très mal élevé.”

— Tu lui couperas la langue après t'être occupé de sa guibolle, a dit Elmo à Qu'un-Œil. Qu'est-ce qu'il voulait, Toubib ?

— T'as les oreilles bouchées ou quoi ? Offrir son aide contre le Dominateur. Il a dit qu'il avait réfléchi. Conclu que c'était dans son intérêt de maintenir le Dominateur dans son trou. Aide-moi à me relever. » Les efforts de Qu'un-Œil ont porté leurs fruits. Il avait pressé une de ses petites baies issues de sa jungle sauvage au-dessus de ma cheville – qui avait déjà triplé de volume – et la douleur commençait à diminuer.

Elmo a secoué la tête.

« Je vais aussi m'en prendre à ta putain de jambe si tu ne m'aides pas à me lever », ai-je insisté. Du coup, lui et Silence m'ont remis debout et m'ont soutenu.

« Ramenez les pelles », ai-je dit alors. On en avait apporté une demi-douzaine. Des outils de sape, et non à proprement parler de terrassement. « Maintenant, les gars, si vous êtes toujours décidés à m'aider, ramenez-moi à l'arbre. »

Elmo a grommelé. L'espace d'un moment, j'ai pensé que Silence allait peut-être dire quelque chose. Je l'ai fixé, plein d'espoir, sourire aux lèvres. Plus de vingt ans que j'attendais ça.

Encore raté.

La promesse ou la raison qui le motive à s'abstenir de parler, quelle qu'elle soit, lui avait verrouillé la bouche d'un cadenas d'acier. Il m'est arrivé de le voir saoul à mastiquer des clous, hilare à en perdre le contrôle de ses sphincters, rien n'ébranle sa résolution à l'égard de la parole.

Du bleu crépitait encore dans les branches de l'arbre. Les feuilles tintaient. La clarté mêlée de la lune et des torches composait un ballet d'ombres qu'animaient les étincelles… « Contournez-le », ai-je commandé à mes porteurs. Je ne l'avais pas vu moi-même, donc il devait se trouver derrière l'arbre.

Gagné. Il se dressait là, à vingt pas de la base du tronc. Un arbuste. Il mesurait deux mètres cinquante de haut.

Qu'un-Œil, Silence, Gobelin et tous les autres gars roulaient des billes, bouche bée, comme des singes frappés de stupeur. Mais pas ce vieil Elmo. « Allez chercher quelques seaux d'eau et mouillez-moi le terrain copieusement, a-t-il commandé. Et une bâche pour envelopper les racines et la terre qui viendront avec. »

Il avait les bons réflexes. Sacré paysan. « Ramenez-moi en bas, ai-je dit. Je veux ausculter cette cheville moi-même avec plus de lumière. »

Sur le chemin du retour, tandis qu'Elmo et Silence me soutenaient, nous avons rencontré la Dame. Elle a simulé une sollicitude de circonstance, m'a fait tout un numéro. Il a fallu que j'endure nombre de sourires entendus.

Seule Chérie connaissait la vérité à ce moment-là. Et peut-être Silence s'en doutait-il un peu aussi.

47

OMBRES AU PAYS DES OMBRES

Le temps n'existait pas à l'intérieur des Tumulus, n'y régnaient que l'ombre et le feu, une lumière sans source et une peur, une frustration infinies. D'où il se trouvait, piégé dans le filet de sa propre manœuvre, Corbeau discernait des dizaines de monstres de la Domination. Il voyait les hommes et les bêtes qui s'étaient rassemblés à l'époque de la Rose Blanche pour empêcher ces terribles créatures de s'échapper. Il voyait la silhouette du sorcier Bomanz qui se découpait contre le mur de feu figé craché par le dragon. Le vieux mage s'efforçait toujours d'avancer d'un pas encore vers le cœur du Grand Tumulus. Ignorait-il qu'il avait échoué voilà plusieurs générations ?

Corbeau se demandait depuis combien de temps il était ainsi prisonnier. Ses missives étaient-elles parvenues à destination ? Pouvait-il espérer de l'aide ? Ou ne servirait-il qu'à marquer le temps jusqu'à l'éclosion des ténèbres ?

S'il existait un moyen de le mesurer, ce temps, c'était d'observer l'alarme croissante des gardes en poste contre les forces maléfiques. La crue continuait de prendre de l'ampleur, l'eau approchait chaque jour un peu plus. Ils étaient impuissants. Désarmés contre le courroux des éléments.

Corbeau s'est dit qu'il s'y serait pris autrement s'il avait été chargé de s'occuper de la situation, à l'époque.

Vaguement, il se souvenait avoir perçu du mouvement non loin de lui, avoir senti des ombres comme lui-même. Mais il n'aurait su dire si l'événement remontait à longtemps ou non, ni à quoi ressemblaient ces intrus. Des choses bougeaient parfois, et il était bien difficile d'en savoir plus avec certitude. Le monde avait une tout autre allure depuis son angle de vue.

Il ne s'était jamais senti la proie d'une telle détresse, d'un tel sentiment d'abandon. Et ce n'était pas pour lui plaire. Lui toujours si maître de son destin, si résolu à ne dépendre de personne…

Il n'y avait, dans ce monde-là, rien d'autre à faire que penser. Trop, trop souvent, ses songeries revenaient sur ce que cela avait impliqué d'être Corbeau, sur ce que Corbeau avait fait, sur ce qu'il n'avait pas fait, sur ce qu'il aurait dû faire autrement. Il avait l'opportunité de se cerner un peu mieux, d'enfin mettre à jour toutes les peurs, les faiblesses et les blessures intériorisées de l'homme qu'il avait toujours masqué au monde sous une carapace de glace, de fer et d'intrépidité. De considérer les raisons qui l'avaient poussé à sacrifier tout ce qui avait de la valeur pour lui et à braver la mort encore et encore, en manière d'autopunition…

Trop tard. Beaucoup trop tard.

Lorsque ses pensées se clarifiaient, prenaient corps et l'amenaient à ce constat, il poussait de petits cris de colère qui résonnaient dans son monde d'esprits. Et ceux qui l'environnaient et le haïssaient pour ce qu'il avait failli déclencher riaient et se délectaient de sa souffrance.

48

VOL VERS L'OUEST

En dépit de l'incident de l'arbre, qui m'avait partiellement absous, je n'ai jamais complètement reconquis ma place parmi mes camarades. Une certaine réserve restait de mise, qui tenait peut-être à la jalousie suscitée par ma récente faveur auprès de la gent féminine, ou à la lenteur qu'il faut pour restaurer un climat de confiance. Je ne nierai pas que j'en ai souffert. Je vivais avec ces types depuis ma jeunesse. Ils étaient ma famille.

On m'a lancé quelques vannes, comme quoi je m'affublais de béquilles pour resquiller le boulot. Mais, mon boulot, j'aurais pu le faire cul-de-jatte.

Ces satanés papiers. Je les avais imprimés dans le crâne, mis en musique. Or je n'avais toujours pas la clé que nous cherchions ni ce que la Dame espérait y trouver. La confrontation des listes prenait un temps fou. L'orthographe des noms, avant et pendant la Domination, n'était pas codifiée. Le kureTelle est l'une de ces langues permettant d'utiliser différentes combinaisons de lettres pour transcrire un son.

Un joyeux foutoir.

Je ne sais pas dans quelle mesure Chérie a mis les autres au courant. Je ne me suis pas présenté à la grande conférence. La Dame non plus. Mais une décision y a été votée : la Compagnie noire allait bouger.

Nous disposions d'une journée pour régler les préparatifs.

En surface, au crépuscule, sur mes béquilles, j'ai regardé les baleines de vent arriver. Elles étaient au nombre de dix-huit, toutes appelées par l'Arbre Ancêtre. Elles sont venues avec leurs mantes et toute une ribambelle de créatures variées de la plaine. Trois ont atterri. Le Terrier a vomi le contenu de ses boyaux.

Nous avons commencé à embarquer. Je me suis fait chambrer parce qu'il a fallu me porter, moi, mes documents, mes instruments et mes béquilles. Notre baleine était petite. J'allais la partager avec quelques autres passagers seulement. La Dame. Évidemment. On n'allait plus se séparer maintenant. Gobelin. Qu'un-Œil. Silence aussi, au terme d'une épique discussion par signes, car il refusait d'abandonner Chérie. Traqueur. Et le rejeton de l'Arbre sur lequel Traqueur avait mission de veiller, en la circonstance sous ma responsabilité. Je pense que les sorciers étaient censés garder un œil sur le reste de nous tous, quoi qu'ils n'auraient sans doute pas pu faire grand-chose en cas de besoin.

Chérie, le lieutenant, Elmo et les autres briscards ont pris place à bord d'une seconde baleine. La troisième était destinée au transport d'une poignée de soldats et de pas mal de matériel.

Nous avons décollé et rejoint la formation en altitude.

À mille cinq cents mètres de haut, le coucher du soleil n'avait plus rien à voir avec celui qu'on peut contempler depuis le plancher des vaches. À moins d'être grimpé au sommet d'une haute montagne. Magnifique.

Avec l'obscurité nous est venu le sommeil. Qu'un-Œil me maintenait sous sortilège. Ma cheville enflée m'élançait néanmoins.

Oui. Nous étions hors du nul. Notre baleine voguait à l'extrémité du flanc de Chérie. Tout dans l'intérêt de la Dame.

Pourtant, même alors, elle ne s'est pas trahie.

Les vents nous étaient favorables et nous avions la bénédiction de l'Arbre Ancêtre. Au point du jour, nous survolions Cheval. C'est alors que la vérité a fini par éclater.

Des Asservis sont montés, tous aux commandes de leurs tapis-poissons, armés jusqu'aux ouïes.

Des cris de panique m'ont réveillé. Je me suis fait aider de Traqueur pour me relever. Après avoir brièvement contemplé les feux de l'aurore, j'ai regardé les Asservis se glisser en position d'escorteurs autour de notre baleine. Gobelin et les autres s'attendaient à ce qu'ils attaquent. Ils braillaient à pleins poumons. Je ne sais plus sous quel prétexte, Qu'un-Œil avait trouvé le moyen de prétendre que tout était la faute de Gobelin. Et ils se bouffaient le nez.

Mais rien ne s'est produit. Presque à ma surprise, à moi aussi. Les Asservis se contentaient de maintenir leur position. J'ai interrogé la Dame du regard. Elle m'a surpris en me retournant un clin d'œil. Puis elle a dit : « Il nous faut coopérer, *tous*, quelles que soient nos différends. »

Gobelin a entendu ces paroles. Il a ignoré les rodomontades de Qu'un-Œil un instant, a lorgné les Asservis. Puis la Dame. Il l'a dévisagée vraiment.

Le jour se levait. Sur un ton plus couinant que d'habitude et avec un air franchement givré, il a dit : « Je me souviens de vous ! » Il se rappelait l'unique fois où il avait eu affaire directement à elle. Voilà bien des années, quand il avait essayé de contacter Volesprit et l'avait trouvée dans la Tour en présence de la Dame...

Elle s'est fendue de son sourire le plus charmeur. Celui qui ferait fondre une statue.

Gobelin s'est plaqué la main devant les yeux et s'est détourné d'elle. Il m'a regardé, complètement effaré.

Je n'ai pu m'empêcher d'éclater de rire. « Vous qui me tanniez pour que...

— Tu n'étais pas obligé de le prendre au pied de la lettre, Toubib ! » Sa voix a grimpé dans des aigus inaudibles. Il s'est assis tout d'un coup.

Aucun éclair n'a jailli des cieux pour le foudroyer. Au bout d'un moment, il a relevé les yeux. « Elmo va en faire dans son froc ! » a-t-il dit en gloussant.

Elmo avait toujours été l'un des plus constants pour me rappeler mes romances à propos de la Dame.

Quand notre hilarité s'est calmée, une fois que Qu'un-Œil a eu proféré son petit commentaire et Silence constaté que ses pires craintes se vérifiaient, j'ai commencé à m'interroger sur mes amis.

Tous autant qu'ils étaient, ils partaient vers l'ouest parce que Chérie en avait donné l'ordre. Ils n'avaient pas été informés que nous étions maintenant ligués avec nos ennemis d'hier, ni plus ni moins.

Les naïfs. Ou était-ce Chérie ? Qu'adviendrait-il une fois que nous aurions réglé son compte au Dominateur et que nous serions prêts de nouveau à reprendre la lutte ?

Du calme, Toubib. Chérie a appris à jouer aux cartes avec Corbeau. Or Corbeau était un joueur sans foi ni loi.

À la nuit tombante, nous survolions la forêt de la Nuée. Je me suis demandé ce qu'on penserait de nous à Seigneurie. Nous sommes passés pile au-dessus. Les badauds se sont attroupés dans les rues.

Roseraie dans la nuit. Puis d'autres villes anciennes que nous avions connues durant nos premières années dans le Nord. Nous parlions peu. La Dame et moi sondions sans relâche les documents, de plus en plus nerveux à mesure que notre étrange armada approchait de sa destination et que nous n'y trouvions toujours pas les pépites recherchées.

« Combien de temps ? » ai-je demandé. J'en avais perdu la notion.

« Quarante-deux jours, a-t-elle dit.

— Sommes-nous restés si longtemps dans le désert ?

— Le temps file si vite quand on s'amuse. »

Je lui ai lancé un coup d'œil déconcerté. Une boutade ? Aussi éculée ? De sa part ? Je déteste ces façons si humaines. Les ennemis ne sont pas censés adopter ce genre d'attitude.

Depuis deux mois elle me léchait les bottes. Comment nourrir la haine, alors ?

Un temps plus ou moins correct s'est maintenu jusqu'au Forsberg. Puis il est devenu franchement pourri.

Un hiver rigoureux régnait là-haut. De sales vents coupants, chargés de pelletées de neige très fine. Une vraie poudre abrasive sur une peau sensible comme la mienne. Un traitement de choc pour débarrasser les baleines de leurs parasites, également. Tout le monde grommelait, pestait, jurait, se pelotonnait pour se réchauffer, sans recours possible à cet allié traditionnel de l'homme qu'est le feu en pareilles conditions. Seul Traqueur semblait indifférent. « Est-ce que rien ne peut donc affecter cette chose ? » ai-je demandé.

De la voix la plus singulière qu'il m'ait été donné d'entendre dans sa bouche, la Dame m'a répondu : « La solitude. Si tu veux tuer Traqueur sans te fatiguer, enferme-le quelque part et abandonne-le. »

Un frisson m'a parcouru qui n'était pas dû au froid. Je connaissais quelqu'un qui s'était retrouvé seul un long moment. Qui peut-être, mais peut-être seulement, avait commencé à se demander si le pouvoir absolu méritait d'être payé un prix si fort.

Je savais, dans le fond, qu'elle avait adoré le moindre instant passé dans la plaine à se prétendre quelqu'un d'autre. Jusqu'aux moments de danger. Je savais que, si j'avais eu un peu plus d'audace, j'aurai pu devenir plus qu'un prétendu compagnon. On sentait sourdre en elle du désespoir comme elle approchait de l'heure où elle allait réendosser son rôle de Dame.

Dans une certaine mesure, c'était peut-être son ego qui la travaillait, car elle allait au-devant d'épreuves difficiles. Une terrible angoisse la taraudait. Elle connaissait l'ennemi auquel nous allions nous confronter. Mais l'ego n'expliquait pas tout. Je crois qu'elle m'appréciait aussi en tant que personne.

« J'ai une requête, lui ai-je soufflé au beau milieu d'une étreinte, refoulant le trouble que j'éprouvais à serrer une femme contre moi.

— Quoi ?

— Les annales. Elles sont tout ce qui reste de la Compagnie noire. » C'est dire si le moral était bas. « Nous sommes liés par une obligation qui remonte à bien longtemps : l'époque où se sont constituées les compagnies franches de Khatovar. Si nos tribulations devaient prendre un sale tour, il était dit qu'un des survivants devrait les rapporter. »

J'ignore si elle a compris, mais elle m'a répondu : « Elles sont à toi. »

J'aurais voulu m'expliquer, mais je n'ai pas pu. Pourquoi les rapporter ? Je n'étais même pas sûr de savoir précisément où. Depuis quatre siècles, la Compagnie avait migré lentement vers le nord, bon an, mal an, renouvelant ses effectifs. J'ignorais complètement si ce Khatovar existait encore, s'il s'agissait d'une ville, d'un pays, d'une personne ou d'un dieu. Les annales des premières années avaient été détruites ou déjà rapatriées. Je n'avais eu accès qu'à des résumés et des fragments des siècles précédents... Qu'importait ? Une des tâches de l'annaliste avait toujours été de veiller à faire parvenir ses annales au Khatovar si la Compagnie se faisait laminer.

Le temps a empiré. Vers Aviron, il a paru s'acharner contre nous. C'était peut-être le cas, d'ailleurs. Cette chose sous terre savait certainement que nous approchions.

Juste au nord d'Aviron, les Asservis ont soudain piqué comme des pierres. « Qu'est-ce qui se passe ?

— Saigne-Crapaud le Chien, a déclaré la Dame. Nous l'avons rattrapé. Il n'a pas encore rejoint son maître.

— Ils vont pouvoir l'arrêter ?

— Oui. »

Je me suis penché par-dessus le flanc de la baleine. Pour essayer de voir quoi ? je me le demande. Nous voguions en pleine purée, des nuages lourds de neige.

Il y a eu quelques lueurs en contrebas. Et puis les Asservis sont remontés. La Dame paraissait mécontente. « Qu'est-ce qu'il y a ? me suis-je enquis de nouveau.

— Le monstre devient malin. Il s'est réfugié dans le nul là où il effleure le sol. La visibilité est trop mauvaise pour le traquer.

— Ça a de l'importance ?

— Non. » Elle n'avait pas l'air entièrement convaincue.

Le mauvais temps s'est encore aggravé. Mais les baleines ne se laissaient pas intimider. Nous avons atteint les Tumulus. Mon groupe est allé tout droit à la caserne de la Garde. Chérie s'est rendue à la Venette Bleue. La frontière du nul s'arrêtait juste au pied du mur d'enceinte de la caserne.

Le colonel Doux en personne nous a accueillis. Ce bon vieux Doux que j'avais cru mort. Il avait une jambe de bois maintenant. Je ne peux pas dire qu'il se soit montré très chaleureux. Mais, bon, il faut avouer que le moment ne se prêtait guère aux effusions.

Quant au planton de service, il n'était autre que notre vieil ami Casier.

49

LE LABYRINTHE INVISIBLE

Dès que Casier nous a aperçus de loin, la panique l'a empoigné. Me voir arriver avec des mines de tonton bienveillant ne l'a pas rasséréné. Puis, lorsque la Dame s'est approchée de lui tout benoîtement, il a failli céder à une crise d'hystérie. Voir Traqueur dans sa forme naturelle fureter aux alentours ne l'aidait pas non plus.

Il n'y a que Qu'un-Œil, de nous tous, qui soit parvenu à le calmer. Il l'a aiguillé sur le sujet de Corbeau, de sa santé, et ç'a été mieux.

J'ai eu droit moi aussi à ma crise d'affolement. Quelques heures après notre atterrissage, et avant même que j'aie pu installer mes petites affaires, la Dame m'a ramené Murmure et le Boiteux afin qu'ils revérifient nos traductions. Murmure était censée s'assurer qu'aucun document ne manquait. Le Boiteux, lui, devait fouiller ses souvenirs de l'ancien temps au cas où des allusions nous auraient échappé. Il avait été, semblait-il, très introduit dans les hautes sphères au début de la Domination.

Etonnant. Je n'imaginais pas que ce concentré de haine, cette épave humaine ait jamais pu être autre chose que la méchanceté personnifiée.

J'ai chargé Gobelin de garder ces deux-là à l'œil tandis que je m'éclipsais pour rendre une visite à Corbeau. Tous les autres avaient déjà assouvi leur curiosité en allant le voir.

Elle se trouvait là, appuyée contre un mur, se rongeant un ongle; à des lieues d'incarner la calamité qui avait dévasté le monde pendant – bigre ! – un paquet d'années. Ainsi que je l'ai déjà fait remarquer, je déteste voir leur humanité. Or, humaine, elle l'était en cet instant, et comment ! Morte de trouille.

« Comment va-t-il ? ai-je demandé, puis j'ai remarqué son humeur. Qu'est-ce vous préoccupe ?

— Son état est stationnaire. On a bien pris soin de lui. Ce qui me préoccupe, c'est une situation que quelques miracles ne sauveront pas. »

Je me suis permis de hausser un sourcil interrogateur.

« Toutes les issues se bouchent, Toubib. Je m'enfonce dans un tunnel. Mes choix se restreignent de plus en plus, et les options sont toutes pires les unes que les autres. »

Je me suis assis sur la chaise que Casier avait l'habitude d'occuper quand il veillait Corbeau, et je me suis mis à jouer au docteur. Inutilement, sinon pour constater les choses par moi-même. À demi distrait, j'ai fait remarquer : « J'imagine qu'on doit se sentir seule quand on est la reine du monde. »

Ça l'a soufflée l'espace d'un instant. « Tu deviens impertinent. »

Force était de le constater. « Je suis désolé. Je réfléchissais à voix haute. Une habitude malsaine qui m'a valu quelques plaies et quelques bosses. Il a l'air en bonne santé. Vous croyez que le Boiteux ou Murmure pourraient être d'une quelconque utilité ?

— Non. Mais il faut considérer toutes les possibilités.

— Et Bomanz ?

— Bomanz ? »

Je l'ai observée. Elle paraissait sincèrement déroutée. « Le magicien qui vous a libérée.

— Ah. Eh bien ? Qu'est-ce qu'un mort pourrait faire ? Je me suis débarrassée de mon nécromancien… Tu saurais quelque chose que j'ignore ? »

Bordel, peu vraisemblable. Elle m'avait soumis à l'inquisition de l'Œil. Néanmoins…

J'ai pesé le pour et le contre une demi-minute, rechignant à dévoiler ce qui pouvait s'avérer comme un infime atout. Et puis j'ai déclaré : « J'ai appris de la bouche de Gobelin et Qu'un-Œil qu'il est en parfaite santé. Qu'il est retenu prisonnier dans les Tumulus. Comme Corbeau. Sauf que lui s'y trouve aussi en chair et en os.

— Comment serait-ce possible ? »

Fallait-il en déduire qu'elle avait négligé le sujet quand elle m'avait fouillé l'esprit ? Je suppose que, faute de poser les bonnes questions, on n'obtient pas les bonnes réponses.

J'ai réfléchi à tout ce que nous avions accompli ensemble. Je lui avais résumé les courriers de Corbeau dans leurs grandes lignes, mais elle ne les avait pas lus. À vrai dire… les originaux, dont Corbeau avait tiré son histoire, se trouvaient dans ma chambre. Gobelin et Qu'un-Œil se les étaient trimballés tout le trajet jusqu'à la plaine pour qu'ils reviennent finalement à la case départ. Personne ne les avaient épluchés de près parce qu'ils se contentaient de répéter une histoire déjà connue…

« Asseyez-vous, ai-je dit en me levant. Je reviens dans une seconde. »

Gobelin m'a suivi des yeux comme je déboulais en trombe dans la chambre. « J'en ai pour deux minutes. Il y a peut-être du nouveau. » J'ai fourragé dans la caisse où les documents de Corbeau avaient été entassés pour le voyage. Seul le manuscrit original de Bomanz s'y trouvait désormais. Je suis ressorti en courant d'air, à l'indifférence des Asservis.

Un sentiment bien agréable, je vous assure, que de ne pas sentir le regard de ces deux-là sur votre dos. Dommage que ce soit juste parce qu'ils étaient trop occupés à essayer de sauver leur peau. Comme nous tous, d'ailleurs.

« Là. Voici le manuscrit original. Je l'ai parcouru une fois, superficiellement, pour vérifier la traduction de Corbeau. Ça m'avait paru bon, en dépit d'une tendance à donner dans les effets dramatiques et à inventer des dialogues. Mais il a conservé strictement les faits et la peinture des caractères de Bomanz. »

Elle a lu le document à une vitesse incroyable. « Va me chercher la version de Corbeau. »

Nouvel aller et retour précipité, ponctué des grognements bougons de Gobelin qui m'a lancé comme je prenais la porte : « Dis donc, Toubib, ça dure combien de temps chez toi, deux minutes ? »

Elle a lu ces papiers aussi vite que les précédents. Après quoi elle a paru songeuse.

« Alors ? ai-je demandé.

— Il y a peut-être une piste là-dedans. Ou plutôt l'indice que la piste pourrait se trouver ailleurs. Deux questions. Qui a écrit tout cela ? Et où se trouve la pierre, à Aviron, que mentionne le fils ?

— Je pense que Bomanz a rédigé le plus gros et que sa femme l'a terminé.

— Dans ce cas, il aurait utilisé la première personne, non ?

— Pas nécessairement. Les conventions littéraires de l'époque l'excluaient peut-être. Corbeau me reprochait souvent de parler trop de moi dans les annales. Il avait d'autres traditions.

— Admettons. Question suivante. Qu'est devenue sa femme ?

— Sa famille était originaire d'Aviron. Je suppose qu'elle y est retournée.

— Alors qu'elle était connue là-bas comme l'épouse de l'homme responsable de ma libération ?

— L'était-elle ? Bomanz était un nom d'emprunt. »

Elle a réfuté mon objection. « Murmure a mis la main sur ces papiers à Seigneurie. Sous forme d'un lot. Rien ne connecte Bomanz à ce lot, à part son histoire. J'ai le sentiment qu'il a été constitué à une date ultérieure. Exception faite des papiers de Bomanz. Où se trouvaient-ils entre le moment où ils ont disparu d'ici et celui où Murmure les a trouvés ? Certaines pièces secondaires se seraient-elles perdues ? Il est grand temps que nous consultions Murmure. »

Ce « nous », toutefois, ne me concernait pas.

Quoi qu'il en soit, le mouvement était lancé. Peu après, des Asservis ont été dépêchés en mission au loin. Deux jours plus tard, Bénéfice rapportait la pierre mentionnée par le fils de Bomanz. Elle s'est avérée inutile. Des gardes l'ont récupérée pour en faire le seuil d'un de leurs baraquements.

De temps à autre, je surprenais une allusion concernant les progrès d'une enquête menée sur le parcours qu'avait suivi Jasmine, alors veuve honteuse, pour fuir des Tumulus. Difficile de mettre à jour des indices aussi anciens, mais les Asservis jouissaient de talents remarquables.

D'autres recherches avaient commencé à Seigneurie.

J'ai eu le plaisir peu enviable d'assister le Boiteux tandis qu'il inventoriait les fautes que nous avions commises en répertoriant les noms en uchiTelle et en kureTelle. Apparemment, non seulement l'orthographe n'était pas fixe à cette époque, mais les alphabets non plus. Et certaines des personnalités mentionnées n'étaient pas des UchiTelles ou des KurreTelles de souche mais des étrangers ayant adapté leur nom aux usages locaux. Le Boiteux s'échinait à reconstituer le processus inverse.

Un après-midi, Silence m'a adressé le signe convenu. Il avait espionné les travaux du Boiteux par-dessus son épaule chaque fois qu'il avait pu, en y mettant plus de zèle que moi.

Il avait découvert une structure.

50

SUR LA VOIE ?

L'autodiscipline de Chérie me laissera toujours pantois. Depuis notre arrivée, elle était restée à la Venette Bleue et n'avait pas une fois cédé au désir de voir Corbeau. Chaque fois que son nom avait été prononcé, elle n'avait pu masquer sa peine, mais elle avait tenu bon un mois.

Elle a fini par venir avec – condition *sine qua non* – l'aval de la Dame. J'ai essayé d'ignorer sa visite. Et j'ai réussi à convaincre Silence, Gobelin et Qu'un-Œil de rester à l'écart également. Ce qui n'a pas été facile pour Silence. Il a accepté en fin de compte parce que c'était une visite privée, pour elle seule, et qu'il n'aurait rien gagné à la coller en pareille circonstance.

Si je n'étais pas allé à elle, elle ne serait pas venue à moi. J'ai profité d'un bref moment où tout le monde était occupé ailleurs. Pour lui témoigner un peu de chaleur, lui rappeler que certains d'entre nous s'inquiétaient d'elle. Pour lui prodiguer un peu de soutien moral dans l'océan de ses soucis.

« Je ne peux plus le nier désormais », m'a-t-elle dit par signes. Puis, quelques minutes plus tard : « Il y a encore une place pour lui en moi. Mais il va falloir qu'il la mérite. » C'était sa façon de méditer à voix haute.

Silence me préoccupait en cet instant plus que Corbeau. Corbeau, son côté coriace et son courage m'avaient toujours inspiré le respect. Mais je n'en étais jamais venu à éprouver d'affection pour lui. Au contraire de Silence, dont je souhaitais le bonheur.

Par signes j'ai dit à Chérie : « N'aie pas le cœur brisé si tu te rends compte qu'il est trop vieux pour changer. »

Pâle sourire. « Mon cœur est brisé depuis longtemps déjà. Non. Je n'ai aucune attente. Nous ne vivons pas dans un monde rose. »

C'était tout ce qu'elle avait à dire. Je n'y ai pas tellement prêté attention jusqu'à ce que ses paroles éclairent sous un jour nouveau des événements ultérieurs.

Elle est venue et repartie, assombrie par l'anéantissement de ses rêves, mais elle n'est plus revenue.

Dès que le Boiteux a eu tourné le dos, appelé par d'autres nécessités, nous avons recopié ce qu'il avait laissé derrière lui et nous l'avons comparé avec nos propres listes. « Ho, ici, ai-je haleté. Ici ! »

J'attirais l'attention sur un seigneur venu d'un lointain royaume de l'Ouest. Un certain baron Senjak, dont les quatre filles, à ce qu'il fallait croire, rivalisaient de charme. L'une d'elles portait le nom d'Ardath.

« Elle a menti, a murmuré Gobelin.

— Peut-être, ai-je admis. Ou, plus probablement, elle ne savait pas. En réalité, elle ne pouvait pas savoir. Elle pas plus que quiconque, d'ailleurs. Je ne comprends toujours pas ce qui a pu convaincre Volesprit que ces documents recelaient le vrai nom du Dominateur.

— Un fol espoir peut-être, a hasardé Qu'un-Œil.

— Non. On sentait qu'elle savait ce qu'elle détenait. Simplement, elle ignorait comment en extirper l'information.

— Comme nous, quoi.

— Ardath est morte, ai-je déclaré. Ça laisse trois possibilités. Et, si les événements se précipitent, nous n'aurons droit qu'à un essai.

— Récapitulons ce qu'on sait.

— Volesprit était l'une des sœurs. On ignore son nom pour l'instant. Ardath était peut-être la jumelle de la Dame. Je pense qu'elle était l'aînée de Volesprit, mais ce qui est sûr c'est qu'elles ont passé leur enfance ensemble et n'ont pas été séparées pendant de nombreuses années. Reste la quatrième sœur dont on ignore tout.

— Vous avez quatre noms, prénoms et nom de famille, est intervenu Silence par signes. Consultez les généalogies. Essayez de savoir qui a épousé qui. »

J'ai râlé. Les arbres généalogiques se trouvaient à la Venette Bleue. Chérie les avait fait charger sur la baleine de fret avec tout le reste.

Le temps pressait. Ce boulot me décourageait. Pas facile de trouver quelque chose dans ces généalogies avec seulement un nom de femme comme entrée. Il aurait mieux valu chercher le nom du mari en espérant que le généalogiste avait estimé l'épouse tant soit peu digne d'être mentionnée aussi.

« Comment va-t-on s'en sortir ? me suis-je demandé. Sachant que je suis le seul capable de déchiffrer ces empreintes de poulet ? »

Et, d'un coup, la bonne idée. Si je puis me permettre. « Traqueur. On va mettre Traqueur là-dessus. Il n'a rien à fiche à part surveiller son arbuste. Il pourra continuer à la Venette Bleue tout en lisant les vieux registres. »

Plus facile à dire qu'à faire. Traqueur se trouvait loin de son nouveau maître. Rendre la consigne intelligible à son cerveau en purée n'a pas été une mince affaire. Mais, une fois cette difficulté surmontée, il n'y a plus eu moyen de l'arrêter.

Une nuit, alors que j'étais blotti sous mes couvertures, elle est apparue dans ma chambre.

« Debout, Toubib.

— Hein ?

— Nous allons effectuer un petit vol.

— Hein ? Sauf respect, on est au milieu de la nuit. J'ai eu une dure journée.

— Debout. »

Bon, on ne discute pas quand c'est la Dame qui commande.

51

LE SIGNE

Une pluie glaciale tombait. Une couche de givre cristallin recouvrait tout. « On dirait de la gaufre », ai-je fait remarquer.

Elle n'était pas d'humeur à rire cette nuit-là. Ça lui a demandé un effort de manifester qu'elle m'avait entendu. Elle m'a conduit à un tapis. L'engin était équipé d'un dôme transparent qui englobait les sièges à l'avant. C'était un perfectionnement qu'on avait récemment appliqué à celui du Boiteux.

La Dame a usé d'une magie mineure pour faire fondre le givre. « Assure-toi que tout est bien verrouillé, m'a-t-elle ordonné.

— Ça m'a l'air bon. »

Nous avons décollé.

Soudain je me suis retrouvé sur le dos. Le nez du poisson pointait vers les étoiles invisibles. Nous grimpions à une allure démente. Je m'attendais d'un moment à l'autre à atteindre une altitude où l'oxygène manquerait.

Nous l'avons atteinte. Et continué encore. Nous avons jailli hors des nuages. Alors j'ai compris à quoi le dôme était destiné. Il permettait de conserver une réserve d'air respirable. Ce qui signifiait que les baleines de vent cédaient la suprématie de l'altitude aux Asservis. La Dame et ses sbires, toujours à essayer de grignoter un peu d'efficacité.

Mais où diable voulait-elle en venir ?

« Là. » Soupir désenchanté. La confirmation qu'une menace obscurcissait nos espoirs. Elle tendait le doigt.

Je l'ai aperçue. Je la connaissais, ayant déjà eu l'occasion de la voir durant la longue retraite qui s'était conclue par la bataille au pied de la Tour. La Grande Comète. Lointaine encore, mais c'était elle, sans aucun doute, avec sa queue argentée en forme de cimeterre, reconnaissable entre toutes. « Impossible. Elle ne devait pas apparaître avant vingt ans. Les corps célestes ne modifient pas leur course comme ça.

— Non. C'est évident. Alors ce sont peut-être les évidences qui sont fausses. »

Elle a fait basculer le tapis pour redescendre. « Note-le dans tes annales mais n'en parle à personne. Nos troupes sont déjà bien assez inquiètes.

— D'accord. » Cette Comète a beaucoup d'impact sur nos hommes.

Retour dans la mélasse d'une nuit aux Tumulus. Nous avons débouché pile à l'aplomb du Grand Tumulus, à peine à quinze mètres d'altitude. La saleté de rivière était proche. Les fantômes dansaient dans la pluie.

Je me suis traîné entre les baraquements, sur les genoux, et j'ai compulsé le calendrier.

Encore douze jours.

Le vieux salopard devait rigoler à pleine gorge, en compagnie de son dogue favori, Saigne-Crapaud le Chien.

52

PAS DE SURPRISE

Quelque chose tapi dans le fin fond de mon inconscient me taraudait. Je me suis agité, retourné, réveillé, rendormi, et ce n'est qu'aux premières heures de l'aube que j'ai su ce que c'était. Je me suis levé et j'ai farfouillé dans les documents.

J'ai retrouvé celui qui avait naguère fait sursauter la Dame, je me suis plongé dans l'interminable liste d'invités jusqu'à ce que j'y trouve un seigneur Senjak et ses filles Ardath, Croyance et Sylith. À en croire le scribouillard, la benjamine, une certaine Doroté, n'avait pu être présente.

« Ha ! ai-je croassé. La recherche se précise. »

C'était la seule information à en tirer, mais elle valait de l'or. En admettant que la Dame ait une jumelle, que Doroté soit la benjamine et qu'Ardath soit morte, cela donnait une cote de cinquante pour cent. Soit le nom de Sylith, soit celui de Croyance. Croyance ? C'est ce que donnait ce nom une fois traduit.

Une telle fièvre s'est emparée de moi que je n'ai pu retrouver le sommeil. Même cette Comète sans respect du calendrier ne parvenait plus à me tracasser.

Mais la meule du temps a fini par broyer cette excitation. Les Asservis chargés de mener l'enquête sur la femme de Bomanz et ses papiers piétinaient. J'ai suggéré que la Dame aille puiser les informations à la source. Elle n'était pas prête à prendre ce risque.

Pas encore.

Notre vieil ami Traqueur l'abruti nous a déniché une nouvelle gemme quatre jours après que j'ai éliminé la sœur portant le nom de Doroté. Ce grand benêt s'était avalé des généalogies jour et nuit.

Silence est sorti de la Venette Bleue avec un air si épanoui que j'ai tout de suite compris qu'il avait une bonne nouvelle. Il m'a entraîné dehors, vers la ville, dans le nul. Il m'a tendu une feuille de papier humide. Dans le style rustique de Traqueur, elle disait :

Trois sœurs se sont mariées. Ardath à deux reprises, d'abord avec le baron Kaden de Darderoc, mort à la guerre. Six ans plus tard avec Erin SansPère, un prêtre errant adorateur du dieu Vancer et originaire d'un village du nom de Fronde, dans le royaume de Vye. Croyance a épousé Barthelme de Calèche, un sorcier de renom. J'ai souvenir que Barthelme de Calèche est devenu l'un des Asservis, mais ma mémoire n'est pas fiable.

Sans blague.

Doroté a épousé Radeau, prince à titre honorifique d'Amorce. Sylith ne s'est jamais mariée.

Ainsi Traqueur prouvait qu'en dépit de sa lenteur une idée pouvait occasionnellement germer dans la bouillie qui lui tenait lieu de cerveau.

Les registres nécrologiques révèlent qu'Ardath et son mari Erin SansPère, prêtre errant, adorateur du dieu Vancer et originaire d'un village du nom de Fronde, dans le royaume de Vye, ont été massacrés par des bandits alors qu'ils voyageaient entre Toupie et Ova : si j'en crois ma mauvaise mémoire, cela s'est produit quelques mois à peine avant la prise de pouvoir du Dominateur.

Sylith s'était noyée plusieurs années auparavant lors d'une crue du Rêve, un fleuve qui l'avait emportée en présence d'innombrables témoins. Cependant son corps n'a jamais été retrouvé.

Nous disposions donc d'un témoin oculaire. Je ne m'étais jamais avisé de considérer Traqueur sous cet angle, quoique ce fût une évidence, à y bien réfléchir. Peut-être existait-il un moyen d'accéder à ses souvenirs.

Croyance a péri dans la bataille quand le Dominateur et la Dame ont pris Calèche, aux premiers jours de la Domination. Aucun registre ne mentionne que Doroté soit morte.

« Ça alors ! me suis-je exclamé. Ce vieux Traqueur vaudrait donc quelque chose, après tout. »

Par signes Silence m'a répondu : « Ça paraît confus mais, avec un peu de réflexion, on devrait en tirer quelque chose. »

Plus que quelque chose. Sans même avoir dessiné l'arbre de famille de ces femmes, je me suis senti assez confiant pour déclarer : « Nous savons que Doroté était Volesprit. Nous savons qu'Ardath n'était pas la Dame. Il y a gros à parier que la sœur qui a ourdi le guet-apens où elle a trouvé la mort… » Pourtant il restait une donnée inconnue. Si seulement nous pouvions savoir lesquelles des sœurs étaient jumelles…

En réponse à ma question, Silence m'a dit par signes : « Traqueur consulte les registres de naissances. » Mais il risquait fort de faire chou blanc, cette fois. Le seigneur Senjak n'était pas un KureTelle.

« L'une des prétendues décédées ne l'était pas. Je pencherais pour Sylith. Partant de l'hypothèse que Croyance a été assassinée parce qu'elle avait reconnu sa sœur supposée morte quand le Dominateur et la Dame se sont emparés de Calèche.

— Bomanz a fait allusion à une légende selon laquelle la Dame aurait éliminé sa jumelle. S'agissait-il de ce traquenard ? Ou de quelque chose de mieux connu ?

— Qui sait ? » ai-je dit. Il y avait vraiment de quoi s'emmêler les pinceaux. L'espace d'un moment, je me suis demandé quelle importance, au fond, cela pouvait avoir.

La Dame a demandé une réunion. Il semblait maintenant que nous avions initialement surévalué le temps qu'il nous restait. Elle a déclaré : « Tout porte à croire que nous avons fait fausse route. Les documents de Volesprit ne recèlent aucun indice sur le nom de mon mari. Comment elle était parvenue à cette supposition, nous ne le saurons pas. Peut-être manque-t-il des documents, mais on ne peut en être sûr. À moins que les enquêtes menées à Seigneurie ou Aviron ne donnent très vite des résultats, il va falloir abandonner cette piste. Il est temps de considérer les autres solutions. »

J'ai griffonné une note et demandé à Murmure de la lui transmettre. Après l'avoir parcourue, la Dame m'a dévisagé en plissant les yeux, songeuse. « Erin SansPère, a-t-elle lu à voix haute. Un prêtre errant, adorateur du dieu Vancer et originaire de Fronde dans le royaume de Vye. Voilà ce que nous communique notre historien amateur. Ce que tu as trouvé m'intéresse moins que le fait que tu aies trouvé quelque chose, Toubib. Cette information est vieille de cinq cents ans. À l'époque, elle n'avait aucune valeur. Quelle qu'ait été l'identité d'Erin SansPère avant qu'il quitte Vye, il s'est appliqué à effacer toute trace de son passé. Quand il est devenu un personnage assez influent pour susciter de la curiosité sur ses origines, il avait depuis longtemps non seulement rayé Fronde de la carte, mais encore passé au fil de l'épée tous les villageois qui avaient pu le connaître. Dans les années suivantes, il est même allé plus loin en dévastant toute la contrée de Vye. Voilà pourquoi cette hypothèse, selon laquelle ces documents contiendraient son vrai nom, ont causé une telle surprise. »

Je me sentais nabot et le dernier des imbéciles. J'aurais dû me douter qu'ils avaient déjà essayé de démasquer le Dominateur. J'avais gaspillé un maigre avantage pour rien. Esprit de coopération, tiens, on m'y reprendra.

L'un des nouveaux Asservis – je ne parviens pas à les reconnaître, ils s'habillent tous pareil – est arrivé sur ces entrefaites. Il ou elle a donné à la Dame un coffret sculpté. La

Dame a souri en l'ouvrant. « Aucun papier n'a été retrouvé. Mais il y a ceci. » Elle a laissé tomber deux bracelets étranges. « Demain, nous partirons à la recherche de Bomanz. »

Tous les autres savaient. Il a fallu que je demande. « Qu'est-ce que c'est ?

— Des amulettes confectionnées pour la Garde éternelle du temps de la Rose Blanche. Pour qu'ils puissent pénétrer dans les Tumulus sans risque. »

L'annonce m'a mis dans un état d'excitation dépassant l'entendement.

« La femme a dû les emporter avec elle. Comment les avait-elle eues ? mystère. Rompez maintenant. J'ai besoin de temps pour réfléchir. » Elle nous flanquait dehors telle une fermière vidant son poulailler.

Je suis retourné dans ma chambre. Le Boiteux a flotté dans mon sillage. Sans dire un mot, il s'est replongé dans les documents. J'ai jeté un coup d'œil intrigué par-dessus son épaule. Il avait rédigé des listes avec tous les noms que nous avions découverts, écrits dans les alphabets de langues de toutes origines. Il semblait jouer à la fois sur des codes de substitution et une forme de numérologie. Déconcerté, je suis allé me coucher, lui ai tourné le dos et feint de m'endormir.

En sa présence, toutefois, je savais que je ne pourrais trouver refuge dans le sommeil.

53

LE RÉTABLISSEMENT

Il s'est remis à neiger cette nuit-là. Pour de bon, quinze centimètres par heure sans interruption. Le vacarme des gardes s'activant à déblayer les pas de porte et les tapis m'a réveillé.

J'avais dormi malgré le Boiteux.

J'en ai eu froid dans le dos. Je me suis assis d'un coup. Il était toujours à son travail.

La température était douillette dans le baraquement enseveli sous une couche de neige qui conservait sa chaleur.

Une certaine activité régnait en dépit des intempéries. Des Asservis étaient arrivés et les gardes ne se contentaient pas de pelleter, ils s'activaient à bien d'autres tâches.

Qu'un-Œil est venu me rejoindre pour un petit-déjeuner succinct. « Alors elle passe à l'action malgré le temps, ai-je dit.

— Le temps ne s'arrangera pas, Toubib. Le gaillard là-bas est au courant de ce qui se trame. » Il avait l'air sinistre.

« Qu'est-ce qu'il y a ?

— Je sais compter, Toubib. Quelle tête voudrais-tu que je fasse quand on n'en a plus que pour une semaine ? »

Mes tripes se sont nouées. Oui. J'avais réussi à refouler toute projection dans l'avenir, mais… « On a déjà eu chaud aux fesses. Dans la Marche de la Déchirure, à Génépi, à Béryl. On s'en est tirés.

— C'est ce que je me répète.

— Comment va Chérie ?

— Elle n'en mène pas large, qu'est-ce que tu crois ? Elle est dans la position de l'insecte entre le marteau et l'enclume.

— La Dame l'a oubliée. »

Il a ricané. « Ta position privilégiée ne doit pas te faire perdre tout bon sens, Toubib.

— Excellent avis, ai-je admis. Mais superflu. Un faucon ne la surveillerait pas plus attentivement.

— Tu sors ?

— Je ne veux pas rater ça. Tu sais où dégotter des raquettes ? »

Il a souri. L'espace d'un instant, des réminiscences d'antan sont remontées en surface. « Des gars que je connais – je ne te dirai pas qui, tu sais ce que c'est – en ont fauché une douzaine de paires dans le dépôt de la Garde la nuit dernière. Figure-toi que la sentinelle s'était endormie à son poste. »

J'ai souri aussi et cligné de l'œil. Bon. Je les voyais trop peu pour être tenu au courant, mais ils ne se languissaient pas bêtement vissés sur une chaise.

« Quatre gars sont allés voir Chérie, au cas où. Il m'en reste huit, et j'ai un embryon de plan.

— Ah ouais ?

— Ouais. Tu verras. Assez génial, si je puis me permettre.

— Où sont les raquettes ? Quand est-ce que tu te lances ?

— Viens nous rejoindre au fumoir dès que les Asservis auront pris l'air. »

Plusieurs gardes visiblement sur les dents sont venus prendre leur petit-déjeuner, moroses. Qu'un-Œil est reparti, me laissant plongé dans mes questions. Qu'est-ce qu'ils mijotaient ?

Il y a toujours un grain de sable… La preuve :

La Dame s'est avancée dans le réfectoire. « Enfile tes gants et ton manteau, Toubib. C'est le moment. »

J'ai suffoqué.

« Tu viens, oui ?

— Mais… » Mon regard a papillonné à la recherche d'une excuse. « Si nous partons, il manquera un tapis à quelqu'un. »

Elle m'a lancé un coup d'œil bizarre. « Le Boiteux m'a dit qu'il comptait rester ici. Viens. Habille-toi. »

J'ai obtempéré malgré ma stupeur. Nous sommes passés devant Gobelin en sortant. Je lui ai adressé un petit hochement de tête atterré.

Juste avant que nous décollions, la Dame a fourragé derrière elle et m'a tendu quelque chose. « Qu'est-ce que c'est ?

— Mets-la. À moins que tu ne veuilles partir sans amulette.

— Ah. »

L'objet ne me plaisait guère. Une espèce de jaspe et un jade bon marché sur un bracelet de cuir craquelé. Mais, sitôt que je l'ai eu bouclé autour de mon poignet, j'ai senti le pouvoir qu'il contenait.

Nous avons survolé les toits à très basse altitude. Ils constituaient les seuls repères du terrain. En rase campagne, on ne distinguait plus rien. Mais la Dame avait d'autres moyens pour s'orienter.

Nous avons gravité autour des Tumulus. À l'aplomb de la rivière, nous sommes descendus à un mètre au-dessus de l'eau. « Beaucoup de glace », ai-je fait remarquer.

Elle n'a pas répondu. Elle étudiait le rivage, qui maintenant reculait à l'intérieur même des Tumulus. Une portion de berge détrempée s'est éboulée, révélant une douzaine de squelettes. J'ai grimacé. En quelques instants ils ont été recouverts de neige ou emportés.

« On avait tablé juste dans nos prévisions, j'ai l'impression, ai-je dit.

— Hmm. » Elle a contourné le périmètre. À une ou deux reprises j'ai aperçu d'autres tapis qui tournoyaient. Quelque chose en contrebas a accroché mon regard. « Là, au-dessous !

— Quoi ?

— Je crois avoir vu des traces.

— Possible. Saigne-Crapaud le Chien rôde dans les parages. »

Oh, misère.

« Allons-y », a-t-elle déclaré, et elle a obliqué vers le Grand Tumulus.

Nous nous sommes posés au pied du tertre. Elle a sauté à terre. Je l'ai suivie. D'autres tapis descendaient. Bientôt nous nous sommes retrouvés à six – quatre Asservis, la Dame et un pauvre médecin mort de peur – à quelques pas de l'antre du mal.

L'un des Asservis avait apporté des pelles. La neige s'est mise à voler. Nous nous sommes relayés, tout le monde y a eu droit. Un sale boulot vraiment, que la végétation, au fur et à mesure que nous nous enfoncions, ne facilitait pas. Et qui s'est fait pire encore quand nous avons atteint la terre gelée. Il nous a fallu ralentir. La Dame avait prévenu que Bomanz était à peine recouvert.

Ç'a continué pendant ce qui m'a paru une éternité. Creuser, creuser, creuser. Nous avons déterré une loque vaguement humanoïde que la Dame a formellement identifiée comme Bomanz.

Quand j'ai eu pris mon tour, ma pelle a tinté contre un obstacle dur. Je me suis penché pour voir de plus près, pensant trouver une pierre. J'ai balayé un peu de terre gelée…

Et je suis sorti du trou comme un furieux, j'ai gesticulé, tendu le doigt. La Dame est descendue. Son rire est monté. « Toubib a trouvé le dragon. Ou sa mâchoire, en tout cas. »

Je continuais à battre en retraite vers notre tapis…

Quelque chose de gros m'a bondi dessus en poussant un grondement sourd. Je me suis jeté de côté, la neige m'a avalé. Il y a eu des cris, des rugissements… Lorsque j'ai redressé la tête, tout était fini. J'ai entraperçu Saigne-Crapaud le Chien qui abandonnait le tapis et fuyait, la queue entre les pattes.

La Dame et les Asservis avaient anticipé son attaque.

« Pourquoi est-ce que personne ne m'a prévenu ? ai-je gémi.

— Il aurait pu lire en toi. Ce qui me désole, par contre, c'est que nous ne l'ayons pas estropié. »

Deux Asservis, sans doute d'engeance mâle, ont soulevé Bomanz. Il était aussi raide qu'une statue mais il dégageait un je ne sais quoi que j'arrivais à percevoir, même moi. Une espèce d'étincelle... Nul ne pouvait s'y tromper : il n'était pas mort.

On l'a déposé dans un tapis.

La colère émanant du tertre, jusque-là latente et à peine plus perceptible que le bourdonnement d'une mouche dans une pièce, nous percutait maintenant comme un puissant coup de masse. Elle empestait des relents de folie, mais pas une once de peur. Cette chose avait une confiance absolue en sa victoire finale. Nous n'étions que de fâcheux contretemps.

Le tapis portant Bomanz a décollé. Puis un autre. Je me suis installé à ma place et j'ai prié intérieurement pour que la Dame se dépêche de m'arracher de là.

Une clameur de cris et d'aboiements a éclaté du côté de la ville. Des fulgurances ont lui dans la neige qui tombait. « Je le savais », ai-je grincé. Une autre de mes craintes se réalisait. Saigne-Crapaud le Chien venait de trouver Qu'un-Œil et Gobelin.

Un autre tapis a décollé. La Dame a embarqué dans le nôtre et fermé le dôme. « Les imbéciles, a-t-elle dit. Qu'est-ce qu'ils fichaient ? »

Je me suis abstenu de répondre.

Elle n'a rien vu. Son attention était monopolisée par le tapis qui ne fonctionnait pas comme il aurait dû. Quelque chose semblait l'attirer vers le Grand Tumulus. Mais moi j'ai vu. La sale bobine de Traqueur est passée à hauteur d'œil. Il portait le rejeton de l'arbre.

Et puis Saigne-Crapaud le Chien est réapparu; il pistait Traqueur. Il lui manquait la moitié de la tête. Il cavalait sur trois pattes mais restait néanmoins largement capable de rattraper sa proie.

La Dame l'a aperçu. Elle a fait pivoter le tapis. Méthodiquement, elle a décoché ses huit traits de neuf mètres de long. Elle a fait mouche. Et pourtant...

Lardé de javelots, noyé de flammes, Saigne-Crapaud le Chien a réussi à ramper jusqu'à la Grande Tragique. Il s'est enfoncé dans l'eau et y a disparu.

« En voilà toujours un que nous n'aurons pas sur le dos pendant un moment. »

Moins de dix mètres plus loin, Traqueur, inconscient, grimpait au sommet du Grand Tumulus pour y planter le jeune arbre. « L'imbécile, a murmuré la Dame. Je suis entourée d'imbéciles. Même l'arbre est obtus. »

Elle n'en a pas dit plus. Et n'est pas intervenue non plus.

J'ai cherché des traces de Gobelin et de Qu'un-Œil pendant le vol du retour. Je n'en ai pas vu. Ils ne se trouvaient pas dans la caserne. Évidemment. Ils n'avaient pas encore eu le temps de rappliquer, avec leurs raquettes. Mais au fil des heures, comme ils ne revenaient toujours pas, j'ai eu de plus en plus de mal à me concentrer sur la réanimation de Bomanz.

L'opération avait commencé par une série de bains chauds, tant pour ramollir sa chair que pour le nettoyer. Je n'avais pas pu assister aux préliminaires. La Dame m'avait gardé avec elle. Elle ne s'est pas déplacée avant que les Asservis soient prêts pour la stimulation finale. Laquelle ne s'est pas avérée bien impressionnante. La Dame a effectué une série de gestes autour d'un Bomanz en piteux état, tout en prononçant quelques paroles dans une langue que je ne comprenais pas.

Pourquoi faut-il que les sorciers usent de charabias que personne ne comprend ? Même Gobelin et Qu'un-Œil le font. Ils m'ont tous les deux avoué en aparté qu'ils ne comprenaient pas leur jargon réciproque. Peut-être qu'ils inventent ?

Ses paroles ont eu de l'effet. La vieille épave est revenue à la vie, courageusement déterminée à continuer de marcher contre une tornade. Il s'est avancé de trois pas avant de prendre conscience de son nouvel environnement.

Il s'est figé. Il s'est retourné lentement, son visage s'est décomposé de désespoir. Son regard s'est braqué sur la Dame. Deux bonnes minutes se sont écoulées. Puis il l'a promené sur le reste : nous, la pièce.

« Explique, Toubib.

— Est-ce qu'il parle…

— Le Forsbergien n'a pas changé. »

Je me suis tourné vers Bomanz, la légende ressuscitée. « Je suis Toubib. Médecin militaire de profession. Vous êtes Bomanz…

— Son nom est Seth Craie, Toubib. Clarifions cela tout de suite.

— Vous êtes Bomanz dont le véritable nom serait Seth Craie, un sorcier d'Aviron. Presque un siècle s'est déroulé depuis que vous avez essayé d'entrer en contact avec la Dame.

— Raconte-lui toute l'histoire. » La Dame utilisait un dialecte des Cités Précieuses que Bomanz avait peu de chance de saisir.

J'ai parlé à m'en rendre aphone. L'avènement de l'empire de la Dame. La menace éradiquée lors de la bataille de Charme. Celle anéantie à Génépi. Celle qui pesait maintenant sur nous. Il n'a pas dit un mot pendant tout ce temps. À aucun moment je n'ai reconnu en lui le boutiquier rondouillard et presque obséquieux de l'histoire.

Quand il a pris la parole, ç'a été pour dire : « Bien. Je n'ai donc pas complètement failli. » Il s'est tourné vers la Dame. « Quant à vous qui n'êtes pas Ardath, vous restez toujours souillée de lumière. » Il m'a fait face à nouveau. « Vous me mènerez à la Rose Blanche. Dès que j'aurai pris un repas. »

La Dame n'a pas bronché.

En revanche, pour ce qui était de manger, il avait toutes les façons d'un petit boutiquier grassouillet.

La Dame en personne m'a aidé à renfiler mon manteau d'hiver mouillé.

« Ne lambinez pas », m'a-t-elle conseillé.

À peine étions-nous sortis que Bomanz a paru soudain diminué. « Je suis trop vieux. Ne vous laissez pas impressionner par mon numéro de tout à l'heure. Si vous voulez jouer dans la cour des grands, c'est des actes qu'il faut produire. Qu'est-ce que je vais faire ? Cent ans. Et moins d'une semaine pour me racheter. Comment puis-je reprendre les choses en main si rapidement ? Le seul personnage important de ce monde que je connaisse, c'est la Dame.

— Qu'est-ce qui vous avait poussé à croire qu'elle était Ardath ? Pourquoi pas l'une des autres sœurs ?

— Il y en avait donc plus d'une ?

— Quatre. » Je les ai énumérées. « D'après vos papiers, j'ai établi que Volesprit était celle qui se nommait Doroté...

— *Mes* papiers ?

— Comme on les appelle. Parce que l'histoire de votre tentative pour réveiller la Dame y occupait une telle place. Il a toujours été pris pour acquis, jusqu'à il y a quelques jours, que vous les aviez rassemblés et que votre femme les avait emportés avec elle lorsqu'elle vous avait cru mort.

— Ça mérite une petite enquête. Je n'ai rien rassemblé. Je n'ai pris aucun risque, à part celui de dresser une carte des Tumulus.

— Je connais bien cette carte.

— Je dois examiner ces papiers. Mais, d'abord, votre Rose Blanche. En chemin, vous me parlerez de la Dame. »

J'avais du mal à le suivre, il sautait du coq à l'âne, lançait ses idées tous azimuts. « Qu'avez-vous à me dire d'elle ? J'ai remarqué une nette tension entre vous. Comme il peut en exister entre des amis ennemis, peut-être. Des amants ennemis ? Des adversaires qui se connaissent bien et se respectent. Si vous la respectez, c'est à raison. Il est impossible de respecter le mal absolu. Il ne se respecte pas lui-même. »

Bigre. Il n'avait pas tort. Je la respectais. Alors nous avons causé un peu. Et la thèse que je lui ai exposée, quand je m'en suis rendu compte, c'était qu'il subsistait une étincelle de lumière en elle. « Elle a fait de son mieux pour devenir mauvaise. Mais, quand on s'est véritablement trouvé le nez face au mal – la chose dans le sépulcre –, sa faiblesse a commencé à se révéler.

— Il est simplement un peu plus facile d'étouffer la lumière qu'il y a en nous que de conquérir véritablement les ténèbres. Un Dominateur, il n'en naît qu'un toutes les cent générations. Les autres, comme les Asservis, ne sont que des imitations.

— Sauriez-vous résister à la Dame ?

— J'en doute. J'imagine qu'elle fera de moi l'un de ses Asservis quand elle aura le temps. » Pour un ressuscité, il avait les pieds sur terre, le bonhomme. Il s'est arrêté. « Seigneurs ! Qu'elle est forte !

— Qui ?

— Votre Chérie. Une capacité d'absorption phénoménale. Je me sens aussi démuni qu'un gamin. »

Nous sommes arrivés à la Venette Bleue et nous y avons pénétré par une fenêtre du second étage. La couche de neige montait jusqu'à ce niveau.

Qu'un-Œil, Gobelin et Silence se trouvaient en bas dans la salle commune, avec Chérie. Les deux premiers avaient l'air un peu défraîchis.

« Bon, ai-je lancé. Vous vous en êtes sortis, les gars. Je pensais que Saigne-Crapaud le Chien vous avait boulottés pour son déjeuner.

— Aucun problème, a dit Qu'un-Œil. On…

— Comment ça, "on" ? est intervenu Gobelin. Tu t'es montré aussi utile qu'une tétine sur un sanglier mâle. Silence…

— La ferme ! Je vous présente Bomanz. Il veut rencontrer Chérie.

— *Le* Bomanz ? a couiné Gobelin.

— Lui-même. »

Leur rencontre s'est résumée à une brève conversation d'environ trois questions. Chérie a tout de suite pris les rênes de l'échange. Dès qu'il s'en est rendu compte, Bomanz a rompu le dialogue. Il m'a dit : « Etape suivante. Je veux lire ma soi-disant autobiographie.

— Elle n'est pas de vous ?

— M'étonnerait. À moins que ma mémoire me trahisse plus que je l'imagine. »

Nous sommes retournés à la caserne en silence. Il paraissait songeur. Chérie produit cet effet à ceux qu'elle rencontre pour la première fois. Pour nous autres qui la connaissons depuis toujours, elle n'est que Chérie.

Bomanz a lu de bout en bout le manuscrit original; de temps à autre il me posait une question sur un passage particulier. Il connaissait mal le dialecte uchiTelle.

« Ainsi, vous n'avez rien à voir avec tout cela ?

— Non. Mais c'est par ma femme que certaines données ont pu être établies. Une question : est-ce que vous avez cherché à savoir ce qu'était devenue la fillette, Mouche ?

— Non.

— C'est sur elle qu'il aurait fallu se pencher. Elle était la seule survivante d'importance.

— J'en parlerai à la Dame. Mais nous n'avons pas le temps. D'ici quelques jours l'enfer va se déchaîner ici. » Je me suis demandé si Traqueur avait réussi à planter l'arbuste. Qu'est-ce que cela changerait quand la Grande Tragique atteindrait le tertre ? Courageuse initiative, mais pas finaude, Traqueur.

Et pourtant le résultat de ses efforts n'allait pas tarder à se faire sentir. Quand je suis allé voir la Dame pour lui transmettre la suggestion de Bomanz à propos de Mouche, elle m'a demandé : « As-tu prêté attention au temps ?

— Non.

— Il s'améliore. L'arbuste a réduit la capacité de mon mari à le maîtriser. Trop tard, naturellement. Il faudra des mois avant que la rivière ne reflue. »

Elle déprimait. C'est à peine si elle a hoché la tête quand je lui ai exposé le point de vue de Bomanz.

« Est-ce critique à ce point ? Serions-nous battus avant d'être entrés en lice ?

— Non. Mais le prix de la victoire grimpe. Je ne veux pas payer ce prix. Je ne sais pas si j'ai le choix. »

Je suis resté là, perplexe, attendant qu'elle s'épanche un peu plus sur le sujet. Elle ne l'a pas fait.

Au bout d'un moment, elle m'a dit : « Assieds-toi, Toubib. » J'ai pris place sur la chaise qu'elle me désignait, près d'une belle flambée dont s'occupait avec zèle le soldat Casier. Un instant plus tard, elle lui a signifié qu'il pouvait disposer. Mais elle est restée murée dans son silence.

« Plus le temps passe, plus le nœud coulant se resserre », a-t-elle fini par murmurer. Et, plus tard : « Le moment où il faudra le dénouer m'angoisse. »

54

SOIRÉE À LA MAISON

Les jours ont passé. Aucune des hypothèses ne gagnait de consistance. La Dame a fait suspendre toutes les enquêtes. Elle et les Asservis se concertaient souvent. J'étais exclu de ces réunions. Bomanz également. Le Boiteux ne participait que lorsqu'on le contraignait à sortir de ma chambre.

Je la lui ai abandonnée. Je me suis installé avec Gobelin et Qu'un-Œil. C'est dire si la présence de l'Asservi me pesait ! Partager une chambre avec ces deux-là revenait à vivre dans une ambiance d'émeute permanente.

Corbeau, comme depuis si longtemps, restait dans un état strictement stationnaire, oublié de tous hormis de son dévoué Casier. Silence lui rendait une petite visite de temps en temps, sur demande de Chérie et sans enthousiasme.

C'est alors – un peu tardivement – que je me suis rendu compte qu'il éprouvait à l'égard de Chérie un sentiment plus profond que la simple loyauté d'un ange gardien mais qu'il n'avait pas la possibilité de s'en ouvrir. Silence s'appliquait une discipline qui dépassait le seul respect d'un vœu.

Je ne suis pas parvenu à découvrir lesquelles des sœurs étaient jumelles. Comme je m'y étais attendu, Traqueur n'avait rien trouvé dans les généalogies. Ses premières découvertes relevaient déjà du miracle, vu la façon dont les sorciers couvrent leur passé.

Gobelin et Qu'un-Œil ont tenté de l'hypnotiser, espérant sonder ses vieux souvenirs. Autant essayer de filer des fantômes dans un brouillard à couper au couteau.

Les Asservis se sont efforcés d'endiguer la Grande Tragique. Ils ont amoncelé de la glace sur la berge occidentale pour détourner le courant. Mais, à force de surenchère, un goulet s'est ouvert. Le niveau de la rivière a menacé de monter de plus belle. Les deux jours d'efforts nous ont permis de gagner peut-être dix heures.

De temps à autre, de grosses traces apparaissaient autour des Tumulus, que les tourbillons de neige avaient tôt fait d'effacer. En même temps que le ciel se dégageait, la température chutait. La couche neigeuse n'a pas fondu ni ne s'est croûtée. Les Asservis y veillaient. Un vent d'est balayait la neige continuellement.

Casier est passé pour me dire : « La Dame désire vous voir, monsieur. Tout de suite. »

Nous avons interrompu notre partie de tonk à trois, Gobelin, Qu'un-Œil et moi. Pour l'instant, tout fonctionnait au ralenti – à part le sablier. Nous ne pouvions rien faire de plus.

« Monsieur, m'a glissé Casier sitôt hors de portée d'oreille des deux autres, soyez prudent.

— Hmm ?

— Elle est de sombre humeur.

— Merci. » J'ai lambiné. J'étais bien assez morose moi-même. Je me serais volontiers abstenu de l'eau qu'elle allait apporter au moulin.

Sa chambre avait été réaménagée. On y avait apporté des tapis. Des tentures couvraient les murs. Une espèce de canapé se dressait près de l'âtre où un bon feu se consumait en crépitant. L'atmosphère paraissait étudiée. Un chez-soi de rêve et non réel.

Elle était assise sur le divan. « Viens t'asseoir près de moi », m'a-t-elle dit sans même se retourner pour voir qui venait d'entrer. J'ai pris une chaise et commencé à l'approcher.

« Non. Ici, près de moi. » Je me suis donc assis sur le divan aussi.

« C'est à quel sujet ? »

Elle avait les yeux dans le vague. Une grande tristesse imprégnait son visage. « J'ai pris ma décision.

— Vraiment ? » J'ai attendu nerveusement. Je me demandais ce qu'elle voulait dire, et plus encore ce que je fichais là.

« Les choix se sont restreints. Je peux me rendre et devenir une autre des Asservies. »

J'aurais imaginé pire comme châtiment. « Ou ?...

— Ou je peux me battre. Pour une lutte perdue d'avance. Qui ne prendrait son sens qu'avec ma défaite.

— Si vous ne pouvez pas gagner, pourquoi combattre ? » Je n'aurais posé cette question à personne de la Compagnie. Mes compagnons, j'aurais connu leur réponse.

La sienne n'était pas la nôtre. « Parce que je peux influer sur l'issue du combat. Je ne peux pas gagner, mais je peux décider du vainqueur.

— En somme, vous assurer que ce ne sera pas lui ? »

Très lentement elle a hoché la tête.

Je comprenais maintenant la cause de son abattement. J'avais assisté à de pareilles réactions sur certains champs de bataille, quand des soldats s'apprêtaient à partir pour une opération probablement sans retour mais cruciale pour la survie des autres.

Histoire de masquer mon émoi, je me suis levé et j'ai rajouté trois bûchettes dans le feu. Si ce n'était notre humeur, nous aurions été bien ici, baignés de cette chaleur douce, à contempler la danse des flammes.

C'est ce que nous avons fait l'espace d'un moment. Je sentais qu'il valait mieux que je me taise.

« Tout débutera au lever du jour, a-t-elle dit enfin.

— Quoi ?

— La bataille finale. Tu peux rire de moi, Toubib. Je vais essayer d'exterminer une ombre. Sans l'espoir de survivre moi-même. »

Rire ? Jamais. L'admirer. La respecter. Mon ennemie qui, incapable en fin de compte d'éteindre cette dernière étincelle de lumière, s'apprêtait à mourir d'une autre façon.

Or, en dépit de ses affres, elle restait assise là, un peu guindée, les mains sur les genoux. Elle contemplait le feu comme si, à force, elle y trouverait réponse à quelque mystère. Elle s'est mise à frissonner.

Cette femme à qui la mort inspirait une telle terreur avait choisi d'en finir plutôt que de se rendre.

Comment cela influait-il sur mon moral ? Pas en bien. Pas en bien du tout. J'aurais peut-être mieux réagi si j'avais pu voir ce qui se passait dans sa tête. Mais elle n'en parlait pas.

D'une voix très douce, très suave, elle m'a demandé : « Toubib ? Veux-tu me serrer dans tes bras ? »

Quoi ? Je ne me suis pas exclamé mais j'ai dû le penser très fort.

Sans mot dire donc, à gestes hésitants et maladroits, j'ai fait ce qu'elle me demandait.

Elle s'est mise à pleurer sur mon épaule, doucement, silencieusement, tressaillant légèrement comme un tout jeune lapin captif.

Un long moment s'est écoulé avant qu'elle ne reprenne la parole. Quant à moi, je n'osais prendre de liberté.

« Personne ne m'avait étreinte depuis ma plus tendre enfance. Ma nourrice… »

Long silence.

« Je n'ai jamais eu d'ami. »

Nouveau long silence.

« J'ai peur, Toubib. Et je me sens seule.

— Non. Nous serons tous avec vous.

— Pas pour les mêmes raisons. » Elle s'est à nouveau murée dans le silence, définitivement cette fois. Je l'ai tenue longtemps. Le feu a faibli peu à peu et sa clarté a décliné dans la pièce. Dehors, le vent s'est mis à hurler.

Lorsque, la croyant enfin endormie, j'ai commencé à me dégager doucement d'elle, elle m'a agrippé de plus belle, alors j'ai cédé et j'ai continué à l'étreindre, la moitié du corps ankylosée.

Enfin elle s'est écartée de moi, s'est levée, a ranimé le feu. Je me suis assis. Elle est demeurée derrière moi un bon moment, le regard perdu dans les flammes. Puis elle a posé une main sur mon épaule, longuement. D'une voix lointaine, elle m'a dit : « Bonsoir. »

Elle est passée dans une autre pièce. Je suis resté un quart d'heure immobile avant d'ajouter une dernière bûche dans l'âtre et de repartir d'un pas lourd vers le monde réel.

Je devais tirer une drôle de tête. Ni Gobelin ni Qu'un-Œil ne m'ont cherché de poux. Je me suis glissé sous mes couvertures, leur tournant le dos, mais le sommeil a été long à venir.

55

L'OUVERTURE DU BAL

Je me suis réveillé avec une sensation singulière. Le nul ! Je m'étais tant trouvé hors de son périmètre que sa présence me troublait. Je suis sorti de mes draps en hâte et j'ai découvert que j'étais seul dans la chambre. Et non seulement dans cette pièce mais dans tout le baraquement, pratiquement. Il n'y avait que quelques gardes dans le réfectoire.

Le soleil ne s'était pas encore levé.

Le vent mugissait toujours autour du bâtiment. Il faisait franchement frisquet en dépit des hautes flambées. J'ai enfourné ma ration de gruau en me demandant ce que j'étais en train de rater.

La Dame est entrée comme je finissais. « Te voilà, j'ai cru que j'allais devoir partir sans toi. »

Quels qu'aient été ses tourments de la veille, elle était à présent gaillarde et confiante, prête pour la tâche qui l'attendait.

Le nul s'est dissipé tandis que j'enfilais mon manteau. Au pas de course, je suis allé jeter un œil dans ma chambre. Le Boiteux l'occupait encore. J'ai rebroussé chemin en fronçant un sourcil songeur.

Embarquement sur le tapis. Équipage au complet, aujourd'hui. Comme à bord de tous les autres engins, tous lourdement armés. Mais c'est en premier lieu l'absence de neige entre la ville et les Tumulus qui m'a intrigué.

Ce vent hurlant l'avait balayée.

Nous avons décollé comme la lumière commençait à poindre. La Dame a piloté le tapis jusqu'à haute altitude. Les ombres qui commençaient à se marquer donnaient aux Tumulus l'allure d'une carte. Nous nous sommes mis à tourner en cercles serrés. Le vent, ai-je remarqué, avait faibli.

Le Grand Tumulus paraissait prêt à s'ébouler dans la rivière.

« Une centaine d'heures », a-t-elle déclaré comme si elle avait pu lire mes pensées. Ainsi nous en étions à compter les heures.

J'ai balayé l'horizon du regard. Là. « La Comète.

— Ils ne peuvent pas l'apercevoir depuis le sol. Mais ce soir… il va falloir que ça se couvre. »

En contrebas, de toutes petites silhouettes galopaient dans un coin de la zone déneigée. La Dame a déroulé une carte similaire à celle de Bomanz.

« Corbeau, ai-je dit.

— Aujourd'hui. Si la chance nous favorise.

— Qu'est-ce qu'ils fabriquent là-dessous ?

— Ils étudient le terrain. »

Il y avait plus que cela. Les gardes, sortis en grand tralala de combat, se postaient en arc de cercle devant les Tumulus. On construisait de petites machines de guerre. Cela dit, il y avait également des types qui arpentaient le terrain et y plantaient des enfilades de lances ornées de banderoles colorées flottantes. Je n'ai pas demandé pourquoi. Elle n'aurait rien expliqué.

Une douzaine de baleines tournoyaient vers l'est, au-delà de la rivière. Je les croyais parties depuis belle lurette

Par là-bas, l'aurore embrasait le ciel.

« Premier test, a dit la Dame. Un monstre faible. » Elle a froncé les sourcils de concentration. Notre tapis s'est mis à luire.

Un cavalier blanc monté sur un cheval blanc est sorti de la ville. Chérie. Accompagnée de Silence et du lieutenant.

Elle s'est engagée dans une allée délimitée par les banderoles. Elle s'est arrêtée près de la dernière.

La terre est entrée en éruption. Une créature qui aurait pu être un vague cousin de Saigne-Crapaud le Chien mais qui s'apparentait plus encore à une pieuvre a jailli à la lumière. Aussitôt, elle s'est précipitée à travers les Tumulus en direction de la rivière, fuyant le nul.

Chérie a tourné bride et filé au galop vers la ville.

Un orage de magie s'est déchaîné depuis les tapis. Le monstre a été réduit en cendres en quelques secondes. « Et d'un ! » a commenté la Dame. Au-dessous, les hommes dressaient un nouveau couloir de fanions.

Et la manœuvre s'est poursuivie toute la journée, lentement, posément. La plupart des créatures du Dominateur, sitôt libérées, fonçaient vers la rivière. Les rares qui chargeaient dans une autre direction essuyaient une volée de traits enflammés avant de succomber sous le tir des Asservis.

« Aurons-nous le temps de tous les éliminer ? » ai-je demandé quand le soleil s'est couché. J'avais des fourmis dans les jambes depuis des heures, à force de rester assis.

« Amplement. Mais ça ne restera pas toujours aussi facile. »

J'ai eu beau insister, pas moyen de lui tirer les vers du nez.

Ça me paraissait imparable, pourtant. Les prendre tranquillement un à un et les éliminer ainsi jusqu'à ce qu'il ne reste plus que le gros morceau. Aussi coriace qu'il soit, que pourrait-il faire au beau milieu du nul ?

Je suis rentré aux baraquements d'un pas chancelant; dans ma chambre, j'ai trouvé le Boiteux toujours au travail. Les Asservis ont beau avoir moins de besoins que nous autres mortels, il était quand même au bord de l'évanouissement. Mais qu'est-ce qu'il cherchait, bon sang ?

Et puis il y avait Bomanz. On ne l'avait pas vu de la journée. Qu'essayait-il de sortir de sa manche ?

J'étais en train d'avaler un dîner assez semblable à un petit-déjeuner quand Silence est apparu. Il s'est assis face à moi, il serrait dans son poing son bol de gruau comme une sébile. Il était pâle.

« Comment ça s'est passé pour Chérie ? » ai-je demandé.

Il a répondu par signes : « On aurait dit qu'elle s'amusait. Elle a pris des risques inconsidérés. L'une de ces créatures a failli l'atteindre. Otto s'est fait blesser en la repoussant.

— Il a besoin de moi ?

— Qu'un-Œil l'a soigné.

— Qu'est-ce qui t'amène, alors ?

— C'est cette nuit qu'on ranime Corbeau.

— Ah. » Je l'avais de nouveau oublié, celui-là. Comment pouvais-je me croire au rang de ses amis quand son sort m'indifférait manifestement à ce point ?

Silence m'a accompagné jusqu'au dortoir que je partageais avec Gobelin et Qu'un-Œil. Les deux sorciers sont arrivés sur ces entrefaites. Ils n'en menaient pas large, ni l'un ni l'autre. On leur avait confié de grosses responsabilités pour la réanimation de notre ami.

Silence me tracassait. Il ruminait des idées noires. Il luttait. Serait-il assez fort pour les surmonter ?

Une partie de lui-même s'opposait au sauvetage de Corbeau.

Une partie de moi aussi, d'ailleurs.

Une Dame exténuée est venue me demander : « Tu veux participer à l'opération ? »

J'ai secoué la tête. « Je ne ferais que vous embarrasser. Prévenez-moi quand ce sera fini. »

Elle m'a adressé un regard dur, puis a haussé les épaules avant de repartir.

Très tard, Qu'un-Œil est venu me réveiller. Il était flapi. Je me suis redressé en sursaut : « Alors ?

— On s'en est tirés. Je ne sais pas dans quelle mesure ç'a bien fonctionné, mais en tout cas il est là.

— Comment ç'a été ?

— Éprouvant. » Il a rampé sur sa paillasse. Gobelin, déjà couché, ronflait. Silence était venu avec eux. Lui aussi dormait, enroulé dans une couverture d'emprunt le long d'un mur. Le temps que je me réveille complètement, Qu'un-Œil s'était assoupi comme les autres.

Dans la chambre de Corbeau, il n'y avait rien d'autre à voir que Corbeau dormant à poings fermés et Casier rongé d'inquiétude. La foule était repartie, laissant une odeur fétide derrière elle.

« Il a l'air d'aller ? » ai-je demandé.

Casier a haussé les épaules. « Je ne suis pas médecin.

— Moi si. Attends, je vais l'ausculter. »

Pouls suffisant. Respiration un peu saccadée pour un dormeur, mais rien d'alarmant. Pupilles dilatées. Muscles contractés. Sueur. « Son état n'a rien d'inquiétant. Continue de le nourrir de bouillon. Et fais-moi demander dès qu'il commencera à parler. Ne le laisse pas se lever, il aura les muscles si fragilisés qu'il risquerait de se faire mal. »

Casier opinait du bonnet, et opinait de plus belle.

Je suis retourné me coucher sur ma paillasse; longtemps, des questions m'ont trotté dans la tête, tantôt sur Corbeau, tantôt sur le Boiteux. Une lampe éclairait toujours mon ancienne chambre. Le dernier des Asservis originels poursuivait sa quête monomaniaque.

Corbeau me causait plus de souci encore. Il allait nous demander des comptes sur notre façon de veiller sur Chérie. Or je me sentais d'humeur à lui récuser ce droit.

56

LE TEMPS FILE

L'aube arrive toujours trop tôt quand on voudrait voir durer la nuit. Les heures défilent quand on voudrait qu'elles se traînent. Ce jour-là s'est déroulé en tâches de routine. Seul événement notable, le Boiteux est sorti voir ce qui se passait dehors. Il a paru satisfait : nous nous y prenions correctement. Il est retourné dans ma chambre où il s'est fourré dans mon lit.

Au soir, quand je suis allé lui rendre visite, j'ai trouvé Corbeau dans un état stationnaire. Casier m'a rapporté qu'il avait failli se réveiller plusieurs fois et qu'il avait murmuré pendant son sommeil.

« Continue de l'abreuver de soupe. Et n'hésite pas à brailler si tu as besoin de mon aide. »

Impossible de dormir. J'ai voulu rôder dans les baraquements, mais le silence presque total m'en a dissuadé. Quelques gardes insomniaques hantaient le réfectoire. Tous sont devenus muets quand je suis arrivé. J'ai songé me rendre à la Venette Bleue. Mais on n'allait pas m'y réserver meilleur accueil. Décidément, tout le monde m'avait dans le nez.

Et ça ne pouvait qu'empirer.

Je comprenais ce que la Dame voulait dire en parlant de solitude.

J'aurais voulu avoir le cran d'aller la voir, maintenant qu'à mon tour j'avais besoin de réconfort.

Je suis retourné à ma chambre.

Cette fois je me suis endormi; il a fallu qu'on menace de m'expulser de force pour que je me lève.

Avant midi, nous avons réglé leur compte aux dernières bestioles dévouées au Dominateur. La Dame a décidé d'une trêve pour le reste de la journée. Le lendemain matin, nous étions censés accomplir une répétition pour la dernière grande manœuvre. Selon son estimation, il nous restait environ quarante-huit heures avant que la rivière n'ouvre la tombe. Un peu de temps pour se reposer, s'entraîner, et amplement assez pour frapper le grand coup.

Cet après-midi là, le Boiteux est sorti et a flotté un peu alentour. Il affichait un excellent moral. J'ai profité de l'occasion pour retourner fureter dans ma chambre, mais je n'y ai découvert que quelques copeaux de bois noir et une once de poussière argentée; tout cela en quantité si infime que j'ai bien failli ne rien voir. Il avait nettoyé la pièce à la diable. Je n'ai pas touché à quoi que ce soit. Allez savoir quelle bizarrerie me serait arrivée. À part cela, je n'ai rien appris.

L'entraînement pour l'assaut final était mené tambour battant. Tout le monde y assistait, y compris le Boiteux et un Bomanz si discret que personne ou presque ne lui accordait d'attention. Les baleines de vent s'alignaient au-dessus de la rivière. Leurs mantes montaient en flèche, tournoyaient. Chérie filait vers le Grand Tumulus en empruntant un couloir délimité et s'immobilisait juste à la distance limite. Les Asservis et les gardes fourbissaient leurs armes respectives.

Tout avait l'air au point. Aucune raison que l'opération capote. Alors pourquoi avais-je cette impression que nous courions à la catastrophe ?

Dès que notre tapis a touché le sol, Casier s'est précipité. « J'ai besoin de votre aide, m'a-t-il lancé sans un regard pour la Dame. Il ne m'écoute pas. Il s'acharne à essayer de se lever. Il est déjà tombé deux fois tête la première. »

J'ai interrogé la Dame du regard. Elle m'a adressé un petit hochement de tête d'autorisation.

Corbeau était assis sur le bord de son lit quand je suis arrivé. « On me rapporte que tu fais ta bourrique. À quoi aurait servi qu'on te tire des Tumulus si c'est pour que tu te suicides aussitôt ? »

Son regard s'est relevé lentement. Il n'a pas paru me reconnaître. Aïe, la tuile ! ai-je pensé. Il n'a pas toute sa tête.

« Est-ce qu'il a parlé, Casier ?

— Un peu. Ce qu'il dit n'a pas toujours de sens. Il ne se rend pas bien compte du temps qui s'est écoulé, j'ai l'impression.

— Peut-être qu'on devrait le sangler ?

— Non. »

Surpris, nous avons dévisagé Corbeau. Il me reconnaissait à présent. « Non, pas de sangles. Toubib. » Il s'est rabattu sur le dos en souriant. « Combien de temps, Casier ?

— Raconte-lui l'histoire, ai-je dit. Je vais chercher des potions pour lui donner un coup de fouet. »

Tout ce que je voulais en cet instant, c'était m'éloigner de Corbeau. Il avait l'air pire maintenant qu'il avait recouvré ses esprits. Cadavérique. Il me renvoyait trop à la figure ma propre condition de mortel. Une vérité que j'aurais volontiers éludée.

Je lui ai concocté deux préparations. L'une pour calmer ses tremblements. L'autre pour l'endormir au cas où il causerait trop d'ennuis à Casier.

Corbeau m'a assassiné du regard quand je suis revenu. Je ne sais pas où Casier en était dans son histoire. « Ne monte pas sur tes grands chevaux, lui ai-je dit. Tu ignores tout de ce qui s'est passé depuis Génépi. Et même depuis la bataille de Charme, plus ou moins. Jouer au bravache téméraire n'a avancé à rien. Bois ça. C'est pour les tremblements. » J'ai confié l'autre mixture à Casier en lui glissant les instructions à l'oreille.

D'une voix à peine plus forte qu'un soupir, Corbeau a demandé : « C'est vrai ? Chérie et la Dame attaquent le Dominateur demain ? Ensemble ?

— Oui. C'est quitte ou double. Pour tout le monde.

— Je veux…

— Tu ne mouftes pas. Toi non plus, Casier. Ce n'est pas le moment de distraire Chérie. »

J'avais réussi à refouler de mon esprit mes angoisses sur ce qu'il adviendrait à l'issue de la bataille du lendemain. D'un coup elles m'assaillaient de nouveau. Tout ne serait pas clos avec le Dominateur. À moins que nous ne perdions. Mais, en cas de victoire, la lutte contre la Dame reprendrait aussitôt.

J'avais salement envie d'aller voir Chérie, d'essayer de percer ses plans. Mais je n'osais pas. La Dame me tenait en laisse. Elle risquait de m'interroger à tout moment.

Manœuvre solitaire. Manœuvre solitaire.

Casier a repris son récit pour finir d'informer Corbeau. Gobelin et Qu'un-Œil se sont amenés sur ces entrefaites et, eux aussi, ont raconté leur version de l'histoire. Puis c'est la Dame qui est venue. Elle m'a fait signe.

« Oui ?

— Viens. »

Je l'ai suivie dans ses quartiers.

Dehors, la nuit était tombée. Dans dix-huit heures environ, le Grand Tumulus s'ouvrirait de son propre chef. Plus tôt si nous menions à bien notre plan.

« Assieds-toi. »

Je me suis assis et j'ai déclaré : « Ça devient grave : j'ai les grelots qu'on dirait des cloches. Je n'arrive plus à penser à rien.

— Je sais. Je t'ai traité comme une distraction, mais j'étais trop anxieuse. »

Eh bien, au moins, ça m'avait distrait, moi.

« Tu as peut-être une potion ? »

J'ai secoué la tête. « Je n'ai rien contre la trouille dans mon arsenal. J'ai entendu dire que certains magiciens…

— Ces antidotes ont trop d'effets secondaires. Nous aurons besoin de tous nos esprits. On court à l'échec si on s'y prend comme lors de la répétition. »

J'ai haussé un sourcil. Elle ne s'est pas étendue sur le sujet. Je suppose qu'elle tablait sur une grande faculté d'improvisation chez ses alliés.

Le majordome de la cantine est apparu. Un à un, les serveurs de son équipe ont apporté les mets d'un repas qu'ils ont posés sur une table dressée pour l'occasion. Le repas du condamné ? Quand ce petit monde a eu disparu, la Dame m'a dit : « J'ai commandé le meilleur pour tout le monde. Y compris pour tes amis en ville. Petit-déjeuner de même. » Elle paraissait parfaitement calme. Mais elle était plus rodée que moi pour les grands affrontements…

Je me suis invectivé. Voilà peu, elle me demandait du réconfort. Elle avait aussi peur que n'importe qui.

Elle saisissait parfaitement la situation mais ne me demandait rien – ce qui confirmait combien elle devait être concentrée.

Le repas était un miracle eu égard aux ingrédients dont disposait le cuistot. Mais rien de raffiné. Nous n'avons pas échangé un mot en l'avalant. Ayant fini le premier, j'ai posé les coudes sur la table et me suis absorbé dans mes pensées. Elle en a fait autant. Elle avait mangé du bout des dents. Quelques minutes plus tard, elle s'est rendue dans sa chambre. Elle en est revenue avec trois flèches noires. Chacune décorée d'une inscription argentée en kureTelle. J'en avais déjà vu de semblables. Volesprit en avait donné une à Corbeau quand nous avions tendu notre embuscade à Murmure et au Boiteux.

« Utilise l'arc que je t'ai donné. Et reste dans les parages. »

Les flèches paraissaient identiques. « Sur qui dois-je tirer ?

— Mon mari. Elles ne pourront pas le tuer. Il leur manque son vrai nom. Mais elles le freineront.

— Vous pensez que le reste du plan ne marchera pas ?

— Ce n'est pas exclu. Mais il faut néanmoins considérer toutes les possibilités. »

Ses yeux ont croisé les miens. Quelque chose passait… Nous avons détourné le regard. « Il est temps pour toi de partir, m'a-t-elle dit. Dors bien. Je te veux en forme demain. »

Je me suis esclaffé. « Ben voyons !

— Tout a été prévu. Pour tous les effectifs hormis la section de veille.

— Oh. » Sorcellerie. L'un des Asservis endormirait tout le monde. Je me suis levé. J'ai hésité quelques secondes, ajouté quelques bûches dans le feu. Je l'ai remerciée pour le repas. Enfin j'ai réussi à lui dire ce qui me trottait dans la tête. « Je voulais vous souhaiter bonne chance, même si je ne peux y mettre tout mon cœur. »

Elle m'a souri tristement. « Je sais. » Elle m'a raccompagné jusqu'à la porte.

Avant de sortir, j'ai finalement cédé à mon impulsion : je me suis retourné et l'ai trouvée là, en attente. Je l'ai serrée trente secondes dans mes bras.

J'enrage qu'elle soit si humaine. Mais j'avais besoin de cela moi aussi.

57

LE DERNIER JOUR

On nous a autorisés à dormir, puis accordé une heure pour prendre notre petit-déjeuner, prier nos dieux ou accomplir tout autre rite de préparation à la bataille. Le Grand Tumulus était censé tenir bon jusqu'à midi. Il n'y avait pas d'urgence.

Je me suis demandé à quoi la créature enterrée pouvait s'employer.

Le branle-bas a sonné vers huit heures. Il n'y avait pas d'absent. Le Boiteux flottait ici et là sur son petit tapis et semblait croiser plus souvent que nécessaire le chemin de Murmure. Ils avaient l'air de comploter quelque chose. Bomanz battait le pavé furtivement, essayant de se faire invisible. Je ne le blâmais pas. À sa place, j'aurais sans doute pris mes cliques et mes claques pour Aviron… À sa place ? La mienne était-elle plus confortable ?

L'homme était victime de son sens de l'honneur. Il pensait devoir s'affranchir d'une dette.

Un roulement de tambour a retenti ; l'heure de prendre nos positions avait sonné. J'ai suivi la Dame, remarquant au passage qu'on avait poussé les derniers civils sur la route d'Aviron, avec toutes les affaires qu'ils pouvaient emporter. Ça promettait un bel encombrement. On annonçait que les troupes convoquées par la Dame sortaient de la ville par milliers. Elles arriveraient trop tard. Personne n'avait pensé à leur dire de s'arrêter.

Nos sujets de préoccupation s'étaient recentrés. Le monde extérieur n'existait plus. J'ai observé les civils un moment en me demandant quelles difficultés se poseraient à nous, dussions-nous fuir. Mais ces angoisses se sont vite envolées. Je n'arrivais pas à m'inquiéter au-delà du Dominateur.

Des baleines de vent se sont avancées au-dessus de la rivière. Les mantes ont cherché des courants ascendants. Les tapis des Asservis ont décollé. Mais j'allais, quant à moi, rester sur le plancher des vaches aujourd'hui. La Dame entendait lutter contre son mari sur la terre ferme, pied à pied.

Et le pompon, les amis, c'est que Toubib la suivrait comme son ombre avec son p'tit arc et ses flèches !

Les gardes occupaient leurs positions, abrités dans leurs tranchées derrière des palissades basses, des fossés et des engins. Les fanions jalonnaient le terrain pour guider Chérie dans son parcours soigneusement tracé. La tension montait.

Qu'y avait-il à faire de plus ?

« Reste derrière moi, m'a recommandé à nouveau la Dame. Garde tes flèches à portée de main.

— Ouais. Bonne chance. En cas de victoire, je vous paye un dîner dans les jardins d'Opale. » J'ignore ce qui m'avait poussé à dire un truc pareil. Un désir effréné de penser à autre chose ? En dépit de la température frisquette ce matin-là, j'étais en sueur.

Ça l'a prise de court. Puis elle a souri. « En cas de victoire, je te prendrai au mot. » Son sourire était pâle. Elle avait peu de chances d'être encore vivante l'heure d'après, et elle le savait.

Elle s'est mise en route en direction du Grand Tumulus. Jeune chiot docile, je lui ai emboîté le pas.

La dernière étincelle en elle refusait de s'éteindre. Elle ne capitulerait pas pour sauver sa vie.

Bomanz nous a laissés partir devant, puis il a suivi. Ainsi que le Boiteux.

Ni l'un ni l'autre n'auraient dû le faire, d'après le plan initial.

La Dame n'a pas réagi. Du coup, moi non plus.

Les tapis des Asservis ont commencé à descendre en spirale. Les baleines de vent paraissaient un peu nerveuses, les mantes un peu frénétiques dans leur recherche de courants favorables.

Abords des Tumulus. Mon amulette n'a pas réagi. Tous les vieux fétiches, hormis au cœur de la zone, avaient été enlevés. Les morts reposaient désormais en paix.

La glaise me collait aux bottes. Je peinais pour garder ma flèche en travers de mon arc sans perdre l'équilibre. J'avais encoché un des traits noirs et je conservais les deux autres dans le même poing que mon arme.

La Dame s'est immobilisée à quelques pas du trou d'où nous avions exhumé Bomanz. Elle a paru soudain s'exclure du reste du monde, comme si elle entrait en communion avec la chose sous terre. J'ai jeté un coup d'œil par-dessus mon épaule. Bomanz s'était arrêté un peu au nord, à une cinquantaine de pas de moi. Mains dans les poches, il m'a dévisagé en me défiant de protester contre sa présence. Le Boiteux avait fait halte au niveau de ce qui avait été la douve entourant les Tumulus. Il ne voulait pas dégringoler au moment où le nul déferlerait sur lui.

J'ai consulté le soleil. Neuf heures environ. Encore trois heures de répit, au cas où nous voudrions les employer.

Mon cœur battait la chamade. Mes mains tremblaient au point que je m'étonnais presque de ne pas entendre mes os cliqueter. Je doutais d'être en mesure de planter une flèche dans un éléphant à cinq pas.

Bon sang, mais pourquoi avait-il fallu que je tire le gros lot et qu'elle me choisisse comme chouchou ?

J'ai repassé ma vie en revue. Qu'est-ce que j'avais fait pour mériter ça ? J'avais eu tant d'occasions d'infléchir le cours des choses… « Quoi ?

— Prêt ? me demandait-elle.

— Jamais. » Je me suis efforcé d'afficher un maigre sourire.

Elle a tenté de me le rendre, mais elle était plus effrayée que moi. Elle savait ce qu'elle affrontait. Elle pensait vivre ses ultimes instants.

Elle en avait dans le ventre, cette femme, à persister quand elle n'avait rien à gagner sinon, peut-être, une vague rédemption aux yeux du monde.

Des noms tournoyaient dans ma tête. Sylith ? Croyance ? Lequel ? Dans un instant, faire le bon choix serait peut-être vital.

Je ne suis pas croyant. Pourtant j'ai adressé une prière muette aux dieux de mon enfance pour qu'on ne me demande jamais de procéder au rituel qui révélerait son nom.

Elle s'est tournée vers la ville et a levé le bras. Des trompettes ont vagi. Comme si tout le monde n'avait pas déjà les yeux rivés sur elle.

Son bras s'est abaissé.

Martèlement de sabots. Chérie de blanc vêtue, avec Elmo, Silence et le lieutenant dans sa foulée, est partie au galop dans l'allée délimitée par les banderoles. Le nul devait s'étendre rapidement, puis se figer. Il fallait permettre au Dominateur de sortir, mais avec une puissance diminuée.

J'ai senti le nul. Il m'a fouetté violemment, tant j'en avais perdu l'accoutumance. La Dame a vacillé elle aussi. Un gémissement de peur s'est échappé de ses lèvres. Elle ne voulait pas être désarmée. Pas maintenant. Mais c'était la seule solution.

Le sol a vibré une fois, doucement, puis a explosé comme un geyser. J'ai reculé d'un pas. Tremblant, j'ai regardé la terre pulvérisée monter dans les airs… et, ébahi, j'ai découvert non un homme mais le dragon…

Le putain de dragon ! Je l'avais complètement oublié, celui-là.

Il se cabrait, haut de quinze mètres, crachait le feu. Et rugissait. Allons bon ! À l'intérieur du nul, la Dame ne pouvait plus nous protéger.

Le Dominateur m'est sorti de l'esprit.

J'ai couché le dragon en joue, pointant ma flèche vers sa gueule béante.

Un cri m'a retenu. Je me suis retourné. Bomanz gesticulait, beuglait, lançait des insultes en kureTelle. Le dragon le lorgnait avec des yeux ronds. Et soudain la bête s'est souvenue qu'ils avaient déjà eu maille à partir.

Elle a attaqué comme un serpent. Des flammes ont jailli devant elle.

Le feu a enveloppé Bomanz sans lui causer de mal. Il avait pris garde de rester hors du nul.

La Dame s'est décalée de quelques pas sur sa droite pour jeter un coup d'œil derrière le monstre dont les membres antérieurs, maintenant libérés, patinaient pour dégager son énorme carcasse. Je ne voyais pas encore notre proie. Mais les Asservis volants étaient passés en phase d'attaque. Déjà ils avaient largué de lourdes javelines incendiaires. Elles ont dégringolé en sifflant, éclaté.

Une voix de tonnerre a lancé : « À la rivière ! »

La Dame s'est précipitée. Chérie s'est remise en marche, amenant le nul vers l'eau. Des fantômes juraient, caracolaient autour de moi. J'étais trop distrait pour répondre.

Des mantes piquaient à toute allure, par paires sombres, zigzaguaient entre les éclairs tirés par les baleines. L'air s'est mis à crépiter, une étrange odeur sèche s'est diffusée.

Soudain Traqueur s'est retrouvé parmi nous, marmottant qu'il devait sauver l'arbre.

Un concert tonitruant de trompettes a éclaté. J'ai esquivé une patte de dragon battant l'air, je me suis ramassé pour éviter le coup de masse d'une aile et me suis retourné.

Une foule d'hommes maigres et déguenillés surgissait de la forêt, menée par un Saigne-Crapaud boitillant. « Je savais qu'on reverrait cette crevure. » J'ai tenté d'attirer l'attention de la Dame. « Les tribus de la forêt. Elles attaquent la Garde. »

Le Dominateur avait donc un atout de réserve.

La Dame m'a ignoré.

Nous ne devions pas nous laisser déstabiliser par la lutte entre les gardes et les guerriers des bois, en tout cas pour l'instant. Notre proie était sortie, cavalait, et nous n'osions nous soucier de rien d'autre.

« À l'eau ! » La voix grondait dans les airs. Chérie s'est déplacée encore. La Dame et moi gravissions en hâte la butte de terre qui s'éboulait tandis que le dragon continuait d'essayer de s'en extirper. Il ne nous a même pas regardés. Il se concentrait entièrement sur Bomanz.

Une baleine de vent est descendue. Ses tentacules ont sondé la rivière. Elle a capturé quelque chose et vidé ses ballasts.

Une forme humaine se contorsionnait en hurlant, fermement crochetée par le mastodonte volant. J'ai ressenti un immense soulagement. Nous avions réussi…

La baleine est remontée trop haut. L'espace d'un moment, elle a halé le Dominateur hors du nul.

Fatale erreur.

Tonnerre. Foudre. Violence tous azimuts. La moitié de la ville et un andain en bordure du nul ont été réduits à néant, écrabouillés, brûlés, calcinés.

La baleine a explosé.

Le Dominateur est tombé. Alors qu'il chutait à la fois vers le sol et le nul, il a tonné : « Sylith ! Je clame ton nom ! »

J'ai décoché une flèche.

Dans son angle mort. En plein vol, un tir d'anthologie. Je l'ai touché au flanc. Il a poussé un cri et empoigné le trait. Puis il a plongé dans la rivière. L'eau s'est mise à bouillonner, fouaillée par les éclairs des mantes. Une autre baleine s'est abaissée pour immerger ses tentacules. Pendant un moment, j'ai paniqué à l'idée que le Dominateur resterait peut-être sous l'eau et parviendrait à s'échapper.

Mais il est remonté, happé une nouvelle fois. Cette baleine aussi a pris trop d'altitude et en a payé le prix, bien que la magie du Dominateur ait perdu de sa véhémence, sans doute du fait de ma flèche. Il a libéré un seul sortilège qui est parti au petit bonheur et a déclenché des incendies dans la caserne de la Garde. Les soldats et les guerriers des tribus luttaient pied à pied non loin. Le sortilège en a tué bon nombre de part et d'autre.

Je n'ai pas tiré d'autre flèche. J'étais pétrifié. J'avais la certitude que l'énoncé du nom, quand les rituels adéquats étaient respectés, pouvait œuvrer même dans le nul. Or la Dame n'avait pas bronché. Elle se tenait à un pas de l'eau sur la berge et regardait la chose qui avait été son mari. Qu'on l'ait appelée Sylith ne lui avait fait aucun effet.

Donc elle n'était pas Sylith ! Le Dominateur s'était trompé deux fois en croyant prononcer son nom... Plus qu'une solution. Mais je souriais jaune. Moi aussi, je l'aurais appelée Sylith.

Une troisième baleine de vent l'a repris. Celle-là n'a pas commis d'erreur. Elle l'a amené jusqu'au rivage, vers Chérie et son escorte. Il se débattait comme un furieux. Dieux, que d'énergie dans cet homme-là !

Nous entendions derrière nous des vociférations. Le fracas des armes. Les gardes avaient été moins surpris que moi. Ils tenaient le terrain. Les Asservis aéroportés se hâtaient pour leur prêter main-forte, déversaient une averse de sorts mortels. Saigne-Crapaud le Chien constituait leur principale cible.

Elmo, le lieutenant et Silence ont bondi sur le Dominateur dès que la baleine l'a eu largué à terre. Ç'a été comme essayer de maîtriser un tigre. Il a projeté Elmo à presque dix mètres. Dans un craquement sonore, il a brisé la colonne vertébrale du lieutenant. Silence est parvenu à se garer hors d'atteinte. J'ai lardé le monstre d'une seconde flèche. Il a titubé mais n'est pas tombé. Hébété, il s'est avancé vers la Dame et moi.

Traqueur l'a intercepté en chemin. Il a posé son arbrisseau, a empoigné le bonhomme, et ils se sont lancés dans un combat à mains nues de dimension épique. Tous les deux vociféraient comme des damnés.

J'ai voulu dévaler la pente pour secourir Elmo et le lieutenant, mais d'un geste la Dame m'a ordonné de ne pas bouger. Son regard furetait partout. Elle attendait autre chose.

Un grand cri a secoué la terre. Une boule d'un feu gras est montée vers le ciel en tournoyant. Le dragon, hurlant affreusement, se convulsait comme un gros ver blessé. Bomanz avait disparu.

Ne restait plus que le Boiteux. Je ne sais trop comment, il avait réussi à se traîner à mon insu à une douzaine de pas de moi. Une telle frousse m'a empoigné que j'ai failli me vider les intestins. Il ne portait plus son masque. Sa face à nu et ravagée irradiait de joie mauvaise. Dans un instant, pensait-il, il m'aurait réglé mon compte. Mes jambes sont devenues de coton.

Il a dardé sur moi une petite arbalète, a grimacé un sourire. Et puis son bras s'est dévié. J'ai remarqué que son carreau ressemblait comme deux gouttes d'eau à la flèche encochée sur mon arc.

Ça m'a enfin donné un coup de fouet. J'ai tendu ma corde au maximum.

Il a braillé d'une voix suraiguë : « Croyance, le rituel est accompli. Je clame ton nom ! » Et il a tiré.

J'en ai fait autant au même instant. Je n'avais pu décocher mon trait plus vite. Purée ! Ma flèche s'est fichée dans son cœur noir, il a basculé. Mais trop tard. Trop tard.

La Dame a poussé un cri.

Ma terreur s'est muée en une rage insensée. Je me suis précipité sur le Boiteux, troquant mon arc contre mon épée. Il ne s'est pas tourné pour faire face à mon attaque. Il s'est juste relevé sur un coude pour mieux observer la Dame.

La démence s'était emparée de moi. Comme elle peut s'emparer de quiconque en certaines circonstances, je suppose. Pourtant j'étais soldat depuis des lustres. J'avais appris qu'on ne survit généralement pas longtemps quand on lâche la bride à ce genre de pulsions.

Le Boiteux se trouvait à l'intérieur du nul. Ce qui signifiait que sa vie ne tenait qu'à un fil, qu'il s'y cramponnait à grand-peine, totalement incapable de se défendre. Je lui ai fait payer toutes ces années d'angoisse.

Mon premier coup lui a presque détaché la tête des épaules. Je me suis acharné jusqu'à la lui trancher complètement. Et puis j'ai déchiqueté ce qui restait de ses membres, émoussant mon acier et ma rage sur sa vieille carcasse. J'ai commencé à recouvrer mes esprits. Je me suis retourné pour voir ce qu'il était advenu de la Dame.

Elle s'était laissée tomber sur un genou, le poids de son corps pesait sur l'autre. Elle essayait d'arracher le carreau du Boiteux. Je me suis élancé, j'ai écarté sa main de la blessure. « Non. Laisse-moi. Plus tard. » Cette fois j'étais moins déconcerté par le fait que l'énoncé de son nom soit resté inopérant. Cet échec m'avait convaincu que rien ne pouvait la desarmer.

Elle aurait dû y passer, bordel !

Le pilonnage des habitants de la forêt par les Asservis a commencé à porter ses fruits. Certains sauvages prenaient leurs jambes à leur cou. Saigne-Crapaud le Chien était au supplice, pris dans une nasse de sorcellerie. « Tenez bon !

ai-je soufflé à la Dame. Le plus dur est passé. » Je ne sais pas si j'y croyais vraiment; en tout cas, c'était ce qu'elle avait besoin d'entendre.

Traqueur et le Dominateur continuaient de se rouler par terre en jurant et ahanant. Silence les suivait pas à pas, une lance à large fer au poing. Dès que l'occasion s'est présentée à lui, il a frappé notre grand ennemi. Un coup mortel pour qui que ce soit. Chérie regardait, demeurait à proximité mais hors de portée du Dominateur.

Je suis revenu au trot à la dépouille du Boiteux et j'ai extirpé la flèche que je lui avait plantée au travers du torse. Ses yeux se sont braqués sur moi; la vie n'avait pas encore quitté son cerveau. D'un coup de pied, j'ai envoyé sa tête bouler dans le trou laissé par le dragon.

La bête avait cessé de tressaillir. Toujours aucun signe de Bomanz. On ne devait d'ailleurs plus en avoir. Il avait connu le destin qu'il redoutait lors de cette seconde confrontation. Il avait tué le monstre de l'intérieur.

Ne mésestimez pas Bomanz parce qu'il gardait le profil bas. Je crois que le Dominateur avait compté sur le dragon pour occuper Chérie et la Dame le temps qu'il parvienne à fuir le nul. Bomanz l'avait contrecarré. Avec autant de détermination, autant de panache que la Dame affrontant son inéluctable sort.

Je suis retourné la voir. Mes mains avaient retrouvé leur sûreté de champ de bataille. Je pestais de ne pas disposer de ma trousse. J'aurais trouvé à employer mon scalpel. Je l'ai étendue sur le dos, j'ai commencé à trifouiller. Ce carreau continuerait de faire des dégâts tant que je ne l'aurais pas extrait. Malgré la douleur, elle est parvenue à m'adresser un sourire reconnaissant.

Une douzaine d'hommes s'étaient ameutés autour de Traqueur et du Dominateur, et ils faisaient pleuvoir les coups. Certains semblaient même se moquer de savoir sur qui.

Le vieux démon vivait ses derniers instants.

J'ai appliqué une compresse et un bandage de fortune sur la plaie de la Dame en prélevant du tissu sur ses propres vêtements. « On changera ce pansement dès que possible. »

Les tribus avaient été balayées. Saigne-Crapaud le Chien se traînait en direction des collines. Il restait au vieux clébard autant de forces qu'à son maître. Ceux des gardes qui avaient rompu le combat se hâtaient vers nous. Ils apportaient du bois pour le bûcher funéraire de l'antique terreur.

58

FIN DE LA PARTIE

Alors j'ai remarqué Corbeau. « L'imbécile. » Il s'avançait, s'appuyant sur Casier, clopin-clopant. Une épée au poing, lame au clair. Sa résolution se lisait sur son visage.

Des ennuis en perspective. On voyait à sa démarche qu'il était moins faible qu'il voulait bien le laisser croire.

Nul besoin de boule de cristal pour deviner ce qu'il avait en tête. Obéissant à sa vision simpliste des choses, il pensait se racheter auprès de Chérie en la débarrassant de sa grande ennemie.

Je me suis remis à trembler, mais non plus de peur cette fois. Si personne n'intervenait, j'allais me trouver entre les deux. Je me verrais alors contraint d'agir, de faire un choix, et ce choix risquerait de ne pas plaire à grand monde.

J'ai essayé de penser à autre chose en vérifiant le pansement de la Dame.

Une ombre s'est étendue sur nous. J'ai relevé la tête et j'ai croisé le regard froid de Silence, puis j'ai posé les yeux sur le visage plus compatissant de Chérie. Silence a dardé un regard furtif vers Corbeau. Lui aussi se trouvait dans l'entre-deux.

La Dame m'a étreint le bras. « Lève-moi », m'a-t-elle demandé.

Je me suis exécuté. Elle était faible comme de l'eau. Il a fallu que je la soutienne.

« Pas encore, a-t-elle murmuré à l'adresse de Chérie comme si celle-ci pouvait l'entendre. Il n'est pas encore mort. »

On avait arraché un bras et une jambe au Dominateur. Les membres ont atterri au sommet du tas de bois. Traqueur l'agrippait toujours avec tant d'acharnement que les autres ne parvenaient pas à atteindre son cou. Gobelin et Qu'un-Œil, en retrait, attendaient la tête, prêts à détaler à toute allure. Des gardes s'affairaient à planter le rejeton de l'arbre. Des baleines et des mantes croisaient au-dessus de nous. D'autres, en compagnie des Asservis, continuaient de harceler Saigne-Crapaud le Chien et les sauvages à travers la forêt.

Corbeau approchait. Et je ne savais toujours pas quel parti prendre.

Un coriace, ce fils de pute de Dominateur. Il a massacré une douzaine d'hommes avant de se faire tailler en pièces. Et même alors, il n'a pas rendu l'âme. Comme le Boiteux, sa tête continuait de vivre.

Temps d'intervenir pour Qu'un-Œil et Gobelin. Gobelin a empoigné la tête encore vivante, s'est assis, l'a coincée entre ses genoux. Qu'un-Œil, à grands coups, lui a enfoncé dans le front une pointe d'argent de quinze centimètres de long qui lui a traversé le cerveau. Les lèvres du Dominateur continuaient de balbutier des imprécations.

Le clou devait absorber son âme corrompue. La tête irait au feu. Lorsqu'elle serait réduite en cendres, nous récupérerions le clou et le planterions dans le tronc du rejeton d'arbre. Par l'opération, l'esprit malfaisant s'y trouverait enchaîné pour l'éternité.

Les gardes ont aussi amené au bûcher les lambeaux épars du Boiteux. Sa tête, cependant, nul n'a pu la retrouver. Les parois de terre détrempée de l'excavation du dragon s'étaient éboulées dessus.

Gobelin et Qu'un-Œil ont enflammé le bois.

Le feu a jailli, comme pressé de remplir son office.

Le carreau du Boiteux avait touché la Dame à quelques centimètres du cœur, juste entre le sein gauche et la clavicule. Je ne suis pas peu fier, en des circonstances aussi difficiles, d'avoir réussi à l'extraire sans la tuer. Cependant son bras gauche aurait théoriquement dû rester inerte.

Or, ce bras, elle l'a levé et a esquissé un geste à l'attention de Chérie. Silence et moi en sommes restés interloqués. Pas longtemps.

La Dame a attiré Chérie à elle. Ou plutôt, vu son état de faiblesse, disons que Chérie s'est laissé attirer. Alors la Dame a murmuré : « Le rituel s'accomplit. Je clame ton vrai nom, Tonie Fisk. »

Chérie a hurlé silencieusement.

Le nul a commencé à se désagréger.

Un masque d'affliction s'est peint sur le visage de Silence. Pendant ce qui m'a paru une éternité, il est resté là, manifestement au supplice, déchiré entre un vœu, l'amour, la haine, peut-être le sentiment d'un nécessaire dévouement pour une cause supérieure. Des larmes ont roulé sur ses joues. Mon vieux souhait… j'aurais voulu maintenant qu'il ne se réalise pas.

Il a pris la parole. « Le rituel s'accomplit. » Il prononçait les mots avec difficulté. « J'énonce ton vrai nom, Doroté Senjak. J'énonce ton vrai nom, Doroté Senjak. »

J'ai cru qu'il allait alors défaillir et s'écrouler. Mais il a tenu bon.

Celle qu'il venait de nommer, en revanche, s'est effondrée.

Corbeau approchait toujours. En moi, une douleur a pris le pas sur les autres.

Silence et moi nous sommes dévisagés. J'imagine que je devais paraître aussi accablé que lui. Alors il m'a adressé un hochement de tête malgré ses larmes. La paix était rétablie entre nous. Nous nous sommes agenouillés, avons étendu les femmes bien à plat. J'ai perçu son inquiétude tandis que je palpais la nuque de Chérie. « Elle va bien », lui ai-je dit. La Dame aussi, mais cela lui était bien égal.

Je me suis demandé dans quelle mesure les deux femmes s'étaient attendues à ce moment. Dans quelle mesure elles étaient prêtes à s'abandonner à leur destin. Cet instant avait sonné le glas de leur pouvoir dans le monde. Chérie n'avait plus le nul. La Dame plus de magie. Elles s'étaient mutuellement neutralisées.

Des cris ont retenti. Des tapis dégringolaient. Tous les Asservis avaient été Asservis par la Dame en personne; or, après leur velléité de rébellion dans la plaine, elle avait veillé à ce que leur sort soit lié au sien. Ils étaient donc déchus et, l'instant d'après, morts.

Il ne restait plus beaucoup de magie dans les parages. Traqueur lui aussi agonisait, blessé à mort par le Dominateur. Je crois qu'il a expiré heureux.

Mais tout n'était pas fini. Non. Il restait Corbeau.

À quinze pas, il s'est écarté de Casier et s'est avancé comme une incarnation de la vengeance. Son regard restait dardé sur la Dame, mais on voyait à sa démarche qu'il se mettait en scène, qu'il agissait dans l'unique but de reconquérir Chérie.

Eh bien, Toubib ? Tu vas laisser faire ?

La main de la Dame a frissonné dans la mienne. Son pouls était faible mais son cœur battait. Peut-être…

Peut-être pourrais-je le bluffer.

J'ai ramassé mon arc et la flèche que j'avais récupérée sur le Boiteux. « Arrête-toi, Corbeau. »

Il ne s'est pas arrêté. Je crois qu'il ne m'a même pas entendu. Vingt dieux ! S'il ne s'arrêtait pas… ç'allait se corser salement.

« Corbeau ! » J'ai bandé l'arc.

Il s'est figé. Il m'a dévisagé comme s'il essayait de se rappeler qui j'étais.

Le silence s'est établi sur le champ de bataille entier. Tous les yeux se sont rivés sur nous. Silence, qui emmenait Chérie un peu plus loin, a dégainé son épée et s'est campé entre elle et tout danger potentiel. C'était presque drôle de nous voir tous les deux là, comme deux jumeaux, anges gardiens de femmes dont jamais nous ne pourrions conquérir le cœur.

Qu'un-Œil et Gobelin se sont amenés mine de rien. J'ignorais complètement dans quel camp ils se rangeaient. D'ailleurs, quoi qu'il en soit, je ne voulais pas qu'ils interviennent. Cela devait rester une affaire entre Toubib et Corbeau.

Putain de bordel ! Mais pourquoi est-ce qu'il ne tournait pas les talons, tout bonnement ?

« C'est terminé, Corbeau. Il n'y aura plus de sang versé. » Je crois que ma voix montait dans les aigus. « Tu entends ? C'est perdu et gagné. »

Il regardait Silence et Chérie, mais pas moi. Et il a encore avancé d'un pas.

« Tu tiens à devenir le macchabée suivant ? » Bon sang, l'intimidation, avec lui, ça n'avait jamais marché. Est-ce que j'allais devoir passer aux actes ? Il le faudrait peut-être.

Qu'un-Œil s'est prudemment arrêté à une dizaine de pas de moi. « Qu'est-ce que tu fous, Toubib ? »

Je tremblais. De partout hormis bras et mains; mes épaules commençaient à m'élancer de fatigue à force de maintenir la corde tendue. « Et Elmo ? ai-je demandé, la gorge nouée d'émotion. Et le lieutenant ?

— Sale coup, a-t-il répliqué, corroborant ce que je savais déjà en mon for intérieur. Ils ne sont plus de ce monde. Pourquoi tu n'abaisses pas cet arc ?

— Quand il lâchera son épée. » Elmo avait été mon meilleur ami pendant tant d'années que je ne les comptais plus. Des larmes ont commencé à me brouiller la vue. « Plus de ce monde ? Alors, par le fait, c'est à moi qu'échoit le commandement, non ? Je suis le plus vieil officier supérieur, non ? Mon premier ordre, c'est le cessez-le-feu. Sur-le-champ. *Elle* a rendu cela possible. *Elle* s'est sacrifiée pour cela. Alors personne ne la touchera. Tant que je serai en vie.

— Dans ce cas, on va s'occuper de ça aussi », a lancé Corbeau. Et il s'est remis en marche.

« Espèce d'imbécile borné ! » a braillé Qu'un-Œil. Il s'est élancé vers Corbeau. J'ai entendu Gobelin se précipiter vers moi. Trop tard. Trop tard l'un et l'autre. Corbeau était bien plus vigoureux qu'il ne le laissait soupçonner. Et il n'était pas qu'un peu dingue non plus.

« Non ! » ai-je hurlé. Et j'ai lâché la corde.

Corbeau a reçu la flèche dans la hanche. Dans ce flanc même qu'il prétendait handicapé. Il s'est écroulé avec une expression d'intense surprise. Affalé sur le sol, son épée à trois mètres, il a relevé vers moi un regard où j'ai lu qu'il ne parvenait toujours pas à croire qu'en fin de compte je n'avais pas bluffé.

Je n'en revenais pas non plus.

Casier a poussé un cri et voulu me sauter à la gorge. Le regardant à peine, je lui ai cinglé le visage de mon arc. Il s'est éloigné pour aller porter secours à Corbeau.

Le silence et le calme régnaient à nouveau. Tous les regards convergeaient vers moi. J'ai jeté mon arc. « Soigne-le, Qu'un-Œil. » J'ai boitillé jusqu'à la Dame, me suis agenouillé, l'ai soulevée. Elle avait l'air affreusement légère et fragile pour quelqu'un naguère si terrible. J'ai suivi Silence vers les décombres de la ville. Les baraquements brûlaient encore. Nous formions une drôle de paire tous les deux, chacun une femme dans les bras.

« Rassemblement de la Compagnie ce soir, ai-je lancé aux survivants. Que tout le monde y soit. »

Je m'en serais cru incapable et pourtant : j'ai réussi à la porter jusqu'à la Venette Bleue. Et ma cheville ne m'a élancé de douleur que lorsque je l'ai eu déposée.

59

ULTIME VOTE

J'ai claudiqué jusqu'à la salle commune de ce qui restait de la Venette Bleue, soutenant la Dame par un bras et m'appuyant sur l'arc comme sur une béquille. Cette cheville me tuait. Je l'avais crue presque guérie.

J'ai assis la Dame sur une chaise. Pâle, faible, elle était à demi consciente en dépit de tous mes soins et de ceux de Qu'un-Œil. J'étais bien décidé à ne pas la perdre un seul instant de vue. Nous étions toujours sur le fil du rasoir, ses gens n'ayant plus aucune raison de respecter la trêve. D'autre part elle m'inspirait beaucoup d'inquiétude – le danger venait d'elle d'ailleurs, plus que de Corbeau ou de mes camarades. Elle avait sombré dans un abîme de désespoir.

« C'est tout ? » ai-je demandé.

Silence, Gobelin, Qu'un-Œil étaient là. Il y avait aussi Otto l'increvable – blessé comme toujours après un combat de la Compagnie –, flanqué de son éternel complice Hagop. Un jeunot du nom de Murgen, notre porte-étendard. Trois autres de la Compagnie. Et Chérie, évidemment, assise près de Silence. Elle ignorait superbement la Dame.

Corbeau et Casier s'étaient faufilés jusqu'au comptoir, quoique personne ne les ait invités. En dépit de son regard assassin, Corbeau paraissait se contrôler. Il fixait Chérie.

Elle avait une mine lugubre. Elle avait repris du poil de la bête, plus que la Dame. Elle avait gagné. Elle ignorait Corbeau plus encore que la Dame.

Ils étaient en froid; j'avais eu l'occasion d'entendre son point de vue. Son incapacité à s'investir affectivement lui restait en travers de la gorge. Pourtant elle n'avait pas rompu tous les liens. Elle ne l'avait pas banni de son cœur. Mais, à ses yeux, il ne s'était pas racheté.

En outre, il s'était permis une réflexion blessante vis-à-vis de Silence à qui, à l'évidence, elle vouait beaucoup d'affection à défaut d'un sentiment plus profond.

Et cette estocade avait achevé de la mettre hors d'elle. Je lui avais jeté un coup d'œil alors. Elle avait fulminé, enrageant de se sentir le prix d'une joute de mâles, comme une princesse de pacotille courtisée par une sarabande de prétendants rivalisant d'exploits imbéciles pour la séduire.

Comme la Dame, elle avait exercé le pouvoir trop longtemps pour se contenter désormais d'un rôle de femme ordinaire. Intérieurement, elle était toujours la Rose Blanche.

Corbeau ruminait. Il n'avait pas été définitivement éconduit, mais on lui avait signifié qu'il avait du chemin à faire avant d'oser prétendre à quoi que ce soit.

La première tâche qu'elle lui avait assignée, ç'avait été de renouer avec ses enfants.

Dans un sens, je me sentais désolé pour ce gars. Il ne connaissait qu'un rôle. Celui de dur. Et il avait été battu en brèche.

Qu'un-Œil m'a tiré de ma songerie. « Voilà, Toubib. On est tous là. Ça va être un bel enterrement. »

Hélas, oui. « Dois-je présider en tant que doyen des officiers survivants ? Ou veux-tu t'en charger en tant que plus ancien frère ?

— Vas-y. » Visiblement, il n'était bon qu'à broyer du noir.

Tout comme moi, d'ailleurs. Mais nous étions dix survivants cernés d'ennemis potentiels. Des décisions s'imposaient.

« Très bien. Ceci est une assemblée solennelle de la Compagnie noire, dernière compagnie franche de Khatovar. Nous avons perdu notre chef. Tout d'abord, il faut en élire un nouveau. Puis décider comment on va se sortir d'ici. Des candidats ?

— Toi, a dit Otto.

— Je suis médecin.

— Tu es le seul véritable officier qui reste. »

Corbeau a commencé à se lever.

« Tu restes assis sans broncher, lui ai-je dit. Tu n'as pas ta place dans cette assemblée. Tu nous as largués voilà quinze ans, tu te souviens ? Bien, les gars, qui d'autre ? »

Nul n'a pipé mot. Personne ne se portait volontaire. Tous fuyaient mon regard. Tous savaient que je n'étais pas chaud.

« Y a des voix contre Toubib ? » a couiné Gobelin.

Aucun veto. Comme il est doux de se sentir aimé. Merveilleuse impression de n'être que le moindre mal.

J'aurais voulu refuser. L'option était exclue. « Bon. Question suivante. Tirer nos grègues. On est cernés, les gars. Et les gardes vont s'en rendre compte d'ici peu. On a intérêt à décaniller avant que leur prenne l'envie de se passer les nerfs sur quelqu'un. Mais, quand on aura plié bagage, qu'est-ce qu'on fait ? »

Personne n'avait de suggestion à ce sujet. Ces types étaient dans le même état de choc que les gardes.

« Très bien. Alors je sais ce que moi, je voudrais faire. Depuis des temps immémoriaux, l'une des tâches de l'annaliste consiste à rapporter les annales au Khatovar en cas d'anéantissement ou de dissolution de la Compagnie. Nous avons été anéantis. Je propose que nous votions la dissolution. Vu les missions que certains d'entre nous ont décidé d'assumer, des dissensions surgiront fatalement au sein du groupe sitôt que nous n'aurons plus d'ennemi commun à affronter. » J'ai lancé un regard à Silence. Ses yeux ont croisé les miens. Il venait d'avancer son siège pour s'intercaler un peu plus entre Chérie et Corbeau, une attitude explicite pour tout le monde sauf Corbeau lui-même.

Je m'étais quant à moi promu protecteur de la Dame pour l'instant. Or nous ne pourrions contraindre ces deux femmes à se côtoyer bien longtemps. J'espérais pouvoir garder le groupe soudé jusqu'à Aviron. S'il pouvait tenir ne serait-ce que jusqu'à l'orée de la Grande Forêt, je m'estimerais satisfait. Nous allions avoir besoin de tout le monde. Notre situation, tactiquement, n'aurait pu être pire.

« Faut-il dissoudre la Compagnie ? »

Tollé général. Tout le monde s'est déclaré contre, à part Silence.

« Il s'agit d'une proposition solennelle, suis-je intervenu. Je veux que ceux dont c'est le souhait aillent leur propre chemin sans l'opprobre de la désertion. Cela ne veut pas dire que nous sommes forcés de nous séparer. Ce que je propose, c'est que nous renoncions officiellement à la dénomination de Compagnie noire. Moi, je pars pour le Sud avec les annales, si possible jusqu'au Khatovar. Ceux qui voudront me suivront. Dans le respect des règles habituelles. »

Personne n'a voulu abdiquer le nom. Ç'aurait été comme renier un patronyme vieux de trente générations.

« Alors on le garde. Qui n'a pas envie d'aller au Khatovar ? »

Trois mains se sont levées. Il s'agissait de soldats qui s'étaient enrôlés au nord de la mer des Tourments. Silence s'est abstenu, malgré son désir de partir de son côté à la poursuite de son rêve impossible.

Et puis brusquement une autre main a jailli. Avec un temps de retard, Gobelin venait de remarquer que Qu'un-Œil n'avait pas levé la sienne. Ils sont partis dans l'une de leurs querelles. J'ai coupé court.

« Je ne tiens pas à ce que la majorité traîne les autres. En tant que chef, je rends à la vie civile quiconque veut changer de voie. Silence ? »

Il était frère de la Compagnie depuis plus longtemps que moi. Nous étions ses amis, sa famille. La décision le déchirait.

Finalement, il a hoché la tête. Il irait son propre chemin, même si Chérie ne lui laissait rien espérer. Les trois autres réfractaires au voyage ont opiné du chef eux aussi. J'ai consigné leur libération dans les annales. « Vous revoilà civils, leur ai-je déclaré. Je m'occuperai de votre solde et de votre équipement dès qu'on aura atteint la lisière méridionale de la forêt. D'ici là, on reste ensemble. » J'ai abrégé, sans quoi le moment d'après je tombais dans les bras de Silence en pleurant comme un veau. Nous avions vécu tant de choses ensemble.

Je me suis tourné vers Gobelin, la plume levée. « Alors, je biffe ton nom ?

— Vas-y, a appuyé Qu'un-Œil. Grouille. Vire-le. Qu'on s'en débarrasse ! Depuis le temps qu'on se trimballe sa couenne ! Il n'est bon qu'à nous attirer les emmerdements. »

Gobelin lui a lancé un regard mauvais. « Rien que pour ça, je ne partirai pas. Je vais rester, je vais vous survivre, tous, et m'appliquer à vous pourrir la vie en beauté. Et j'espère bien vous infliger encore un siècle de misère. »

Leur séparation, je n'y avais pas cru. « Parfait, ai-je dit en réprimant un sourire. Hagop, prends deux hommes et rassemble des bêtes. Les autres, ramassez tout ce qui pourrait s'avérer utile. Par exemple de l'argent, si vous en voyez traîner. »

Ils m'ont dévisagé d'un œil maussade, encore sous le coup de ce qui venait de se dérouler.

« On se tire, les gars. Dès qu'on pourra enfourcher une selle. Avant que d'autres ennuis ne nous dégringolent dessus. Hagop, ne lésine pas sur les bêtes de somme, je veux emporter tout ce qui n'est pas vissé au sol. »

Le plan d'action a suscité des palabres, des disputes et ce qui s'en suit, mais j'avais clos le débat officiel.

En petit futé machiavélique que je suis, je me suis arrangé pour que les gardes enterrent les nôtres à notre place. Je me suis recueilli près des tombes de la Compagnie avec Silence et j'ai laissé allé mes larmes. « Je ne m'étais jamais figuré qu'Elmo... C'était mon meilleur ami. » J'accusais le coup. Enfin. Salement. Maintenant que j'avais réglé toutes les tâches qui m'incombaient, il n'y avait rien pour me retenir. « C'était lui mon mentor, à mon arrivée. »

Silence a haussé une main, m'a doucement étreint le bras. Son geste ne m'a pas surpris.

Les gardes rendaient un dernier hommage aux leurs. Ils se reprenaient. Bientôt ils seraient de nouveau d'attaque. Prêts à demander des instructions à la Dame. Dans un sens, ils venaient d'être mis au chômage.

Ils ignoraient que leur maîtresse avait perdu ses pouvoirs. Je priais pour qu'ils ne l'apprennent pas, car je comptais me servir d'elle comme d'un sauf-conduit.

Je redoutais le pire si jamais ce qui lui était arrivé éclatait au grand jour. À grande échelle, une guerre civile déchirant le pays. À petite, des tentatives de vengeance sur sa personne. Un jour, quelqu'un concevrait des soupçons. J'espérais simplement que le secret tiendrait assez longtemps pour que nous prenions une bonne marge d'avance dans notre cavale pour fuir l'Empire.

Silence m'a saisi le bras de nouveau. Il voulait partir. « Une seconde », ai-je dit. J'ai tiré mon épée au clair, salué nos tombes, prononcé l'oraison rituelle. Et je lui ai emboîté le pas jusqu'aux autres qui attendaient.

Le groupe de Silence nous accompagnerait un moment, conformément à mon souhait. Nous nous séparerions une fois hors d'atteinte des gardes. Je n'avais pas hâte d'arriver à ce moment, pourtant inévitable. Comment garder à proximité l'une de l'autre la Dame et Chérie, en l'absence désormais de tout impératif vital ?

Je me suis hissé en selle en maudissant ma cheville esquintée et douloureuse. La Dame m'a lancé un regard noir. « Bien, ai-je dit. Au moins vous sortez de votre léthargie.

— Vous me kidnappez ?

— Vous voulez rester seule parmi vos gens ? Avec au mieux un canif pour maintenir l'ordre ? » Je me suis efforcé de sourire. « Nous avons un rendez-vous. Vous vous souvenez ? Un dîner dans les jardins d'Opale. »

L'espace d'un instant, une étincelle malicieuse a palpité dans ses yeux tristes. Elle revoyait le moment, près d'un feu, où nous avions partagé un peu d'intimité. Puis elle a de nouveau cédé à l'abattement.

Je me suis penché vers elle, tout tremblant de ce que j'allais dire. J'ai murmuré : « Il y a aussi que j'ai besoin de votre aide pour sortir les annales de la Tour. » Je n'avais confié à personne que je ne les avais pas encore en ma possession.

Son accablement s'est dissipé. « Le dîner ? C'est une promesse ? »

Ça s'annonçait plutôt bien, vu son regard et sa voix d'ensorceleuse. J'ai croassé : « Dans les jardins, oui. »

J'ai donné le signal consacré. Hagop est parti en tête. Gobelin et Qu'un-Œil l'ont suivi, en se chamaillant comme d'habitude. Et puis Murgen avec l'étendard, la Dame, moi-même. Enfin venaient la plupart des autres, menant les bêtes de somme. Silence et Chérie fermaient la marche, bien en retrait de la Dame et de moi.

Tout en pressant ma monture, j'ai jeté un coup d'œil pardessus mon épaule. Corbeau, debout, appuyé à sa canne, paraissait plus seul et abandonné qu'il n'aurait dû. Casier s'efforçait encore de le raisonner. Le gamin n'avait eu aucun mal à comprendre. Et je me disais qu'il en irait de même pour lui, une fois qu'il aurait surmonté le choc qu'il avait subi de constater que personne ne lui avait obéi au doigt et à l'œil, de se rendre compte que cette vieille grande gueule de Toubib pouvait passer aux actes quand ça s'imposait. « Désolé », ai-je murmuré dans sa direction sans trop savoir pourquoi. Et puis nous nous sommes engagés dans la forêt sans plus nous retourner.

J'avais l'impression qu'il ne tarderait pas à se mettre en route lui non plus. Si jamais Chérie représentait autant qu'il essayait de nous en persuader.

Cette nuit-là, pour la première fois depuis qui sait combien de temps, le ciel du Nord s'est entièrement dégagé. La Grande Comète a éclairé notre chemin. Maintenant le Nord découvrait ce que le reste de l'Empire savait depuis des semaines.

Elle déclinait déjà. L'heure du grand verdict était passé. L'Empire attendait dans l'angoisse la nouvelle qu'elle avait présagée.

Plus loin au nord. Trois jours plus tard. Dans l'encre d'une nuit sans lune. Un monstre à trois pattes est sorti en claudiquant de la Grande Forêt. Il s'est assis sur les décombres du Tumulus, a gratté la terre de son unique patte antérieure. Le fils de l'Arbre a lancé une petite tempête transmuante.

Le monstre a pris la fuite.

Mais il reviendrait une autre nuit, et une autre, et une autre encore…

TABLE

7750

Composition Nord Compo
Achevé d'imprimer en France (La Flèche)
par Brodard et Taupin le 10 février 2006. 34062
Dépôt légal février 2006. ISBN 2-290-33068-X
1er dépôt légal dans la collection : septembre 2005
Éditions J'ai lu
87, quai Panhard - et - Levassor, 75013 Paris
Diffusion France et étranger : Flammarion